KNAUR

Über den Autor:
Laurence Anholt ist ein weltweit erfolgreicher Kinderbuchautor und -illustrator. Er lebt mit seiner Frau Catherine in Südengland in einem Cottage am Meer und interessiert sich vor allem für Bücher, Bienen und Buddhismus.

LAURENCE ANHOLT

DER ACHTSAME MR. CAINE

und die Tote im Tank

KRIMINALROMAN

Aus dem Englischen
von Kristina Lake-Zapp

KNAUR

Die englische Originalausgabe erschien 2019
unter dem Titel »Art of Death«
bei Constable / Little, Brown; London.

Besuchen Sie uns im Internet:
www.knaur.de

FSC
www.fsc.org
MIX
Papier aus verantwortungsvollen Quellen
FSC® C083411

Deutsche Erstausgabe Dezember 2019
Knaur Taschenbuch

Redaktion: Laura Lichtblau
Covergestaltung: Alexandra Dohse/grafikkiosk.de
Coverabbildung: Artwork Alexandra Dohse unter Verwendung
von Bildern von Shutterstock Images/saevaAnna, Forgem,
BukhavetsMikhail, berdsigns, OhnMar, SaintA
Satz: Adobe InDesign im Verlag
Druck und Bindung: CPI books GmbH, Leck
ISBN 978-3-426-52466-4

4 5 3

Kapitel eins

DAS HAPPENING

An einem goldenen Abend im Juli versammelten sich über zweihundert Kunstliebhaber vor einer unglaublich hippen Galerie in Somerset.

Sie ließen per Fernbedienung die Verriegelung ihrer teuren Autos zuschnappen und mäanderten anschließend durch das wogende Gras der umliegenden Gärten zu einem Fiberglaspavillon, der geformt war wie ein riesiger Mutterleib auf Stelzen.

Unter den Erwählten waren Kritiker, Londoner Kunsthändler, Prominente aus der Musik- und Fernsehbranche sowie Freunde der Künstlerin.

Im lärmigen Inneren des Pavillons wurden Wangenküsse ausgetauscht und Selfies gemacht, Gläser funkelten, nackte Schultern glänzten, Kellner mit Pferdeschwanzfrisur und Tabletts voller Kanapees und Champagner schwebten durch das Gewühl. Eine verunsicherte Gruppe lokaler Würdenträger drängte sich neben dem Eingang zusammen, der die Form einer Vagina hatte.

Ringsherum flackerte ein körniger Film über die halbrunden Wände. Die kultivierte Menge musste nicht extra daran erinnert werden, dass es sich bei den stummen Bildern einer nackten und schockierend schönen, jungen Künstlerin – den Kopf zurückgeworfen in Ekstase, die Glieder verschlungen mit denen ihres Geliebten –, um Szenen ihrer berühmt-berüchtigten Studienarbeit mit dem Titel *Preconception* handelte, eine Art Wortspiel, was so viel wie »Vor der Schwangerschaft« bedeutete oder auch einfach »Vorurteil«, »vorgefasste Meinung«.

Es war nicht nur der Film, der vor Elektrizität knisterte. Auch die Tatsache, dass gleich die verrufene Performance-Künstlerin Kristal Havfruen höchstselbst vor die Menge treten würde, die sich viele Jahre von der Kunstszene ferngehalten hatte, ließ die Luft vor angespannter Vorfreude vibrieren. Wenn Kristal den heutigen Abend ausgewählt hatte, um aus der Versenkung aufzutauchen, dann würde das nicht ohne eine Explosion vonstattengehen.

Es gab Gerüchte, dass ein weiteres Happening stattfinden sollte.

Havfruens Fans waren hellauf begeistert: Die Frau war eine Naturgewalt – eine Künstlerin mit der Vorstellungskraft einer Frida Kahlo und dem theatralischen Gehabe einer Marina Abramović. Am Rand der Menge murrten ein paar Skeptiker über eine Karriere, die sich über Fördermittel definierte. Havfruen war eine Künstlerin, an der sich die Geister schieden.

»Ist sie nun da oder nicht?«, fragte ein bärtiger Mann im Rock.

»Selbstverständlich ist sie da«, erwiderte sein Begleiter. »Schließlich ist Kristal das Kunstwerk!«

Um exakt neunzehn Uhr fünfundvierzig wurde die trubelige Menge im Pavillon durch den silbrigen Klang eines Löffels, der auf eine Champagnerflöte traf, zum Schweigen gebracht. Alle Augen richteten sich auf einen kantigen Mann in einem Anzug mit Schottenmuster, der ein ironisches Menjoubärtchen über seiner leicht schweißig glänzenden Oberlippe zur Schau trug.

»Meine Damen und Herren, willkommen in der Meat Hook Gallery. Für diejenigen, die mich nicht kennen: Mein Name ist Saul Spencer. Es ist mir eine gewaltige Ehre, Kurator dieser bahnbrechenden Retrospektive zu sein. Ich bin mir sicher, Sie finden es genauso aufregend wie ich, einen Blick auf das Lebenswerk der berühmten Künstlerin Kristal Havfruen werfen zu dürfen, das endlich an einem Ort versammelt ist. Ich habe jede Menge Spekulationen darüber vernommen, ob Kristal heute Abend zu uns stößt, und ich könnte Sie sicher noch länger auf die Folter spannen – ich kann Ihnen aber auch verraten, dass die Künstlerin tatsächlich anwesend ist. Kristal hat fast einen Monat damit zugebracht, die atemberaubende Show auf die Beine zu stellen, die wir gleich genießen werden.

Die Ausstellung ist in chronologischer Reihenfolge aufgebaut, und es freut mich über alle Maßen, Ihnen verkünden zu dürfen, dass Kristal ein bedeutendes neues Werk exklusiv für die Meat Hook Gallery geschaffen hat. Wir werden es als Höhepunkt des heutigen Abends in der Hauptgalerie enthüllen. Dieses Kunstwerk war bis dato ein streng gehütetes Geheimnis, das nicht einmal ich zu Gesicht bekommen habe. Es liegt also ein spannender Abend vor uns. Wenn Sie so freundlich wären, mir zu folgen – ich führe Sie zu den weiteren Räumlichkeiten der Galerie. Bitte nehmen Sie sich Zeit, die Gärten zu genießen, die heute Abend absolut prächtig aussehen, und geben Sie acht, wenn wir an den Teichen vorbeikommen.«

Wie Kinder dem Rattenfänger folgten die Gäste Spencers hagerer Gestalt, strömten aus dem Mutterleib und über die gekiesten Wege zu den Ausstellungsräumen. Eine einzelne Libelle schwebte über dem Wasser, die letzten Sonnenstrahlen warfen Giacometti-Schatten über die Rasenflächen, und wegen der plötzlichen Frische zogen die Damen ihre Pashmina-Schals enger um die Schultern.

Nun betraten sie die prächtige Meat Hook Gallery – eine elegante Verbindung von elisabethanischen Landwirtschaftsgebäuden und postmodernem Glas und Stahl.

Über ihren Köpfen verkündete ein Banner:

KRISTAL HAVFRUEN – EIN LEBEN

Hinter der Tür warnte ein kleinerer Hinweis:

Manche Ausstellungen sind für Kinder
unter achtzehn Jahren nicht geeignet.
Es werden Werke gezeigt, die Ihr
sittliches Empfinden verletzen könnten.

Im ersten Raum wurden sie von einem weiteren Film empfangen, der auf die gesamte Breite einer Wand projiziert wurde. Es handelte sich um die Fortsetzung des Films im Pavillon, und obwohl die Aufnahmen einen leichten Gelbstich hatten, was an dem damals verwendeten Klebstoff lag, gelang es ihnen noch immer, die Gäste scharf nach Luft schnappen zu lassen. Das hier war Kristals berühmte Abschlussarbeit an der *Falmouth School of Art*. Sie zeigte eine dramatisch angestrahlte Matratze auf der Bühne eines rappelvollen Theatersaals. Auf der Matratze kämpfte eine junge Kristal Havfruen mit den letzten Wehen. Mit einem finalen Pressen bäumte sich ihr elfenbeinfarbener Körper auf, und ein wimmerndes Baby glitt aus ihr heraus, um das Licht der Welt zu erblicken. Das erste Geräusch, das auf seine winzigen Ohren traf, war Applaus.

Was immer die Leute von Havfruen hielten – niemand hatte auch nur annähernd so viel Chuzpe. Das Außergewöhnlichste aber war selbstverständlich das Baby, das heute Abend hier war, mitten unter ihnen: Kristal Havfruens Sohn Art.

Mittlerweile vierundzwanzig Jahre alt, hatte es Art zu einem erfolgreichen Werbefachmann gebracht. Man hatte ihn schon früher entdeckt in seinem modisch zerknitterten Anzug und seinen langen, spitzen Stiefeln. Doch wo war er jetzt?

In exakt jenem Augenblick befand sich Art in einer der Kabinen in den Unisex-Toilettenräumen der Meat Hook Gallery, eifrig damit beschäftigt, sich schneeweiße Lines CK1 in die Nase zu ziehen, was momentan die Droge seiner Wahl war – Kokain, vermischt mit einer niedrigen Dosis Ketamin.

Als er damit fertig war, wischte er sich mit seinem zarten Handrücken die Nasenlöcher ab und wusch sich an dem Schweinetrogwaschbecken das Gesicht. Anschließend schlüpfte Art Havfruen zurück in die Ausstellungsräume, gestärkt durch den süß ausbalancierten Doppelkick von Marschpulver und Pferde-Tranquilizer, und spürte, wie der Anblick der gertenschlanken Kunst-Aficionados um ihn herum ein Kribbeln in seinem Schritt auslöste.

Die Gäste hatten sich in einem Raum mit hoher Decke versammelt, einem ehemaligen Kuhstall, der von einer frühen bildnerischen Arbeit Kristals dominiert wurde. Bei dem Ausstellungsstück handelte es sich um einen lebensgroßen Neonbaum, der vollgehängt war mit etwas, das man beim ersten Hinsehen für verschiedenfarbige Äpfel halten konnte und das sich erst bei genauerer Betrachtung als tadellos gearbeitete Föten aus Acrylharz entpuppte. Ein gedrucktes Schild erklärte, dass das Werk den Titel *Forbidden Fruit* – »Verbotene Früchte« – trug und dass es sich bei dem leicht verschrumpelten, schlangenähnlichen Ding in dem Formaldehydtank zwischen den Wurzeln des Baums um die Nabelschnur von Havfruens neugeborenem Kind handelte.

Kein Wunder also, dass Art Havfruen einen Anflug von Paranoia und Unwohlsein verspürte, als er auf einen kopfsteingepflasterten Hof hinaustrat, um frische Luft zu schnappen. Es war eine seltsame und schwere Last, nicht nur Sujet so vieler berühmter Werke seiner Mutter zu sein, sondern das Werk an sich.

Auf dem Hof wurde er mit einer weiteren Vision seiner Mutter konfrontiert: einer riesigen, in der Hocke kauernden Superfrau, die den Titel *Pissing Kristal* – »Pissende Kristal« – trug. Die hyperreelle Plastik zeigte die Künstlerin in dem für sie typischen kurzen weißen Spitzenkleid und den klobigen kirschroten Dr.-Martens-Stiefeln, wie sie mithilfe einer genialen Technik einen nicht endenden, gurgelnden Wasserstrahl aus sich herausströmen ließ.

Das Wachpersonal der Meat Hook Gallery, das während der Show diskret auf Hockern Platz genommen hatte, schnappte die gemurmelten Beobachtungen der Gäste auf, die schockiert oder fasziniert waren und von Plagiat oder Anlehnung an Künstler wie Damien Hirst, Ron Mueck und Yayoi Kusama sprachen.

Es war kein Geheimnis, dass Havfruen ihre Werke nicht selbst anfertigte; stattdessen nahm sie die Dienste hoch qualifizierter Techniker in Werkstätten und Fertigungsanlagen in ganz Südwestengland in Anspruch. Wie sie bekanntermaßen einst einer skeptischen Kunstberichterstatterin von Channel 4 erklärt hatte: »Dinge herstellen kann jeder, aber nur wenige wagen zu träumen.«

In den hell erleuchteten Galerieräumen hatte sich eine Gruppe von Familienmitgliedern und alten Freunden der Künstlerin wiedergefunden. Die Jahre hatten Falten, eine gebückte Haltung und weiße Haare mit sich gebracht, was in manchen Fällen ziemlich schockierend wirkte. Marlene Moss, die frühere Leiterin der Fakultät für Malerei an der *Falmouth School of Art,* wirkte in ihrem Rollstuhl wie ein zerbrechliches Vöglein. Sie wurde der Reihe nach von ihren ergebenen ehemaligen Studenten geschoben, die sie oft als ihre Kinder bezeichnete. Bemerkenswert unter ihren Protegés war Kristals Ehemann Callum Oak, selbst ein talentierter Künstler, wenngleich weitaus konventioneller als seine Frau. Die Ähnlichkeit mit dem gemeinsamen Sohn Art war deutlich zu erkennen; Callum war ein gut aussehender Mann mit lockigen Haaren, der auch mit über vierzig noch jungenhaft wirkte. Ein weiterer ehemaliger Student und lebenslanger Freund der Familie Havfruen-Oak war Oliver Sweetman, ein ewig grinsender, rothaariger Riese, der aufgrund seiner jahrelangen allgegenwärtigen Präsenz Kristals Assistant und Fotograf geworden war.

Die Gäste zogen weiter in die älteren Räumlichkeiten, ehemalige Schweineställe, Scheunen und Schlachthäuser, die in luftige, weiß gekalkte Räume verwandelt worden waren. Hier hingen noch immer die Fleischhaken, denen die Meat Hook Gallery ihren Namen zu verdanken hatte. Die Räume waren vollgepackt mit Arbeiten aus Havfruens mittlerer Schaffensperiode. Es gab glänzende Aquarien, in denen schockierend lebensechte Figuren trieben oder durch die amniotische Flüssigkeit tauchten. Modell und Star dieser aquatischen Tableaus war jedes Mal das narzisstische Abbild von Kristal höchstselbst, unheimlich klein oder von alarmierender Größe, aber immer in einem kurzen weißen Spitzenkleid und roten Dr. Martens.

Entlang eines Korridors zeigten Bildschirme Interviews von Kunstprogrammen und Archivfilmmaterial, das die Künstlerin bei der Arbeit in ihren Studios präsentierte. Es war faszinierend, Kristal zuzusehen; sie war so wortgewandt, dass man leicht vergaß, dass Englisch ihre Zweitsprache war. Das Seltsame an ihr war allerdings, dass sie nie lächelte. Ja, ihre grünen Augen funkelten, aber die wohl mit Absicht lippenstiftverschmierten Lippen blieben fest verschlossen.

Es war kurz nach zwanzig Uhr dreißig, als Saul Spencer, der Kurator im Schottenkaroanzug, vor den eisenbeschlagenen Türen der Hauptgalerie stehen blieb. Das blassgelbe Licht verlieh ihm das unheimliche Aussehen eines Zeremonienmeisters bei einer Monstrositätenshow. Ungeduldig wartete er darauf, dass auch die letzten Nachzügler eintrafen. Als alle da waren, stellte er sich auf die Zehenspitzen und flüsterte theatralisch: »Meine Damen und Herren, hinter diesen Türen werden wir … was entdecken? Wer kann das schon wissen? Ich ganz sicher nicht. Selbst die, die Kristal verunglimpft haben, werden feststellen, wie sie mit unseren Emotionen spielt. Sie ist in der Tat eine Schöpferin von Gefühlen. Ich hege keinen Zweifel daran, dass uns etwas Unvergessliches erwartet. Sind Sie bereit, meine Damen und Herren? Na dann: Türen auf!«

Hinter ihm schoben uniformierte Angestellte die gut geölten Türen auf, und Saul Spencer ließ die fiebernde Menge den letzten Ausstellungsraum betreten.

Die Hauptgalerie war ein riesiges, kathedralenähnliches Gewölbe mit hoher Decke und Steinwänden. Die Kunstliebhaber sahen sich mit zusammengekniffenen Augen im Halbdunkel um. Hier war nur eine einzige Arbeit ausgestellt. Ein düsteres Objekt, das sorgfältig auf einem Podium genau in der Mitte positioniert war. Ein rechteckiger Glastank, nicht viel größer als ein Kühlschrank, gefüllt mit Flüssigkeit wie ein Aquarium.

Die Gäste bildeten ehrfürchtig einen Kreis. Das einzige Geräusch, das die Stille durchbrach, war ein leises Schniefen von Art Havfruen sowie das Surren von Rädern, als Marlene Moss über die Steinplatten rollte.

Und dann, in einem ohrenbetäubenden Augenblick, explodierte die Stille und verwandelte sich in die tosenden Klänge von Beethovens Neunter Sinfonie. Sämtliche Gäste sprangen gleichzeitig in die Luft, aber noch bevor sie sich erholen konnten, richtete sich ein halbes Dutzend Scheinwerfer, gleißend wie Laserstrahler, auf den Glastank.

Unter die dröhnende Musik mischten sich das Lachen, Nach-Luft-Schnappen, Aufschreien und Seufzen des aufgeschreckten Publikums.

Auf dem versiegelten Deckel des Tanks stand ein Paar glänzend roter Dr.-Martens-Stiefel.

Im Inneren war eine ätherische Vision von Schönheit zu sehen – ein frappierend realistisches Modell von Kristal Havfruen, in eine fötale Position gebracht. Die grünen Augen waren weit geöffnet, die langen Finger trieben in bernsteinfarbener Flüssigkeit. Die Knie des Kristal-Modells waren angezogen wie bei einer Inka-Mumie, ihr schlanker Körper umhüllt von weißer Spitze, die sich bauschte wie bei einem Taufkleid.

Die künstlerische Ausführung war verblüffend, doch was das Stück so zutiefst verstörend machte, war, dass es Kristal – anders als alles andere, was sie bis dahin geschaffen hatte – in ihrer exakten Lebensgröße zeigte, so, wie sie jetzt aussah: eine dreiundvierzig Jahre alte Frau mit vorstehenden Knochen und feinen Falten in ihrem schönen Gesicht. Wenn man genau hinsah, stellte man fest, dass dieses Gesicht nicht aus Kunstharz oder Fiberglas geschaffen war. Nein, die Haut wirkte weich, die perfekt gearbeiteten Glieder wogten wie filigrane Tentakel. Ihr blondes Haar floss um ihren Kopf und bildete einen schimmernden Heiligenschein.

Einige Gäste, die weiter hinten standen, konnten nichts sehen und drängten sich durch die Menge zur Scheibe des phosphorisierenden Glastanks.

»Erstaunlich lebensecht«, murmelte eine Frau.

»Unglaublich«, pflichtete ihr ein anderer Gast bei.

»Bis auf die letzte Pore, jedes Detail.«

»Die Krähenfüße rund um die Augen.«

»Und ist das … ein Blutstropfen? Da, an der Seite von ihrem Hals? Sehen Sie?«

Während die Gäste alarmiert in das bernsteinfarbene Aquarium starrten, stiegen auf einmal mehrere kleine Blasen von den geschminkten Lippen auf und trieben an die Oberfläche wie eine Perlenkette.

Saul Spencer, der in einer Ecke des Raumes stand, spürte, wie ihn die Furcht umwaberte wie ein dichter Nebel. Hektisch erregte er die Aufmerksamkeit eines seiner Angestellten und deutete mit Daumen und kleinem Finger ein ans Ohr gedrücktes Telefon an, während er gleichzeitig mit den Lippen ein einziges, unmissverständliches Wort formte:

»Polizei!«

Kapitel zwei

DER FEUCHTKALTE GERUCH DES TODES

Als das Handy in ihrer Tasche vibrierte, konzentrierte sich Detective Inspector Shanti Joyce gerade auf eine Maus, die durch einen Wald spaziert.

Sie hatte die Stelle erreicht, an der die Maus dem warzennasigen Grüffelo begegnet, und stellte erleichtert fest, dass ihr Sohn Paul endlich eingeschlafen war.

»Ich hoffe, es ist wichtig, Benno«, zischte sie ins Telefon, trat hinaus in den Flur und schloss leise die Kinderzimmertür hinter sich. »Und damit meine ich nicht einfach nur wichtig, sondern lebenswichtig.«

»Sieht ganz danach aus, Chefin.«

Shanti fühlte, wie sich ihr Puls beschleunigte. Im Grund hatte sie auf einen Anruf wie diesen gewartet.

Unten in der Küche trank sie mit großen Schlucken eine halbe Tasse lauwarmen Kaffee, während Benno sie über die Vorgänge in der Meat Hook Gallery ins Bild setzte. Shanti schlüpfte in ihre Laufschuhe, griff nach ihrer Jacke und rief nach ihrer Mutter, die im Wohnzimmer fernsah.

Noch vor ein paar Minuten hatte sie sich auf ein, zwei Gläser Merlot, ein Bad, ein Stündchen vor der Glotze und eine Mikrowellenmahlzeit mit Mum gefreut, bis sie schließlich sanft eingedämmert wäre, doch nun hatte Bennos Anruf sie hellwach gemacht.

Eilig stieg sie ins Auto, startete den Motor und legte den Sicherheitsgurt an, dann gab sie Gas und fuhr aus der ruhigen Sackgasse.

Die Geschichte klang bizarr: Der Leichnam einer Künstlerin trieb auf ihrer eigenen Ausstellung in einem Glastank, gefüllt mit Formaldehyd.

Shanti dachte daran, wie sie zum ersten Mal mit dem stechenden Geruch der Chemikalie konfrontiert worden war. Sie hatte während ihrer Ausbildung zusammen mit ihren Mitstreitern eine Leichenhalle besucht. Der Leichnam war mehrere Monate alt, weshalb das Fleisch gummiartig und gelb geworden war, doch es war der Geruch, der sie verfolgte: ein strenger, beißender Gestank, der einem durch die Nasenlöcher bis in den hintersten Winkel des Schädels stieg, wo er für eine sehr lange Zeit festhing. Die Männer waren entsetzt zurückgeschreckt, einer war sogar umgekippt. Aber nicht Shanti Joyce. Sie war aus hartem Holz geschnitzt, und ihr stahlharter Kern war der Grund dafür, warum sie mit Anfang dreißig zum Detective Inspector aufgestiegen war.

Doch das war schon lange her. Vor dem verpfuschten Fall und dem Umzug nach Südwestengland. Vor der elenden Scheidung.

Ihre Entschlossenheit, alles ins Lot zu bringen – zumindest, was den Fall anging –, schien ihren Saab 900 auf den mit Blättern übersäten Straßen von Somerset zu befeuern, sie so schnell wie möglich zum Ziel zu bringen. Das Navi zeigte an, dass es bis zur Galerie nur noch vierzehn Meilen auf der A359 waren. Sie würde in neun Minuten da sein.

Shantis Augen blieben an dem Müllhaufen im Fußraum hängen – achtlos weggeworfenes Sandwichpapier, ein Paar Fußballsocken von Paul sowie mehrere Ordner mit unerledigtem Papierkram. Der Anblick ließ sie zusammenzucken. Eigentlich hieß Shanti Shantala, aber schon als kleines Mädchen hatte man sie nur »Shanti« genannt. Ihre damaligen Kollegen im Norden von London hatten den Namen übernommen und waren sogar so weit gegangen, ihr chaotisches Büro als »Shanti Town« zu bezeichnen.

Sie erreichte ihr Ziel, bog auf den in gedämpftes Licht getauchten Parkplatz ein und ließ das Fenster herunter, um mit dem uniformierten Polizisten am Tor zu sprechen.

»Sorgen Sie dafür, dass niemand rein- oder rauskommt, Dunster. Nicht mal Jesus Christus höchstpersönlich.«

»Jawohl, Chefin. Die Sanitäter sind unterwegs. Was soll ich tun, wenn Jesus am Steuer sitzt?«

»Hör zu, Dunster, wenn du lieber als Komiker arbeiten möchtest, kann ich das arrangieren.«

Sie parkte neben vier Streifenwagen und einem großen Van, der dem HazChem-Team gehörte – die Kurzform für *Hazardous Chemicals* –, welches stets eingesetzt wurde, wenn gefährliche Chemikalien im Spiel waren. Shanti ließ den Blick über die umgebauten Farmgebäude und eine Reihe unverständlicher Skulpturen im Hof schweifen, dann stieg sie aus und ging durch die blaulichtpulsierende Nacht.

Sergeant Bennett, der Mann, der die Begegnung zwischen Maus und Grüffelo vereitelt hatte, trat auf sie zu. Shanti mochte Benno. Er war ein älterer Cop mit Töchtern im Teenageralter. Einer der wenigen männlichen Polizisten, dessen Augen nicht über ihren Körper glitten, wenn sie miteinander sprachen.

»Erster Eindruck, Benno?«

»Bizarr. Ausgesprochen bizarr. Die Sache ist doppelt kompliziert, denn wir haben es mit einem Chemieunfall zu tun. Ich habe die Räumlichkeiten evakuieren lassen, draußen warten etwa zweihundert Gäste. Solange das HazChem-Team kein grünes Licht gibt, darf niemand rein.«

»Ich brauche Zutritt, Benno.«

»Das weiß ich, Chefin. Sie werden sich schick machen müssen.«

Er führte Shanti in den Geschenkeladen der Meat Hook Gallery, wo ein dürrer Mann mit einem Menjoubärtchen wartete. Sein Schottenkaroanzug roch schwach nach Formaldehyd.

»Saul Spencer«, stellte er sich vor und streckte eine zitternde Hand aus. »Ich bin der Kurator. Das Ganze kommt mir vor wie ein Albtraum. Die ganze Zeit über denke ich, ich wache wieder auf und ...«

»Albträume riechen nicht, Mr. Spencer. Hier dagegen stinkt es wie in Frankensteins Labor, weshalb wir davon ausgehen können, dass die Sache real ist.«

Ihre Worte klangen härter als beabsichtigt, doch innerlich verwandelte sich Shanti gerade von der Mutter in den Cop, und Galgenhumor war Teil ihres Panzers. Sie folgte Benno und Spencer zwischen den rätselhaften Kunstwerken hindurch zum fraglichen Ausstellungsraum, und mit jedem Schritt wurde der Übelkeit erregende Gestank stechender.

»Zur Hauptgalerie geht es hier entlang«, sagte Spencer mit aschfahlem Gesicht. Und dann presste er sich plötzlich ein Taschentuch mit Paisleymuster auf den Mund, würgte heftig und flüchtete den Gang entlang wie eine spillerige Spinne.

Ein Mann in einem blauen Kapuzenoverall mit Schutzbrille und Atemschutzmaske bewachte die großen Metalltüren des Hauptausstellungsraums.

Er streckte eine behandschuhte Hand aus und reichte jedem von ihnen ein Paket mit Schutzkleidung. Als sie komplett ausstaffiert waren, fühlte sich Shanti, als habe sie eine Welt der eingeschränkten Empfindungen betreten, in der die Kommunikation beeinträchtigt war und das Sichtfeld erst ein paar Schritte von ihr entfernt begann.

Der Officer des HazChem-Teams überprüfte ihre Kleidung auf undichte Stellen rund um Handschuhe und Stiefelränder. Endlich nickte er und drückte eine Hälfte der schweren Tür auf.

Shanti hatte gedacht, sie hätte in ihrem Job schon alles gesehen, aber der Anblick ließ sie nach Luft schnappen. In dem riesigen Raum bewegten sich Außerirdische langsam durch das trübe Licht. Auf einem von Scheinwerfern erhellten Podest neben einem umgekippten Tank unternahm ein maskierter Officer Wiederbelebungsübungen an dem schlaffen, tropfnassen Körper einer Frau in einem weißen Kleid. In einer sich ausbreitenden Pfütze aus bernsteinfarbener Flüssigkeit lag ein Paar roter Dr.-Martens-Stiefel.

Benno tippte Shanti auf die Schulter, und als sie sich zu ihm umwandte, sah sie, dass er ihr ein Zeichen gab. Zwei Finger an der Kehle und ein einfaches Kopfschütteln bedeuteten in jeder Sprache dasselbe – die Porzellanfrau war tot.

Binnen weniger Minuten übernahm Shanti die Führung. Es mussten Fotos von der Leiche gemacht werden. Das Gebiet sollte mit Polizeiband abgesperrt werden – und das da drüben ebenfalls. Sie checkte die Eingänge – die große Doppeltür mit einer Rampe für Gabelstapler und Rollstühle, außerdem zwei Notausgänge, die sie untersuchte und dann vorsichtig mit den Fingerspitzen öffnete, um für etwas Luft zu sorgen.

Das war die entscheidende Stunde, in der einem die Hinweise wie Sand zwischen den Fingern zerrinnen konnten.

Draußen trafen weitere Rettungswagen ein, blinkende Lichter zuckten durch die Nacht wie auf einem Rummelplatz. Auf dem gekiesten Bereich und dem Rasen dahinter standen an die zweihundert elegant gekleidete Kunstliebhaber, die jammerten und erstickte Laute von sich gaben wie bezahlte Trauergäste bei einer römischen Beerdigung. Im Gegensatz zu der Selfies schießenden Meute, die sich in London an Tatorten versammelte, wich diese Gruppe so weit wie möglich vom Ort des Geschehens zurück; einige der Versammelten ließen ihre tränenden Augen oder gereizten Kehlen von den Ersthelfern behandeln.

Shanti bedeutete Benno, ihr zu folgen, verließ die Hauptgalerie durch einen der Notausgänge und setzte Kapuze und Atemmaske ab. In dem Overall war es heiß wie in einer Sauna, und die kalte Luft tat ihren Lungen gut.

»Herrgott, Benno, jeder dieser Leute könnte ein Zeuge sein. Sieh nur, die latschen über das ganze Gelände. Können wir die nicht irgendwo zusammentreiben und anfangen, die Aussagen aufzunehmen?«

»Die HazChem-Jungs haben das Restaurant freigegeben«, erwiderte Benno. »Sollen wir sie dorthin bringen?«

»Okay, aber sie dürfen auf keinen Fall durch die Galerie gehen.«

»Es gibt einen Seiteneingang.«

»Gut. Kümmerst du dich darum, Benno? Sorg dafür, dass sie Platz nehmen, und treib Kaffee oder sonst was auf. Keinen Alkohol. Lass Decken verteilen, wenn welche benötigt werden. Ich brauche von jedem den Ausweis und eine Erstaussage – keine Ausnahmen. Sollte irgendwer etwas Ungewöhnliches bemerkt haben, gib mir Bescheid. Falls jemand Fotos gemacht hat, will ich das Handy haben. Ach ja, bring die Leute wenn möglich dazu, dass sie sich von den sozialen Medien fernhalten. Und schick jemanden los, der jedes Nummernschild auf dem Parkplatz notiert.«

Ein großer, lockiger Mann, der sich in eine Foliendecke gehüllt hatte, lehnte an einer Wand. Er schien in einer ausgesprochen schlechten Verfassung zu sein. Sein Anzug war triefnass, seine Schultern zuckten. Mehrere Umstehende versuchten, ihn zu trösten.

»Wer ist das, Benno?«

»Das ist der Witwer, Callum Oak. Ich habe seine Aussage aufgenommen. Er war der Erste, dem auffiel, dass Kristal in dem Tank trieb – anders als bei den übrigen sonderbaren Kunstwerken. Er hat versucht, den Deckel anzuheben, aber er war fest verschlossen. Daraufhin ist er durchgedreht und hat das ganze Ding umgekippt, und dann konnte er den Deckel endlich aufstemmen und Kristal herausziehen. Leider sind dabei auch mehrere Liter Formaldehyd ausgelaufen. Es war absolut grauenvoll, denn er hat versucht, ihr eine Mund-zu-Mund-Beatmung zu geben, wobei er jede Menge von dem Zeug abgekriegt haben muss.«

Während sie sprachen, wurde der Mann in einen Rollstuhl verfrachtet und zu einem der Rettungswagen gebracht, sein ganzer Körper zuckte vor Schock und Elend. Keine Chance, ihn heute Abend zu befragen.

Als Benno die Menge zum Restaurant führte, musterte Shanti die an ihr vorbeiziehenden Gesichter – einige wirkten sichtlich gequält, andere eher aufgeregt und staunend. Und wie immer beschwerten sich ein paar tatsächlich über die Unannehmlichkeiten. Unter den Letzten, die Benno zum Restaurant folgten, entdeckte sie den dünnen Kurator, Saul Spencer.

»Auf ein schnelles Wort, Mr. Spencer.«

Er sah sie mit Leichenbittermiene an und nickte.

»Ich habe einige Kameras unter dem Dach der Hauptgalerie bemerkt, und vermutlich gibt es noch weitere. Sind die allesamt funktionsfähig?«

»Ja, es gibt eine Videoüberwachung in jedem Raum des Gebäudes.«

»Ich will nicht, dass auch nur eine Millisekunde der Aufzeichnungen verloren geht. Ist das klar?«

»Ja. Ich werde mich sofort darum kümmern.«

»Wer hat die Ausstellung vorbereitet?«

»Nun, mein Team war in alles involviert, nur nicht in das, was in der Hauptgalerie stattfinden sollte. Was dieses Werk anbetraf, hat Kristal auf absolute Geheimhaltung bestanden.«

»Ist das nicht seltsam?«

»Nein, nicht wirklich. Kristal liebte ein bisschen Theater.«

»Ich nehme an, es gab eine Lichtshow – mit dramatischer Musik und Scheinwerfern. Wer war dafür zuständig?«

»Kristal hatte alles an einen Bewegungsmelder mit Zeitverzögerung gekoppelt. Er wurde aktiviert, als wir die Galerie betraten.«

»Okay, ich versuche, eine Liste der Schlüsselfiguren bei diesem Zwischenfall zusammenzustellen. Abgesehen von Ihnen, versteht sich.«

»Bin ich etwa ein Verdächtiger?«

»Das haben Sie gesagt, Mr. Spencer, nicht ich. Wer wusste denn sonst noch von diesem Kunstwerk?«

»Nur sehr wenige Leute. Lassen Sie mich überlegen … Da war zum einen Kristals Assistent, ein alter Freund der Familie namens Oliver Sweetman. Ein großer, lustiger Kerl – er ist heute Abend hier. Dann vermutlich ihr Ehemann, Callum Oak. Ich denke schon, dass er eingeweiht war.«

»Er ist gerade in einem Rettungswagen weggebracht worden.«

»Der arme Mann. Das waren aber auch schon alle. Außer Art natürlich.«

»Art?«

»Art Havfruen ist Kristals und Callums Sohn. Haben Sie je von *A Boy Named Art* – ›Ein Junge namens Art‹ gehört?«

»Da muss ich passen, aber ich komme gern später darauf zurück. Nur um sicherzugehen, dass ich das richtig verstanden habe: Die einzigen Personen, die wussten, was Kristal in der Hauptgalerie plante, waren ihr Assistent Oliver Sweetman, ihr Sohn Art Havfruen und möglicherweise ihr Ehemann Callum Oak.«

»Das ist korrekt.«

»Aber irgendwer muss doch den Glastank geliefert haben. Was wissen Sie darüber?«

»Entschuldigung, das hätte ich erwähnen müssen. Wir arbeiten mit einem auf Kunstwerke spezialisierten Transportunternehmen zusammen, das sich MasterMoves nennt und in der Kunstwelt sehr bekannt ist … ›Wir passen auf Ihren van Gogh auf, solange die **Monet**en stimmen‹ – verstehen Sie?«

Shanti blickte ihn befremdet an.

»MasterMoves ist wochenlang zwischen der Galerie und Kristals Studio hin- und hergefahren«, fuhr Spencer fort. »Sie haben sämtliche Kunstwerke für die Ausstellung gebracht. Der Tank in der großen Galerie muss ihre letzte Lieferung gewesen sein; ich habe heute Nachmittag zwei Männer gesehen, die eine Kiste auf einen Gabelstapler luden. Wahrscheinlich war darin der Tank. Er wurde über eine Rampe durch die Doppeltüren in die Hauptgalerie gebracht. Die Jungs von MasterMoves arbeiten ausgesprochen schnell und effizient, aber davon können wir uns selbst überzeugen, sobald wir die Bänder aus den Überwachungskameras haben.«

»Was ist mit dem Formaldehyd? Wann wurde das in den Tank gefüllt?«

»So etwas ist nicht Kristals Sache. Ich gehe davon aus, dass der Tank bereits gefüllt und fest verschlossen geliefert wurde. Ich weiß, dass sich in den kleineren Ausstellungsräumen mehrere mit Formaldehyd gefüllte Behälter befinden, da ich deren Installation überwacht habe. Sie wurden alle bereits gefüllt geliefert, es wäre sonst auch gar nicht möglich gewesen, den Transport zu versichern.«

Am Ende der zum Seiteneingang des Gebäudes schlurfenden Menge machte ein blassgesichtiger junger Mann lautstark seinem Unmut Luft.

»Sie können mich hier nicht festhalten!«, blaffte er. Er trug einen zerknitterten Anzug und spitze Stiefeletten, das blonde Haar war zu einer Stachelfrisur geformt. Wild gestikulierend, als halte er eine feurige Rede, schritt er auf dem gekiesten Weg auf und ab.

»Das ist der Sohn«, flüsterte Spencer. »Art Havfruen.«

»Entschuldigen Sie mich«, sagte Shanti, »ich muss dringend mit ihm reden.« Sie wandte sich ab und ging auf den aufgebrachten Mann zu. »Beruhigen Sie sich, Mr. Havfruen«, beschwichtigte sie ihn, doch sein Benehmen wurde von Minute zu Minute befremdlicher.

Selbst in der Dämmerung brauchte sie nur einige Sekunden, um zu begreifen, dass der ungesund aussehende Bursche high wie ein Airbus war. Seine Pupillen waren geweitet, und er wirkte völlig überdreht – wahrscheinlich Koks oder Speed.

Plötzlich ging Art Havfruen auf sie los. »Was glauben Sie eigentlich, wer Sie sind, verdammte Scheiße?«, stieß er wütend hervor. »Meine Mutter ist da drin, und ich werde behandelt wie ein gottverdammter Krimineller!«

Jetzt, wo sie ihn direkt vor sich hatte, konnte Shanti die weißen Pulverreste rund um seine Nasenlöcher erkennen. Havfruen knirschte mit den Zähnen. »Mir ist bewusst, wie schrecklich das hier für Sie ist«, sagte sie, »aber bitte treten Sie einen Schritt zurück und beruhigen sich, Mr. Havfruen. Wir versuchen herauszufinden, was passiert ist. Ich bin mir sicher, dass das auch in Ihrem Sinne ist.«

Er stach mit dem Zeigefinger in ihre Richtung. Nur wenige Zentimeter vor ihren Augen hielt der Finger inne. »Sie haben doch keine Ahnung, was ich will!«

»Nehmen Sie Ihren Finger aus meinem Gesicht, Mr. Havfruen.«

Der Finger bewegte sich und bohrte sich hart in ihre Schulter. »Sagen Sie mir nicht, was ich zu tun habe.«

Der Plastikoverall beeinträchtigte ihre Bewegungen, trotzdem gelang es Shanti, in einer einzigen, fließenden Bewegung den angriffslustigen Zeigefinger zu packen und Havfruen den Arm auf den Rücken zu drehen.

»Du tust mir weh, Miststück!«, schrie er und versuchte, sich loszureißen.

»Und Sie hindern vorsätzlich einen Officer an der Ausübung seiner Pflicht.«

Vielleicht war sie ein bisschen zu energisch gewesen, aber Shanti reagierte auf aggressive Männer extrem allergisch. »Sergeant Bennett, wären Sie so freundlich, Mr. Havfruen zum Restaurant zu begleiten? Ihm bleibt die Wahl zwischen Kaffee und Handschellen – das ist mir gleich.«

»Das können Sie nicht machen«, jammerte Havfruen.

»Paragraf 89 des Polizeigesetzes von 1996 sagt, dass wir das durchaus können«, stellte Benno klar.

Havfruen versuchte ein letztes Mal, sich Shantis Griff zu entwinden, wobei sein Jackett aufsprang. Aus der Innentasche fiel ein kleiner Plastikbeutel und landete auf dem Kiesweg.

Shanti blickte zu Boden. »Oh, ich glaube, Sie haben etwas verloren, Mr. Havfruen. Keine Sorge, ich kümmere mich darum und bringe es für Sie zum Fundbüro.«

Benno fasste Art Havfruen fest am Arm und führte ihn zum Restaurant, während Shanti sich bückte und den aufgeplatzten Beutel aufhob, der eine zarte, weiße Puderwolke auf dem Kies hinterlassen hatte. Sie aktivierte die Taschenlampenfunktion ihres Handys, nahm eine Fingerspitze voll Pulver und hielt es sich an die Nase. Die Spurensicherung war bereits auf dem Weg hierher und würde jeden Augenblick da sein. Sie würde die Stelle kennzeichnen, an der das Tütchen auf den Boden gefallen war, und den kleinen Beutel den Kriminaltechnikern überlassen, damit die ihn eintüten und später untersuchen konnten. Wenigstens regnete es heute Abend nicht. Was immerhin etwas war.

Das HazChem-Team hatte ein lärmiges Ventilationssystem angeworfen, um die Formaldehyddämpfe aus der Galerie zu vertreiben. Als Shanti ihre Kapuze aufsetzte, roch sie ihn erneut – den feuchtkalten Geruch des Todes.

In der Ferne hörte sie das widerhallende Gezeter des Jungen namens Art, der etwas über Schikane und Menschenrechte von sich gab. Sie wusste, dass es eine lange Nacht werden würde, aber das machte ihr nichts aus. Abgesehen von dem schlafenden Achtjährigen in Yeovil und ihrer Mum, interessierten sie nur zwei Dinge: diese Ermittlung erfolgreich abzuschließen und den Ruf von DI Shanti Joyce wiederherzustellen.

Kapitel drei

DIE ULTIMATIVE PERFORMANCE

Um Mitternacht erinnerte die Szenerie in der Hauptgalerie an eine Dada-Theaterproduktion.

Shanti und Benno, die beiden Hauptdarsteller, bekleidet mit weißen Papieranzügen und Schuhüberziehern, standen in der Mitte der Bühne neben dem umgekippten Glastank, ins Gespräch vertieft.

Um sie herum, im grellen Licht der von der Spurensicherung aufgestellten Scheinwerfer, krochen die SOCOs – kurz für *Scenes Of Crime Officer* – über den Boden wie Asseln. Die verschüttete Flüssigkeit war aufgewischt, der Steinboden mit Wasser abgespült worden, Luftmessgeräte hatten den Raum als unbedenklich freigegeben.

Das Opfer, Kristal Havfruen, war für tot erklärt worden. Man hatte ihren tropfnassen Leichnam in einen Leichensack gepackt und auf einer Rollbahre davongeschoben. Die Erstaussagen der Gäste waren allesamt aufgenommen, und man hatte ihnen gestattet, nach Hause zu gehen.

Es schien so, als würde Shantis inständige Bitte, den Vorfall nicht in den sozialen Medien zu erwähnen, auf taube Ohren stoßen. Benno teilte ihr mit, dass sich das verstörende Bild von Kristal in dem Formaldehyd-Aquarium bereits rasend schnell unter dem Hashtag *#WerHatKristalGetötet* verbreitete. Schlimmer noch: Unter den Gästen waren zahlreiche Journalisten gewesen, und mehrere große Redaktionen kämpften um die Story.

So oder so – Kristal Havfruen war ins Rampenlicht zurückgekehrt.

Kristals Sohn Art, dessen Zorn sich in mitleiderregende Schluchzer aufgelöst hatte, war ins Präsidium gebracht worden, wo man ihn wegen des Besitzes einer noch näher zu bestimmenden Substanz vernahm.

Shanti entdeckte Dawn Knightly, die Leiterin der Spurensicherung, die in einer Ecke der Galerie etwas in ihr iPad tippte. Sie kannten sich erst seit wenigen Monaten, und Shanti war mehrere Jahre jünger als sie, aber die beiden Frauen, die schon fast alles gesehen hatten, fanden sofort einen Draht zueinander.

»Stehst du auf Kunst, Dawn?«

Knightly, die ein rundes, freundliches Gesicht hatte, steckte die roten Dr.-Martens-Stiefel in eine große Polyethylentüte. »Wenn ich ehrlich bin, gehe ich lieber ins Pub, aber ich muss zugeben, dass das hier echt spannend ist. Eine Leiche in einem Tank mit Formaldehyd. So was hab ich noch nie gesehen.«

»Was ist dein erster Eindruck?«

»Der Leichnam schien unversehrt, abgesehen von einer leichten Quetschung am Brustkorb, wie man sie nach Wiederbelebungsmaßnahmen vorfindet. Es gibt keine Abwehrverletzungen, nichts, was darauf hinweist, dass sie sich gegen einen Angreifer gewehrt hat. Trotzdem bin ich auf etwas Ungewöhnliches gestoßen …«

»Ja?«

»Seitlich am Hals ist ein grober Einstich, der aussieht, als stamme er von einer stümperhaft gesetzten Subkutanspritze.«

»Das ist interessant. Hast du im Ausstellungsraum irgendwelche Hinweise gefunden?«

Knightly hob die Tüte in die Höhe. »Die Stiefel standen auf dem Deckel des Tanks – man hat mir erklärt, dass das Teil des Kunstwerks war. Normalerweise ist Glas der ideale Untergrund für Fingerabdrücke, aber wir haben keine gefunden. Nur die von Oak, der den Tank umgestoßen hat.«

»Ich habe mir sagen lassen, dass diese Kristal Havfruen eine … wie sagt man noch gleich dazu, Benno?«

»Performance-Künstlerin, Chefin.«

»Richtig. Nun, dass sie eine Performance-Künstlerin war. Eine Darstellerin ohne Talent.«

»Die Großen und Wichtigen, die sich hier versammelt haben, werden da anderer Meinung sein.«

Shanti zog eine Augenbraue in die Höhe. Sie war durch die anderen Räume gegangen, hatte den Neonbaum und die Nabelschnur in dem Glasbehälter zwischen den Wurzeln gesehen. Die in Flüssigkeit treibenden Figuren und die Videos, die in ihren Augen an Pornografie grenzten. Um Gottes willen, wer fiel denn auf so ein Zeug herein? Das war ja wie in *Des Kaisers neue Kleider*. So wie sie es sah, hatte die Künstlerin ihr Leben damit zugebracht, sich selbst zum Kunstwerk zu machen. Shanti kam ein Gedanke.

»Nimm's mir nicht krumm, Dawn, aber können wir angesichts der Selbstbesessenheit dieser Frau mit Sicherheit ausschließen, dass sie sich umgebracht hat? Wäre das nicht die ultimative Performance?«

»Der Gedanke ist mir auch schon gekommen«, räumte Knightly ein. »Doch alles spricht dagegen. Zunächst einmal passt die Einstichwunde an ihrem Hals nicht zu einem Selbstmord. Hinzu kommt, dass sich der natürliche Instinkt einschaltet, wenn man ertrinkt, was bedeutet, dass man anfängt, mit aller Kraft um sein Leben zu kämpfen, erst recht in einem Glastank mit unverdünntem Formaldehyd.«

»Seht mal«, schaltete sich Benno ein und hielt sein Handy hoch. »Sie treibt seelenruhig dahin. Deshalb hat ja auch jeder gedacht, es handele sich um ein Modell.«

Der befremdende Anblick der in fötaler Haltung zusammengekauerten Frau ließ Shanti erschaudern.

»Dann denkst du also, sie war tot, als sie in den Tank gelangte?«

»Ich verwette meine Pension darauf, dass man sie betäubt hat«, ließ sich die Leiterin der Spurensicherung vernehmen. »Aber das werden wir ja bald herausfinden.«

»Du spielst mit hohem Einsatz, Dawn«, stellte Shanti fest, dann überlegte sie einen Moment. »Vielleicht hat sie sich am Vorrat des Juniors bedient und sich selbst unter Drogen gesetzt.«

»Vergiss es«, widersprach Knightly. »Sie wäre entweder zu benommen gewesen, um in den Tank zu klettern, oder zu klar, um zu ertrinken. Nein. Dahinter steckt mehr.«

Sie legte eine behandschuhte Hand auf den umgekippten Tank.

»Der Witwer, Callum Oak«, fuhr sie nach einem kurzen Augenblick fort, »hat das Ding hier auf die Seite gestoßen, was verdammt schwer gewesen sein muss. Laut den Aussagen der Gäste hat er versucht, das Glas mit einem Stuhl zu zerschmettern, bevor er sich am Deckel zu schaffen gemacht hat. Am Ende mussten sie Werkzeug herbeischaffen, um ihn aufzustemmen, und Kristal ist herausgeglitten wie ein Baby bei der Geburt. Irgendwer hat die ganze Show gefilmt. Aber hier kommt der entscheidende Punkt, Shanti – der Tank war von außen verschlossen.«

»Glaubst du, sie hat jemanden überredet, sie unter Drogen zu setzen und in den Behälter zu sperren? Du weißt schon – eine letzte, Aufmerksamkeit heischende Performance?«

»Klingt für mich ziemlich weit hergeholt. Aber selbst wenn das der Fall wäre, sind wir immer noch auf der Suche nach einem Mörder.«

»Du willst also sagen, dass …«

Knightly schmunzelte. »Du kennst mich. Vor der Obduktion sage ich gar nichts, aber ich setze auf Mord, Shanti. Auf einen schönen, kunstvoll ausgeführten Mord.«

Die Scheinwerferlichter des Saab durchschnitten die samtene Schwärze der schmalen Straße. Auf dem Beifahrersitz rutschte Benno unbehaglich hin und her, bis er schließlich einen Plastik-Stegosaurus unter seinem Hintern hervorzog.

»Entschuldige die Unordnung, Benno. Ich bin noch nicht ganz mit Auspacken fertig.«

»Mach dir keine Gedanken, Chefin«, erwiderte er wenig überzeugend.

Sie hatte dem Sergeant angeboten, ihn mitzunehmen, um ihn unterwegs ausquetschen zu können.

»Sag mal, Benno, du hast doch mitbekommen, worauf Dawn wettet, oder?«

»Sie tippt auf Mord.«

»Ich traue ihrem Instinkt. Aber ist dir klar, was das bedeutet? Es bedeutet, dass ein Killer sein Unwesen in Südwestengland treibt – ein wahnsinniger Killer. Was für ein Mensch würde sonst so etwas tun? Jemanden unter Drogen setzen, in einen Tank mit Formaldehyd sperren und öffentlich zur Schau stellen? Da muss man schon eine so verdrehte Psyche haben wie … wie …«

»Wie eine Nabelschnur in einem Glasbehälter.«

»Exakt. Ich muss ihn finden, Benno.«

»Ich frage mich, was für ein Motiv dahintersteckt, Chefin. Geld? Rache? Eifersucht? Liebe? Warum sollte jemand Kristal Havfruen umbringen wollen?«

»Um ehrlich zu sein, stellt ihre sogenannte Kunst in meinen Augen ein mehr als ausreichendes Motiv dar.«

»Verdächtigst du den Sohn?«

»Den Schneejungen? Er ist es definitiv wert, genauer unter die Lupe genommen zu werden. Ich würde gern wissen, was für eine Beziehung er zu seiner Mum hatte, wenngleich ich bezweifle, dass er über die notwendigen Fähigkeiten verfügt, etwas so Aufwendiges auf die Beine zu stellen.«

Ein schwarz-weißer Dachs wuselte vor ihnen her wie ein pummeliger Sträfling auf der Flucht. Seit ihrem Umzug von Camden waren vier Monate vergangen, aber Shanti war sich nicht sicher, ob sie sich jemals an die Nächte hier draußen gewöhnen würde. An das Fehlen von Straßenlaternen. An das Fehlen von Menschen. Doch dann dachte sie an die verschiedenen Wohngebiete der Innenstadt an einem Sonntag in den frühen Morgenstunden, und die Nacht in Südwestengland kam ihr vor wie eine warme Umarmung.

»Was ist mit dem Ehemann, Benno?«

»Callum Oak? Er war definitiv am Boden zerstört, obwohl die Formaldehyddämpfe natürlich alle zum Weinen gebracht haben.«

»Wo wohnt er?«

Benno blätterte im Schein einer Taschenlampe sein Notizbuch durch. »Da haben wir's ja. Mangrove House, kurz vor Sidmouth.«

»Wo ist das?«

Mit gespieltem Akzent antwortete Benno: »Ich vergesse immer, dass du nicht aus der Gegend kommst. East Devon. Ungefähr vierzig Meilen entfernt.«

»Und er hat dort mit Kristal gelebt?«

»Soweit ich weiß, ja.«

»Dann ist da noch Saul Spencer, der Kurator. Und dieser große Bursche, Oliver Sweetman, ein Freund der Familie. Er ist ein bisschen seltsam, findest du nicht? Hört nie auf zu grinsen.«

»Chefin, die Sache könnte simpler sein, als du denkst.«

»Inwiefern?«

»Die Ausstellungsräume sind mit Überwachungskameras ausgestattet. Wenn wir Glück haben, sehen wir den Täter bei der Arbeit – wenn er den Tank öffnet und … du weißt schon …«

»Sie hineinstößt. Mag sein. Vielleicht war Kristal aber auch bereits in dem Tank, als er geliefert wurde. Mensch, Benno, das ist die erste Gelegenheit für mich, den Arschlöchern in der Kantine zu beweisen, was ich draufhabe. Und es bedeutet mir verdammt viel, dich auf meiner Seite zu wissen. Verfolgst du die Sache im Präsidium weiter, damit ich nach Hause zu meinem Sohn fahren kann? Geh das Material der Überwachungsbänder durch. Durchkämme die Aussagen der Gäste nach Auffälligkeiten. Überprüfe die Autokennzeichen und finde heraus, ob irgendwelche Verstöße vorliegen, selbst wenn es sich bloß um einen Strafzettel wegen Falschparkens handelt. Kleb ein paar Namen und Gesichter auf eine Tafel, wenn es hilft. Fang an, einen Zeitstrahl zu erstellen. Vor allem wünsche ich mir, dass du Art Havfruen unter die Lupe nimmst. Man hat ihm Blut abgenommen, oder?«

»Ja. Der Kerl ist ein wandelnder Chemiebaukasten. Morgen früh bekommen wir die vollständige Analyse.«

Shanti spürte, wie sich in ihr der vertraute Konflikt aufbaute, der bei ihr dieselben Beschwerden hervorrief wie eine Magenverstimmung. Morgen war Sonntag, und sie hatte Paul versprochen, den Tag mit ihm zu verbringen. Nichtsdestotrotz stand sie förmlich in Flammen vor lauter Adrenalin. Heute Nacht würde sie kein Auge zutun, das wusste sie. Im Kopf endlos Tatverdächtige zu vernehmen – das war ihr Ding. Natürlich wäre es schwer für die Familie, aber eine Frau war tot, und sie konnten ihren durchgeknallten Sohn nicht lange festhalten. Außerdem mussten sie dringend dem Witwer, Callum Oak, einen Besuch abstatten, und zwar in derselben Minute, in der er aus dem Krankenhaus entlassen wurde. Darüber hinaus galt es, eine Ermittlung anzupacken, solange der Fall noch heiß war. Paul würde das verstehen – er war total stolz auf seine Mum. Neulich hatte er verlauten lassen, dass er eines Tages selbst gern Detective wäre.

Shanti wurde klar, dass sie dringend ein weiteres Paar Augen und Ohren brauchen würde, wenn Benno an seinen Schreibtisch im Präsidium gefesselt war. Vorzugsweise gehörten diese Augen und Ohren jemandem, der sich in diesem Teil der Welt so gut auskannte, wie Benno es tat. Sie wollte nicht das kleinste Detail übersehen, und zwei Köpfe waren nun mal besser als einer. Im Geiste ging sie die übrigen Teammitglieder durch. Bei ihrer Ankunft war sie schockiert gewesen, wie klein die Mannschaft war – ein Präsidium, das man durch Kürzungen bis auf die Knochen abgespeckt hatte. Ihr fiel niemand ein, den man zu ihrer Unterstützung abstellen konnte. Benno würde jede verfügbare Hand brauchen, und am Wochenende ging es immer hoch her.

»Weißt du jemanden, der mir assistieren könnte, Benno? Jemand, der gut ist. Kein einfältiger Trottel.«

»Hm … in Wincanton und Crewkerne gibt es ein paar clevere Jungs. Aber glaub mir, Chefin, man wird dir bestimmt nicht die Spitzenkräfte auf unbestimmte Zeit zur Verfügung stellen.«

Schweigen machte sich im Wagen breit, als beide Cops über das altbekannte Dilemma grübelten – wie sie ihren Job trotz eines ständig schrumpfenden Budgets erledigen konnten.

»Da fällt mir jemand ein …«, sagte Benno nach einer Weile zögernd in die Stille hinein.

»Schieß los.«

»Es gibt noch einen weiteren DI in Yeovil … Es ist der, dessen Schreibtisch du geerbt hast, um genau zu sein.«

Shanti hatte den Geist jenes Detectives gespürt, als sie ihren neuen Arbeitsplatz bezogen hatte. Die makellos aufgeräumte, saubere Schreibtischoberfläche – das genaue Gegenteil von Shanti Town. Die wohlgeordneten Akten und Schubladen, die mit obsessiver Sorgfalt ausgerichteten Arbeitsmaterialien. Was in ihren Augen weit über eine leichte Zwangsneurose hinausging. Sie dachte an die Post, die eine Zeitlang für ihn eingegangen war, adressiert an … Wie war noch gleich sein Name?

»Caine, nicht wahr? Detective Inspector Vincent Caine.«

»Obwohl … schlag dir das doch lieber aus dem Kopf, Chefin. Mir wird schon noch jemand anders einfallen.«

»Warum? Was ist er für ein Mensch, Benno?«

»Mal unter uns, Chefin: Ich mag den Mann, aber die meisten aus dem Team kamen nicht mit ihm klar. Vince ist ein seltsamer Mensch. Ein bisschen distanziert. Nicht interessiert an einem Glas Bier nach Feierabend. Zieht seine eigene Gesellschaft vor. Er mag gute Witze wie jeder andere auch, aber er wird ungehalten, sobald es darin um etwas Rassistisches, Homophobes oder Sexistisches geht, und genau damit hatten manche der Jungs hier ihre Schwierigkeiten. Er hat seine Zeit damit verbracht, schräge Bücher zu lesen – Buddhismus, Achtsamkeit und den ganzen Quatsch. Er konnte großartig mit jungen Menschen umgehen, hatte soweit ich weiß aber keine Familie oder Kinder. Nicht unbedingt der geborene Detective, könnte man meinen, allerdings …«

»Allerdings was, Benno?«

»Allerdings war er absolut brillant. Der beste DI, den ich je kennengelernt habe, und das waren einige. Er hatte eine etwas ungewöhnliche Herangehensweise – bedächtig, intuitiv und eher unkonventionell, so ganz und gar nicht nach Lehrbuch.« Er lächelte. »Vince hatte einen blöden Spitznamen …«

»Ja?«

»Die Kids in der Stadt nannten ihn den ›Veggie Cop‹.«

Shanti lachte. Sie hatte die Teenager, von denen Benno sprach, bereits kennengelernt. Sie fragte sich, welchen Namen sie ihr wohl verpassen würden – weiblich, Asiatin, aus London. Material gab es zur Genüge.

»Warum hat er aufgehört, dieser *Veggie Cop?*«, wollte sie wissen.

»Aus gesundheitlichen Gründen«, antwortete Benno, »auch wenn ich keine Ahnung habe, wie die aussehen sollen. Ich bin nie einem gesünderen Menschen begegnet. Eigentlich sollte er nur sechs Monate wegbleiben, aber dann bist du gekommen und direkt in die Fußstapfen seiner afghanischen Hausschuhe Größe vierundvierzigeinhalb getreten.«

»Dann ist er dem Job also gewachsen?«

»Das musst du beurteilen. Im Vertrauen, Chefin: Der Präsidiumsleiter ist ganz heiß darauf, ihn zurückzubekommen. Ich muss dich allerdings warnen – Caine ist der zögerlichste Cop, dem du je begegnen wirst. Was auch immer zu seiner Auszeit aus gesundheitlichen Gründen geführt haben mag, wird in seine Entscheidung mit hineinspielen. Es würde mich erstaunen, wenn du ihn überreden könntest, wieder mit einzusteigen.«

»Wo wohnt er?«

»Nun, das ist eine interessante Frage …«

Kapitel vier

DER COP IN DER HÜTTE

Der Saab rollte über die steil abfallende Hauptstraße von Lyme Regis, vorbei an Fossilienläden, Bonbongeschäften, Klamottenboutiqen und Delis. Fröhliche Wimpel flatterten zwischen den alten Gebäuden, als wäre hier permanent Feiertag. Am Fuß des Hügels schien sich ein breiter Streifen Meer aufzutürmen wie eine glitzernde Mauer. Die Gehsteige waren voller Menschen – sonnenverbrannte Eltern, Kinder, die Kescher und kleine Schaufeln in den Händen hielten, die Gesichter mit Eiscreme verschmiert. Shanti spürte, wie die Eifersucht an ihr nagte. Es war Jahre her, seit Paul und sie sich eine Auszeit gegönnt hatten. Ein kurzer Wochenendtrip nach Brighton, den sein Dad ruiniert hatte.

Es war rappelvoll, und sie brauchte beinahe eine halbe Stunde, um eine freie Lücke auf dem Parkplatz gleich am Wasser zu finden. Als sie nach Kleingeld für den Parkautomaten suchte, wurde sie von einem großen Platscher Guano auf der Windschutzscheibe begrüßt und vernahm das dämonische Gelächter einer Möwe.

Sie war bereits müde und verstimmt, und ihre Laune verfinsterte sich noch mehr, als ihr Blick auf einen kleinen Süßigkeitenladen fiel, vor dem mehrere Zeitungsständer standen. Auf jeder Titelseite prangte dasselbe grauenvolle Bild, versehen mit derselben unbeantworteten Frage: *WER HAT KRISTAL ERMORDET?*

Es war wie ein Vorwurf. Eine Mahnung. Als wäre das nötig.

Shanti war heute Morgen noch nicht im Präsidium gewesen, aber Benno hatte sie darüber informiert, dass die Medien bereits ein Lager vor der Dienststelle in Yeovil aufschlugen.

Sie war direkt nach Lyme gefahren und hatte unterwegs einige Male versucht, Caine zu kontaktieren, doch mehr als eine mysteriöse und leicht nervige Ansage war nicht dabei rumgekommen: »Sie haben den Anrufbeantworter von Vincent Caine erreicht. Ich bin momentan in Klausur, doch wenn Sie eine Nachricht hinterlassen, werde ich mich in absehbarer Zeit bei Ihnen melden …«

Was hatte das zu bedeuten? Was meinte er mit »in Klausur«? Und wann um alles auf der Welt war »in absehbarer Zeit«?

Entschlossen strebte Shanti die Promenade entlang, bahnte sich ihren Weg durch bummelnde Familien mit Buggies, Rollstühlen und schwanzwedelnden Hunden, der Wegbeschreibung folgend, die sie sich am Morgen eingeprägt hatte. Benno war vor einigen Jahren bei Caine zu Besuch gewesen, als dieser sein Refugium gebaut hatte – eine Holzhütte in der Wildnis, hoch oben auf der Undercliff, einem Naturschutzgebiet, welches im Lauf der Jahre durch eine Reihe von Erdrutschen entstanden war. Man ging ungefähr eine Stunde lang über den Küstenweg Richtung Westen, bevor man auf ein verfallenes Steingebäude auf einer Lichtung stieß, bekannt als »Verlorener Schornstein«, dann stieg man einen engen Pfad steil bergauf. Nicht gerade eine genaue Beschreibung, eher wie die Karte der *Schatzinsel*.

Laut Wikipedia zählte die dicht bewaldete Undercliff westlich der Stadt zum Weltnaturerbe. Als Teil der weltberühmten Jurassic Coast – der Juraküste – kam dieses Gebiet in ganz Großbritannien einem unberührten Regenwald am nächsten. Das Land war unglaublich instabil, die Klippenwände konnten jederzeit abrutschen. Warum also sollte irgendwer hier leben wollen?

Shanti fühlte sich erschöpft und aufgewühlt zugleich. Diese Expedition könnte sich als gewaltige Zeitverschwendung entpuppen. Auf der anderen Seite brauchte sie bei diesem Fall dringend einen Partner, und Benno, der seine Worte stets mit Bedacht wählte, hatte Caine als den besten Detective beschrieben, dem er je begegnet war.

Also wie könnte sie diesen unwilligen Cop dazu bringen, sie zu unterstützen? Unterwegs stellte sie sich vor, wie sie ihm weismachte, dass der Fall einzigartig sei – bizarrer als alles, womit sie es bislang zu tun bekommen hatte. Wenn Caine auch nur die Hälfte ihres Ermittlernaturells besaß, würde er unmöglich widerstehen können.

Shanti, in Jeans und Jeansjacke, fing an, in der gnadenlosen Sonne zu schwitzen. Sie schälte sich aus der Jacke und stopfte sie in ihre Umhängetasche. Am Strand zu ihrer Linken sah sie kleine Kinder durch die Brandung flitzen. Ihr begeistertes Kreischen drang bis zu ihr herüber. Tränen traten in ihre Augen, aber Shanti drängte sie entschlossen zurück.

Sie kam an einer Reihe von dudelnden Spielautomaten, lärmigen Cafés und überteuerten Trampolinen vorbei. Es war kurz vor Mittag, und die Terrassen der Pubs, die auf die berühmte Cobb, die mächtige, steinerne Hafenmauer hinausgingen, waren vollbesetzt mit durstigen Gästen, deren Stimmen sich mit hellem Lachen vermischten. Der essigsaure Geruch nach Fish & Chips erinnerte sie daran, dass ihr Frühstück aus einer Tüte Chips während der Fahrt bestanden hatte.

Hinter einem Bowling-Rasen und einer Schule für Bootsbauer ging die Stadt in ländliches Gebiet über. Shanti folgte den Hinweisschildern aus Holz zum Küstenpfad und kämpfte sich eine lange Treppe hinauf, die in die Klippe geschlagen war – eine deprimierende Erinnerung daran, dass sie längst nicht so fit war wie früher –, und gelangte auf eine Wiese. Das T-Shirt klebte an ihrem Oberkörper, ihr BH war zu eng. Sie entdeckte mehrere Hundeausführer, die fröhlich in ihre Richtung winkten. Shanti winkte nicht zurück, dazu war sie viel zu gereizt. Mit jedem Schritt kam ihr diese Expedition absurder vor – sie war ein DI, der in einem neuen Fall zu ermitteln hatte, und nicht Sir David Attenborough, verdammt noch mal.

Jetzt verwandelte sich der Pfad in einen Blättertunnel, der vor Leben summte und pulsierte. Auf der linken Seite schimmerte das Meer zwischen den Blättern hindurch. Der Weg schlängelte sich tiefer in den kühlen Wald hinein und war gefleckt mit dunkellila Schatten.

Sie stieg Treppen aus groben Holzbalken hinauf und wieder hinunter und scheuchte an einer Stelle zwei scheue Hirsche auf – ach du lieber Himmel, konnten Hirsche beißen oder einen mit ihrem Geweih aufspießen? –, stolperte über Wurzeln und Schlingpflanzen, die sich wie Finger um ihre Fußknöchel schlossen. Der sich ständig verlagernde Erdboden sorgte dafür, dass die Bäume in verkrüppelter Form wuchsen – manche von ihnen sahen aus wie altmodische Tänzer.

Seit ihrer Ausbildung hatte sie sich nicht mehr so viel bewegt, aber damals war sie weiß Gott fit gewesen! Jetzt bestrafte ihr Körper sie für ihre Nachlässigkeit und die schlechte Ernährung. Sie zog ihr Handy aus der Tasche, um die beruhigenden Stimmen von Paul und ihrer Mum zu hören, aber das Display zeigte keinen einzigen Balken an. Einen Augenblick lang sehnte sie sich nach den schäbigen Straßen von Camden, gesprenkelt mit Kotze, Blut und Kaugummi – zumindest hatte man da Empfang.

Ihr war schwindelig vor Hunger, und sie stand kurz davor, ihre Mission abzubrechen, als sie auf eine Lichtung trat, umstanden von riesigen Buchen. Und dort war er, der *Verlorene Schornstein*. Das war alles – ein hoher Stapel alter Backsteine, der genauso fehl am Platz zu sein schien wie sie.

Verflixt, warum hatte sie sich nichts zu trinken gekauft? Die warme Dose Limo auf dem Beifahrersitz kam ihr in diesem Moment vor wie eine wahre Gaumenfreude. An einer Seite des

Schornsteins entdeckte sie den schmalen Weg, einen steil ansteigenden Wildpfad; hoch über ihrem Kopf blinkte eine Fensterscheibe wie ein zwinkerndes Auge durch die Bäume.

Als sie sich bergaufschleppte, fiel ihr Blick auf ein Gebäude aus Holz, das keine einzige scharfe Kante hatte – wie eine Arche. Sie blieb stehen, um wieder zu Atem zu kommen, und bemerkte Solarpaneele, eine Schnur mit bunten Gebetsfahnen, große Fenster, eine aufgeschüttete Veranda mit Holzboden und ein Grasdach. Aus einem Abzugsrohr stieg Rauch in die Höhe. Das hier war also Caines Hütte, und anscheinend war er weniger ein Veggie Cop als vielmehr Bilbo Baggins aus *Herr der Ringe*.

Sie fragte sich, ob dieser Mann, Vincent Caine, so instabil war wie die Beschaffenheit des Bodens, auf dem er wohnte. Er hatte sich krankschreiben lassen, eine gesundheitsbedingte Auszeit genommen. Womöglich war er verwildert. Hatte sich in einen Hinterwäldler verwandelt. Sie stellte sich vor, wie sie panisch flüchtete, ihr Hintern gepfeffert mit Schrotkugeln, einen bärtigen Irren auf den Fersen.

Auf der anderen Seite musste sie zugeben, dass das Gebäude wirklich hübsch anzusehen war. Ein wenig unförmig, das ja, aber meisterhaft gebaut, sodass es in perfekter Harmonie mit der bewaldeten Landschaft ringsherum stand, die sich hob und senkte wie ein Ozean.

Aber was war das da auf dem Dach? Shantis Herz machte einen Satz. Oberhalb der kunstvoll gearbeiteten Holzveranda saß etwas Großes, Lebendiges. Ein Vogel, um Himmels willen! Ein Raubvogel, groß wie ein Pitbull! Als sie näher kam, erhob er sich träge in den Himmel, die braunen Flügel weit ausgebreitet, schwankend wie ein havariertes Segelboot. Dann nutzte er die Thermik und kreiste gelassen über dem Wald.

Ihr Körper war am Limit, als sie an Caines Tür ankam, die aus gehobelten Brettern gefertigt war. Als Türgriff diente ein knorriges Stück Treibholz. Ihre Polizistinnenaugen bemerkten sofort, dass es nirgendwo ein Schloss gab. *Darüber sollten wir reden, mein Herr …*

Shanti schnaufte tief durch, klopfte laut an die Tür und stellte fest, dass ihre Finger vor Flüssigkeitsmangel angeschwollen waren. Sie wartete. Klopfte erneut, doch niemand reagierte.

Schließlich drückte sie die Klinke. Die gut geölte Tür schwang lautlos auf.

Shanti warf einen Blick ins Innere der Hütte. Sie sah einen langen schwarzen Mantel an einem Haken hängen, außerdem zwei ramponierte Surfbretter und ein Paar Leinenschuhe, die so ordentlich nebeneinanderstanden wie in einer Moschee. Sie zögerte, dann trat sie ein, zog ihre Turnschuhe aus und spürte das kühle Holz unter ihren Füßen.

Caines Hütte war minimalistisch eingerichtet. Ein paar vereinzelte Kissen lagen in der offenen Küche, die ins Wohnzimmer überging, auch auf einer Art Podest waren ein paar Kissen verstreut. Dort befand sich ein Schrein, geschmückt mit eigenartigen Dingen: einer tropfenden Kerze, ein paar Federn, einer kleinen Vase mit Wildblumen und einem geschnitzten Buddha.

In einem schlichten Regal standen mehrere Taschenbuchromane und gebundene Bücher; in der tadellos aufgeräumten Küche entdeckte sie einen kleinen Ofen und schlichte, handgearbeitete Stühle, die rund um einen Tisch standen. Das Küchenregal war voller Tassen, jede davon mit einem witzigen Spruch versehen. Auf einer war die Karikatur eines Zen-Mönchs in einem kleinen Wagen abgedruckt, unter dem ein platt gequetschter Hund hervorschaute. Darunter stand *Dein* ***Kar****-ma hat mein* ***Dog****-ma überfahren.* Shanti verzog die Lippen zu einem schiefen Grinsen. Die Luft in der Hütte fühlte sich rein und kühl an, trotz des Ofens. Es duftete nach Sandelholz – was ihr albernerweise bewusst machte, wie schmutzig und verschwitzt sie war. Sie war ein Fremdkörper in dieser Hütte, ein Eindringling, angezogen von einer unsichtbaren Macht.

»Hallo«, rief sie. Dann, lauter: »Hallo!«

Nichts.

Vor einem Durchgang hing ein weißer Baumwollvorhang – wie in einer dieser dämlichen Einrichtungszeitschriften, die doch kein Mensch las. Auf Socken tappte Shanti darauf zu, zog den Vorhang beiseite und enthüllte einen überraschend großen, luftigen Schlafraum. Weiß, extrem ordentlich – auf dem Boden nichts als ein Futon mit Baumwolldecken und -kissen. Ihr Blick wurde von dem großen Fenster angezogen, durch das man über das Dach des Waldes auf die glitzernde See und den fernen Horizont dahinter blicken konnte. Ohne nachzudenken, ließ sie ihre Tasche aufs Bett fallen.

Am anderen Ende des Raums wehte eine Gardine vor einem weiteren Fenster in der Brise. Zwischen den wogenden Stoffbahnen erblickte sie einen Mann. Er war bis zur Taille nackt und saß mit übereinandergeschlagenen Beinen auf der Veranda, den Rücken ihr zugewandt. Ihr fielen die Eleganz seiner Körperhaltung und das dunkle Haar auf, das bis auf seine breiten Schultern reichte. Sein Rücken und die Arme waren gebräunt und sehnig wie geflochtenes Leder.

Mit einer einzigen langsamen Bewegung hob er einen abgerundeten Schlegel auf und klopfte damit dreimal gegen eine Messingschale. Ein seltsam vibrierender Ton füllte den Raum und die frühlingshafte Welt draußen.

Und dann drehte sich der Mann um. Ihre Augen begegneten sich.

»Ah«, sagte er versonnen. »Der unverhoffte Besucher.«

Kapitel fünf

EIN FALL FÜR GEDULD UND ACHTSAMKEIT

Es war die längste Klausur in der Abgeschiedenheit der Wildnis, in die er sich je begeben hatte. Drei Wochen, drei Tage, drei Stunden und – ein ausgesprochen glücklicher Zufall – exakt drei Minuten lagen hinter ihm, als die Besucherin die Tür geöffnet und »Hallo!« gerufen hatte.

Das war das Seltsamste: Obwohl sie einander nie im Leben begegnet waren, hatte er das Gefühl, sie schon ewig zu kennen.

Die alten Mönche, die ihn das Meditieren gelehrt hatten, betonten stets, wie wichtig es war, langsam aus der Klausur zurückzukehren, liebevoll, einfühlsam, wie nach einem Winterschlaf. Man brauchte Zeit, um sich auf das zu besinnen, was man erreicht hatte, und mit seinen Dharma-Freunden über die Erfahrung zu diskutieren. Außerdem hatte man während der Phase der Abgeschiedenheit nur wenig gegessen, und der Körper fühlte sich vom stundenlangen Sitzen steif an. Vor allem aber hatte man seit seinem Rückzug mit keiner Menschenseele mehr gesprochen.

Die Frau traf in der Hütte ein wie eine Botschafterin von einem anderen Stern. Ihre fahrige Art erinnerte ihn an einen Ort, den er hinter sich gelassen hatte – ein Ort, an dem die Menschen in einem fieberhaften Traum der Erwartung und Enttäuschung lebten. Es hatte während der Klausur Momente gegeben, in denen er komplett aus jenem Traum erwacht war, und jetzt musste er das verarbeiten.

Langsam stand er auf und berührte instinktiv mit den Fingerspitzen die Stirn, eine spirituelle Praxis, um den Weg in eine erleuchtete Zukunft zu finden. Sein Körper fühlte sich leicht und etwas wackelig an, und nun fiel ihm noch etwas anderes an der Fremden auf, das ihn beunruhigte. In Thailand war man strikt nach Geschlechtern getrennt in Klausur gegangen, Männer und Frauen hatten keinerlei Kontakt zueinander. Es gab einen Grund dafür. Als er auf sie zutrat, nahm er eine schwelende Hitze wahr, die von ihrem Körper aufstieg, dazu einen schwachen Geruch nach Zitrone, Moschus … und Frau.

»Warum haben Sie das gesagt?«, fragte sie.

»Was habe ich gesagt?«

Die Wörter schmeckten fremd auf seiner Zunge. Wie eine ungewohnte Speise. Es hätte ihn nicht überrascht, wenn eine andere Sprache aus seinem Mund gekommen wäre. Oder Vogelgezwitscher.

»Etwas über einen unverhofften Besucher.«

»Oh, entschuldigen Sie. Gestern Abend habe ich einen Gedichtband gelesen. Der ›unverhoffte Besucher‹ ist aus einem Gedicht von Rumi mit dem Titel *Das Gasthaus.*«

»Aha. Ich werde es nachschlagen.«

»Rumi war ein sufistischer Mystiker.«

»Ist das eine Karrieremöglichkeit?«

»Ich nehme an, er will damit sagen, dass jeder, der in unser Leben tritt, aus einem ganz bestimmten Grund geschickt wurde – Sie wissen schon, um uns etwas zu lehren. Allerdings gehe ich davon aus, dass er damit Gefühle genauso meint wie Menschen. Und natürlich können die Emotionen und Erfahrungen, die am schwierigsten sind, die erleuchtendsten sein.«

»Na schön, aus welchem Grund bin ich hier?«

Der große Mann ging barfuß ins Schlafzimmer und öffnete eine Schublade.

»Ich würde sagen, Sie sind ein Cop. Und Ihnen fehlen Mitarbeiter.«

Er nahm ein ordentlich gefaltetes weißes T-Shirt heraus und zog es sich über den Kopf, dann rollte er die Ärmel hoch und entblößte seine Bizepse.

»Du meine Güte«, sagte Shanti, »Sie haben recht. Ich bin tatsächlich ein Cop. Woher wussten Sie das?«

»Teils mystische Intuition, teils Handschellen und Pfefferspray in Ihrer Handtasche.«

Ihr war klar, dass er sich über sie lustig machte. Und das machte sie wütend. Normalerweise ließ sich Shanti Joyce nicht so schnell aus der Fassung bringen. Sie hatte Junkies gegenübergestanden, die für einen Schuss töteten, hatte sich mit Horden besoffener Fußballfans auseinandersetzen müssen und mit brutalen Kids mit Messern. Einmal hatte sie einen Kollegen zu Boden befördert, der ihr in der Kantine an den Hintern gefasst hatte.

Doch diese Hütte auf der Undercliff war eine andere Welt. Eine Welt, deren Regeln sie nicht verstand, und das verunsicherte sie. Sie stellte fest, dass sie anfing zu stammeln.

»Hören Sie, normalerweise spaziere ich nicht ungebeten in die Häuser fremder Leute. Das war Bennos Idee … Sie hier draußen aufzusuchen, meine ich. Sie erinnern sich an Benno? Sergeant Bennett? Er lässt Sie übrigens grüßen. Die Sache ist die: Ich möchte Sie fragen … Nein, Augenblick, ich hab mich ja noch nicht einmal … DI Shantala Joyce … Sie können mich Shanti nennen. Ich habe in Yeovil Ihren Platz im Präsidium eingenommen …«

Sie streckte ihm die Hand entgegen. Er nahm sie langsam, und … ach du lieber Himmel! Als er ihr in die Augen sah, hatte er das Gefühl, in zwei Ölquellen zu stürzen.

Anscheinend waren ihr die Worte ausgegangen, denn sie schwieg nun, und Caine stellte fest, dass die Ruhe noch da war. Hinter alldem lag die Stille. Er führte sie in die Küche und bot ihr einen Platz an, dann schenkte er ihr aus einem Krug ein Glas

Quellwasser ein, das sie in sich hineinkippte, als hätte sie seit Tagen nichts mehr getrunken. Anschließend schob sie ihm das Glas zu wie ein Kind, das nach mehr verlangt.

Sie brauchte ziemlich viele Dinge, das spürte er, aber er hatte keine Eile herauszufinden, was genau. Der ganze Mist mit Gesetzen, Verbrechen und Uniformen kam ihm vor wie ein Spiel aus längst vergangenen Kindertagen.

Die Besucherin war asiatischer Abstammung, eventuell indisch, mit schulterlangen braunen Haaren und großen, freundlichen Augen. Sie strahlte die natürliche Schönheit einer jungen Mutter aus. Kleine Schweißperlen flossen über ihre Stirn, was ihn an Perlenschnüre vor einer Tempeltür erinnerte. Ihre Körperhaltung drückte Anspannung aus, und obwohl sie sich gerade erst kennengelernt hatten, wusste er, dass es in ihrem Kopf aussah wie zur Hauptgeschäftszeit in der Innenstadt. Was ihn daran erinnerte, wie er als Cop gewesen war.

Draußen vor dem Fenster schwebte der Bussard so majestätisch über das Dach aus Baumkronen, als sei er selbst Teil des Waldes.

»Benno hat Sie als eher zögerlichen Cop beschrieben«, sagte sie.

»Ich bin mir nicht sicher, ob ich überhaupt ein Cop bin.«

»Dann werden Sie sich also nicht überreden lassen, mir unter die Arme zu greifen?«

»Nein. Aber ich sage Ihnen, was ich tun werde – ich werde uns etwas zu essen machen und Sie anschließend zurück nach Lyme begleiten. Sind Sie hungrig?«

»Himmel, ja. Um genau zu sein, bin ich am Verhungern, jetzt, da Sie es erwähnen.«

»Worauf haben Sie Appetit?«

»Ach, irgendetwas Einfaches. Ich würde einen Mord begehen für ein Schinkensandwich mit einer Tonne Ketchup … Entschuldigung. Was immer Sie dahaben.«

Er ging zum Ofen und legte ein Scheit hinein. Shanti verfolgte seine Bewegungen – ohne Eile, präzise, agil. Ihr fiel auf, dass er von Stille umhüllt war wie andere Menschen von Kleidung. Er lächelte gelassen. Völlig unbeeindruckt von der aberwitzigen Peinlichkeit der Situation.

Jetzt griff er nach einem Wok und einer Flasche Öl, bevor er prüfend mit dem Daumen über die Klinge eines langen Messers strich, eine kleine Hintertür öffnete und mit nackten Füßen ins Gras vor der Hütte trat. Shanti sah einen mustergültigen Küchengarten, der zum Schutz vor den Wildtieren mit einem Zaun versehen war. Einen Augenblick später kehrte er zurück, die Arme voller dunkler Blätter, erdverkrusteter Karotten, Zwiebeln und einer Reihe von Kräutern.

»Sie werden sich gedulden müssen«, sagte er, als er anfing zu putzen, zu schneiden und zu braten. »Ich war an einem anderen Ort. Aber nun sind wir hier. Es freut mich, Sie kennenzulernen, Shanti Joyce.«

»Die Freude ist ganz meinerseits, DI Caine. Wo genau sind Sie denn gewesen?«

Während er kochte und umrührte, erzählte er ihr von seiner Klausur – was es bedeutete, sich eine Auszeit zu nehmen. Im Wald zu leben. Sich jeder Empfindung bewusst zu sein, sodass selbst der schlichte Akt des Waschens oder Essens zu einer sinnlichen Tätigkeit wird – so lange, bis die Erinnerungen an die Vergangenheit und die Sorgen um die Zukunft verschwunden sind.

Shanti dachte daran, wie Benno Caine beschrieben hatte: bedächtig, intuitiv, unkonventionell. Schaumschläger hatte er nicht erwähnt. Sie war versucht, ihm von dem Fall zu erzählen. Zögerlich oder nicht – er würde schon anbeißen, wenn er die saftigen Details erfuhr.

Aber sie durfte den Mann nicht bedrängen. Es war besser, sein Spiel mitzuspielen.

»Fühlen Sie sich nicht einsam hier draußen? Und tut es nicht weh, auf dem Kissen zu sitzen? Wird es Ihnen mit der Zeit nicht schrecklich langweilig?«

»All diese Dinge – sie bedeuten mir nichts, solange die Achtsamkeit da ist.«

»Aber … ich meine, was soll das bringen?«

Benno hatte ihr erzählt, dass die Jungs auf dem Revier Caine gern imitierten – die lange Lücke, bevor er anfing zu sprechen, so lang, dass man beinahe hineinfallen konnte. Wie hatten sie es noch gleich genannt? Eine Veggie-Pause. Nun, die machte er anscheinend jetzt gerade. Dreißig Sekunden verstrichen. Eine Minute.

»Na ja, ich weiß nichts über Sie«, sagte er schließlich, »aber es gab Jahre, in denen ich wie auf Autopilot lebte und völlig verloren war in meinem Kopf. Ich handelte impulsiv, ohne auch nur einen einzigen Gedanken an die Konsequenzen zu verschwenden. Sinn der Meditation ist, genau dem ein Ende zu setzen. Man findet einen Raum zwischen Anstrengung und Entspannung, und plötzlich – plopp! – ist der Kopf frei. Man wacht auf. Man hört tatsächlich den Wald. Man spürt das Wetter. Man sieht das Licht. Man geht einen Waldweg entlang, mit seinem eigenen Mist beschäftigt, und auf einmal wird man überfallen von Schönheit.«

Als er sich umdrehte, hielt er zwei Teller in den Händen, auf dem sich farbenfrohe Speisen stapelten. Er stellte vorsichtig einen davon vor sie hin, und sofort stieg ihr der köstliche Duft in die Nase. Hungrig schaufelte sie sich Gabel um Gabel in den Mund. Es schmeckte verdammt köstlich. Unbekannte Aromen und Konsistenzen tanzten Breakdance auf ihrer Zunge, und sie fühlte sich erinnert an etwas, das schon lange zurücklag – die schwülheißen Sommer ihrer Kindheit, die sie bei ihrer Großmutter in Kerala verbracht hatte und in denen es genügend Zeit gab zu kochen, zu essen und zu spielen. Was ihr aufs Schändlichste bewusst machte, an was für einen Müll sie sich gewöhnt hatte.

Caine kaute jeden Mundvoll unzählige Male und schluckte ihn feierlich hinunter, dann nahm er seinen Monolog über die Klausur wieder auf. Wäre Unsinn reden eine olympische Disziplin, würde dieser Mann die Goldmedaille gewinnen.

»Die Sache ist die: Es gibt Momente, in denen man realisiert, dass man keine unabhängige Entität ist. Man ist Bestandteil des Ganzen – von Lebensfluss und Lebensrhythmus. Und man stellt fest, dass das genügt. Es genügt, am Leben zu sein auf dieser wunderschönen blaugrünen Kugel, die da durchs Weltall rotiert. Verstehen Sie, was ich sage?«

Sie hatte eine Vision, in der sie für immer hier festsaß; Efeu wuchs um ihren Körper.

»Absolut«, sagte sie und stellte ihren leeren Teller ab. »Hören Sie, Caine, das, was Sie da erzählen, ist ja durchaus faszinierend, und das Essen war spitze, aber ich bin aus einem ganz bestimmten Grund hier …«

»Lassen Sie mich raten. Sie möchten mich überreden, Ihnen bei der Aufklärung eines Falls zu helfen.«

»Möglich. Aber wenn dem so wäre, wie sollte ich das am besten anstellen?«

»Indem Sie behaupten, der Fall sei einzigartig.«

»Das ist er.«

»Es müsste der bizarrste und faszinierendste Fall sein, der Ihnen je untergekommen ist.«

»Mal angenommen, das ist er tatsächlich?«, fragte Shanti.

»Hören Sie, ich sage Ihnen, was bizarr ist. Ich sage Ihnen, was mich fasziniert.«

»Schießen Sie los.«

»Sehen Sie, wie dieser Sonnenstrahl über den Fußboden kriecht? Man kann daran ablesen, welche Tageszeit wir gerade haben. Das ist es, was mich wirklich interessiert. Ich weiß nicht, ob Sie es bemerkt haben, aber vor einem Augenblick ist das Licht auf den halb vollen Wasserkrug gefallen und hat jede Menge Lichtjuwelen durch den Raum tanzen lassen …«

»Es ist mir nicht aufgefallen.«

»Sie haben auf Ihrem Gesicht getanzt, Shanti Joyce.«

»Entschuldigen Sie, dass ich die Augen verdrehe. Ich möchte nicht unhöflich sein, aber heute ist Tag eins der größten Geschichte, die Südwestengland je erlebt hat, seit … seit …«

»… den Märtyrern von Tolpuddle?«

Shanti nickte. »Doch anstatt die bösen Buben zu schnappen, wird mir hier ein Grundkurs in Psychogeschwätz erteilt. Tut mir leid, Benno hat behauptet, Sie seien ein brillanter Cop, aber ich könnte genauso gut meine Mum und meinen achtjährigen Sohn losschicken, um den Mörder zu stellen.«

»Benno ist ein netter Mann, aber er hat da etwas falsch verstanden. Ich werde nie einen guten Cop abgeben, weil mein Herz nicht dabei ist.«

»Okay. Sie möchten nicht miteinbezogen werden. Könnten Sie trotzdem … sagen wir … zehn Minuten Ihrer Zeit erübrigen, um etwas über den Fall zu erfahren? Ich meine, Sie haben vorher meinen Job erledigt und verfügen womöglich über Einblicke, die ich noch nicht gewinnen konnte.«

Wieder senkte sich Stille über die Hütte, länger und lauter als Lärm. Endlich sagte er: »Selbstverständlich kann ich das, Shanti. Es ist schön, Besuch zu haben. Es tut gut, Sie reden zu hören.«

»Danke. Also … es hat einen Mord gegeben. Einen äußerst seltsamen Mord. Gestern Abend wurde eine Frau namens Kristal Havfruen in einem Tank mit Formaldehyd treibend gefunden – auf ihrer eigenen Kunstausstellung.«

»Kristal Havfruen? Sie ist tot?«

»Sie kennen sie?«

»Nicht persönlich, aber ich kenne ihre Arbeit. Jeder kennt sie.«

»Ich nicht. Ich hatte noch nie etwas von ihr gehört.«

»Hm …«

Es entstand eine kurze Pause.

»Warum sollte jemand Kristal Havfruen umbringen wollen?«

Shanti spürte, wie bei ihr eine Sicherung heraussprang. »O mein Gott, darum geht es doch gerade! Deshalb bin ich hier! Wenn ich die Antwort auf diese Frage wüsste, würde ich jetzt mit meinem Sohn im Kino sitzen und Popcorn essen, anstatt mich zwanzig Meilen durch unberührten Regenwald zu schlagen.«

Caine zuckte zusammen.

»Entschuldigung«, sagte sie, leiser jetzt. »Ich hätte nicht laut werden dürfen. Ich bin bloß so verdammt müde, weil ich den Großteil der Nacht über auf den Beinen war. Ich bin vor Kurzem umgezogen, habe eine grauenhafte Scheidung hinter mir, und dieser Fall ist absolut wichtig.«

»Tut mir leid, das zu hören«, erwiderte er sanft. »Sie müssen Geduld haben. Ich bin vom vielen Meditieren ein wenig neben der Spur. Lassen Sie uns noch einmal von vorn anfangen, einverstanden?«

»Hören Sie, Caine, ich habe wirklich keine Zeit dafür. Ich muss los. Heute Nachmittag habe ich noch einen weiteren Termin.« Sie warf einen Blick auf ihr Handy. »Ach du liebe Güte, ist es wirklich schon so spät?«

»Ich werde Sie begleiten.«

»Danke. Ich finde auch ohne Sie zurück. Mir ist gerade klar geworden, dass ich lieber allein arbeite.«

»Nein, warten Sie. Ich ziehe mich an und komme mit Ihnen. Ich habe viel zu lange gesessen … ich brauche die Bewegung. Wir können unterwegs reden. Erzählen Sie mir die ganze Geschichte.«

Kapitel sechs

EIN KARMISCHER MORD

Der gewundene Pfad die Undercliff hinunter zum Meer war so schmal, dass sie hintereinander gehen mussten. Shanti war froh darüber. Wenn sie sich zwei oder drei Schritte hinter Caine hielt, würde dieser vielleicht nicht mitbekommen, wie sehr sie sich anstrengen musste, um mit seinem leichten Gang Schritt zu halten. Außerdem kochte sie fast über vor Frust, den ganzen Weg hierher umsonst zurückgelegt zu haben.

Anfangs war sie beunruhigt, als sie ihn leise vor sich hin murmeln hörte, als spreche er ein Gebet oder eine Beschwörungsformel. Mein Gott, dachte sie, vielleicht ist er wirklich ein Verrückter. Doch dann wurde ihr klar, dass er die Namen der vielen Vögel nannte, die im dichten Unterholz flatterten und zwitscherten.

»Amsel, Specht, Singdrossel und … warten Sie einen Moment, wissen Sie, was das ist?«

»Ein weiterer Vogel?«

»Hören Sie! Der Gesang erinnert mich an flüssiges Silber. Es ist eine Nachtigall, Shanti. Manche Leute denken, dass sie nur bei Nacht singt …«

»Ach?«

Caine blieb stehen und lauschte. »Das ist das Männchen. Es ruft nach einer Gefährtin.«

Neunundneunzig Prozent von Shanti fanden ihn absolut nervig. Zu einem Prozent aber war sie vollkommen fasziniert.

In der Hütte hatte er Sportschuhe, eine Cargohose und ein locker fallendes Hanfhemd angezogen und sich anschließend eine Leinentasche über eine Schulter geschwungen, in die er einen abgegriffenen Notizblock und einen Bleistift steckte, außerdem eine Flasche Wasser und zwei Äpfel.

»Haben Sie sich wirklich drei Wochen lang kaum bewegt?«, fragte sie.

Er schüttelte den Kopf. »Ich habe mich nicht mehr als ein paar Meter von der Hütte entfernt. Es ist der Wahnsinn, mal wieder rauszukommen – sehen Sie, wie sich die Blätter inzwischen geöffnet haben? Außer beim Yoga und Tai-Chi habe ich mich kaum gerührt.«

»Natürlich nicht«, sagte sie deprimiert.

An einer Stelle überquerten sie auf einem Holzsteg einen Fluss. Am Ufer stand eine schlichte, wenngleich sehr schön gearbeitete Holzbank, auf die Shanti sich fallen ließ, um eine Pause einzulegen.

»Sehen Sie sich das an, Caine. Wie kann es die Kommune rechtfertigen, Geld für solche Sachen auszugeben, wenn gleichzeitig das Polizeibudget auf ein Minimum gekürzt wird?«

»Das war nicht die Kommune … ich habe das gebaut.«

»Sie haben das gebaut? Die Bank? Die Brücke? Warum haben Sie das getan?«

»Nur so zum Spaß. Außerdem wissen Sie doch: Das, was man gibt, bekommt man zehnfach zurück. Karmisches Gesetz.«

Sie waren dem Pfad ungefähr eine Meile gefolgt, als Shantis Handy plötzlich Empfang hatte. Augenblicklich begann es zu piepsen und zu summen, um jede Menge Textnachrichten und verpasste Anrufe zu melden. Ihr Finger flog übers Display.

»Entschuldigen Sie mich kurz, ich muss das schnell abhören.«

Bennos Stimme ertönte – schroff, beruhigend, professionell. »Nur ein kurzes Update, Chefin. Der junge Art ist heute ruhiger –

er scheint nicht gerade um seine Mum zu trauern. Es interessiert dich bestimmt, dass wir in dem kleinen Beutel, der ihm aus der Tasche gefallen ist, erstklassiges CK1 entdeckt haben – eine Mischung aus Kokain und Ketamin –, die gleichen Substanzen wurden in seinem Blut nachgewiesen. Ich habe ihn vom Arzt durchchecken lassen. Er konsumiert recht viel von dem Zeug, aber es gibt in der Haut keine Einstichstellen, was bedeutet, dass er nicht spritzt. Mittlerweile habe ich ein kleines Team zusammengestellt, das die Aufnahmen der Überwachungskameras von der Meat Hook Gallery auswerten soll. Es gibt jede Menge Material, aber Spencer hatte recht – man sieht eine Holzkiste, die um fünfzehn Uhr sechsundzwanzig mit einem Gabelstapler in die Hauptgalerie geschafft wird. Sie scheint schwer, wenngleich nicht massiv zu sein – aller Wahrscheinlichkeit nach ist darin der Glastank.«

»Bestnote, Benno. Überprüf doch bitte noch diesen Kurierdienst.«

»MasterMoves. Ich habe schon jemanden drangesetzt. Das Problem ist, dass ich Art nicht mehr viel länger festhalten kann, außer wir haben wirklich etwas in der Hand. Ich hoffe, es ist dir gelungen, Vince aufzuspüren. Das ist vielleicht ein Typ, findest du nicht? Dauert eine Weile, bis man mit ihm warm wird, aber er wird dich früher oder später in Erstaunen versetzen, das garantiere ich dir.«

O ja, Caine steckte in der Tat voller Überraschungen. Sie hatte versucht, ihn in alle möglichen Schubladen zu stecken – Träumer, Hippie, Exzentriker, Psycho –, aber nichts davon traf wirklich auf ihn zu.

»Das war Benno«, sagte sie zu ihm, nachdem sie aufgelegt und das Handy weggesteckt hatte. »Er hat Kristals Sohn wegen einer Drogensache in Gewahrsam genommen.«

»A Boy Named Art.«

»Wie bitte? Sagen Sie das noch einmal.«

»Ein Junge namens Art. So heißt er doch, oder? Wie alt ist er inzwischen?«

»Vierundzwanzig. Aber warum haben Sie das davor gesagt – *A Boy Named Art?* Das habe ich schon mal gehört.«

»Das wissen Sie wirklich nicht? Okay, erlauben Sie mir, dass ich Sie ins Bild setze. Damals habe ich mich sehr dafür interessiert. In den Neunzigerjahren gelangte Kristal Havfruen wegen einer speziellen Reihe von Kunstwerken zu fragwürdigem Ruhm. Die Boulevardblätter konnten nicht genug davon bekommen – sie gaben vor, schockiert zu sein, aber natürlich haben sie jedes Detail genossen.«

»Erzählen Sie weiter.«

»Kristal war Skandinavierin – Dänin, glaube ich –, und sie schrieb sich als Studentin an der Falmouth School of Art in Cornwall ein. Damals ging es an der Kunsthochschule ziemlich konventionell zu, doch nach Kristals Ankunft bekam sie den Ruf, ultra-experimentell und innovativ zu sein. Wie Sie wissen, wagte sie sich an Aktionskunst heran, aber es brauchte zwei aufeinanderfolgende Events, damit sie sich einen Namen machen konnte. Beim ersten hatte sie mit einem anderen Studenten Sex vor Publikum.«

»Aha. Und was daran soll bitte schön Kunst sein?«

»Das haben die Zeitungen damals auch gefragt, aber Kristal argumentierte, es handele sich um radikal feministische Kunst, denn sie habe die Kontrolle über alles. Sie nannte ihr ›Werk‹ *Preconception* – ›Vor der Schwangerschaft‹ oder auch einfach ›Vorurteil‹.«

»*No comprende.*«

»Nun, ich nehme an, es ging ihr darum, unsere vorgefassten Meinungen auf den Prüfstand zu stellen, was Kunst ist. Gleichzeitig ging es um die Zeugung von etwas Neuem – in diesem Fall eines Kindes.«

»Das ist doch krank.«

»Sie hat das ganze Event inszeniert und ihren Liebhaber sorgfältig ausgewählt. Ich meine, mich zu erinnern, dass sie sogar einen anderen Studenten als eine Art unbezahlten PR-Assistenten beauftragt hat, der die Presse kontrollieren und sich um Set und Beleuchtung kümmern sollte. Ich weiß, was Sie jetzt denken: Hat Yoko Ono all das in den Sechzigern nicht auch schon getan?«

»Ehrlich gesagt, habe ich das nicht gedacht. Wer war denn der glückliche Lover?«

»Ein Kommilitone, soweit ich weiß. Ich kann mich nicht mehr genau erinnern.«

»Sein Name war nicht zufällig Callum Oak?«

»Könnte sein. Ja, Oak. Ich bin mir ziemlich sicher, dass er so hieß.«

»Dann ist er der Mann, den ich als Nächstes aufsuchen werde. Der Witwer. Er hat gestern Abend versucht, Kristal zu reanimieren. Sie haben ihn in den frühen Morgenstunden aus dem Krankenhaus entlassen. Benno hat um drei einen Befragungstermin ausgemacht.«

Sie war weiterhin unsicher, was Caine betraf, aber sein Wissen über Kristal Havfruen und ihre Arbeit konnten unbezahlbar sein. »Hören Sie, Caine, ich weiß, dass Sie an dem Fall nicht mitarbeiten möchten, und das akzeptiere ich. Wirklich. Aber würden Sie Callum Oak trotzdem gern kennenlernen? Es wäre ungeheuer hilfreich, Sie mit an Bord zu haben, denn ich kenne mich hier in der Gegend nicht aus, und um ehrlich zu sein: Ich verstehe absolut nichts von Kunst.«

»Das ist sehr nett von Ihnen, Shanti, aber ich weiß, welch großen Einfluss diese Dinge auf mein Leben nehmen, und ich bin beurlaubt.«

»Hm. Sie sind nicht beurlaubt, Sie sind krankgeschrieben. Darf ich Sie fragen, was dazu geführt hat? Stress? Familiäre Angelegenheiten?«

Er drehte sich abrupt um, was sie mitten im Schritt innehalten ließ. Zum ersten Mal bemerkte sie etwas schwer Einschätzbares in seinem Blick, als habe sie dunkle Erinnerungen aufgewühlt.

»Ich würde lieber weiter über Kristal reden.«

»Klar. Tut mir leid. Das geht mich nichts an.«

Sie traten aus dem Wald hinaus in das blendende Nachmittagslicht. Nun war der Weg breit genug, um nebeneinander zu gehen, auch wenn Shanti feststellte, dass sie zwei Schritte zurücklegen musste, wenn Caine nur einen machte. Er war wie jemand, der aus einem langen Schlaf erwacht war, doch wenn sie sich nicht täuschte, fing er an, sich für die Geschichte zu interessieren.

»Es geht darum, zu verstehen, dass jede von Kristals Aktionen darauf ausgerichtet war, mit kleinstmöglichem Einsatz den größtmöglichen Effekt zu erzielen.«

»Ein Kontrollfreak?«, fragte sie.

»Möglich. Die Performance, die ich gerade erwähnt habe, *Preconception* …«

»Die Sexshow.«

»Nennen Sie es, wie Sie möchten – der Punkt ist, dass sie genau neun Monate vor ihrer Darbietung zum Studienabschluss aufgeführt wurde, *A Boy Named Art.*«

»Augenblick mal. Was sagen Sie da …?«

»Ja, genau das. Die Geburt fand im Theatersaal der Kunsthochschule vor einem großen Publikum aus Journalisten und Fernsehteams aus aller Welt statt. Es erstaunt mich, dass Sie noch nie davon gehört haben.«

»Wie ich schon sagte: Kunst ist nicht mein Ding. Und genau so etwas ist der Grund dafür. In meinen Ohren klingt das prätentiös, zügellos und gezielt provokant.«

»Glauben Sie mir, wenn Sie den Film sehen, werden Sie ihn nicht so schnell vergessen. Es gibt darin eine Szene, in der Kristal das Neugeborene hochhält, das noch an der Nabelschnur hängt, und dem Publikum mitteilt, dass es Art heißen wird. Ein Junge namens Art.«

»Mein Gott! Das ist verrückt!«

»Sie hat ein Statement abgegeben, das als das ›Kristal-Havfruen-Manifest‹ bekannt wurde. In diesem Statement verkündet sie, dass der Junge ein lebendes Kunstwerk sei – dass alles, was er je tun werde, Kunst sei. Ganz gleich, ob er die Schule besuche, ein Bild male oder …«

»… aufs Klo gehe?«

»Kunst. Alles Kunst. Selbst wenn er einen Job beginnen würde, wäre das ein Kunstwerk.«

Shanti dachte liebevoll an ihren eigenen Sohn, der irgendwo mit ihrer Mum unterwegs war.

»Was für eine Mutter tut so etwas? Das grenzt doch an Missbrauch!«

»Ein paar Jahre lang konnten die Medien gar nicht genug bekommen von der Story. Sie folgten dem Kind überallhin. Doch das Problem war, dass der gute Art ein bisschen langweilig war. Nach einer Weile verloren sie das Interesse. Oh, da fällt mir noch etwas ein …«

Shanti warf ihm einen neugierigen Seitenblick zu.

»Vor ein paar Jahren brachte Kristal einen teuren Bildband mit Fotos aus ihrem Leben und von ihren Werken heraus. Vielleicht versuchen Sie, ein Exemplar aufzutreiben – *The Mother of Art* lautet der zweideutige Titel, der sich sowohl auf die Kunst als auch auf ihren Sohn bezieht. Wenn ich mich richtig erinnere, hat der Student, den sie zu ihrem Assistenten ernannt hatte, den Bildband zusammengestellt. Wie dem auch sei – es war ein kompletter Schuss in den Ofen. Ein Verleger hatte einen fetten Vorschuss bezahlt, aber es wurden nur ein paar Hundert Exemplare verkauft. Das war so ziemlich das Ende von Kristals Karriere.«

»Bis gestern Abend, da hatte sie ein Riesen-Comeback.«

Sie hatten die Wiesen oberhalb des Hafens erreicht. Von hier aus sah man winzige Gestalten über die Cobb schlendern, wie Ameisen auf dem Rückgrat eines Geschöpfs aus der Jurazeit.

»He, wissen Sie was, Caine? Ich bin mir ziemlich sicher, dass dort *Die Geliebte des französischen Leutnants* gedreht wurde – einer der Lieblingsfilme meiner Mutter. Hat nicht Meryl Streep am Ende der Hafenmauer gestanden und aufs Meer hinausgeblickt, um nach ihrem verschollenen Geliebten Ausschau zu halten?«

»Exakt, Shanti. Und Jane Austen hat auch darüber geschrieben. Denken Sie nur an die Szene in *Überredung*, in der Louisa Musgrove von den Stufen stürzt!«

»Muss mir entfallen sein. Egal. Hören Sie, das war ausgesprochen hilfreich. Ich habe am anderen Ende der Stadt geparkt, in der Nähe des Uhrenturms. Danke für die Vielzahl an Informationen, und noch einmal: Entschuldigen Sie, dass ich in Ihre … Sie wissen schon … Klausur geplatzt bin. Es ist schrecklich schade, dass ich Sie nicht überreden kann, an Bord zu kommen, aber irgendwer muss sich ja ums Meditieren kümmern.«

Zunächst dachte sie, er würde Luft holen, dann stellte sie fest, dass er eine weitere Pause einlegte. Sie wandte sich ab und spürte, wie sich ihre Nackenhaare sträubten.

»Okay«, sagte er schließlich. »Ich gebe zu, dass ich nachvollziehen kann, warum Sie fasziniert sind. Aller Wahrscheinlichkeit nach ist irgendwo da draußen ein Killer, den Sie unbedingt schnappen müssen. Aber wie ich schon sagte, Shanti: Ich habe mich geändert. Ich habe jetzt alles, was ich brauche.«

»Ihre gesundheitsbedingte Auszeit wird bezahlt, hab ich recht?«

»Im Augenblick, ja.«

»Nun, wie schön, dass Sie alles so gut organisiert haben.«

Plötzlich kam ihr ein Gedanke.

»Was Sie mir über diesen Art erzählt haben, dass er ein, Sie wissen schon …«

»… lebendes Kunstwerk ist?«

»Ja, genau. Muss der nicht stinksauer darüber sein? Ich meine, seine Mum, diese Kristal, scheint mir eine echte Primadonna zu sein. Eine Narzisstin. Was nicht unbedingt gut ist für ein Kind. Art musste in ihrem Schatten aufwachsen – so etwas nimmt einem doch jeder krumm. In meinen Augen ist es keine Überraschung, dass er so neben der Spur ist.«

»Ich weiß, worauf Sie hinauswollen, Shanti, doch dazu kann ich nur sagen, dass uns der Buddhismus lehrt, das Ungewisse zu umarmen, statt Lücken zu füllen. Es gibt keinerlei Beweise, oder? Ich habe absolut keine Idee, wer Kristal Havfruen umgebracht hat, also kann ich nichts anderes tun, als Mitgefühl für ihre Familie zu empfinden.«

Shanti dachte an den labilen jungen Mann, der seinen Zeigefinger in Richtung ihrer Augen gestoßen hatte, und stellte fest, dass es mit ihrem Mitgefühl nicht sonderlich weit her war. Ihr Handy klingelte erneut. Diesmal war Dawn Knightly dran. Shanti machte ein paar Schritte, um außer Hörweite zu gelangen.

»Dawn, wie läuft's?«

»Hi, Shanti.« Dawns Stimme vibrierte vor Aufregung. Im Hintergrund waren fröhliche Stimmen und das Klirren von Gläsern zu vernehmen. »Kannst du mich hören?«

»Bist du in einem Pub?«

»Es ist Sonntag, Shanti. Außerdem habe ich die ganze Nacht lang gearbeitet. Ich finde, ich habe ein Shandy verdient.«

Bier mit Limo – das klang gut. »Natürlich hast du das.«

»Wie dem auch sei, ich rufe an, um dir mitzuteilen, dass meine Pension gesichert ist. Ich hab was für dich, und zwar genau das, was ich vermutet hatte. Kristal wurde tatsächlich unter Drogen gesetzt. Ich habe die ersten Untersuchungsergebnisse aus der Pathologie bekommen: Es handelt sich um Ketamin – den Liebling eines jeden Tierarztes. Kennst du den Witz: Ketamin? Sag einfach ›Niehiehieh‹!« Dawn fing an zu wiehern wie ein Pferd.

»Du bist eine gottverdammte Legende, Dawn. Hast du schon mit Benno gesprochen?«

»Er hat mir soeben mitgeteilt, dass der junge Art Ketamin in der Tasche hatte. Ich will ja nicht die Pferde scheu machen, aber es sieht nicht gut aus für unseren Jungen.«

»Hast du sonst noch was für mich, Dawn?«

»Ich kann bestätigen, dass die stümperhafte Einstichwunde an ihrem Hals von einer Injektionsnadel stammt, die in die Drosselvene gesetzt wurde – ich vermute, dass ihr auf diese Weise die Droge verabreicht wurde. Es ist schwer, den genauen Todeszeitpunkt zu bestimmen, weil Formaldehyd den Verwesungsprozess verzögert. O mein Gott, Shanti, welcher Sohn bringt denn seine eigene Mutter um? Ich muss auf meine Jungs achtgeben. Ach übrigens, ich hab gehört, du hättest Vincent Caine einen Besuch abgestattet?«

»Herrgott, gibt es in diesem Teil der Welt keine anderen Neuigkeiten?«

»Was hältst du von ihm?«

»Warum fragt mich das eigentlich jeder? Er ist ausgesprochen nervig, wenn du es genau wissen willst.«

»Aber er ist gleichzeitig auf eine merkwürdige Art und Weise attraktiv, findest du nicht?«

»Ist mir nicht aufgefallen. Er interessiert sich nicht für Polizeiarbeit, und ich interessiere mich nicht für Männer, ganz gleich, welcher Art.«

»Ich hatte deine Scheidung vergessen … Tut mir leid.«

»Mein einziges Interesse gilt dem Fall: Ich will herausfinden, wer Kristal Havfruen umgebracht hat, und den oder die Täter für lange Zeit hinter Gitter bringen. Trotzdem, Dawn, vielen Dank. Was hast du heute noch vor?«

»Ich werde mich betrinken und ins Bett gehen, nicht zwingend in dieser Reihenfolge. Wir sehen uns am Montag.«

Ein unbewusstes Lächeln trat auf Shantis Gesicht, als sie Caine die steilen Stufen hinunter zu den Pubs und Cafés von Lyme folgte. Dawn hatte recht – sie sollten nicht die Pferde scheu machen, aber es war schon eine verdammt nette Vorstellung, dass sie ihren ersten großen Fall im neuen Job auf Anhieb lösen könnte. Vielleicht brauchte sie diesen Veggie-Cop ja gar nicht. Es wäre weitaus beeindruckender, wenn sie es allein schaffte. Sie tippte eine Nachricht an Benno in ihr Handy. Er sollte ihren Vorgesetzten um die Genehmigung bitten, Art noch eine weitere Nacht festzuhalten, damit sie ihn am nächsten Morgen befragen konnte.

Als hätte er ihre Gedanken gelesen, fing Caine an zu sprechen.

»Sie können Art Havfruen nicht wegen Mordes unter Arrest stellen.«

»Niemand behauptet, dass er der Mörder ist, aber er wirkt schon mehr als verdächtig, finden Sie nicht? Vor allem in Anbetracht der absurden Hintergrundgeschichte, die Sie mir erzählt haben. Überlegen Sie mal, Caine – erstens: Art hat ein handfestes Motiv, seine Mum zu hassen. Zweitens: Er hat eine Droge bei sich, die in dieser Gegend nicht allzu geläufig ist, und einer der beiden Bestandteile wird in Kristals Blut nachgewiesen. Was für ein Zufall. Wenn man darüber nachdenkt, liegt die Sache doch auf der Hand: Sie verwandelt seine Geburt in Kunst. Im Gegenzug dazu verwandelt er ihren Tod in Kunst. Das gefällt mir. Das gefällt mir sogar sehr.«

Sie hatten sich den lärmigen Urlaubern, Sonntagsausflüglern und Einheimischen angeschlossen, die über die Promenade bummelten. Caine wurde von allen Seiten begrüßt.

»He, Vince. Du bist weg gewesen, oder?«

»Wie geht's dir, Vince?«

»Hallo, Mr. Caine, wir haben Sie vermisst.«

Caine erwiderte jeden Gruß mit einem Lächeln, einem Handschlag, Highfive, einem Wangenkuss, einem Faustcheck oder Schulterdruck. Für einen Mann, der nach so vielen Tagen des Schweigens gerade erst ins Leben zurückgekehrt war, schien er sich unter Menschen bemerkenswert wohlzufühlen

»Sie haben mich um meine Meinung gebeten, Shanti«, sagte er, als sie weitergingen. »Und ich rate Ihnen, keine voreiligen Schlüsse zu ziehen. Es ist Ihr Fall, doch für mich riecht das nach Ungerechtigkeit, und den Geruch mag ich am wenigsten. Ich möchte nicht näher darauf eingehen, aber ich weiß, wie es ist, eine schwierige Beziehung zu einem Elternteil zu haben, daher empfinde ich Mitleid mit diesem Burschen.«

Als sie den Parkplatz betraten, spürte sie, dass seine Augen auf sie gerichtet waren. Dawn hatte recht – er war in der Tat auf eine merkwürdige Art und Weise attraktiv. Sie rutschte auf den glühend heißen Fahrersitz und kurbelte das Fenster herunter.

»Hören Sie, Caine, Sie wissen, was man über Menschen sagt, die in unser Leben geschickt werden, damit sie uns etwas lehren?«

»Rumi.«

»Wie auch immer. Nun, nehmen wir mal an, es funktioniert in beide Richtungen. Nehmen wir an, Sie wurden aus einem bestimmten Grund in mein Leben geschickt.«

»Ich höre.«

»Ich möchte ehrlich zu Ihnen sein. Meine letzte Ermittlung in London ging komplett schief. Sie hat meinem Ruf als Cop geschadet, und mein Selbstbewusstsein war danach ziemlich im Keller. Deshalb bin ich in Südwestengland gelandet. Es sollte nicht unbedingt eine Degradierung sein, aber …«

»… aber genauso hat es sich angefühlt.«

»Ja, das mag sein. Ich meine, ich hab es nicht zuletzt für mein Kind getan – Sie wissen schon, die frische Luft, Schulkameraden ohne Messer in ihren Ranzen. Aber seit ich in Yeovil bin, habe ich auf einen großen Fall gewartet, damit ich die Dinge richtigstellen kann. Und das hier ist dieser Fall, da bin ich mir ganz sicher. Lassen Sie mich offen sein: Ich komme allein damit klar, aber Sie haben eine gewisse Sachkenntnis – Sie wissen über Kristal Bescheid und Sie kennen sich in der Gegend aus. Vielleicht sind wir ja dazu *bestimmt,* zusammenzuarbeiten. Ist das nicht genau das, was Sie sagen würden? Hören Sie auf das Universum, Caine.«

Es entstand eine Pause. Eine lange Pause. Shanti zählte die Sekunden. Eins, zwei, drei, vier, fünf, sechs, sieben …

Dann ging Vincent Caine langsam um den Wagen herum zur Beifahrertür und stieg ein.

Kapitel sieben

DER WEINENDE WITWER

Als Shanti den treuen Saab über die heckenbestandene, kurvenreiche A3052 lenkte, die Küstenstraße von Lyme Regis nach Sidmouth, quetschte Caine jedes noch so kleine Detail aus ihr heraus. Mit wem hatte sie letzte Nacht gesprochen? Wie hatten sich die jeweiligen Personen verhalten? Wer außer Kristal hatte Zugang zur Hauptgalerie gehabt, in der man den fötal zusammengekauerten Leichnam entdeckt hatte?

Er hörte sich ihre Antworten aufmerksam an und kritzelte mit seinem Bleistift ununterbrochen etwas in das abgegriffene Notizbuch, das er in der Hütte in seinen Leinenbeutel gesteckt hatte. Als Shanti einen verstohlenen Blick auf die Seiten warf, stellte sie überrascht fest, dass sich darauf nicht etwa eine Liste mit Stichpunkten befand, sondern eine blumige Mindmap, bestehend aus Verweisen, kurzen Notizen, mit Kommentaren versehenen Blasen und Diagrammen.

Sie bogen von der Küstenstraße auf eine holperige, einspurige Straße ab, und Shanti spürte, wie ihre Aufregung wuchs. Kurz darauf kam die Abzweigung zu dem Haus, das Kristal Havfruen mehr als fünfzehn Jahre lang mit ihrem Ehemann, Callum Oak, geteilt hatte. Von Benno wusste sie, dass auch Art die prägenden Jahre hier verbracht hatte.

Mangrove House lag neben dem Golfplatz ein Stück oberhalb von Sidmouth. Es war das letzte in einer Reihe teurer, frei stehender Anwesen. Sämtliche Baustile waren hier vertreten: von modernen Bauten aus Glas und Stahl bis hin zu einem Altersheim in einer ehemaligen georgianischen Pfarrei.

Die hohen Gittertore standen offen, und als Shanti den Wagen die ungepflegte Auffahrt hinauflenkte, kam die Ostseite des Hauses in Sicht – ein dramatischer Anblick.

»Art Deco«, erklärte Caine. »Das Haus ist eine echte Schönheit – späte Zwanziger- oder frühe Dreißigerjahre, meine ich, aber es wirkt ein bisschen vernachlässigt.«

Auf dem befestigten Vorplatz hielten sie an und stiegen aus. Ihre Augen schweiften über die klaren geometrischen Linien des Gebäudes mit seinen zahlreichen Terrassen und Balkonen. Es hob sich weiß und dezent von der See im Hintergrund ab. Die einzigen Rundungen waren die prächtigen, deckenhohen Erkerfenster, die auf den Ozean hinausgingen. Das Haus passte sich auf geniale Weise an das abschüssige Gelände an, weshalb sich die große Eicheneingangstür auf der Rückseite im ersten Stock befand.

Draußen standen außer ihrem keine weiteren Fahrzeuge, und als Caine auf die Türklingel aus Bakelit drückte, hörten sie von drinnen nichts als halbherziges Hundegebell.

»Mist!«, sagte Shanti. »Ich hab mir den Hintern aufgerissen, damit ich es bis drei Uhr schaffe, und wo zum Teufel steckt Oak? Ich muss Benno anrufen …«

»Immer mit der Ruhe, Shanti. Hören Sie, ich sage jetzt nicht, dass ich in den Fall einsteige, trotzdem sollten Sie wissen, wie ich arbeite. Die Jungs in Yeovil haben es nie richtig kapiert, aber ich agiere von hier aus, nicht von dort.« Er tippte sich mit dem Finger auf die Brust, dann gegen die Stirn. »Vielleicht finden Sie das seltsam, aber ich nehme die Dinge für gewöhnlich so, wie sie sind. Ich versuche, aus dem zu lernen, was das Leben bietet, anstatt mir permanent zu wünschen, es wäre anders. Serendipität, wenn man so will. Es funktioniert wirklich.«

»Okay, ich verstehe die einzelnen Worte, aber zusammen ergeben sie für mich keinen Sinn.«

»Nun, im Augenblick haben wir ein perfektes Beispiel dafür. Es sieht so aus, als sei niemand zu Hause …«

»Was bedeutet, dass ich sowohl meinen Vormittag als auch meinen Nachmittag verschwendet habe.«

»Was bedeutet, dass wir eine Gelegenheit haben. Eine Gelegenheit, uns umzusehen und uns ein Gefühl für den Ort zu verschaffen.«

»Tja, ich wollte ohnehin noch nicht gehen.«

»Das trifft sich gut. Ich versuche nicht, Ihnen vorzuschreiben, wie Sie Ihren Job zu machen haben …«

»Bitte nicht, Caine. Ich bin eine ziemlich erfahrene Polizistin, und vergessen Sie nicht: Ich bin hier der Detective Inspector. Sie sind krankgeschrieben, schon vergessen? Anscheinend waren Sie ein wenig … unpässlich.«

»Sehen Sie, das ist ein weiteres Beispiel für Serendipität.«

»Wie bitte?«

»Ja, dass wir zwei plötzlich zusammenarbeiten. Vielleicht verfügen wir über Fähigkeiten, die einander ergänzen. Wie Yin und Yang.«

»Wie Arsch auf Eimer, Caine. Hören Sie – ich brauche einen Assistenten, und Sie mussten mal rauskommen und etwas mit Ihrer Freizeit anfangen.«

Er lächelte.

Sie gingen um das Gebäude herum zu einer gepflasterten Terrasse, wo eine Leinwandabdeckung halb untergetaucht in einem Swimmingpool mit abgestandenem Wasser hing. Rundherum standen elegante Liegestühle im Stil der Dreißigerjahre, ein zerfledderter Sonnenschirm und daneben ein Tisch, alles verschimmelt und ausgeblichen von der Sonne. Es sah aus, als sei ein Hurrikan in Zeitlupe über das Anwesen hinweggezogen.

»Passen Sie auf, wo Sie hintreten«, warnte Shanti. Der Boden war übersät mit Hundehaufen.

Am gegenüberliegenden Ende des einst gepflegten Gartens entdeckten sie einen von einem schmiedeeisernen Zaun umgebenen Bereich, der Shanti an die eingezäunten Gemeinschaftsgärten in den reichen Gegenden von London erinnerte. Nachdem sie ein wenig das Gestrüpp durchstöbert hatte, entdeckte sie ein verrostetes Tor. Es brauchte mehrere kräftige Tritte, bis es so weit aufging, dass sie sich hindurchquetschen und den geheimen Ort dahinter betreten konnten.

Sie fanden sich in einem heruntergekommenen Skulpturengarten mit kaputten Bänken, verdorrten Topfpflanzen, einer Reihe von Tiergräbern und einer Phalanx von gemeißelten Steinfiguren mit Tierköpfen wieder.

»Die sind interessant«, sagte Caine. »Bloomsbury mit ägyptischem Einschlag. Vielleicht haben sie die zusammen mit dem Haus gekauft.«

»Ja, der Gedanke ist mir ebenfalls gekommen«, bemerkte Shanti trocken.

Es gab noch weitere Skulpturen, und selbst Shanti konnte sagen, welche davon den Havfruens zuzuordnen waren, denn sie alle zeigten Kristal in verschiedenen Größen und Graden der Nacktheit.

Das Herzstück des Gartens stand auf einem runden, efeuüberwucherten Betonsockel. Ein geprägtes Schild verkündete:

Preconception 2
Kristal Havfruen

Es handelte sich um eine schockierende grafische Abbildung zweier nackter Liebender, die sich voller Lust auf akrobatische Weise vereinigten. Die Skulptur war kunstvoll in Stahl gegossen und poliert. Einst musste sie geglänzt haben wie ein Spiegel, doch nun war sie angelaufen und stumpf. Vögel hatten ihre Nester in die verschiedenen Körperöffnungen gebaut, vorstehende Körperteile waren von Efeu umrankt.

»Da hat jemand bei Jeff Koons abgeschaut«, sagte Caine. »Das Ganze erinnert mich stark an *Made in Heaven.*«

»Herrgott, Caine. Sind Sie unter die Kunstinterpreten gegangen?«

Caine reagierte nicht auf ihre Worte. »Es ist ein bisschen traurig«, stellte er stattdessen fest, als sie aus dem schattigen Skulpturengarten hinaus ins Sonnenlicht traten. »Der ganze Ort hier kommt mir vor wie das Abbild ihrer rückläufigen Karriere.«

»Offenbar sind Sie kein Freund von Boulevardblättern, sonst wüssten Sie, dass Kristal ein riesiges Comeback plante.«

Am anderen Ende des Gartens entdeckte Shanti eine steile Treppe, die zum Strand hinabführte, aber anstatt hinunterzuklettern, schloss sie sich Caine an, der zum Haus zurückgekehrt war und sich dort umsah. Die Sprossenfenster waren riesig, doch von den unzähligen einzelnen Rahmen blätterte die Farbe ab. Sie spähten in ein geräumiges Wohnzimmer, entdeckten einen übergewichtigen Labrador und einen arthritischen Spaniel, die sich auf einem abgetretenen Teppich fläzten und in regelmäßigen Abständen bellten oder mit dem Schwanz wedelten. Über einem konischen Holzofen aus Edelstahl hing ein großer Spiegel, an jeder Wand stand ein überquellendes Bücherregal.

Auf der Westseite des Gebäudes gelangten sie zu einer zweiflügeligen Glastür, die auf eine grasüberwucherte Zufahrt hinausging. Als sie durch die Tür ins Innere schauten, blickten sie in Kristals gigantisches, lichtdurchflutetes Atelier.

»Heiliger Strohsack!« Shanti schnappte nach Luft. Eine ganze Legion in einzelne Gliedmaßen zerlegter, hyperrealer Kristals starrte ihr entgegen – blond, nackt und verstörend fleischig. Auf jeder verfügbaren Oberfläche befanden sich Füße, Arme, blonde Perücken und Köpfe.

Caine schlenderte ein kleines Stück über die Zufahrt, ging in die Hocke und untersuchte den Boden unter seinen Füßen. »Hier ist vor Kurzem ein kleineres Fahrzeug gewesen – vielleicht ein Gabelstapler. Ich nehme an, das waren die Kuriere, die den Glastank abgeholt haben.«

Er machte eine Pause und hob den Kopf, als würde er etwas hören, was sich Shantis Wahrnehmung entzog.

»Er ist da«, sagte er.

Sie hörte immer noch nichts. Aber Caine ging bereits den Weg zurück, den sie gekommen waren. Shanti folgte ihm. Als sie vor dem Haus ankamen, rollte gerade ein betagter silberner Volvo durchs Tor. Die beiden DIs warteten lässig vor der Haustür.

Als er die beiden entdeckte, entgleisten Callum Oaks Gesichtszüge, dabei war sein Gesicht ohnehin zu einer verzweifelten Maske verzogen. Er stieg aus dem Wagen und wankte auf Shanti und Caine zu, als sei er gerade von einem wilden Mob zusammengeschlagen worden. Er trug mit Farbe bekleckerte Arbeitsschuhe und eine altmodische, tabakfarbene Cordhose mit weinroten Hosenträgern über einem kragenlosen Langarmshirt. Obwohl seine Locken grau durchzogen waren, zählte er zu den Männern, die bis an ihr Lebensende jungenhaft wirkten.

»Mr. Oak, wir sind uns gestern Abend begegnet. Ich bin DI Shantala Joyce, und das hier ist mein Kollege Vincent Caine.«

Caine nahm Oaks Hände fest in seine und blickte ihm mannhaft direkt in die Augen. »Meine aufrichtige Anteilnahme. Es tut mir so leid für Sie.« Beide Männer waren groß, doch während Oak ein Weidenzweig war, war Caine ein Schilfrohr.

Anscheinend hatte er genau das Richtige gesagt. Oak entspannte sich und seufzte bekümmert.

»Ich habe vergessen, dass Sie kommen wollten. Ich bin nach Yeovil gefahren, um meinem Sohn einen Besuch abzustatten. Er befindet sich noch immer in Polizeigewahrsam. Anschließend habe ich in Branscombe gehalten und bin in die Kirche gegangen.«

»In die Kirche?«, fragte Shanti erstaunt.

»Ja, es ist Sonntag, Inspector Joyce. Ist das so seltsam? Genau genommen kam mir das heute noch wichtiger vor als sonst.«

»Natürlich.«

»Sie können gern reinkommen, aber ich muss Sie warnen: Ich habe mehrere Stunden im Krankenhaus verbracht nach dieser grauenvollen Nacht, und ich bin todmüde, weshalb ich nicht allzu gut funktioniere. Könnten Sie mir daher bitte erklären, warum Sie Art in dieser katastrophalen Situation festhalten? Wir möchten zusammen sein, verstehen Sie das nicht?«

»Es tut mir leid, Mr. Oak«, sagte Shanti. »Aber ich kann Ihnen zu diesem Zeitpunkt keine Details nennen.«

»In seiner Generation nimmt jeder gelegentlich Modedrogen. Könnten Sie unter diesen Umständen nicht einfach darüber hinwegsehen?«

Oak schlug sich die Hand auf die Brust und holte tief Luft, dann schloss er die Haustür auf. Als er Shanti und Caine einließ, kamen die beiden Hunde schwanzwedelnd auf ihn zu.

»Ach, ihr armen Jungs, ich hab ganz vergessen, euch zu füttern! Was sollt ihr bloß von mir denken?«

Shanti und Caine betraten eine prachtvolle Eingangshalle mit einer schwarz weißen Treppe, die aussah wie eine riesige Klaviertastatur. Die Wände waren übersät mit Kunstwerken in allen erdenklichen Stilrichtungen. Von innen wirkte das Haus genauso wie von außen – überholt, vernachlässigt, als wäre den Besitzern das Geld ausgegangen. Oder die Liebe.

Sie folgten Oak in eine unerwartet kleine, unaufgeräumte Küche, wo er seine Hunde versorgte. Ein unangenehmer Geruch hing in der Luft.

»Ach, ihr armen Jungs. Ist euch etwa ein Missgeschick passiert? Ich hab vergessen, euch rauszulassen. Alles geht den Bach runter, seit Mummy …«

»Darf ich Ihnen etwas bringen, Sir?«, ließ sich Caine vernehmen. »Tee, meine ich. Oder etwas Stärkeres.«

»Sie sind zu liebenswürdig. Es steht alles dort drüben. Kekse müssten auch irgendwo sein. Und ja, geben Sie einen ordentlichen Schuss in den Tee.« Oak schob Caine eine Flasche Whisky zu.

Verblüfft beobachtete Shanti, wie Caine anfing, ein Tablett vorzubereiten, und sich sogar diskret bückte, um mit einem Papiertuch einen Hundehaufen aufzuheben.

»Warum setzen wir uns nicht, während wir auf unseren Tee warten, Mr. Oak?«, schlug sie vor, als die Fressnäpfe der Hunde gefüllt waren.

Zögerlich, den Kopf zwischen die Schultern gezogen, führte Oak sie in das große Wohnzimmer, von dem aus man einen schwindelerregenden Ausblick auf den Horizont hatte. Als Caine mit einem Tablett, auf dem eine Teekanne, Milch, angeschlagenes Art-Deco-Geschirr und ein etwas trockener Ingwerkuchen standen, zu ihnen stieß, saß der Witwer schluchzend vor Kummer auf einem ausladenden skandinavischen Sofa. Die Hunde, die ihre Näpfe in null Komma nichts geleert hatten, standen vor ihm und wedelten beunruhigt mit den Schwänzen. Shanti lungerte unbeholfen neben ihm herum, bemüht, etwas Tröstliches von sich zu geben.

»Ach, du lieber Himmel!«, jammerte er. »Was für eine Nacht! Was für ein Tag! Was soll ich bloß ohne sie anfangen?« Er schlug sich eine Hand vor den Mund, entsetzt über diese Vorstellung. »Sie war weiß Gott nicht einfach, aber … wir haben über die Hälfte unseres Lebens zusammen verbracht.«

Shanti machte sich an der Teekanne zu schaffen.

»Möchten Sie über sie reden?«, fragte Caine.

»Was gibt es da zu sagen? Sie haben ihre Arbeit gesehen – sie war ein Genie, schwer zu ertragen, ausgesprochen intelligent und … und …«

»Und was, Sir?«

»Man soll ja nicht schlecht über Tote reden, aber Kristal konnte grausam sein. Sie pflegte zu argumentieren, dass alle großen Künstler skrupellos sein müssen – und kam mir zum Beispiel mit Picasso oder Mozart oder Gauguin. Sie hat mich angeschnauzt, hat behauptet, ich würde es mit meiner eigenen Arbeit nie zu etwas bringen, weil ich zu emotional sei. Vielleicht hatte sie recht. Ich meine, wer interessiert sich schon für Bilder von Callum Oak?«

»Ich, Sir«, erwiderte Caine. »Ich sehe mir Ihre Arbeiten sehr gern an.« Während er sprach, kraulte er die schuppigen Ohren des Labradors, der kurz vor einem Orgasmus zu stehen schien.

Mein Gott, dachte Shanti. Der Kerl ist ein verdammt gerissener Charmeur!

»Das ist sehr nett von Ihnen, und ich weiß das zu schätzen. Ich habe ein kleines Atelier über der Garage. Wenn Sie möchten, können wir rübergehen, sobald wir hier fertig sind?«

»Vielen Dank, Mr. Oak.«

»Nennen Sie mich Callum.«

Shanti schnitt ein Stück von dem nicht mehr ganz frischen Kuchen ab. Der fette Labrador kam ihr viel zu nahe, schnupperte an ihrem Teller und sabberte auf ihre Jeans. Außerdem roch er. Sie schob ihn zur Seite, wobei sie so tat, als würde sie ihn streicheln.

»Nun, schießen Sie los und fragen Sie«, schlug Oak vor. »Was immer Sie wissen möchten. Ich werde mein Bestes geben. Ich habe nichts zu verbergen. Gott allein weiß, warum jemand der armen Kristal so etwas angetan hat. Sie konnte den Leuten ganz schön auf die Füße treten, das ist wahr, aber sie deswegen zu *er-*

morden, noch dazu auf eine derart brutale, haarsträubende Art und Weise … Das liegt jenseits meiner Vorstellungskraft.«

»Ich möchte nicht unsensibel sein«, sagte Shanti, »trotzdem würde ich gern eine Möglichkeit ausschließen. Halten Sie es für denkbar, dass Ihre Frau das Ganze selbst geplant hat?«

»Ich verstehe nicht?«

»Ich meine, könnte sie jemanden überredet haben, sie unter Drogen zu setzen, um ihr ultimatives Abschlusswerk zu inszenieren?«

Oak starrte sie an, seine Augen traten aus den Höhlen, seine Unterlippe zitterte. »O Gott, o Gott, nein! Was für eine unsägliche Vorstellung. Kristal lebte für Bewunderung und Applaus. Zu sterben wäre ganz und gar nicht in ihrem Sinne gewesen.«

»Ich verstehe, was Sie meinen«, sagte Shanti, »aber ich musste diese Frage stellen.«

Oak seufzte und lehnte sich auf dem Sofa zurück.

»Können Sie uns sagen, wie Kristal und Art miteinander zurechtgekommen sind?«

Die Frage ließ die Temperatur im Raum sinken. Callum Oak stand auf und ließ die Hunde durch die Glasschiebetür hinaus. Shanti beobachtete, wie der Spaniel sein Geschäft auf dem Kies verrichtete, und betete, dass sie nicht hineintreten würde.

Oak drehte sich um und sah die beiden Polizisten mit seinen feuchten Seehundaugen an.

»Ich … ich weiß nicht, wie viel Sie über unsere … ähm … Vorgeschichte wissen.«

»Ein wenig. Ich habe von *A Boy Named Art* gehört«, antwortete Shanti.

»Richtig. Ein außergewöhnlicher Start ins Leben. Sie müssen außerdem wissen, dass Kristal und ich sehr unterschiedliche Individuen sind … waren. Ich komme aus einer eher konventionellen Mittelschichtfamilie – mein Vater war ein Geistlicher, ein Bischof, um genau zu sein. Ich war stets ein sehr zurückgezogener Mensch, doch wie ich schon sagte: Kristal liebte das Rampenlicht. Art und ich wurden da mit hineingezogen, ob es uns gefiel oder nicht, aber für ihn war das natürlich eine besondere Herausforderung, zumal er ein Einzelkind ist.«

»Gab es Streit zwischen den beiden?«

»Ja, das kann ich nicht leugnen. Sie waren wie Hund und Katze. Kristal war nicht gerade das, was man ›mütterlich‹ nennt. Ich war es, der für Art gesorgt hat, als er noch ein Baby war, und auch später, während seiner Kindheit. Kristal ging gern ihrer eigenen Wege, und Art war wie jeder andere junge Mann. Doch er war seiner Mutter auf seine eigene Art und Weise zugetan, wirklich. Irgendwann hat er seine Berufung in der Werbewelt entdeckt, wo er sich erstaunlich gut gemacht hat – wenn Sie schnelle Autos und glamouröse Models als Erfolg verbuchen. Es wurde einfacher, als er seine eigene Wohnung in London hatte und später ein Wochenendhaus nicht weit von hier entfernt. Eines muss ich ihm allerdings lassen: Er hat sich immer um uns gekümmert. Kristal interessierte sich nicht im Mindesten für Geld. Ihr Stiefvater war ein wohlhabender Mann, und sie ging davon aus, dass das Zeug einfach von den Bäumen fällt wie … wie … Föten. Nun, in den letzten Jahren war es für uns nicht ganz leicht, aber Art hat seine Beziehungen spielen lassen, um uns zu helfen. Wussten Sie zum Beispiel, dass er Kristals große Retrospektive in der Meat Hook Gallery ins Leben gerufen hat? Er und der Kurator, Saul Spencer, sind alte Freunde, und Art hat ihn zu dem Event überredet.«

»Wie hat er das angestellt, Callum?«

»Es war Arts Idee, dass seine Mutter ein größeres neues Werk für die Hauptgalerie schaffen sollte – ein geheimes Projekt, das das Interesse der Medien heraufbeschwören sollte. Kristal war schrecklich aufgeregt deswegen. Die ganze alte Leidenschaft kehrte zurück. Sie war die halbe Nacht auf, arbeitete wie eine Wahnsinnige, und es gelang ihr mit Arts Unterstützung, Spencer zu überzeugen. Ich wurde wie immer nicht in Kristals Pläne eingeweiht, aber die drei hatten unzählige Treffen wegen der Ausstellung.«

»Dann war Art also im Bilde. Er wusste, was Kristal vorhatte. War er auch über den Tank informiert?«

»Ach, du liebe Güte, das klingt ja jetzt tatsächlich so, als sei er tiefer in die Sache verstrickt gewesen, als er es tatsächlich war. Leider wurde Art seinem Namen nie gerecht – ich meine, er interessierte sich nie für Kunst. Er wusste alles über die Ausstellung, weil er sie in die Wege geleitet hatte, doch soweit ich weiß, hatte er keine Ahnung, was genau Kristal für den letzten Ausstellungsraum geplant hatte.«

»Gibt es dazu vielleicht irgendwelche Pläne oder Entwürfe in Kristals Atelier?«

»Vielleicht. Wir können gern mal nachsehen. Sie müssen wissen, dass es den Hunden und mir streng verboten war, das Atelier zu betreten. Kristal machte mehr als einmal die Bemerkung, dass einer von uns flatulent sei – ein grausamer Scherz –, wenngleich sie nicht herausfinden könne, um wen genau es sich dabei handle. Wie ich schon sagte – ich habe meinen eigenen bescheidenen Arbeitsraum über der Garage, womit ich vollkommen zufrieden bin. Ich hole gleich Kristals Atelierschlüssel, allerdings würde ich vorher gern noch wissen, wann sie freigegeben wird.«

»Wann was freigegeben wird, Callum?«

»Meine Familie, Himmelherrgott! Mein Sohn und … der L-L-Leichnam meiner Frau! Ich muss doch die nötigen Dinge veranlassen. Kristal war leider keine Christin, aber heute Morgen in der Kirche ist mir klar geworden, dass es meine Pflicht ist, für ein christliches Begräbnis zu sorgen. Ich habe mit der Vikarin gesprochen, und sie ist mehr als bereit, die Zeremonie abzuhalten. Ich finde Branscombe hat den schönsten Friedhof in ganz Südwestengland.«

Oak brach in Tränen aus, und sofort eilte Caine zum Sofa und umarmte ihn. Er *umarmte* ihn tatsächlich. In den fünfzehn Jahren, die sie den Job nun machte, hatte Shanti noch nie gesehen, dass ein Polizist jemanden umarmte. Ein höflicher englischer Schulterdruck, das ja, aber was sich hier vor ihren Augen abspielte, war eine Empathie-Session mit vollem Körperkontakt – Stirn an Stirn, Arm in Arm. Natürlich empfand sie Mitleid mit Oak, aber es war unbedingt notwendig, Abstand zu wahren. Sie hatte noch nicht ganz herausgefunden, wie Caine tickte, aber zumindest blieb sie professionell. Sie hätte den trauernden Witwer niemals als Verdächtigen ausgeschlossen.

Doch Caine hatte klargestellt, dass er seine eigene Herangehensweise hatte, und erstaunlicherweise schien seine Methode zu funktionieren. Oak bebte und schluchzte in Caines Armen, und als er sich endlich ein wenig beruhigt hatte, fing er an zu reden, schilderte detailliert sein Leben mit Kristal, von der ersten öffentlichen Kopulation, mit der ihre Beziehung begonnen hatte, bis hin zu ihrem gleichermaßen öffentlichen Tod, der dem Ganzen ein Ende gesetzt hatte. Er nannte die Namen weiterer Schlüsselfiguren in ihrer beider Leben: Marlene Moss, seine ehemalige Dozentin in Falmouth, die ebenfalls bei der Ausstellung gewesen war, außerdem seinen damaligen Mitbewohner Oliver Sweetman, der später Kristals Fotograf und Assistent wurde und noch immer gelegentlich für Kristal gearbeitet hatte, obwohl er durch irgendeine Kopfverletzung gehandicapt war.

Wenngleich Shanti nichts an diesem Monolog besonders verdächtig erschien, so hatte sie doch oft emotionale Ausbrüche von Menschen mitbekommen, die sich im Nachhinein als krankhaft verlogene Psychopathen entpuppten. Manche der überzeugendsten Lügner hatten auf der Schule einen Schauspielkurs belegt. Ihr

Ex-Mann war ein exzellentes Beispiel für jemanden, der äußerst sparsam mit der Wahrheit umging.

Sie nahm sich vor, an Marlene Moss, Oliver Sweetman und den Kurator Saul Spencer heranzutreten – an alle, die helfen konnten, die rätselhafte Künstlerin zu durchleuchten.

»Eine letzte Frage, Mr. Oak«, sagte sie. »Können Sie sich erinnern, wo Sie sich in den letzten Stunden vor Beginn der Ausstellungseröffnung aufgehalten haben?«

Oak starrte sie mit leeren Augen an. »Das weiß ich noch ganz genau. Ich bin in Branscombe in die Kirche gegangen …«

»Entschuldigen Sie, ich denke, Sie bringen da etwas durcheinander. Sie sind heute Morgen zur Kirche gegangen, die Ausstellung wurde aber gestern, am Samstag, eröffnet.«

»Ich bringe gar nichts durcheinander. Gestern war der Tag der heiligen Maria Magdalena. An Feiertagen gehe ich stets zur Kirche. Nach dem Gottesdienst habe ich im Fountain Head ein Krabben-Sandwich gegessen und ein halbes Pint Branoc-Bier getrunken. Anschließend bin ich nach Hause gefahren und mit den Hunden am Strand spazieren gegangen, und danach habe ich bis etwa Viertel vor sechs in meinem Atelier gearbeitet. Dann habe ich mich rasiert und umgezogen, damit ich pünktlich um sieben in der Meat Hook Gallery sein konnte.«

»War sonst noch jemand zu Hause?«

»Oh, das weiß ich nicht. Morgens am Frühstückstisch hab ich Kristal gesehen, die durchs Haus rannte wie ein kopfloses Huhn. Um ehrlich zu sein, haben die Hunde und ich gelernt, ihr aus dem Weg zu gehen, wenn sie in einer ihrer kreativen Phasen steckte. Sie konnte dann sehr schnippisch sein.«

»Ist Art gestern in Mangrove House gewesen … oder Oliver Sweetman?«

»Auch das weiß ich nicht, wirklich nicht. Wenn ich male, bin ich in meiner eigenen Welt. Außerdem hat mein Atelier überwiegend Dachoberlichter, aber fast keine normalen Fenster.«

»Gibt es irgendwen, der den Tagesablauf, so wie Sie ihn uns geschildert haben, bestätigen könnte?«

Shanti sah, dass Caine Oak eingehend musterte.

»Nun ja«, erwiderte der, »die Vikarin und die Gottesdienstbesucher in Branscombe, außerdem der Wirt des Fountain Head. Wie ich schon sagte: Anschließend war ich allein in meinem Atelier.«

»Aber Sie sind doch am Strand spazieren gegangen. Ist Ihnen vielleicht dort jemand über den Weg gelaufen?«

Oak schüttelte den Kopf. »Unten am Meer begegnet man kaum einer Menschenseele.«

»Ach, ist das ein Privatstrand?«

»Nein, ein Privatstrand ist das nicht, aber er ist so gut wie unzugänglich, abgesehen von der Treppe am Ende unseres Gartens. Ich habe niemanden gesehen, bis ich in der Meat Hook Gallery angekommen bin, und dort war bereits ziemlich viel los. Ich habe Marlene und Ollie Sweetman getroffen und viele andere.«

»Nur um das klarzustellen: Sie wissen nicht, wo sich Art in den Stunden vor der Ausstellungseröffnung aufgehalten hat?«

»Da müssen Sie ihn schon selbst fragen. Aber wenn Sie annehmen, er sei in der Hauptgalerie gewesen, um seine Mutter in einen Formaldehydtank zu sperren, dann sind Sie gewaltig auf dem Holzweg.«

»Ich würde gern einen schnellen Blick in Kristals Atelier werfen«, sagte Shanti und stand auf.

Oak und Caine erhoben sich ebenfalls.

»Wenn's sein muss«, willigte Oak zögernd ein. »Ich bin seit Jahren nicht mehr dort gewesen. Warten Sie, ich hole schnell den Schlüssel.«

Er verließ kurz das Zimmer, dann führte er die beiden Detectives zur Westseite des Hauses und eine kurze Treppe hinauf. Vor der Ateliertür blieb er stehen und stocherte unbeholfen mit dem Schlüssel im Schloss herum, bis die Tür endlich nachgab und nach innen schwang. Etwas Geisterhaftes waberte durch den riesigen Raum auf sie zu, bevor es sie wie ein Leichentuch umhüllte – der dumpfe, tödliche Geruch nach Formaldehyd.

Das Atelier mit seinen hohen Glastüren und dem großen Kassettenfenster im Erker war damals, als das Haus gebaut wurde, vermutlich als herrschaftliches Esszimmer genutzt worden. Der Hauptbereich des Ateliers erstreckte sich über mehrere Ebenen. Einige Stufen führten zu einer Art Balkon, der an eine Minnesängergalerie erinnerte. Im Gegensatz zum Rest des Hauses war das Atelier nahezu klinisch sauber und aufgeräumt – es glich eher einem Operationssaal als dem Arbeitsbereich einer Künstlerin. Auf einem langen Tapeziertisch türmten sich in ordentlichen Stapeln Dutzende von Skizzenblöcken, an der Wand unter dem lang gestreckten Balkon hingen jede Menge Fotos, die Kristal mit Berühmtheiten und Würdenträgern vor ihren Werken zeigten. Shanti, die die Aufnahmen betrachtete, stellte fest, dass die äußere Erscheinung der Künstlerin stets unverändert blieb. Ganz gleich, ob als gazellenhafte Studentin oder als Vierzigjährige: Auf jedem der Bilder hatte Kristal die blonden Haare nachlässig zu einem Pferdeschwanz gebunden; der grelle Lippenstift war verschmiert und sah aus, als hätte sie ihn während eines Erdbebens aufgetragen; ihr weißes Spitzenkleid war extrem kurz, die Farbe der klobigen Dr.-Martens-Stiefel, die Dawn Knightly eingetütet hatte, kirschrot. Die einzigen Fotos, die eine Variante zu diesem sorgfältig gepflegten Rot-Weiß-Stil bildeten, waren die, auf denen Kristal nackt war. Und davon gab es jede Menge.

Doch der selbst errichtete Kristal-Havfruen-Schrein beschränkte sich nicht allein auf Fotos – Shanti entdeckte Dutzende gerahmter Zeitungsartikel und -ausschnitte, kriecherische Lobhudeleien aus Hochglanzmagazinen genau wie üble Verrisse. Ob gut oder schlecht – Publicity schien alles für Kristal Havfruen gewesen zu sein. Hauptsache, die Leute redeten über sie.

Doch das war es nicht, was Shanti verstörte – nein, es war das zutiefst unbehagliche Gefühl, durch eine sprachlose Menge hindurchzuschlendern – durch die amputierte Armee hyperrealer Kristal Havfruens, die sie von draußen gesehen hatten, schaurig groß oder unheimlich klein, nackt oder in weiße Spitze und rote Dr. Martens gekleidet. Die Figuren lagen und standen auf sämtlichen freien Flächen oder lehnten in dramatischen Posen an den Wänden. Langbeinig. Mit schmalen Taillen. Spitzen Brüsten. Grünen Augen. Verschmierten, herrischen Lippen.

»Ich habe eine wichtige Frage, Mr. Oak«, sagte Shanti, ohne den Blick von der Kristal-Armee abzuwenden. »Wissen Sie, ob Ihre Frau ursprünglich eine Figur in dem Tank platzieren oder selbst hineinsteigen wollte?«

»Ich nehme an, sie wollte eine Figur hineinlegen«, antwortete Oak, dessen Stimme nicht viel mehr war als ein heiseres Krächzen.

»Aber wo ist diese Figur jetzt? Die, die man gegen die Künstlerin selbst ausgetauscht hat, meine ich. Hier gibt es viele Kristals, aber keine lebensgroßen, keine einzige Figur, die für den Tank passend gewesen wäre.«

»Hören Sie, ich habe keinen blassen Schimmer. Wie ich schon sagte: Kristal hat mit mir nicht über ihre Arbeit gesprochen. Sie behauptete, das übersteige meinen Verstand.«

Shanti näherte sich einer der Figuren – einer beängstigenden, überlebensgroßen Kristal, die betend die Hände gefaltet hatte. Sie berührte ihr Gesicht und spürte, wie ihr ein Schauder über den Rücken lief. Die Haut war wächsern und nachgiebig. Wie bei einer Leiche, die seit mehreren Stunden tot war.

Erschöpft folgte Shanti den beiden Männern die Treppe hinauf in die Eingangshalle. Als sie zur Haustür gelangten, hörte sie Caine zu ihrer Bestürzung sagen: »Wir werden Sie nicht viel länger aufhalten, Mr. Oak, aber sagten Sie nicht, wir dürften einen Blick in Ihr Atelier werfen?«

Oak führte sie schweigend an dem silbernen Volvo auf dem ungepflegten, kopfsteingepflasterten Hof vorbei, der umgeben war von Nebengebäuden und wuchernden Lorbeersträuchern. Eine verrostete Wendeltreppe führte zu einem in Teeröl eingelassenen Holzaufbau über einer Doppelgarage. Kristals Witwer hatte nicht gelogen – es gab keine Fenster, die auf den Hof hinausgingen. Die kleine Tür war unverschlossen, und er führte sie in einen niedrigen Raum unter dem Dachgiebel, in dem es süßlich nach Terpentin und Leinölfarbe roch. In die schrägen Decken waren Velux-Fenster eingelassen, der wuchernde Lorbeer davor verlieh allem einen grünlichen Schimmer.

Als sich ihre Augen an das Licht gewöhnt hatten, erblickten Shanti und Caine eine mit Farbe bekleckerte Höhle, die an einen schlammverkrusteten Schützengraben in der Schlacht bei Passendale erinnerte.

»Nun, das ist der Ort, an dem ich meine Dämonen austreibe«, sagte Oak in sachlichem Ton.

Farbstarre Pinsel standen in Bechern inmitten eines Waldes aus hölzernen Staffeleien. Und ringsherum, auf Regalen, Stühlen und den Staffeleien lehnten Oaks dick bemalte Leinwände, ein wahrer Rausch aus chaotischen Pinselstrichen und düsteren Farben.

Die Arbeit war in Shantis Augen genauso unzugänglich wie Kristals und genauso verrückt.

Als sie näher herantrat, entdeckte sie Wörter und Hieroglyphen, die zornig mit einem Nagel oder Messer in die trocknenden Oberflächen geritzt worden waren. Innerlich schaudernd, stellte sie fest, dass es sich um Bibelzitate handelte.

Er ließ den Samen zur Erde fallen und verderben.
Kehr zurück zu deiner Herrin und beuge dich unter ihre Hand.
Sofort nach den Tagen der großen Drangsal wird die Sonne verfinstert werden, und der Mond wird nicht mehr scheinen; die Sterne werden vom Himmel fallen, und die Kräfte des Himmels werden erschüttert werden.
Fürwahr, du bist mir ein Blutbräutigam.

Im Wagen schien Caine zu neuer Kraft erwacht. Es war, als hätten die Ermittlungsarbeiten ein verborgenes Feuer wiederentfacht. Shanti dagegen fühlte sich völlig ausgelaugt.

»Ich sage Ihnen etwas, Caine: Dieser Fall hat mir für den Rest meines Lebens die Lust auf Kunst verdorben. Was zum Teufel geht da ab in Oaks Männerhöhle? Und ich schimpfe mit Paul, weil er seine Socken auf dem Fußboden liegen lässt.«

»Ja, seine Arbeit war faszinierend … eine Anhäufung von Widersprüchen. Ich habe ein Ringen des Figurativen mit dem Konzeptuellen gespürt. Die Bilder waren voller Sanftmut und Raum, und dann hat er sie offenbar mit den zornigen Worten attackiert.«

»Wissen Sie was? Ich habe gehört, dass die bei der Meat Hook Gallery nach jemandem suchen, der diesen Schwachsinn für ihre Kataloge formuliert. Das könnten Sie übernehmen.«

»Es geht darum, keine voreiligen Schlüsse über einen Menschen zu ziehen. Ich hatte Oak für einen duldsamen, unterjochten Ehemann gehalten, aber seine Bilder waren aggressiv, nicht wahr?«

»Ich weiß nur, dass sich meine Mum keins davon über den Fernseher hängen würde. Eins muss ich allerdings zugeben: Sie waren gut, Caine. All das schmeichelhafte Zeug, damit er sich öffnet. Das hätte ich vermutlich nicht so leicht hinbekommen. Also spitzen Sie die Ohren, DI Vincent Caine: Obwohl Sie wahrscheinlich – nein, definitiv – der merkwürdigste Cop aller Zeiten sind, wartet ein Job auf Sie – wenn Sie ihn wollen.«

»Ähm, Augenblick, Shanti. Ich bin noch nicht ganz überzeugt.«

»Kommen Sie, Sie hatten heute Spaß, das weiß ich.«

»Ich habe Ihre Gesellschaft genossen, das ist wahr. Aber was ich Ihnen zu erklären versuche: Ich bin einfach nicht für die Polizeiarbeit geschaffen. Da gibt es zu viel Schmerz und Leid.«

»Hören Sie, Caine, Sie können ruhig sagen, dass mich das nichts angeht, aber Ihr bezahlter Krankenurlaub wird nicht ewig dauern. Wie wollen Sie dann zurechtkommen?«

»Ich führe ein einfaches Leben. Und die Menschen sind sehr freundlich.«

»Aber Sie können doch nicht immer nur nehmen. Man muss auch etwas zurückgeben.«

»Das ist wahr.«

»Was man gibt, bekommt man zehnfach zurück. Karmisches Gesetz.«

»Das ist sehr gut, Shanti.«

»Mensch, Caine, Sie haben doch selbst gesagt, dass wir ein großartiges Team abgeben. Yin und Yang. Ich spendiere auch den Kaffee, wie wäre das?«

»Ich trinke keinen Kaffee.«

»Dann eben Karottensaft. Rote-Beete-Smoothies. Elfentränen-Cocktails. Was immer Sie möchten.«

»Tee wäre schön. Mit einem halben Löffel Honig.«

Sie fuhren über die Broad Street in Lyme Regis, wo die Spätnachmittagssonne die Wimpel über ihren Köpfen zum Strahlen brachte und ein buntes Kaleidoskop tanzender Lichter erzeugte.

»Nun, wenn Sie morgen ins Präsidium kommen, wird so viel Tee da sein, wie Sie nur trinken können.«

Sein Gesicht verfinsterte sich. »Ins Präsidium?«

»Ich brauche jemanden, der mir hilft, Art zu grillen – Sie wissen schon: guter Cop, böser Cop. Sie haben die Wahl.«

»Es gibt keinen Grund, Art in Polizeigewahrsam zu behalten, Shanti. Er hat gerade seine Mutter verloren, und sein Vater braucht ihn an seiner Seite.«

»Sehen Sie, das ist mein Problem: Sollten Sie nicht helfen können, ihn zu entlasten, stehe ich unter dem massiven Druck, ihn zu verhaften. Werfen Sie einen Blick auf die Tatsachen: Art hat mit seiner Mutter gestritten. Er steht auf Ketamin. Verdammt, er hat sogar dabei geholfen, die Ausstellung auf die Beine zu stellen, und er wusste von dem Glastank! Es tut mir leid, aber es sieht nicht gut aus für den Jungen namens Art.«

Shanti steuerte den Saab um den Uhrenturm am Fuß des Hügels und hielt an. Aber Caine stieg nicht aus. Es entstand eine Pause. Eine lange Pause.

»Wissen Sie was, Shanti? Wir sind uns ähnlicher, als Sie denken.«

»Das glaube ich nicht, Caine.«

»Ich meine, wir sind beide besessen von derselben Frage.«

»Welcher Frage?«

Vor dem Süßigkeitenladen deckte der betagte Besitzer die Auslage ab und sammelte Sonnenhüte, Eimer und Fischnetze ein. Caine deutete auf die Tafel neben dem Zeitungsregal. Dort stand in fetten Großbuchstaben die höllische Frage, die Shanti gleich zu Beginn dieses langen, seltsamen Tages begrüßt hatte:

WER HAT KRISTAL ERMORDET?

»Sie wollen es wirklich, wirklich wissen, stimmt's, Shanti? Nun, ich ebenfalls, das kann ich nicht leugnen.«

Ein Grinsen trat auf Shantis Lippen. »Dann sind Sie also dabei?«

Vincent Caine öffnete seinen Gurt und stieß die Tür auf. Sie beugte sich zu ihm und fasste seinen Arm.

»Warten Sie eine Minute, Caine! Wie kann ich Sie erreichen? Wir müssen in Verbindung bleiben, und Brieftauben sind unzuverlässig.«

Er schrieb etwas mit eleganter Handschrift auf seinen Notizblock, dann riss er eine Ecke von der Seite ab und reichte ihr einen Namen und eine Telefonnummer.

»Zeb? Wer zum Teufel ist Zeb?«

»Zeb ist ein Syrer. Der hiesige Jugendbetreuer und begeisterter Mountainbiker. Sagen wir einfach, dass ich seiner Familie vor ein paar Jahren einen Gefallen getan habe und Zeb das Bedürfnis verspürt, mir diesen Gefallen zu vergelten. Er ist mein Botenjunge. Sie können ihn Tag und Nacht anrufen, und er wird mit einer Botschaft zu meiner Hütte radeln. Seine Bestzeit liegt bei fünfzehn Minuten von Haustür zu Haustür. Ist das in Ordnung?«

»Ich habe eine bessere Idee. Warum besorgen Sie sich kein Fahrrad?«

»Ich habe ein Fahrrad, aber ich benutze es nur in der Stadt. Ich war einmal damit auf der Undercliff, aber der Wald hatte etwas dagegen.«

Er stieg aus dem Wagen, winkte einmal kurz und ging von dannen. Shanti sah seine schlanke Silhouette vor der gleißenden See.

Die Sonne schuf die merkwürdige Illusion, dass Vincent Caine anfing zu flirren und sich schließlich in Luft auflöste – wie ein Nomade in der Wüste bei einer Fata Morgana.

Kapitel acht

LIEBE BIS ZUM UMFALLEN

Die Polizeistation von Yeovil war ein hässliches Gebäude, in dem hässliche Dinge passierten. Als Caine auf den Haupteingang zustrebte, sehnte sich sein Körper danach, anderswo zu sein – an irgendeinem Ort mit weniger Beton und mehr menschlicher Anteilnahme.

Als er die Medienmeute auf den Eingangsstufen entdeckte, machte er einen Schlenker zum Seiteneingang des Präsidiums, vor dem sich mehrere seiner ehemaligen Kollegen zum Rauchen und E-Zigaretten-Dampfen versammelt hatten.

»Teufel noch mal! Wen haben wir denn da?«

»Veggie-Cop!«

»Warst ja ziemlich beschäftigt, oder, Vince?«

»Beschäftigt damit, seine Haare wachsen zu lassen!«

»Was macht das Bio-Wohlbefinden?«

»Immer noch am Puls der Zeit?«

»Gibt es eigentlich eingefleischte Vegetarier?«

Caine kam damit klar. Er hätte selbst austeilen können, wenn er gewollt hätte, aber er wollte nicht. In Augenblicken wie diesen wurde ihm klar, dass er sich verändert hatte. Nur das Ego fühlte sich bedroht. Ohne Ego gab es keine Bedrohung.

Er schmunzelte freundlich, drückte ein paar Hände und betrat das Gebäude. »Wovon lebt ein vegetarischer Vampir?«, hörte er einen aus der Gruppe fragen. »Von Blutorangen!«

Drinnen wurde er sogleich von Benno entdeckt. Sie begrüßten

sich, und Caine stellte fest, dass er die väterliche Art des Kollegen vermisst hatte. Seinen angeborenen Sinn für Integrität. Seine Fähigkeit, Respekt zu erzeugen, ohne jemals die Stimme zu erheben. In den dampfigen Wäldern von Thailand war er noch anderen Männern wie Benno begegnet.

Als er durch die Gänge des Präsidiums zu dem Raum schlenderte, der einst sein Büro gewesen war, kam sich Caine vor wie ein wilder Fuchs, der sich verirrt hatte. Die grellen Neonlichter, die Polysteren-Deckenplatten und die kalten Wandfarben waren ihm nun ein Gräuel.

Sein altes Büro zu betreten, kam ihm vor wie eine Rückkehr in die Vergangenheit. Doch die Dinge hatten sich verändert. Der Raum war chaotisch, aber voller Leben. Auf sämtlichen Oberflächen stapelten sich Papiere. An der Wand hingen Kinderzeichnungen, auf einem Teppich auf dem Fußboden entdeckte er einen Eimer voll Lego. Mehrere großblättrige Zimmerpflanzen standen neben einem niedrigen Sofa. Alles war anders, aber als Shanti Joyce ihn anlächelte, fiel ihm wieder ein, warum er hier war.

Sie stand auf, stellte einen Wasserkocher an und wischte zwei halbwegs saubere Tassen mit einem halbwegs sauberen Geschirrhandtuch aus. »Seltsames Gefühl, wieder da zu sein?«, fragte sie über das Rauschen des Wasserkochers hinweg.

»Seltsam ist doch genau mein Ding«, erwiderte Caine. »Ist das Ihr Sohn?« Er nahm ein gerahmtes Foto von ihrem Schreibtisch und betrachtete es.

»Er heißt Paul.«

»Er wird eines Tages jede Menge Herzen brechen.«

Der strahlende Junge hatte die großen, warmherzigen Augen seiner Mutter und ein ganz eigenes, pausbäckiges Gesicht.

»Er ist ein braves Kind. Verbringt leider viel zu viel Zeit damit, auf Bildschirme zu starren. Und er sehnt sich nach seinem Dad. Dann hat Zeb Ihnen die Nachricht also überbracht?«

»Danke, dass Sie Dunster mit dem Wagen geschickt haben.«

»Ich dachte, Sie würden das intellektuelle Geplänkel mögen. He … es tut mir übrigens leid, dass ich gestern ein wenig kratzbürstig war. Nehmen Sie's nicht persönlich – ich hasse Männer im Allgemeinen.«

Er warf ihr einen prüfenden Blick zu, um festzustellen, ob sie scherzte, aber sie hatte sich bereits abgewandt.

»Okay, kurzes Briefing. Der Junge namens Art sitzt mit seiner Anwältin – irgendeine arrogante Kuh aus Kensington – in Vernehmungsraum zwei. Die hiesigen Anwälte sind dem lebenden Kunstwerk anscheinend nicht gut genug.«

»Sie sind ihm gegenüber wirklich voreingenommen, finden Sie nicht?«

»Für mich sind alle verdächtig, Caine, Sie eingeschlossen. Allerdings ist mir aufgefallen, dass er ziemlich gesprächig wird, wenn er wütend ist. Wie ich schon sagte: Wir spielen guter Cop, böser Cop. Sie schmieren ihm Honig ums Maul, und ich grille ihn. Auf Garstufe sieben.«

Sie reichte Caine Tasse, Teelöffel und ein Glas Honig.

»Entschuldigung, Biohonig konnte ich mir nicht leisten. Aber was sind schon ein paar Pestizide unter Freunden?«

Sie nahm ihren Laptop und klopfte mit dem Finger darauf. »Sie werden Augen machen, wenn Sie sehen, was ich hier drauf habe …«

»Dann zeigen Sie's mir doch einfach.«

»Das würde die Überraschung verderben. Sagen wir, es ist ein kleines Filmchen, das Art Havfruen sich bestimmt nicht gern anschauen wird. Ich kann es kaum erwarten, sein Gesicht zu sehen!«

Sie trugen ihre Tassen, Unterlagen und den Laptop durch endlose Gänge, in denen jede einzelne Tür Erinnerungen in Caine weckte – Erinnerungen an Prostituierte, Stricher, Betrunkene, Pädophile, Cracksüchtige, Brandstifter, Täter und Opfer von häuslicher Gewalt. Hinter diesen Türen saßen die Hoffnungslosen. Die Missbrauchten. Die Verlorenen. Diejenigen, die mit schlechten Karten ins Leben gestartet waren. Wenn Caine eines wusste, dann das: Jeder hatte eine Vorgeschichte, und Schmerz wurde weitergegeben wie der Stab beim Staffellauf.

Vernehmungszimmer zwei hatte ein Architekt entworfen, der Licht, Farbe, Raum und Liebe für überflüssige Details hielt. Hier gab es keine Fenster. Keine Luft. Nur flackernde Neonröhren, Einwegspiegel, Kameras, Mikrofone und Listen mit Vorschriften überall dort, wo eigentlich Bilder hängen sollten.

Caine schüttelte der Anwältin (gelangweilt) und dem Jungen (wütend) die Hand, dann nahm er an dem zerkratzten Resopaltisch Platz und suchte nach den Reserven, die ihn schon zuvor durch Situationen wie diese getragen hatten. Die Anwältin, eine überhebliche Frau mit einem Nullachtfünfzehn-Haarschnitt, machte den derangierten, grünäugigen jungen Mann darauf aufmerksam, dass er nicht verpflichtet war, irgendetwas auszusagen, doch Caine vermutete, dass ihr Rat auf taube Ohren stoßen würde. Art Havfruen konnte nicht anders, als sie mit einem wahren Wortschwall zu überschütten, und selbst wenn er nichts sagte, war seine nervöse Körpersprache so leicht zu verstehen wie bei einem Pantominen. Im Augenblick bebte er vor Empörung, trotz einer Nacht in der Zelle und den obszönen Umständen, unter denen seine Mutter zu Tode gekommen war.

Shanti drückte auf ein paar Tasten am Aufnahmegerät, zog einen Plastikstuhl neben den von Caine und setzte sich. Dann fing sie an, die Formalien herunterzuleiern: Ort, Datum, Zeit und Namen der Anwesenden.

»Art Havfruen, ich bin Detective Inspector Shantala Joyce …«

»Verdammt noch mal, ich weiß, wer Sie sind.«

»… und bei mir ist DI Vincent Caine. Ich bin mir sicher, Sie möchten schnell wieder gehen, daher komme ich direkt zum

Punkt: In der Nacht des zweiundzwanzigsten Juli wurden Sie in der Meat Hook Gallery in Bruton, Somerset, wegen des Besitzes von drei Komma sieben Gramm CK1 festgenommen, eine Kokain-Ketamin-Mischung.«

»Ich möchte an dieser Stelle festhalten, dass mein Klient den Vorwurf nicht bestreitet, außerdem möchte ich Sie darauf aufmerksam machen, dass er bislang auf jede ihm mögliche Art und Weise kooperiert hat«, unterbrach die Anwältin.

»Tatsache ist, dass Ihr Klient sich der Verhaftung widersetzt und einen Officer angegriffen hat«, hielt Shanti dagegen. »Wie ich das bewerte, hängt ganz davon ab, wie wir heute vorankommen.«

»Wie wir heute vorankommen, hängt ganz davon ab, wie viel Schwachsinn ich mir von Ihnen anhören muss …«

»Art«, mischte sich Caine mit sanfter Stimme ein. »Hören Sie, mein Freund. Sie machen eine furchtbare Zeit durch, das wissen wir. Und wir möchten genau das Gleiche wie Sie: Wir möchten die Person finden, die Kristal das angetan hat, und Sie so schnell wie möglich nach Hause schicken. DI Joyce und ich haben uns gestern mit Ihrem Dad getroffen. Er ist ein liebenswürdiger Mann, und er vermisst Sie …«

Der Junge sah zu dem ernst dreinblickenden Mann mit den schulterlangen Haaren und den freundlichen dunklen Augen hinüber, und für einen Moment entstand so etwas wie eine Verbindung zwischen den beiden.

»Unglücklicherweise geht es nicht nur um den Besitz der Droge«, fuhr Shanti fort. »Darf ich Sie bitten, Ihre Aufmerksamkeit auf Punkt 1a in der vor Ihnen liegenden Akte zu richten?«

Die Anwältin öffnete die Akte und las gründlich die erste Seite, die in einer Plastikhülle steckte.

»Es handelt sich um die vorläufigen Befunde der Obduktion von Kristal Havfruen, Art Havfruens Mutter. Etwa auf der Mitte der Seite … ja, gleich hier … wird eine seltene Substanz erwähnt, die man in Ms. Havfruens Blut entdeckt hat.«

Arts ohnehin blasses Gesicht verlor schlagartig jegliche Farbe. »Das ist ein abgekartetes Spiel!«, donnerte er, sprang auf und versetzte seinem Stuhl einen kräftigen Tritt. »Das haben Sie ihr untergeschoben! Meine Mutter hat K nie angerührt … Wahrscheinlich hat sie nicht mal gewusst, was das ist!«

»Setzen Sie sich, Mr. Havfruen. Ihre Mutter ist in einem Tank mit Formaldehyd ertrunken, doch bevor man sie dort hineinbefördert hat, wurde sie unter Drogen gesetzt, und zwar mit einer extrem großen Dosis ebenjenes Rauschmittels, das wir in Ihrem Besitz und in Ihrer Blutbahn gefunden haben.«

»Das zeigt doch, dass Sie absolut keine Ahnung haben – zwischen CK1 und K besteht ein gewaltiger Unterschied.«

»Soweit ich weiß, ist Letzteres Bestandteil von Ersterem. Ich weiß auch, dass Sie keine Drogen spritzen, Art, aber besitzen Sie vielleicht eine Injektionsspritze?«

»Scheiße!«, tobte er.

»Haben Sie irgendeine Erklärung dafür, warum Ihre Mutter so viel Ketamin im Blut hatte?«

»Weil du es ihr verabreicht hast, du dämliche Schlampe! Weil du und deine miesen Kollegen der Presse Antworten schuldig seid, und wie gewöhnlich bietet Art Havfruen genau die Story, nach der sie suchen. Sie schlachten euch aus, und ihr seid zu dumm, das zu kapieren.«

Caine sah, wie Shanti kurz nach dem Köder schnappte, also stand er auf, fasste Art am Arm und drückte ihn sanft zurück auf seinen Stuhl.

»Art Havfruen«, sagte Shanti mit fester Stimme, »ich möchte Sie dringend bitten, ruhig zu bleiben und persönliche Beleidigungen zu unterlassen. Habe ich mich klar ausgedrückt? Wenn ja, lassen Sie uns zur nächsten Frage kommen: Wo waren Sie am Tag der Ausstellungseröffnung, genau gesagt am Samstag, dem zweiundzwanzigsten Juli?«

Art zuckte sichtbar zusammen.

»Sie müssen nicht antworten«, flüsterte die Anwältin ihm zu.

»Wir stehen auf Ihrer Seite«, beruhigte ihn Caine.

»Schon gut, ich werde es Ihnen ja sagen. Ich habe … ich habe ein Wochenendrefugium in Charmouth. Vermutlich wissen Sie das ohnehin schon. Ich habe gechillt. Wollte mal ein bisschen runterkommen von meinem Job und mir das Spiel Barcelona gegen Arsenal ansehen. Barcelona hat gewonnen.«

»Kann das irgendwer bestätigen?«

»Was, dass Barcelona Arsenal besiegt hat?« Art beugte sich zu seiner Anwältin und flüsterte ihr etwas ins Ohr, die an seiner Stelle das Wort ergriff.

»Mr. Havfruen hat dem nichts hinzuzufügen. Er war in seinen vier Wänden und hat ferngesehen.«

Shanti lehnte sich zurück. Atmete tief durch und verschränkte die Arme.

Jetzt war Caine dran.

»Ihre Mum war eine außergewöhnliche Frau, Art. Sie scheint die Menschen auf unterschiedliche Art und Weise bewegt zu haben. Manche liebten ihre Arbeit, andere dagegen … eher nicht so sehr. Trotzdem würde ich Ihnen gern eine Frage stellen, die mir nicht mehr aus dem Kopf geht. Wie war es, der Sohn von Kristal Havfruen zu sein? Wie ist es, ›ein Junge namens Art‹ zu sein?« Seine warme Stimme brachte das Eis im Vernehmungsraum zum Schmelzen.

Art zuckte die Achseln. »Keine Ahnung. Wie ist es, irgendwer zu sein? Ich habe doch nie etwas anderes kennengelernt. Für mich war das ganz normal.« Er wischte sich mit der Faust über die Nase wie ein verletztes Kind. »Als ich jünger war, hab ich mir gewünscht, ich wäre einfach nur ihr Sohn und nicht ihr … ihr beschissenes Karrieresprungbrett.«

»Das kann ich verstehen. Und wie fühlen Sie sich dabei?«

Art schüttelte seufzend den Kopf. War das eine polizeiliche Vernehmung oder eine Therapiestunde? Caines sanfte Befragungsmethode schien ihn aus dem Konzept zu bringen.

»Ich fühle mich … verdammt noch mal … ich bin total durcheinander!« Die Anwältin tippte ihm auf den Arm und versuchte, seine Aufmerksamkeit zu gewinnen, aber Art schüttelte sie ab. »Ich hab sie angebetet, als ich ein Kind war. Ich war verliebt in sie, so wie jedes Kind verliebt in seine Mum ist. Aber sie hat mir nie, wirklich *nie* etwas von meiner Liebe zurückgegeben, und das hat mich … nun, es hat mich *wütend* gemacht!«, stieß er zähneknirschend hervor. Seine Augen wurden glasig.

»Haben Sie sie gehasst?«, wollte Shanti wissen.

»Sehen Sie, jetzt macht sie es schon wieder!«, schimpfte Art, an Caine gewandt. »Sie legt mir Worte in den Mund und versucht ständig, mir etwas unterzuschieben. Hören Sie«, fuhr er fort, »mir ist klar, was Sie sich wünschen: einen abgefuckten Drogenkonsumenten, der seine Mutter umgebracht hat, weil er als Kind nicht genügend gestillt oder geknuddelt wurde. Ja, Kristal war nicht perfekt, aber sie war ein verdammtes Genie, und vielleicht können Genies nichts dafür, dass sie sind, wie sie sind. Ich habe mein Bestes gegeben, mich um sie zu kümmern. Dad ebenfalls. Und ich habe sie nicht umgebracht. *Ich habe sie nicht umgebracht,* verflucht noch mal.«

»Wer, glauben Sie, hat es dann getan, Art?«, fragte Caine. Seine Stimme war kaum mehr als ein Flüstern.

Art sackte auf seinem Stuhl zusammen. »Das herauszufinden ist Ihr Job, Kumpel. Dafür werden Sie bezahlt.«

Caine blieb völlig gelassen. »Na schön, Sie machen das gut. Sind uns eine wirkliche Hilfe. Trotzdem möchte ich, dass Sie noch einmal nachdenken. Gehen Sie zeitlich ruhig zurück, ein paar Jahre oder auch nur ein paar Wochen. Gibt es irgendwen, der Ihre Mutter gern tot gesehen hätte?«

»Hören Sie, Mum hat jede Menge Leute angepisst. Das war es, was sie getan hat. Sie war eine professionelle Leute-Anpisserin. Sie hat Leute in Dänemark angepisst, Leute in Falmouth, und das während ihrer gesamten Karriere. Dennoch fällt mir niemand ein, der so weit gehen würde.«

»Ich habe ebenfalls eine wichtige Frage an Sie, Art«, meldete sich Shanti zu Wort. »Haben Sie mit Ihrer Mutter vor der Ausstellung in der Galerie gestritten?«

»Scheiße, das weiß ich nicht. Kann sein. Wir haben uns ständig gezofft. Aber nein … warten Sie 'ne Sekunde … ich habe sie in der Galerie gar nicht zu Gesicht bekommen. Genau genommen habe ich sie an jenem Tag nur ein einziges Mal gesehen, und da trieb sie in dem Tank.«

»Sind Sie sich sicher?«

»Hundertprozentig.«

»Okay. Nun, wenn es Ihnen nichts ausmacht, würde ich Ihnen gern etwas zeigen«, sagte Shanti, klappte den Laptop auf und drehte ihn so, dass jeder den Monitor sehen konnte.

»Was ist das?«

»Augenblick … Ja, das ist das Material aus den Überwachungskameras der Meat Hook Gallery am Tag der Vernissage. Ein Mann und eine Frau betreten um achtzehn Uhr dreißig die Hauptgalerie. Die Zeit steht hier oben auf dem Bildschirm. Sie ›zoffen‹ sich. Würden Sie das auch so sehen, Art?«

»Keine Ahnung, die Kamera hängt zu hoch.«

»Aber das da sind doch Sie, oder nicht? Die Kamera ist genau auf Ihr Gesicht gerichtet.«

Art Havfruen wand sich auf seinem Plastikstuhl und wurde – wenn überhaupt möglich – noch eine Spur bleicher.

»Sie machen ein ziemliches Aufhebens, und auch, wenn es keine Tonaufzeichnung gibt, würde ich behaupten, dass Sie schreien. So wie Sie mich am späteren Abend angeschrien haben.«

»Leck mich, Miststück.«

»Außerdem schubsen Sie die Frau auf der Aufnahme, packen Sie auf äußerst aggressive Weise an den Schultern und schütteln Sie. Wer ist die Frau, Art? Mit wem streiten Sie?«

»Mein Klient gibt keinen weiteren Kommentar ab. Die Qualität des Films lässt arg zu wünschen übrig. Das Licht in der Galerie ist schlecht, außerdem wurde die Frau hauptsächlich von hinten gefilmt. Sie wissen genau, dass diese Aufnahmen vor Gericht nicht zugelassen werden.«

»Nicht zugelassen werden? Stimmen Sie mir etwa nicht zu, dass wir hier Mr. Havfruen – der gerade eben kategorisch ausgeschlossen hat, seiner Mutter in der Galerie begegnet zu sein – bei einer gewalttätigen Auseinandersetzung mit einer zierlichen Frau mit auffällig blonden Haaren, einem kurzen weißen Spitzenkleid und einem Paar roter Dr.-Martens-Stiefel sehen? Ist das nicht genau das, was uns die Aufnahmen klar und deutlich zeigen?«

»Es ist nicht so, wie Sie denken«, murmelte Art Havfruen.

»Sehen Sie sich diesen Ausschnitt doch mal ein wenig genauer an. Hier rennt sie nach draußen. Da, sehen Sie die Stiefel? Sie stolpert auf der Schwelle und krabbelt weiter. Sie hat Angst vor Ihnen, Art.«

»Was halten Sie von meiner kleinen Filmvorführung?«, fragte Shanti, als sie in ihr Büro zurückkehrten. »Das ist der Knaller, finden Sie nicht? Haben Sie gesehen, wie er reagiert hat?«

»Die Aufnahmen sind definitiv von Bedeutung«, pflichtete ihr Caine bei. »Trotzdem glaube ich nicht, dass er es war.«

»Von Bedeutung? Das ist nuklearer Sprengstoff! Außerdem – wie meinen Sie das: Er war's nicht? Bin ich die Einzige hier mit halbwegs klarem Sehvermögen? Ist Ihnen die aggressive Auseinandersetzung mit Kristal tatsächlich entgangen? Die war doch wirklich nicht zu übersehen!«

»Ich stimme Ihnen zu, dass es nicht gut für ihn aussieht, aber Callum Oak hat uns mitgeteilt, dass die beiden die ganze Zeit über gestritten haben, deshalb hat Art den Vorfall bei der ganzen Aufregung womöglich vergessen. Wir sehen nicht, wie er sie umbringt, Shanti. Zudem weiß ich nicht, ob Sie bemerkt haben …«

»Natürlich hab ich das bemerkt, was denken Sie denn? Sie reden von dem Tank im Hintergrund, in dem eine Figur zu schwimmen scheint.«

Caine nickte. »Was bedeutet, dass Kristal um halb sieben noch am Leben war. Hätte Art sie tatsächlich ermordet – und das gilt nicht nur für Art, sondern für jeden, der für den Mord infrage kommt –, würden wir sehen, wie die Figur aus dem Tank gefischt und durch Kristal ersetzt wird.«

»Das weiß ich, Caine. Zugegeben, es ist ziemlich seltsam. Wie bei einem Zaubertrick von Houdini.«

Zurück im Büro, machte sich Shanti besitzheischend hinter dem Schreibtisch breit. Caine schob vorsichtig einen Stapel Papiere und Spielzeug beiseite, zog seine Schuhe aus und setzte sich mit übereinandergeschlagenen Beinen auf das niedrige Sofa. Shanti drehte den Laptop zu ihm.

»Ich spiele den Nachmittag in der Hauptgalerie mal im Schnelldurchlauf ab. So … um fünfzehn Uhr sechsundzwanzig bringt der Gabelstapler den Tank. Hier sind die beiden Jungs von Master-Moves zu sehen, die ihn vorsichtig auf dem Podium abladen. Sie schrauben die Sperrholzverschalung auseinander, die sie mitnehmen. Insgesamt brauchen sie dafür nur knapp sieben Minuten. Um achtzehn Uhr dreißig folgt die hitzige Auseinandersetzung zwischen Art und Kristal. Zu der Zeit steht der Tank völlig unberührt hinter ihnen. Kurz darauf rennt Kristal hinaus, stolpert auf der Schwelle und krabbelt weiter, als habe sie Angst vor Arts Wutausbruch.

Art folgt ihr, und nichts passiert, bis neunzehn Uhr – ich lasse das Band an dieser Stelle mal langsamer laufen –, denn dann kommt dieser riesige Kerl, Oliver Sweetman, herein, stellt die Stiefel vorsichtig auf den Deckel des Tanks, poliert noch einmal schnell das Glas und verschwindet wieder. Wenn man genau hinschaut, sieht man, dass er die ganze Zeit über lächelt, was entweder ein bisschen unheimlich wirkt oder aber bedeutet, dass er komplett unschuldig ist. Anschließend zeichnet die Kamera keinerlei Bewegungen auf, bis Saul Spencer, der Kurator, die Gäste um zwanzig Uhr achtunddreißig in die Galerie führt. Kurz darauf bricht das Chaos aus, als Callum Oak den Tank auf die Seite kippt und den Deckel aufstemmt, woraufhin der Leichnam zusammen mit zig Litern Formaldehyd herausschwappt. Das ist absolut rätselhaft.«

»Sagten Sie nicht, Benno habe mit den Kurieren von MasterMoves gesprochen?«, fragte Caine.

»Ja, er ist überzeugt, dass sie sauber sind. Warten Sie kurz … Hier ist ihre Website.«

Shanti öffnete eine professionell wirkende Seite. Neben dem Foto eines kleinen Teams und mehrerer Lieferwagen stand der Slogan: *MasterMoves. Wir transportieren Ihre Kunstwerke –* **Dalí** *und ohne* **Macke**.

»Ich kapier's nicht«, sagte Shanti.

»Das sind die Namen von … ach, egal.«

»Laut Benno sind die MasterMoves-Jungs wochenlang hin- und hergefahren, um bizarre Dinge in Glastanks aus Kristalls Atelier in die Meat Hook Gallery zu bringen. Nachzuschauen, was genau sich in diesen Tanks befand, gehörte nicht zu ihrem Job. Außerdem war der Ausstellungsraum nur sehr spärlich beleuchtet, als die zwei die Holzverschalung entfernten.«

»Wollen Sie damit sagen, dass die Kuriere keine Ahnung hatten, ob der Tank eine Replik oder einen echten Körper enthielt?«

»Genau das behaupten die zwei. Und Benno ist sich sicher, dass sie nichts zu verbergen haben. MasterMoves ist ein blitzsauberes Familienunternehmen. Außerdem wissen wir, dass sie eine Attrappe geliefert haben, denn auf dem Band sehen wir Art um achtzehn Uhr dreißig mit Kristal streiten, und da ist sie noch quicklebendig.«

»Zumindest sieht es danach aus.«

»Nun, Caine, sagen Sie, was Sie wollen, aber wenn Sie mich fragen, benimmt sich Art Havfruen weiß Gott nicht wie jemand, der gerade seine Mutter verloren hat.«

»Jeder trauert auf seine eigene Art und Weise, Shanti. Ich habe mich schon einmal damit auseinandergesetzt. Wir haben es hier mit einem jungen Mann zu tun, der von emotional unreifen Eltern großgezogen wurde, daher sind seine eigenen Gefühle ein wenig … unterentwickelt. Um ehrlich zu sein, bin ich noch nie einem Menschen mit einer derart konfliktbehafteten Wahrnehmung eines seiner beiden Elternteile begegnet. Sagte er nicht, er sei in seine Mutter ›verliebt‹ gewesen?«

»Ja. Er behauptete, jedes Kind sei in seine Mum verliebt. Waren Sie in Ihre Mutter verliebt, Caine?«

»Nicht auf diese Art und Weise, Dr. Freud.«

»Und erklären Sie mir eins: Warum war er so nervös, als er uns sagen sollte, wo er sich vor der Ausstellungseröffnung aufgehalten hat? Er hat uns erzählt, er habe das Wochenende in seiner Chillbude in Charmouth verbracht, doch näher wollte er sich definitiv nicht dazu äußern.«

»Das ist richtig – die Frage hat ihn aus dem Konzept gebracht. Es könnte allerdings sein, dass er sich schuldig fühlt wegen seiner illegalen Handlungen.«

Shanti kaute auf einem Fingernagel. »Hm. Ich gebe zu, dass ich buchstäblich nicht den blassesten Schimmer habe, wie jemand Kristal unter Drogen setzen und gegen eine Silikonattrappe austauschen konnte, ohne auf den Aufnahmen der Überwachungskameras zu erscheinen. Das ist wie in einer albernen Geistergeschichte – aber ich werde schon dahinterkommen, Caine. Ja, das werde ich. Ich, Shantala Holmes. Wenn Sie mitmachen wollen – super. Unterdessen wird sich Art Havfruen jede Menge Erklärungen einfallen lassen müssen. Der Superintendant möchte ihn weiterhin unter Arrest stellen. Das ganze Präsidium steht unter massivem Druck. Haben Sie die Pressemeute vor der Tür gesehen?«

»Hab ich.«

»Wenn ich noch ein einziges Mal gefragt werde: ›Wer hat Kristal ermordet?‹, dann schwöre ich, dass ich den Mord höchstpersönlich zugebe.«

»Dann macht es doch gewiss Sinn, das Ganze ordentlich hinzubekommen. Hören Sie, Shanti, Sie stehen unter gewaltigem Druck, das weiß ich. Allerdings haben Sie mir erzählt, dass Sie Ihren letzten Fall in den Sand gesetzt haben. Wenn Sie jetzt also den Falschen verhaften, könnte das das Ende Ihrer Karriere bedeuten. Ich rate Ihnen daher, die Dinge langsam angehen zu lassen. Wirklich. Art wird nicht davonlaufen. Ich denke, wir sollten ihn fürs Erste auf freien Fuß setzen, zumal er für niemanden eine Gefahr darstellt.«

»Sie raten mir, dass ich langsam machen soll, aber wenn Art tatsächlich unschuldig ist, läuft da draußen ein Killer frei herum.«

»Das ist richtig, wenngleich mir mein Instinkt sagt, dass es sich um eine persönliche Tat handelt. Ich meine, das Ganze zielte ausschließlich auf Kristal ab.«

»Das ist total frustrierend«, brauste Shanti auf. »Ich sehe doch, dass Art etwas vor uns verbirgt. Wenn er nicht schuldig ist, warum stellt er sich dann so quer, was unsere Ermittlungen betrifft? Ich kapier's einfach nicht. Aber Sie haben recht: Wir können ihn nicht länger festhalten. Ich muss ihn entweder unter Anklage stellen oder laufen lassen. Trotz der Aufnahmen der Überwachungskameras, der Drogen und all seiner Lügen habe ich nicht genug in der Hand, um ihn festzunageln.«

»Exakt. Holen Sie Benno; er soll ihn anweisen, sich vorläufig in Südwestengland zu unserer Verfügung zu halten – entweder bei seinem Vater in Mangrove House oder in seinem Wochenendrefugium in Charmouth. Ich bin mir sicher, dass er für ein paar Tage von zu Hause aus arbeiten kann.«

»Und was schlagen Sie nun vor, weiser Mann? Sollen wir meditieren?«

»Wir könnten Sinnvolleres tun. Zum Beispiel könnten wir uns näher mit dem beschäftigen, was Art uns erzählt hat. Er sagt, Kristal habe die Leute seit Jahren vor den Kopf gestoßen. Also müssen wir genau dorthin zurückgehen.«

»Wohin?«

»Dorthin, wo alles begonnen hat.«

Kapitel neun

DIE TÖDLICHE SIRENE

Wenn Sie noch nie in der kornischen Stadt Falmouth waren, sollten Sie sich vorstellen, dass ein riesiges Kleinkind seine Bauklötzchen hügelabwärts gekippt hat, wo sie kunterbunt durcheinander ins Wasser gepurzelt sind. Tatsächlich scheinen manche der Granitgebäude im Hafen selbst gelandet zu sein, wo sie zwischen den ächzenden Nabelschnüren der Boote auf Felsen und Pfeilern thronen. Es gibt geheimnisvolle Gassen, Muskelkater erzeugende Treppen und Palmen, mit denen man hier so gar nicht rechnet. Und all das wird begleitet von dem mörderischen Geschrei der Möwen.

Am Telefon hatte Marlene Moss begeistert zugestimmt, als Shanti und Caine ankündigten, bei ihr vorbeizuschauen. »Ich bin mir nicht sicher, ob ich etwas Wertvolles zu Ihren Ermittlungen beitragen kann, aber ich bekomme derzeit nicht viel Besuch, deshalb wäre es schön, Sie zu sehen.« Sie hatte ihnen detailliert den Weg zu ihrem Cottage erklärt. »Die Zufahrt ist ziemlich steil«, hatte sie sie gewarnt, dann hatte sie das Gespräch beendet, indem sie noch einmal ihr tiefes Entsetzen und ihre aufrichtige Trauer über Kristals gewaltsamen Tod bekundete.

Bis zu ihrem Treffen mit der ehemaligen Leiterin der Fakultät für Malerei an der Falmouth School of Art blieb ihnen noch eine Stunde, die Shanti und Caine in einer höher gelegenen Straße, die sich Woodlane nannte, verbrachten. Ein Schild an einem schmiedeeisernen Flügeltor informierte sie darüber, dass sie sich vor ebenjener Kunsthochschule befanden, an der Moss unterrichtet hatte. Zu ihren Studenten zählten damals auch Kristal Havfruen, Callum Oak und Oliver Sweetman.

Die beiden Detectives schlenderten eine sich in sanften Schlangenlinien dahinwindende Zufahrt entlang, vorbei an weichen Rasenflächen und elefantösen Pflanzen. Selbstbewusste Studenten mit kunstvollen, an Topiari erinnernden Frisuren lagen lachend und scherzend im Gras oder entspannten in den subtropischen Gartenanlagen. Niemand schenkte Shanti und Caine, die mehrere ganz aus Glas bestehende Ateliers und gut besuchte Werkstätten passierten, auch nur die geringste Aufmerksamkeit. Ein Gebäude war besonders beeindruckend – ein scharfkantiger Komplex aus Stahl und Glas, in dem teures Film- und Computerequipment zu sehen war. Eine Tafel teilte dem aufmerksamen Leser mit, dass es sich dabei um das Havfruen-Gebäude handelte, ermöglicht durch eine großzügige Spende der Rasmussen-Stiftung aus Kopenhagen. Hinter die Tafel hatte jemand einen Strauß roter und weißer Rosen gesteckt, der in seiner Zellophanhülle vor sich hin welkte.

Auf einem weniger gepflegten Teil des Campus gelangten sie zu den etwas langweilig aussehenden Ateliers für die bildenden Künste – schlichte, holzverkleidete Gebäude, in denen ein paar Studenten miteinander plauderten oder halbherzig an farbbekleckSten Staffeleien arbeiteten.

»Haben Sie den Unterschied bemerkt?«, fragte Caine.

»Welchen Unterschied meinen Sie?«

»Vielleicht bilde ich mir das ein, aber es kommt mir beinahe so vor, als wären die traditionellen Künste weit abgeschlagen hinter der Performance- und Videokunst. Ich frage mich, ob das Kristals Verdienst ist.«

»Ich wünschte jedenfalls, jemand hätte mich dafür bezahlt, ein Sonnenbad auf dem Rasen zu nehmen, als ich in dem Alter war«, erwiderte Shanti seufzend.

Kurze Zeit später verließen sie das Gelände der Falmouth School of Art und kehrten in die Stadt zurück, wo sie durch die kopfsteingepflasterten Straßen bummelten, heiße Pasteten in der Hand – einmal vegetarisch, einmal mit Hühnchen. Trotz des Drucks, den der Fall mit sich brachte, stellte Shanti überrascht fest, dass sie den Sonnenschein genoss, genau wie die Anwesenheit des hochgewachsenen Mannes an ihrer Seite – auch wenn sie das niemals zugegeben hätte.

Die Schlagzeile einer Lokalzeitung vor einem Zeitungskiosk riss sie aus ihren Tagträumen:

WER HAT KRISTAL ERMORDET?
NOCH IMMER KEINE FESTNAHME
IM HAVFRUEN-FALL

»Verflucht, als müsste man mich extra daran erinnern«, murmelte sie.

Sie sprach mit sich selbst, denn Caine war von ihrer Seite gewichen und vor einem Schlafsack in einem Hauseingang in die Hocke gegangen. Ein alter Mann steckte darin, der ihm einen armseligen Styroporbecher entgegenstreckte. Ohne zu überlegen, durchforstete Caine seine Tasche und warf eine ordentliche Handvoll Münzen hinein.

War das so eine typisch männliche Sache, mitten in einem Gespräch einfach abzuhauen? Caine und der alte Mann schienen jetzt tief in ihr eigenes Gespräch versunken zu sein.

»He, Caine, sind Sie mit mir hier, oder möchten Sie lieber bei Ihrem neuen Kumpel bleiben?«, rief Shanti.

Er drückte dem Mann die Hand, dann rappelte er sich auf und holte sie schnellen Schrittes ein.

»Entschuldigung«, sagte er.

»Wir sind Polizisten, keine Sozialarbeiter«, erinnerte sie ihn.

»Wie ich immer so schön sage: Was man sät …«

»Ja, ich weiß, was Sie immer sagen. Und – was haben Sie geerntet? Eine Ausgabe der Straßenzeitung *Big Issue?*«

»Ich habe Informationen erhalten. Der Alte hat sein ganzes Leben in Falmouth verbracht. Nach dem Tod seiner Frau ist er abgerutscht …«

»Das ist ausgesprochen tragisch, Caine, aber wie hilft uns das weiter?«

»Er weiß alles über Kristal Havfruen. Behauptet, jeder in der Stadt wisse über sie Bescheid. Als Studentin hat sie ein Haus namens Rock Cottage gemietet, zu dem man offenbar durch eine dieser Gassen gelangt … die da drüben, glaube ich. Allem Anschein nach ist es ein ziemlich sonderbarer Ort. Möchten Sie einen Blick darauf werfen?«

Shanti schaute auf die Uhr und nickte. Einen Augenblick später eilten sie über rutschiges Pflaster, vorbei an einer barbusigen Galionsfigur. Katzen und riesige Möwen stritten sich um den Inhalt mehrerer umgekippter Mülltonnen. Es war ein finsterer Ort, und es stank. Am Ende der zum Meer hinunterführenden Gasse schwappte öliges Wasser um ihre Füße.

»Oh, ich kann es sehen«, sagte Caine und deutete aufs Wasser hinaus. »Dort hinten, Rock Cottage.«

»Wie bitte? Kristal hat auf einem Boot gelebt?«

»Nein. Schauen Sie doch mal genauer hin … Sehen Sie den schwarzen Felsen? Da steht ein Gebäude drauf.«

Shanti entdeckte den Felsen weit draußen im Meer. Tatsächlich, darauf stand ein winziges Fischerhäuschen, das gut getarnt und daher kaum zu erkennen war. Es schien aus demselben schwarzen Stein erbaut zu sein, aus dem die kleine Insel bestand, und war vermutlich nicht weniger überzogen mit Rankenfußkrebsen und Guano.

»Und dort soll sie als Studentin gelebt haben? Aber … ich meine, wie zum Teufel ist sie dorthin gekommen?«

»Bei Ebbe führt ein Damm dorthin«, sagte eine Stimme hinter ihnen. »Sonst müssen Sie rudern.«

Sie drehten sich um und sahen einen birnenförmigen Mann in Arbeitsoverall und Gummistiefeln. Die Vorderseite seines dicken Bauchs war verschmiert mit Blut und silbernen Fischschuppen. In einer Hand hielt er ein Messer mit Knochengriff, in der anderen einen Eimer mit sich windenden Krabben.

»Ich wollte Sie nicht erschrecken, aber Rock Cottage gehört mir. Ich habe es ihr in den Neunzigern vermietet. Sie sprechen doch von Kristal, oder?«

Shanti nickte. »Wie gut kannten Sie sie?«

»Nicht sonderlich gut. Ihr Stiefvater hat die Miete auf mein Konto überwiesen, deshalb gab es nie irgendwelche Probleme. Ein Mr. Ras-, Ras-…«

»Rasmussen?«

»Ja, so hieß er. Niemand, der Kristal einmal kennengelernt hatte, konnte sie wieder vergessen, und ich bin wirklich traurig über das, was mit ihr passiert ist. Sie war ein echter Hingucker, das kann ich Ihnen sagen. Trug immer ein weißes Kleidchen und glänzende rote Stiefel. Alle in der Stadt haben sich nach ihr umgedreht. Ich wohne übrigens dort oben«, sagte er und deutete mit dem Kinn auf den Erker eines maroden Häuschens. »So kann ich meine Mieter im Auge behalten. Wenn Sie sich im Schlafzimmer auf einen Stuhl stellen, sehen Sie alles. Ich hab sie oft dabei beobachtet, wie sie das Wasser überquert hat, und ich erinnere mich genau daran, wie ihre blonden Haare nachts im Mondschein schimmerten. Es sah aus, als würde sie über das Wasser wandeln.«

»Hat sie allein dort gewohnt?«

»Sie sind von der Presse, hab ich recht?«

»Nein, nicht von der Presse …« Shanti zückte ihren Dienstausweis und zeigte ihn dem Mann, der weise nickte.

»Ich darf die Fischerhütte wohlgemerkt nicht mehr vermieten – aus Sicherheitsgründen. Mir bleibt daher nur noch die Krabbenfischerei.«

Caine las ihn wie ein offenes Buch. »Wie viel kosten die Krabben? Alle, die Sie hier in dem Eimer haben?« Er zückte seine Geldbörse.

»Zwanzig.«

»Zehn?«

»Abgemacht.«

Der Mann reichte ihm den Eimer und steckte den Geldschein ein. Shanti sah, wie sein schroffes Gehabe einem leutseligen Lächeln wich.

»Kristal hat allein gelebt, aber es kamen jede Menge Besucher zu ihr. Zwei junge Burschen schienen ganz besonders von ihr angetan zu sein. Kunststudenten – Gott weiß, was die da angestellt haben.«

»Kennen Sie die Namen von den beiden ›Burschen‹?«

»Nein, aber ich habe ein gutes Gedächtnis, was Gesichter betrifft. Einer war groß, sah gut aus und hatte Locken, der andere war ein wahrer Riese mit einem Gesicht wie ein Petersfisch und fuchsroten Haaren. Die beiden pendelten ständig hin und her, immer über den Damm. An eine Nacht erinnere ich mich ganz besonders – ich schaute durch mein Fernglas, deshalb konnte ich alles genau sehen. Der Hässliche kam zu Besuch. Ging über den Damm, als habe er Angst, ins Wasser zu fallen. Er klopfte an die Tür, und als sie öffnete, hatte sie kaum einen Fetzen Kleidung an ihrem jungen Körper – ich wusste gar nicht, wo ich hinschauen sollte. Hinter ihr stand der Gutaussehende. Sie stritten miteinander, zwischen den beiden Burschen knallte es heftig. Aber für Kristal war das anscheinend alles nur ein Spiel.«

»Hatten Sie Gefühle für sie?«

»Na klar doch! Selbst eine Klaffmuschel hätte Gefühle für ein Mädchen wie Kristal entwickelt. Es gab viel Gerede über das, was sich auf der Kunsthochschule abspielte – lebende Modelle, die stundenlang ihre Intimteile präsentierten, während die Studenten sie malten. Aber die Show, die dann folgte, war noch mal eine andere Nummer. Sie wissen, wovon ich spreche: von dieser verfluchten Sexshow. Eine Gruppe meiner Kumpel war da, als Zuschauer. Sie hat die Leute so richtig provoziert. Unnatürliche Bedürfnisse geschürt. Und jetzt hat sie den Preis dafür bezahlt. Ich behaupte damit nicht, dass ich das richtig finde, ganz und gar nicht, aber ich habe Verständnis für die, die das tun – mehr habe ich dazu nicht zu sagen.«

Der birnenförmige Mann drehte sich um und verschwand im Schatten der Häuser.

»Was zum Teufel machen Sie jetzt mit denen?«, fragte Shanti, als er weg war, und deutete auf den Eimer, den Caine immer noch in der Hand hielt.

Anstelle einer Antwort bückte er sich und leerte den Inhalt vorsichtig in die an Land rollenden Wellen, wobei er ein paar verirrte Krabben behutsam mit den Fingern in die richtige Richtung lenkte. Anschließend spülte er den Eimer gründlich aus und stellte ihn vor die Tür des Krabbenfischers.

»Herrgott«, seufzte Shanti.

Zurück auf der High Street sagte Caine: »Ich nehme an, der mit den lockigen Haaren war Oak.«

»Und der mit dem Gesicht wie ein Petersfisch?«

»Wer auch immer das war: Er hatte hinterher ein gebrochenes Herz, soviel steht fest.«

Sie folgten den Anweisungen von Google Maps auf Shantis Handy und machten sich auf den steilen Weg zum östlichen Ende der Stadt. Es war extrem anstrengend, und als sie den Ort erreichten, der »Jakobsleiter« genannt wurde, bliebt Shanti stehen und sah sich bestürzt um.

»Sie machen Witze!«

Vor ihnen ragte die längste Granittreppe in die Höhe, die sie in ihrem ganzen Leben je gesehen hatte, abgetreten von unzähligen Füßen, die sie über Hunderte von Jahren hinweg benutzt hatten.

Der Aufstieg war schwer genug, doch das wirklich Nervtötende dabei war, dass Caine unentwegt plapperte, als sei ihm gar nicht klar, was für eine alpine Meisterleistung sie gerade vollbrachten.

»Wissen Sie, was ich dachte, als ich den Mann reden hörte?«

»Was?«, japste Shanti.

»Er kam mir vor wie ein Komparse! Das Bild, das er in mir heraufbeschwor, war das einer wunderschönen Sirene, die Seemänner ins Verderben lockt.«

Shanti blieb zusammengekrümmt stehen und stieß angestrengt »Typischer sexistischer Unsinn!« hervor. »Derartige Märchen haben Frauen jahrhundertelang auf ihre Plätze verwiesen. Glauben Sie mir, jede Kultur hat ihre eigene Art und Weise, Frauen zu unterdrücken. Entweder sind wir alt und jenseits von Gut und Böse, oder wir sind jung und tödlich.«

»Sie haben vermutlich recht. Ich werde darüber nachdenken. Ich nehme an, Orte wie dieser sind voller Legenden. Möchten Sie eine Pause einlegen?«

»Mir geht es wunderbar, vielen Dank. Gehen Sie ruhig voran. Ich genieße noch ein wenig die Aussicht.«

Und was für eine Aussicht das war – über die Bucht nach St. Mawes und den Helford River. In der Ferne war Pendennis Castle zu erkennen.

Als sie endlich oben angekommen war und gierig nach Luft schnappte, hatte Caine das kleine Cottage von Marlene Moss am Vernon Place bereits entdeckt. Der Vorgarten wurde von einer Mülltonne auf Rollen und mehreren Recyclingbehältern dominiert, daneben lagen zusammengerechte Blätterhaufen.

Caine schien Schwierigkeiten mit der Türklingel zu haben. Er drückte lang und fest darauf, aber anscheinend war die Batterie fast leer.

Das dumpfe Rasseln erinnerte an Todesröcheln.

Kapitel zehn

DAS HAUS DER KNOCHEN

Sie war eine vogelartige Frau, die genauso skelettös wirkte wie der Rollator, auf den sie sich stützte. Doch sie sprühte vor Humor, und es lag auf der Hand, dass Marlene Moss zu ihrer Zeit umwerfend gewesen sein musste – wie Charlotte Rampling, dachte Caine, oder eine der heiß umkämpften Aktricen des europäischen Kinos.

»Sie müssen Ms. Joyce und Mr. Caine sein«, sagte sie mit ihrer rauchigen Stimme. »Auf die Minute pünktlich. Kommen Sie herein!«

Sie wendete den Rollator und schlurfte ihnen voran durch einen schmalen Flur, wo Caine unter einem Türbogen den Kopf einziehen musste. Es roch nach Tabakqualm. Selbst im dämmrigen Licht bemerkte Caine die Bilder. Seine Augen glitten über exquisite Aquarelle, Aktzeichnungen in Kohle und kleine Porträts in Öl. Am Ende des Flurs gelangten sie zu einem Wohnzimmer. Wieder war Caine fasziniert von den Kunstwerken, die wie Dutzende von Miniaturwelten jede Wand bedeckten. Sein Blick schweifte durch den Raum und blieb an Bildern hängen, die an kornische Meister wie Alfred Wallis und Roger Hilton erinnerten, außerdem an großartige Ölmaler wie Bomberg und Auerbach. Oder waren das etwa Originale? Wenn ja, dann besaß die vom Alter geschwächte Marlene Moss eine Sammlung von nationaler Bedeutung.

»Willkommen«, sagte Marlene, bevor sie anfing, rasselnd zu husten. »Es ist so aufregend, dass Sie hier sind. Alle Nachbarn wissen über Ihren Besuch Bescheid. Ich bin hier am Vernon Place zu einer kleinen Berühmtheit geworden. Wollen wir einen Tee trinken?«

Die alte Dame ließ sich auf einen Sessel mit hoher Rückenlehne vor dem Kamin fallen und griff nach einem Plastikschlauch, der über der Armlehne hing und mit einem Sauerstoffbehälter zu ihrer Rechten verbunden war. Marlene Moss hängte sich den Schlauch übers Ohr und steckte sich zwei Kanülen in die Nasenlöcher, dann holte sie tief Luft und wurde ruhiger. Auf verschiedenen Oberflächen im Zimmer sah Caine Aschenbecher stehen, die vor Kippen überquollen; die alte Dame hatte offenbar beschlossen, langsam Selbstmord zu begehen.

»Bleiben Sie sitzen«, sagte Shanti. »Den Tee mache ich.«

»Das ist sehr nett von Ihnen«, erwiderte Marlene, noch immer nach Atem ringend. »Die Küche ist gleich dahinter.« Sie deutete auf eine Tür in ihrem Rücken. »Ich habe alles bereitgestellt.«

An Caine gewandt, fuhr sie fort: »Wie Sie sehen, komme ich nicht mehr so viel raus, wie ich es mir wünsche. Sie werden nicht glauben, wie oft die Leute versprechen, vorbeizuschauen, und einen dann enttäuschen.«

»Nun, wir sind da«, sagte Caine.

»Ich habe Lungenkrebs, Mr. Caine. Was ganz allein meine Schuld ist, denn ich habe mein Leben lang geraucht. Ich weiß, dass ich das nicht darf, trotzdem genieße ich ab und zu heimlich eine Zigarette. Was ist mit Ihnen?«

Sie hielt ihm eine offene Schachtel hin, und Caine bemerkte ein amüsiertes Blitzen in ihren trüben blauen Augen.

»Nein, nein, ich rauche nicht, aber ich maße mir nicht an, Sie zu verurteilen. Wir treffen alle unsere eigenen Entscheidungen.«

»Nun, meine Entscheidung ist es, mich mit einem Lächeln auf dem Gesicht und einer Silk Cut in der Hand davonzustehlen. Sie wissen, was man sagt: Das Leben ist eine gefährliche Sache – man kann froh sein, wenn man lebend rauskommt.«

Während sie weiter rasselnd hustete und sich an den Streichhölzern zu schaffen machte, ging Caine durchs Zimmer und bewunderte Kunstwerk um Kunstwerk, ganz besonders ein großes Gemälde über dem Kamin. Klippen waren darauf zu sehen und die tosende See, und obwohl die Farbe mit dicken, kantigen Pinselstrichen aufgetragen war, schien es förmlich zu leuchten und war voller Tiefe.

»Sind Sie ein Kunstliebhaber, Mr. Caine?«, wollte Marlene wissen, inhalierte und blies stockend den Rauch aus.

»Absolut. Das ist aber nicht wirklich ein Bomberg, oder?«

»Sie kennen sich aus! Nein, das ist von einem meiner Studenten. Alle Bilder stammen von meinen Studenten. Ich hatte nie eine eigene Familie, daher kommen sie mir vor wie meine Kinder. Manchmal frage ich mich, ob ich in einem anderen Leben vielleicht selbst Künstlerin geworden wäre, aber wie Mütter eben so sind, habe ich alles für die Kinder aufgegeben. Sie sind jetzt in alle Welt verstreut, tun wundervolle Dinge, und ich vermisse jedes einzelne von ihnen.« Sie lächelte stolz, und ein ruhiger, um nicht zu sagen abgeklärter Ausdruck trat auf ihr Gesicht. »Ich habe sie stets dazu ermutigt, sich die Arbeit etablierter Künstler genau anzusehen, bevor sie ihren eigenen Stil entwickeln, daher die Anlehnung an diese Meister. Das Seestück wurde von einem meiner herausragendsten Studenten gemalt, einem Mann namens Callum Oak.«

Shanti kehrte mit drei dampfenden Tassen zurück. »Wir haben Mr. Oak kennengelernt«, sagte sie.

»Und wie geht es ihm?«, erkundigte sich Marlene und zog ein weiteres Mal an ihrer Silk Cut. »Der arme, liebe Callum.«

»Ich fürchte, der Verlust hat ihn schwer getroffen«, sagte Caine.

»Es war nie eine konventionelle Ehe. Aber Callum war Kristal von Anfang an treu ergeben, ganz gleich, wie unorthodox ihre Beziehung begonnen hat.«

»Sie beziehen sich auf die Performance an der Kunsthochschule – *Preconception?*«

Mit zitternder Hand führte Marlene ein letztes Mal die Zigarette zum Mund, dann drückte sie sie aus und griff nach ihrer Teetasse. »Wie Sie wissen, liebe ich die Kultur, und ich bin ziemlich offen, wenn es um die Frage geht, was Kunst ist und was nicht. Doch ich gestehe, so etwas hatte ich noch nie zuvor gesehen.«

»Sie waren dabei?«, fragte Caine.

»O ja. Ganz hinten zwar, aber das war noch nah genug, vielen Dank.« Sie stellte die Tasse ab, die in ihrer Hand bebte. »Performance-Kunst war nie wirklich mein Ding, und jener Nachmittag damals war alles andere als angenehm. Animalistisch, so würde ich ihn beschreiben. Ich weiß nicht, ob das von Interesse ist …«

»Es ist von großem Interesse, wenn es Ihnen nichts ausmacht.«

»Nun, Kristal hatte die fixe Idee, einen ›ewigen Eindruck‹ zu hinterlassen – ein bisschen prätentiös, wenn Sie mich fragen. Ich denke, sie meinte etwas, was so einzigartig und schockierend ist, dass es nie in Vergessenheit gerät.«

»Vielleicht hat sie das am Ende erreicht«, sagte Caine nachdenklich.

»Mag sein. Was Callum Oak angeht – nachdem er sich mit ihr zusammengetan hatte, verlor er seinen Weg als Künstler aus den Augen, mischte Sand in die Farben und so weiter. Er schien all die Techniken zu vergessen, die ich ihm beigebracht hatte, und fing an, jede Menge aufgeblasenes Zeug über ›Happenings‹ zu quatschen und darüber, seinen ›inneren Schamanen freizulassen‹. Er hat sein Talent aufs Grauenvollste verschwendet, aber sie hat ihn komplett in ihren Bann geschlagen. Er hat mit Sicherheit nie wieder so etwas gemalt wie das da.« Sie deutete auf das Gemälde über dem Kamin. »Vor dem Tag der Performance hat Kristal ihre Lakaien über den Campus geschickt, um Plakate aufzuhängen, weshalb *Preconception* schon im Vorfeld für große Aufregung sorgte. Auf der kleinen Bühne im Theatersaal lag eine Matratze … Mir ist bewusst, dass das bizarr erscheint, aber es war eine Zeit des Experimentierens, und Kristal hat schon immer ihren Kopf durchgesetzt. Als es dann passierte, war es in Wirklichkeit eher traurig. Callum war so schrecklich verlegen, als er da nackt vor der Menge stand. Beide waren wunderschöne Menschen in der Blüte ihres Lebens, aber es ist einfach nicht richtig, finden Sie nicht, Ms. Joyce? Manche Dinge sollten sich lieber hinter geschlossenen Türen abspielen.«

»Da stimme ich Ihnen voll und ganz zu. Allerdings nehme ich an, dass niemand gezwungen wurde, dabei zuzuschauen.«

»Das sollte man meinen. Ich habe oft darüber nachgedacht – das Ganze war wie ein Magnet. Alle Leute wurden davon angezogen. Es gab beinahe einen Kult um Kristal Havfruen. Und dann bekamen die Medien Wind von der Geschichte, und Kristal gab Kunstmagazinen Interviews und sogar der BBC … dem *Arena Magazine,* dem auch, glaube ich.«

»Und dann, neun Monate später …«

»Neun Monate später folgte die Performance, die als *A Boy Named Art* bekannt ist. Selbstverständlich wurde Kristal mit einem herausragenden Abschluss belohnt, doch was den bedauernswerten Callum betraf – der hatte sich um ein Baby zu kümmern und einen eher mittelprächtigen Abschluss in der Tasche. Er war am Boden zerstört. Sein Vater war Geistlicher, Sie können sich sicher vorstellen, was das für ihn bedeutete.«

»Kristal hat anscheinend jede Menge Menschen vor den Kopf gestoßen … und auch Sie müssen ziemlich außer sich gewesen sein, oder nicht?«, fragte Shanti.

»Es braucht einiges, um mich aus der Fassung zu bringen, Ms. Joyce. Auf einer Kunsthochschule begegnet man wirklich allem. Es ist ein Dilemma: Kunst soll provozieren und herausfordern – man denke nur an Picassos *Guernica,* Munchs *Der Schrei* und zahlreiche Werke von Francis Bacon. Sogar Degas' *Kleine vierzehnjährige Tänzerin* hat seinerzeit einen Skandal hervorgerufen, wussten Sie das?«

»Das wusste ich nicht. Aber ich kenne *Der Schrei.* Mein Sohn hat ein Projekt …«

»Es war eine turbulente Zeit an der Kunsthochschule. Vielleicht haben Sie gehört, dass sich einer unserer Tutoren, Charles Ratakin, ein paar Tage später das Leben genommen hat?«

»Das wusste ich ebenfalls nicht.«

»Nun, vielleicht war das ein Zufall. Der arme Ratty litt an einer schrecklichen Depression. Man hat seine Staffelei auf einer Klippe gefunden. Aber ich versuche lediglich, Ihnen zu erklären, wie viel Bestürzung Kristal hervorgerufen hat. Alles, worüber die Boulevardpresse berichtete, war Sex, Sex, Sex, aber ich glaube, sie versuchte, ein Statement abzugeben. Ein wohldurchdachtes Statement über Voyeurismus und die Objektifizierung des weiblichen Körpers. Wir dürfen nicht vergessen, dass dieses Event der Hochschule ungeheure Aufmerksamkeit eingebracht hat, ein riesiges Interesse – auch die Fördermittel ließen nicht lange auf sich warten. Das Havfruen-Gebäude wurde von Kristals Stiefvater, einem vermögenden dänischen Industriellen, gestiftet. Das war ein echter Wendepunkt für Falmouth. Aus der Falmouth School of Art mit ihren rund zweihundert Studenten, die eher die traditionellen Fächer belegten, wurde ein Institut mit mehreren Campus, an dem man alles lernen konnte – von Hairstyling bis hin zu Hovercraft Design.«

»Und das ist eine gute Sache?«, wollte Caine wissen.

Sie musterte ihn mit ihren trüben, blauen Augen. »Ich bin Sozialistin, junger Mann. Ich glaube an die Chancengleichheit für alle. Wer bin ich, eine hinfällige, alte Frau, dass ich beurteilen könnte, was gute Kunst ist und was nicht?«

»Wie sind Sie mit ihr zurechtgekommen?«, hakte Caine nach. »Mit Kristal, meine ich.«

»Ehrlich gesagt, haben sich unsere Wege nur selten gekreuzt. Ich habe Malerei und Aktzeichnen unterrichtet, das war nicht so ihr Ding. Doch ich erinnere mich gut an ihr Charisma und ihr umwerfendes Aussehen. Es erfordert Mut, wenn man als Frau in der Kunstwelt erfolgreich sein will, Mr. Caine. Frida Kahlo, Georgia O'Keeffe, Barbara Hepworth und Louise Bourgeois waren Wegbereiterinnen, doch mir fallen viele talentierte Künstlerinnen ein, die keineswegs den Beifall erhalten, der ihnen zusteht, weil sie nicht den nötigen Biss haben, sich in einer Welt durchzusetzen, die von Männern mit riesigen Egos dominiert wird.«

»Amen«, pflichtete Shanti ihr bei. »Ich hoffe, es macht Ihnen nichts aus, wenn wir Ihnen Fragen zu dem Abend von Kristals Tod stellen …«

»Das ist einfach entsetzlich! Grauenhaft!« Marlene tastete nach ihren Zigaretten.

»Uns liegt die Aussage vor, die Sie bei Sergeant Bennett gemacht haben, aber vielleicht können Sie dem noch etwas hinzufügen. Etwas, das Ihnen im Nachhinein eingefallen ist – ganz gleich, ob es Ihnen wichtig erscheint oder nicht.«

»Nun, ich hatte mich schon lange auf den Abend gefreut, denn ich wusste, dass viele meiner ehemaligen Studenten kommen würden. Ich war ziemlich stolz auf mich, weil ich den ganzen Weg bis Somerset gefahren bin, was für mich eine ordentliche Herausforderung bedeutet. Ich bezweifle, dass ich das noch einmal schaffe. Die Gäste waren die üblichen Kreativen, aber nein, ich erinnere mich an nichts Außergewöhnliches, abgesehen von dem tragischen Höhepunkt des Abends. Ich kann den Anblick nicht aus dem Kopf bekommen – der wie ein Fötus zusammengekrümmte Körper in dem Tank, die roten Stiefel auf dem Deckel. Seit der arme Callum Kristal aus diesem tödlichen Aquarium befreit und vergeblich versucht hat, sie zu reanimieren, habe ich Albträume. Zum Glück hat der liebe Ollie mich aus dem Raum geschoben, denn die Formaldehyddämpfe lösten einen Hustenanfall bei mir aus.«

Sie wirkte plötzlich erschöpft, und Caine fing Shantis Blick auf, die diskret in seine Richtung nickte.

»Miss Moss, danke, dass Sie uns so viel von Ihrer Zeit geschenkt haben. Wir werden Sie jetzt in Ruhe lassen.«

»Oh, möchten Sie denn nicht zum Essen bleiben? Ich könnte ein Omelett zubereiten …«

»Das ist sehr freundlich von Ihnen, aber wir haben schon gegessen. Da fällt mir ein, wir waren unten am Hafen und haben uns Rock Cottage angeschaut. Kristal hatte die Fischerhütte damals gemietet. Dort haben wir erfahren, dass Kristal regelmäßig Besuch von zwei Kommilitonen bekam. Einer davon war Callum Oak, der andere wurde uns – wie soll ich es formulieren? – wenig schmeichelhaft beschrieben: wie ein riesiger Fisch.«

Marlene schüttelte sich. »Uch! Wie garstig, so etwas zu behaupten. Ich denke, es geht um Oliver Sweetman, den ich gerade erwähnt habe. Ollie ist vielleicht nicht unbedingt mit einem konventionellen Äußeren gesegnet, aber einem liebenswürdigeren Mann als ihm muss man erst einmal begegnen. Er war ebenfalls einer meiner Studenten, wenn auch nicht so talentiert wie Callum. Das Seltsame ist, nachdem er vor ein paar Jahren am Kopf verletzt wurde, war er plötzlich in der Lage, wundervolle Objekte zu entwerfen und zu fertigen: Skulpturen, Möbel und erstaunlich ausgeklügelte Vogelhäuser.

Ich fürchte, dass Ollie zu den jungen Männern zählte, die in Kristal vernarrt waren, aber Sie müssen wissen, Ms. Joyce: Sie hatte alle am Haken. Sobald er kapierte, dass sie Callum zu ihrem … Partner erwählt hatte, hat er den Rückzug angetreten, wenngleich er Kristal stets treu ergeben blieb. Er hätte alles für sie getan. Sehen Sie dort drüben im Bücherregal … der große Hardcover-Band. Das ist ihre Biografie, *The Mother of Art,* an der der arme Ollie jahrelang gebastelt hat. Ich nehme an, seine Mühen wurden ihm nicht wirklich gedankt.«

»Ich habe von dem Buch gehört«, sagte Shanti.

»Kristal hat es verfasst, aber es ist voll mit Ollies Fotos und Standbildern aus ihren Filmen. Ich habe nicht vor, mir das noch einmal anzusehen, daher leihe ich Ihnen das Buch gern aus. Allerdings ist es handsigniert, sowohl von Kristal als auch von Ollie, weshalb es wohl einigen Wert hat.«

»Das weiß ich sehr zu schätzen.« Shanti stand auf und nahm das Buch aus dem Regal. »Sie können sicher sein, dass ich es Ihnen unversehrt zurückbringe. Ich schicke es Ihnen per Post, sollten wir … sollten wir uns nicht noch einmal treffen.«

Caine war ebenfalls aufgestanden und vor dem Bücherregal in die Hocke gegangen.

»Offenbar lesen Sie gern, Marlene«, stellte er fest. »Jede Menge Agatha Christie.«

»Ja, das ist etwas, was Callum und ich gemeinsam haben. Wir beide lieben Autoren aus Südwestengland. Er bevorzugt Thomas Hardy, während ich mehr auf Verbrechen und Thriller stehe, aber ich genieße es, wenn eine gute Hardy-Story im Fernsehen gezeigt wird.«

Die beiden Detectives wandten sich zum Gehen und schüttelten die knochige, an eine Vogelklaue erinnernde Hand der alten Dame.

»Die Bilder müssen Ihnen ein großer Trost sein«, sagte Caine.

»Das sind sie in der Tat, junger Mann«, bestätigte Marlene. »Das und meine ungezogenen kleinen Angewohnheiten. Ich bin ein schlimmes Mädchen, ich weiß. Aber seien Sie mir bitte nicht böse, Mr. Caine.« Auf ihr Gesicht trat das schelmische Grinsen eines Teenagers – in Marlenes Fall nicht mehr als dünne Haut, die sich straff über ihren Schädel spannte.

Kapitel elf

DIE TAUBEN AUS DEM PARADIES

Was halten Sie von ihr?«, fragte Shanti, als sie zum Wagen zurückkehrten.

»Schwer vorstellbar, dass sie es war.«

»Dann glauben Sie also nicht, dass sie Kristal zu Boden gerungen und in einen Tank mit Formaldehyd gestopft hat.«

Caines Mundwinkel zuckten. »Ich mochte sie. Ihre Kunstsammlung ist verblüffend.«

»Sie stirbt, nicht wahr?«

»Wir sterben alle, Shanti. Aber ja, ich gebe ihr noch höchstens ein Jahr. Armes, altes Mädchen.«

Sie erreichten den Saab, stiegen ein und fuhren aus Falmouth heraus, vorbei an Truro und auf die A30 in Richtung Exeter.

»Besteht die Chance, dass wir uns beim Fahren abwechseln?«, fragte Shanti.

»Tut mir leid, ich fahre nicht.«

»Können Sie nicht oder wollen Sie nicht?«

»Autofahren ist nicht so mein Ding.«

»Nicht so Ihr Ding? Was zum Teufel soll das heißen? Alle Polizisten fahren. Das gehört zu unserem Job.«

»Wie ich schon sagte, Shanti: Ich weiß nicht, ob ich ein Polizist bin.«

»Ich werde Ihnen mal was sagen: Sie sind jetzt ein großer Junge, Vincent Caine, da ist es an der Zeit, dass Sie eine Entscheidung treffen. Übrigens: Sollte ich am Steuer einschlafen und unzählige Menschen in den Tod reißen, ist das Ihre Schuld, klar?«

Während sie Bodmin Moor durchquerten, blätterte Caine in *The Mother of Art*.

»Es ist genauso, wie ich es in Erinnerung hatte – Hunderte Fotos von Kristal in ihren roten Stiefeln und dem weißen Kleidchen, alternativ nackt und wunderschön.«

»Das gefällt Ihnen, nicht wahr, Caine?«

»Zu gestellt, für meinen Geschmack. Ich ziehe natürliche Frauen vor. Hier ist eine Fotoreihe von Kristal oben ohne am Strand, Seetang und Mülltüten um die Beine gewunden. Ich nehme an, sie möchte eine Art Meerestier darstellen. Wirklich witzig sind die Gestalten im Hintergrund … Nicht hinschauen! Augen auf die Straße! Auf den Fotos sind mehrere Einheimische abgebildet, die anscheinend noch nie ein ›Happening‹ gesehen haben. Manche blicken ziemlich empört drein, während andere absolut fasziniert wirken.«

»Vielleicht ist auch unser Freund, der Krabbenfischer, darunter.«

»Eins steht fest: Kristal liebte es, im Zentrum der Aufmerksamkeit zu stehen.«

»Sie war unausstehlich.«

»Na schön, hier haben wir ein frühes Foto von den dreien auf dem Gelände der Hochschule, genau dort, wo wir heute Morgen entlanggeschlendert sind. Da ist Callum, rechts neben ihm sind Kristal und Ollie Sweetman … Der Kerl ist echt riesig. Die Jungs können den Blick nicht von ihr wenden. Kristal lächelt anscheinend nicht gern. Weißt du, was mich wundert, Shanti? Marlene hat erzählt, Oliver sei in Kristal verliebt gewesen, doch als sie ihn abgewiesen hat, hat er das einfach so akzeptiert. Hat sich zurückgezogen und ist Callum und ihr bis zum Ende ihres Lebens treu ergeben geblieben. Wurde Kristals rechte Hand im Atelier und ihr

Fotograf. Das klingt nicht gerade normal, oder? Er müsste doch zumindest einen gewissen Groll auf sie gehegt haben – oder auf Callum. Ich schlage daher vor, dass wir Mr. Sweetman einen Besuch abstatten.«

»Ja, ich habe ihn als Nächsten auf meiner Liste, aber Callum erwähnte eine Kopfverletzung, daher könnte er einen sehr unzuverlässigen Zeugen abgeben.«

»Auch Marlene hat davon gesprochen.«

»Hm. Trotzdem kann es nicht schaden, wenn wir mit ihm reden. Vielleicht arbeitet Oliver noch für Callum Oak.« Shanti warf ihm ihr Handy zu. »Sie sind gut in so was, Caine. Rufen Sie Ihren Kumpel Callum an. Erkundigen Sie sich, wie es ihm geht, und leiern Sie ein paar Details über Oliver aus ihm heraus.«

Es klingelte lange, bis Oak abhob.

»Mangrove House, Oak am Apparat«, meldete er sich mit trauriger, förmlicher Stimme.

»Mr. Oak, hier spricht DI Vincent Caine. Wie geht es Ihnen heute, Sir?«

»Nun, das Haus wird von Presseleuten belagert. Jedes Mal, wenn ich hinausgehe, rufen sie: ›Wer hat Kristal ermordet? Wer hat Kristal ermordet?‹ Wie eine hysterische Meute von Idioten.«

»Das tut mir wirklich leid. Für die Journalisten ist das natürlich eine Riesenstory. Allerdings haben sie kein Recht, das Grundstück zu betreten.«

»Wie dem auch sei – es geht mir besser, weil ich Art sehen konnte. Wir haben gestern Abend zusammen gegessen.«

»Ah, das ist gut. Wohnt er jetzt bei Ihnen?«

»Nein. Bis die Beerdigung vorbei ist, will er in seinem Wochenendhaus in Charmouth bleiben. Wissen Sie schon, wann die Polizei die Güte hat, die Bestattung von Kristal zu genehmigen?«

»Ich versichere Ihnen, dass der Leichnam Ihrer Frau so bald wie möglich freigegeben wird.«

»Art ist ausgesprochen unglücklich über die Art und Weise, wie er behandelt wurde. Es war nicht leicht, ihn davon abzubringen, eine offizielle Beschwerde gegen Ihre Kollegin, DI Joyce, einzulegen.«

»Ich glaube nicht, dass eine Beschwerde irgendetwas bewirken würde. Es würde alles nur noch mehr verzögern. Wir müssen herausfinden, was passiert ist, und dann können Sie nach vorn blicken. Wir haben vor, Oliver Sweetman einen Besuch abzustatten, heute noch. Wenn ich es richtig verstanden habe, hat er für Ihre Frau gearbeitet, weshalb ich davon ausgehe, dass dieses Arrangement nun beendet ist. Oder haben Sie vor, ihn weiterhin zu beschäftigen?«

»Ich habe versprochen, hier und da kleinere Aufgaben für ihn zu finden, und ich werde ihm weiterhin ein kleines Gehalt zahlen, aber das ist keine große Sache. Zum Glück lebt Ollie sehr bescheiden. Allerdings muss ich Sie warnen – Sie werden nicht viel Vernünftiges aus ihm herausbekommen. Der Unfall …«

»Ja, wir haben davon gehört. Können Sie uns Näheres erzählen?«

»Es muss jetzt sieben oder acht Jahre her sein. Ollie hat damals geholfen, hier in Mangrove House eine Skulptur aus poliertem Stahl abzuladen. Die Skulptur wurde mit einem kleinen Kran von der Ladefläche eines Lastwagens herabgelassen, als plötzlich ein Seil riss und die Palette mit der Fracht ins Schlenkern geriet. Sie hat ihn direkt an der Schläfe getroffen. Wir dachten, wir hätten ihn verloren, aber Ollie ist aus härterem Holz geschnitzt als die meisten. Er kam durch – wenngleich er sich deutlich verändert hat.«

»Auf welche Weise?«

»Wenn Sie Genaueres wissen möchten, sollten Sie besser mit einem Arzt darüber sprechen. Ich persönlich glaube, dass eine Gehirnverletzung gelegentlich gewisse Fähigkeiten freisetzen kann, trotzdem war das in meinen Augen ein Wunder.«

»Ein Wunder?«

»Ja, so würde ich es nennen. Zunächst einmal ist es bemerkenswert, dass er nicht auf der Stelle tot war. Als er aus dem Krankenhaus entlassen wurde, fing ich an, verschiedene Verständnisprobleme bei ihm zu bemerken.«

»Verstehe … Aber warum ist das in Ihren Augen ein Wunder?«

»Nun, ich meine nicht die Verständnisprobleme. Als Ollie und ich uns damals eine Bude in Falmouth teilten, war er ein durchschnittlicher Student, um es freundlich auszudrücken. Ich nehme an, die Kunsthochschule hatte damals die Verpflichtung, eine bestimmte Anzahl einheimischer Studenten anzunehmen, und Ollie ist ein Junge aus Cornwall. Das Bemerkenswerte ist, dass er nach dem Unfall anfing, wahrhaft erstaunliche Dinge zu erschaffen – Möbel, Kinderspielzeug, Taubenschläge und Miniaturgebäude. Das war ihm zuvor nicht gelungen, also hielt ich es für eine göttliche Fügung, die den entsetzlichen Unfall mit der Skulptur quasi kompensierte.«

»Wurde die Verletzung von einer der Skulpturen in Ihrem Garten verursacht?«

»Das ist richtig. Eine Skulptur, die mich und Kristal … Die ein Paar beim Liebesakt zeigt.«

»Trägt das Werk den Titel *Preconception 2?*«

»Ja. Es ist eine Interpretation jener grauenhaften Studenten-Performance. Ich habe das Ding schon immer gehasst, aber Kristal setzte stets ihren Willen durch. Um ehrlich zu sein, denke ich, dass die Skulptur eine permanente Mahnung an uns alle sein sollte – an mich, Art und den bedauernswerten Ollie –, ihren Einfluss auf unser Leben betreffend. Und tatsächlich führte das Ding zu einer anhaltenden Schlacht. Nach dem Unfall ließ ich einen Zaun errichten und versuchte, Sträucher anzupflanzen, um es zu verstecken, aber Kristal wies Ollie an, die Zweige zurückzuschneiden. Was unfassbar grausam war in Anbetracht dessen, wie viel Leid es verursacht hat.«

»Wie hat Oliver auf ihren Tod reagiert?«

»Wie wir alle hat er noch nicht wirklich akzeptiert, dass sie nicht mehr da ist. Momentan wirkt er unglaublich gelassen, aber ich nehme an, früher oder später wird die Realität bei ihm einsickern. Er war Kristal voll und ganz ergeben.«

Am Ende des Gesprächs hatte Caine eine genaue Beschreibung von Paradise Park, wo Oliver Sweetman seit fünfzehn Jahren wohnte.

Er schien die Gegend zu kennen wie seine Westentasche, und er lenkte Shanti zielsicher durch die Blackdown Hills von Honiton. In etwas mehr als zwei Stunden erreichten sie den Stadtrand von Chard, und nachdem sie etwa eine Meile einer einspurigen Zufahrt gefolgt waren, erreichten sie den Ferienpark, an dessen Tor zwei prächtige Engel aus Treibholz Wache hielten.

Sie parkten vor der Rezeption, die in einem Blockhaus untergebracht war. Dort saß ein hagerer, ordnungsbeflissener Mann in Shorts, Sandalen und Khakihemd hinter einem Schreibtisch. »Willkommen in Paradise Park«, begrüßte er sie.

Er betrachtete mit großem Interesse Shantis Dienstausweis und strich sich über den sorgfältig getrimmten Bart.

»Wie bitte? Die Polizei? Wir hatten noch nie die Polizei hier.«

In der Tat sah Paradise Park nicht aus wie eine Hochburg für Bandenkriege. Am Waldrand gelegen, mit einer japanischen Brücke, die einen gurgelnden Bach überspannte, war das hier ein sorgfältig gepflegtes, untadeliges Fleckchen Erde mit akkuraten Reihen pastellfarbener Ferienhäuschen und den Wohnwagen der Dauercamper. Jede der Unterkünfte war mit einer schmalen, geteerten Einfahrt versehen und eingefasst von einem fröhlichen Blumengarten hinter einem Palisadenzaun. Überall auf dem Gelände turtelten Tauben miteinander, schnäbelten und gurrten.

»Wir sind nicht hier, um wegen eines Verbrechens zu ermitteln, Mr. …?«, erklärte Shanti.

Das Benehmen des Mannes war genauso untadelig wie sein Ferienpark. »Colin Leggit«, stellte er sich vor. »Besitzer von Paradise Park.«

»Mr. Leggit, wir sind hier, um uns mit Oliver Sweetman zu unterhalten.«

»Ah! Meine Frau hat schon vermutet, dass Sie mit Ollie reden möchten.« Leggit wirkte beinahe enttäuscht. »Er steckt aber nicht in Schwierigkeiten, oder? Doch nicht unser Ollie.«

»Warum geht Ihre Frau davon aus, dass wir ihn sprechen möchten?«, fragte Caine.

»Nun, Ollie kannte die Frau. Diese kranke Künstlerin, über die in der Zeitung berichtet wird.« Er tippte auf eine Ausgabe der *Daily Mail.*

WER HAT KRISTAL ERMORDET?
Unsere Leser fordern endlich Antworten!
Mit Extra-Beilage: Havfruens schlüpfrigste Werke!

Er schaute auf eine Uhr an der Holzwand. »Hm, das ist nicht gerade der ideale Zeitpunkt. Sie müssen wissen, dass Ollies Tag so präzise abläuft wie ein Uhrwerk. Jeden Morgen um acht Uhr fünfzehn füttert er seine Tauben, dann mäht er den Rasen und arbeitet anschließend bis um zwei an seinen Modellen. Sämtliche Figuren und Gebäude in Paradise Park hat Ollie mit seinen eigenen Händen erschaffen. Die Kinder lieben ihn, und viele Familien kommen Jahr für Jahr wieder, nur um zu sehen, was er in der Zwischenzeit gemacht hat. Im Gegenzug dafür gewähren wir ihm freie Logis. Er hat uns noch nie irgendwelchen Ärger gemacht.«

»Aber jetzt ist es doch schon nach zwei.«

»Zeit zum Minigolfspielen.«

»Okay … Vielleicht können wir mit ihm sprechen, während er spielt?«, überlegte Caine.

»Das können Sie versuchen. Am besten, Sie spielen selber. Das wird ihm gefallen.«

Leggit griff hinter den Schreibtisch und reichte jedem der beiden DIs einen Minigolfschläger und einen Ball. »Normalerweise kostet eine Runde drei Pfund, aber da Sie von der Polizei sind, mache ich Ihnen einen Sonderpreis von einem Pfund. Ist das fair? Folgen Sie dem Weg durch den Kinderspielbereich. Die Eisenbahn ist während dieser Saison wegen Maulwürfen unter den Schienen leider nicht in Betrieb. Der Minigolfplatz befindet sich am anderen Ende des Parks. Sie können ihn gar nicht verfehlen. Aber seien Sie bitte äußerst behutsam, Ollie ist sehr sensibel. Sie dürfen ihn nicht aufregen. Er hat gestern eine Stunde lang schluchzend hier drinnen gesessen, weil ihm ein Frosch unter den Rasenmäher geraten ist. Rufen Sie mich, sollte er weinerlich werden. Ich weiß, wie ich mit ihm umgehen muss.« Er drückte ihnen einen Prospekt des Ferienparks in die Hand. »Die Telefonnummer steht drauf.«

Die Minigolfschläger schwingend, machten sich Shanti und Caine auf den Weg, vorbei an einem Schild, auf dem *Vorsicht, frei laufende Kinder!* stand, und einem weiteren, das das Rauchen auf dem gesamten Gelände untersagte.

Überall im Ferienpark waren wunderschöne Rankgitter, handgeschnitzte Bänke und Tiere aus Treibholz verteilt. Sie kamen an einer hochschwangeren Mutter vorbei, die vor ihrem Wohnwagen Wäsche aufhängte und Caine ein breites Lächeln schenkte, außerdem an einem älteren Ehepaar, das auf zwei Plastikstühlen saß und sich von der Sonne bräunen ließ. Kinder rasten auf Dreirädern über die Wege und scheuchten die Tauben auf, die wild durcheinanderflatterten.

»Wenn die Kollegen aus Camden mich jetzt sehen könnten …« Shanti seufzte.

»Vermissen Sie London?«, fragte Caine.

»Ich habe London geliebt. London ist wunderschön, ein toleranter Schmelztiegel, und abgesehen von ein paar Verrückten, kommen alle hervorragend miteinander klar.«

»Es ist ein sehr teurer Schmelztiegel.«

»Das ist richtig. Für junge Leute mittlerweile unerschwinglich. Trotzdem – Paul und ich hatten dort eine großartige Zeit … Aber wie Sie ja wissen, ging die Sache nicht gut aus.«

»Wenn Sie darüber reden möchten …«

»Danke. Ich bin damals damit klargekommen, und jetzt komme ich ebenfalls damit klar.«

Sie hörten Kinder rufen und lachen. Ein Weg aus Holzschnitzeln führte in den Spielbereich, der mit genial konstruierten Geräten ausgestattet war – es gab Klettergerüste, Baumhäuser, ein Piratenschiff, ein Schloss, Schaukeln und Seilbrücken, wo sich Kinder aller Altersstufen austobten.

Nach einer Weile gelangten die zwei zu einer aufwendigen Minigolfanlage, die sich in alle Richtungen erstreckte – eine fantastische Miniaturstadt. Shanti und Caine entdeckten ganze Zeilen von kleinen Häusern, eine Kathedrale, einen Leuchtturm auf einem Felsen und einen Miniaturflughafen. In pfützengroßen Teichen lauerten reglose Flusspferde und Krokodile. Und auf der Spitze eines künstlichen Hügels, neben einem taillenhohen Feenschloss, stand der rothaarige Architekt dieses kunstvollen Fantasielands.

Auch ohne den eigenartigen Maßstab seiner Schöpfung war Oliver Sweetman ein strahlender Riese. In kurzärmeligem Hemd und cremefarbener Baumwollhose, über deren Bund sein Bauch schwappte wie eine Welle, beugte er sich über seinen Minigolfschläger und konzentrierte sich auf den kniffligen Schlag, den er auszuführen gedachte – eine gewundene Rampe hinunter zu einer Windmühle. Als er endlich abschlug, landete er einen perfekten Treffer, und der Ball rollte genau durch das Tor der Mühle.

Sweetman stieß triumphierend den Arm in die Luft, sein allgegenwärtiges Grinsen wurde noch breiter. »Guter Schlag!«, lobte er sich selbst mit einem leichten kornischen Akzent.

»Großartiger Schlag!«, rief Caine. »Dürfen wir uns zu Ihnen gesellen?«

Die grausame Beschreibung, die ihnen der Krabbenfischer aus Falmouth gegeben hatte, traf durchaus zu. Sweetmans Lippen waren voll und fleischig, seine Nase voller Sommersprossen, auf seinem kugelrunden Kopf prangte ein dickes Büschel flammend orangefarbener Haare.

»Nun, dann müssen Sie sich ganz schön sputen. Bevor meine Pause endet, muss ich es bis zum Eiffelturm schaffen, sonst bekommen meine Tauben kein Mittagessen.«

»Wir haben noch nie gespielt«, gab Shanti zu bedenken. »Vielleicht könnten Sie uns ein paar Tipps geben?«

»Sie haben *noch nie gespielt?*«, fragte Oliver ungläubig. »Nun, erst einmal müssen Sie lernen, wie man den Schläger richtig hält. Warten Sie, ich zeige es Ihnen …«

Er stellte sich hinter Shanti und legte ihre Hände vorsichtig auf den Schläger. Sie fühlte seinen weichen Körper in ihrem Rücken und seinen gleichmäßigen Atem in ihrem Nacken, aber sie spürte auch die nahezu kindliche Arglosigkeit des riesigen Mannes.

»Ich verrate Ihnen ein Geheimnis«, flüsterte er in ihr Haar. »Ich sage immer, nicht zu fest und nicht zu lasch. Aber das werden Sie bald selbst herausfinden.«

»Ich bin Shanti Joyce, und das ist mein Freund, Vincent Caine.«

»Freut mich, Sie kennenzulernen, Shanti Joyce und Vincent Caine. In welchem Ferienhaus wohnen Sie? Oder haben Sie einen Wohnwagen? Meiner ist der blaue – Shangri-La, neben dem Taubenschlag.«

»Nein, wir machen hier keine Ferien«, sagte Shanti. »Wir sind gekommen, um Ihnen ein paar Fragen zu stellen, wenn das okay für Sie ist. Wir sind Detectives, Oliver, vom Präsidium in Yeovil. Wir möchten uns mit Ihnen über Kristal unterhalten. Sie war Ihre Freundin, nicht wahr?«

»Oh, Kristal geht es ausgezeichnet, danke der Nachfrage«, sagte Oliver. »Nicht zu fest und nicht zu lasch, das ist das Geheimnis.«

Caine und Shanti tauschten verwirrte Blicke aus.

»Wie meinen Sie das – Kristal geht es ausgezeichnet?«, hakte Shanti nach.

»Sie ist fit wie ein Turnschuh, auch wenn man sich nur schwer einen fitten oder unfitten Turnschuh vorstellen kann.« Er kicherte leise.

»Entschuldigen Sie, ich bin ein wenig verwirrt …«

Shanti holte aus, und zu ihrer Verblüffung rollte der Ball durch die Windmühlentür. Oliver war begeistert. »Genau so! Sie haben den Bogen raus, Shanti Joyce! Nicht zu fest und nicht zu lasch. Sie können von Glück sagen, dass heute kein Wind geht, denn wenn es windig ist, drehen sich die Flügel, und es ist doppelt so schwer, den Ball ins Loch zu kriegen.«

Caine kämpfte unterhalb des Hügels mit seinem Schläger. Nach mehreren Fehlschlägen verfing sich sein Ball in den Beinen einer Giraffe. Endlich hatte er ihn befreit und legte ihn weiter oben in der Nähe des Feenschlosses ab.

»Er mogelt! Ich hab's gesehen!«, rief Sweetman.

»Vincent Caine!«, schimpfte Shanti. »Sie überraschen mich. Jetzt müssen Sie noch einmal von vorn anfangen.«

Shanti fand, dass sie ein Händchen für das Spiel hatte. Sweetman hatte recht – nicht zu fest und nicht zu lasch. »Wir haben uns Ihr Buch angesehen, Ollie. *The Mother of Art* …«

Er hielt inne und starrte in die Ferne, als suche er nach etwas aus einem anderen Leben. »Ich habe das Buch gemacht«, sagte er nach einer Weile.

»Das haben Sie. Sie haben sämtliche Fotos aufgenommen, und Sie haben geholfen, Kristals Ausstellung in der Meat Hook Gallery zu organisieren. Haben Sie die Stiefel auf den Deckel des Tanks gestellt?«

»Ja, ich hab sie da draufgestellt. Kristal meinte, das würde toll aussehen. Ich werde sie fragen, warum sie das dachte, wenn ich sie das nächste Mal sehe. Auf jeden Fall habe ich mich vergewissert, dass das Glas blitzsauber ist, damit sie nicht sauer wird.«

»Hätte sie sonst mit Ihnen geschimpft, Ollie?«

»Ach nein, sie gibt mir bloß einen kleinen Klaps auf die Hand, wenn die Dinge nicht so sind, wie sie sie haben will.«

»Ich wette, sie war ziemlich aufgeregt wegen der Ausstellung.«

»Kristal wird jedes Mal schrecklich nervös«, erwiderte er lachend. »Aber jetzt ist sie sehr viel glücklicher. Ständig erzählt sie mir, wie glücklich sie ist. Sie ist schlau und schön und lieb und glücklich.«

Shanti holte den Ball aus der Windmühle und setzte zum nächsten Schlag an. Der Ball flog auf die Brücke zu, doch er landete im Wasser, wo eine Koi-Karpfen-Familie halbherzig die Flucht ergriff. »Mist!«, rief sie.

»Zu fest«, sagte Oliver. »Sie haben zu fest geschlagen.«

Caine wusste, dass es nicht der vermasselte Schlag war, der Shanti frustrierte. Das Gespräch brachte sie nicht weiter. Callum Oak hatte recht: Dieser muntere erwachsene Junge akzeptierte nicht mal ansatzweise, dass sein geliebtes Idol tot war. Das war traurig, aber es war nicht ihre Aufgabe, diese verwirrende Situation aufzulösen.

Oliver legte sich seinen Minigolfschläger über die Schulter und schüttelte ihnen die Hände.

»Nett, Sie kennengelernt zu haben, Shanti Joyce und Vincent Caine. Sehen Sie die Uhr an der Kathedrale? Sie ist echt. Ich habe sie gebaut. Ich muss jetzt los. Denken Sie dran, die Schläger an der

Rezeption abzugeben, wenn Sie fertig sind? Manche Gäste lassen die Dinger überall rumliegen, und immer ist es Ollie, der sie aufräumen muss.«

Sie sahen ihm nach, wie er den Weg entlangschlenderte, Urlaubern winkte und kleinen Kindern den Kopf tätschelte. Tauben landeten auf seinen breiten Schultern und dem flammend roten Schopf.

»Sie waren grottenschlecht, Caine«, sagte Shanti. »Selbst ein Fünfjähriger hätte Sie schlagen können.«

Zurück im Saab hakte Caine die Verdächtigen in seinem Notizbuch ab.

»Okay, wir haben mit Art Havfruen, dem Jungen namens Art, gesprochen. Er hatte definitiv Probleme mit seiner Mutter und eine Vorliebe für Drogen, eine davon hat man in ihrem Blut nachweisen können.«

»Ich setze nach wie vor auf ihn«, sagte Shanti.

»Sie sind voreingenommen, was ihn anbetrifft, und das hilft uns nicht weiter. Na schön, kommen wir zu Callum Oak, dem Ehemann. Ihm sind die Unzulänglichkeiten seiner Frau bewusst, trotzdem erweist er sich ihr gegenüber als absolut loyal. Dann haben wir noch Marlene Moss, die todkranke ehemalige Dozentin. Sie hätte jedes Recht, einen Groll auf Kristal zu hegen, aber das tut sie nicht. Und zu guter Letzt ist da der bedauernswerte Ollie Sweetman, der zu glauben scheint, Kristal würde immer noch leben.«

»Er verfügt über die nötige körperliche Kraft, Kristal in den Tank zu verfrachten, allerdings …«

»Ich weiß, was Sie meinen. Ich habe noch nie einen argloseren Mann gesehen als ihn. Außerdem bin ich mir sicher, dass er nach dem Unfall nicht in der Lage war, ein derart ausgeklügeltes Verbrechen zu planen.«

»Da könnten Sie sich täuschen, Caine. Ich meine, Sweetman hat all dieses verrückte Zeug gebaut – die Windmühle, den Uhrenturm, das Piratenschiff … Ich halte ihn für ausgesprochen intelligent.«

»Die Intelligenz liegt allein in seinen Händen«, widersprach Caine. »Und er hat Kristal vergöttert. Warum hätte er sie verletzen sollen? Außerdem ist er viel zu emotional. Er könnte es nicht verbergen, wenn er eine Tat wie diese begangen hätte.«

»Vielen Dank für nichts, Caine. Ich habe drei Tage damit verbracht, Ihre Chauffeuse zu spielen, und wir stehen genau da, wo wir angefangen haben. Aber keine Sorge, es gibt ja noch hundertfünfundneunzig weitere Zeugen, die wir befragen müssen. Und jetzt möchten Sie wahrscheinlich, dass ich Sie zurück nach Lyme kutschiere. Sehr gern – es ist für mich ja bloß ein Umweg von einer Stunde.«

Shanti sehnte sich danach, Paul wiederzusehen. Sie warf einen Blick auf die Uhr am Armaturenbrett. Wenn sie ordentlich Gas gab, könnte sie es gerade noch schaffen, ihn rechtzeitig von der Schule abzuholen.

Sie setzte Caine neben dem Kino in der High Street ab und versprach, sich bei ihm zu melden, sollte sie noch einmal seine Hilfe benötigen.

Die Situation war absurd. Wie konnte sie mit einem Partner zusammenarbeiten, der nicht selbst Auto fahren wollte? Als sie an Lambert's Castle vorbei über die kurvenreiche, durch dichtes Waldgebiet führende Straße nach Yeovil fuhr, dachte sie an all die Stunden, die sie hinter dem Lenkrad verschwendet hatte, und überlegte, ob sie Caine still und heimlich von dem Fall abziehen und allein weitermachen sollte. Was hatte es gebracht, ihre Fertigkeiten zu kombinieren? Die legendären ermittlerischen Fähigkeiten oder der intuitive Zugang zu einem Fall, die Benno so beeindruckt hatten, hatten sich ihr bislang nicht erschlossen.

Und trotzdem hatte Caine etwas Faszinierendes an sich. Sie stellte sich vor, wie er mit übereinandergeschlagenen Beinen meditierte, rief sich die subtile Art und Weise ins Gedächtnis, mit der er seine Fragen stellte; sein Fachwissen in so verschiedenen, nicht eben alltäglichen Bereichen wie Kunst oder Natur.

Zum ersten Mal seit Paul mit der Schule angefangen hatte, gelang es ihr, eine freie Parklücke zu ergattern. Sie entdeckte ihre Mum, die plaudernd mit einer Gruppe von Eltern auf dem Spielplatz zusammenstand, und wollte sich gerade dazugesellen, als ihr Handy klingelte.

»Hallo, Benno. Ich habe zwei grauenhafte Tage hinter mir, daher hoffe ich, du hast gute Nachrichten für mich.«

»Das musst du selbst beurteilen, Chefin.«

Shanti hörte einen Anflug von Begeisterung in seiner Stimme. Hoffnung stieg in ihr auf. »Was hast du für mich?«

»Nun, der Leichnam wurde zur Beerdigung freigegeben, was die Familie erleichtern wird. Der endgültige Obduktionsbefund birgt keine großen Überraschungen. Wie Dawn von Anfang an vermutet hat, kann der Todeszeitpunkt nicht exakt bestimmt werden, weil Formaldehyd den Verwesungsprozess verlangsamt. Jedes Organ ist von dem Zeug durchsetzt. Wir können lediglich mit Bestimmtheit sagen, dass wir nach wie vor über ein Opfer reden, dem eine gewaltige Menge Ketamin verabreicht und das anschließend in einem mit Formaldehyd gefüllten Tank ertränkt wurde.«

»Richtig …«

»Allerdings ist da noch eine Information, die du vielleicht interessant findest. Wir haben das Testament einsehen können, und rate mal, wer gerade eben Anteile im Wert von mehreren Millionen von der Rasmussen Holding geerbt hat?«

»Art Havfruen?«

»Falsch. Der Ehemann, Callum Oak.«

»Mein Gott!«

Das warf ein völlig neues Licht auf das Ganze.

»Ich brauche einen Durchsuchungsbeschluss für Mangrove House.«

»Ich bin dran, Chefin.«

»Außerdem hab ich ein paar neue Fragen an unseren trauernden Witwer.«

Das Jungenhafte. Die englische Reserviertheit. Das lockige Haar. Das ganze schwermütige Kirchengedöns. Shanti verstand nicht viel von Kunst, aber selbst sie erkannte, dass in den Worten, die Callum Oak auf seine Gemälde gekritzelt hatte, etwas zutiefst Verstörendes lag. Kristal hatte ihn ihr ganzes Leben lang gedemütigt und gequält, und der bizarre Mord war womöglich seine Rache. Der Fall war seltsam, aber das Motiv war nicht ungewöhnlich – ein altmodisches männliches Ego, frustriert von einer starken Frau.

Die Kinder kamen aus der Schule, die Hemden aus den Hosen hängend, die Schulranzen hin- und herschwingend, die Knöpfe falsch zugeknöpft. Als Shanti Pauls Gesicht mit den Apfelbäckchen entdeckte, machte ihr Herz einen Satz. Sie hatte es gerade noch rechtzeitig geschafft, sich von der Polizistin in die Mutter zurückzuverwandeln.

Und noch bevor die Woche zu Ende ging, würde sie den Mörder schnappen.

Kapitel zwölf

DIE KALTE KAMMER DES TODES

Die Dämmerung war nicht mehr als ein taufrisches Versprechen, als die Constables – zwei Frauen und zwei Männer – in der Nähe von Sidmouth auf den Rastplatz der noch völlig leeren A 375 fuhren. Wenig begeistert stiegen sie aus ihren Fahrzeugen und versammelten sich vor einem Gatter, hinter dem eine Herde Ochsen graste.

Zehn Minuten später tauchte Shantis Saab neben den Streifenwagen auf. Als sie zusammen mit Benno zu ihren uniformierten Kollegen ging, schallte aus jeder der umliegenden Hecken das Morgenkonzert der Singvögel zu ihnen herüber.

»Guten Morgen, alle zusammen«, sagte Shanti. »Tut mir leid, dass es so früh ist, aber ich denke, das könnte ein entscheidender Tag werden. Wie Sie wissen, ermitteln wir jetzt offiziell in einem Mordfall. Sergeant Bennett und ich haben Grund zu der Annahme, dass wir in Mangrove House interessantes Beweismaterial vorfinden werden. Dort hat Kristal Havfruen zusammen mit ihrem Ehemann Callum Oak bis zu ihrer Ermordung am vergangenen Samstag gelebt.«

Die beiden jüngeren Constables waren noch eifrig genug, um sich Notizen zu machen.

»Sie alle sind mit den Details des Falls vertraut. Außerdem wissen Sie, dass ein nahezu irrsinniges Medieninteresse besteht. Aus dem Grund werde ich jede Gelegenheit ergreifen – so auch jetzt auf diesem Rastplatz um fünf Uhr fünfundvierzig –, um Sie daran zu erinnern, dass Sie sich unverzüglich in die Schlange vor dem Jobcenter einreihen können, sollte einer von Ihnen auch nur eine kurze Textnachricht verschicken, die den Fall betrifft – selbst wenn es an die eigene Mutter ist. Habe ich mich klar ausgedrückt?«

Zustimmendes Gemurmel.

»Also dann: Wir haben einen Durchsuchungsbeschluss, und soweit ich weiß, wird Mr. Oak allein dort sein. Es liegt mir fern, voreilige Schlüsse zu ziehen, aber ich möchte Sie daran erinnern, dass rein statistisch betrachtet mehr als die Hälfte der weiblichen Mordopfer von ihren Partnern umgebracht werden.

Vielleicht sollte ich noch erwähnen, dass es zwei Hunde gibt, aber die Wahrscheinlichkeit, dass sie Ihnen ins Gesicht furzen ist höher, als dass sie Sie beißen. Bitte vergessen Sie nicht, dass Oak Callum und Kristal Havfruen Künstler sind beziehungsweise waren, das Anwesen ist also voll von dem, was man gemeinhin als ›moderne Kunst‹ bezeichnet. Es sieht vielleicht aus wie Müll, aber glauben Sie mir: Manche der Stücke sind mehr wert als Ihr Jahreseinkommen. Was Sie kaputt machen, müssen Sie bezahlen. Ist das klar, Dunster?

Wir suchen nach allem, was mit einer dänischen Gesellschaft namens Rasmussen Holding zu tun hat – Benno wird Ihnen den Namen buchstabieren. Außerdem wüssten wir gern, ob es Hinweise auf irgendwelche Animositäten zwischen Oak und Kristal gibt. Halten Sie die Augen auf nach Betäubungsmitteln, die womöglich unserem Freund Art Havfruen gehören. Wir interessieren uns ganz besonders für Injektionsspritzen, denn eine solche Spritze wurde aller Wahrscheinlichkeit nach benutzt, um das Opfer zu sedieren. Suchen Sie sorgfältig nach Briefen oder Dokumenten, die uns Hinweise geben könnten. Zu guter Letzt – verzeihen Sie mir, wenn das jetzt komplett verrückt klingt – hoffe ich, eine absolut wirklichkeitsgetreue Nachbildung von Kristal zu entdecken, die man durch ihren Körper ersetzt hat. Normalerweise müsste eine solche Figur leicht zu finden sein, aber das gesamte

Anwesen ist ein gottverdammter Kristal-Havfruen-Tempel – überall stehen Repliken von ihr. Die, nach der wir Ausschau halten, ist lebensgroß und riecht wahrscheinlich nach Formaldehyd – Sie wissen schon: das Zeug, das wir in der Mordnacht alle gerochen haben. Irgendwelche Fragen?«

»Wo ist VC, Chefin?«

»Wer ist VC, Spalding?«

»Veggie-Cop.«

»Wenn Sie DI Vincent Caine meinen – ich bin der leitende Officer bei diesem Fall, und auch wenn Caine ein erstklassiger Detective ist, erledige ich manche Dinge lieber allein. Haben wir uns verstanden?«

Binnen einer Stunde sah das ohnehin vernachlässigte Innere von Mangrove House aus, als sei ein kleiner Taifun hindurchgewirbelt. Schubladen waren herausgezogen und durchwühlt, Bücherregale durcheinandergebracht, Unterlagen, Zeitschriften und *objets d'art* lagen kunterbunt durcheinander. Sogar die Absender einer Reihe von Beileidskarten hatten die Constables notiert.

Callum Oak, in einen indigo-goldfarbenen Morgenmantel gehüllt, saß zusammengesackt in einem Ledersessel, seinen Lockenkopf in die Hände gestützt. Die Hunde tapsten schwanzwedelnd und nervös um seine langen nackten Füße herum.

»Privatsphäre ist die letzte Bastion einer anständigen Gesellschaft«, jammerte er. »Sie hätten doch auch einfach anrufen und mir mitteilen können, dass Sie kommen – ich hätte Sie gern hereingebeten. Wie ich Ihnen bereits sagte und immer wieder sagen werde, Inspector Joyce: Ich habe nichts zu verbergen. Aber diese Leute da überschreiten Grenzen … Sie verletzen meine Privatsphäre, indem sie uneingeladen in mein Haus eindringen. Ich möchte Sie daran erinnern, dass es noch keine vier Tage her ist, dass meine Frau brutal ermordet wurde. Ich bin in Trauer, verdammt noch mal!«

»Mr. Oak, ich bin mir der Umstände durchaus bewusst, aber es ist mein Job herauszufinden, wer Ihrer Frau das angetan hat. Deshalb ist es selbst in einer anständigen Gesellschaft notwendig, Beweismaterial zu sammeln. Mir ist klar, dass Ihnen das störend erscheinen mag, aber ich versichere Ihnen, dass mein Team ausgebildet wurde, so behutsam wie möglich vorzugehen …«

»*Behutsam!* Der Junge da drüben geht aber ziemlich grob mit einer original Bernard-Leach-Fischplatte um!«

»Ich habe erfahren, dass Ihre Finanzen kürzlich einen gewissen Aufschwung erfahren haben, Mr. Oak. Können Sie mir von Ihrem Erbe erzählen – den Anteilen an der Rasmussen Holding?«

»Hören Sie, ich schwöre Ihnen, dass ich erstmals vor zwei Tagen etwas von diesen Anteilen erfahren habe, als mich mein Anwalt angerufen hat. Ich bezweifle sehr, dass Kristal davon wusste. Sie hat seit Jahren nicht mehr mit ihrem Stiefvater gesprochen. Außerdem hegte sie zeit ihres Lebens einen Groll gegen Rasmussen; sie hat sich sogar geweigert, zu seiner Beerdigung zu gehen. Glauben Sie mir, sie hat seinen Namen nie erwähnt und diese Anteile schon gar nicht.«

Shanti versuchte, sich vorzustellen, wie es sein mochte, ein Erbe von dieser Größenordnung zu vergessen. »Na schön, Mr. Oak, das ist für den Moment alles. Sie können hier warten oder sich Frühstück machen, aber ich möchte Sie bitten, das Haus nicht zu verlassen und sich in Sichtweite aufzuhalten, bis wir hier fertig sind. Wenn es Ihnen nichts ausmacht, gehe ich jetzt nach oben.«

»Es macht mir aber etwas aus. Außerdem muss ich mit den Hunden raus.«

»Lassen Sie sie einfach in den Garten. Später wird Sie jemand aus meinem Team begleiten, sollten Sie rausmüssen. Bitte versuchen Sie zu kooperieren, Sir. Das würde die Sache um einiges erleichtern.«

Nachdem sie Benno mitgeteilt hatte, wohin sie ging, stieg Shanti die beeindruckende Treppe hinauf zu einem mit Teppich ausgelegten Flur, an dessen Wänden jede Menge Kunst hing und von dem mehrere weiße Türen abgingen. Durch die letzte davon gelangte man in ein helles, weißes Schlafzimmer, das von etlichen Ganzkörperspiegeln wie in einer Ballettschule beherrscht wurde. Das war Kristals Zimmer. Auf der gegenüberliegenden Seite führte eine Glastür zu einem Balkon. Shanti schaute hinaus und entdeckte einen Tennisplatz und ungepflegte Rasenflächen. Hinter der sandfarbenen Klippe erstreckte sich das metallische Graublau der Lyme Bay.

Das Zimmer wirkte genauso vernachlässigt wie der Rest des Hauses, die Tagesdecke auf dem riesigen Doppelbett war zerknittert. Auf einem völlig überladenen Frisiertisch stand eine Vase mit verwelkten roten und weißen Rosen inmitten eines Bergs von Schmuck und teurem Make-up. Da war der grellrote Lippenstift, den sich Kristal jeden Tag so kunstvoll auf ihre Lippen geschmiert hatte. In einem riesigen Wandschrank entdeckte Shanti eine Reihe von weißen Spitzenkleidern, als würde hier eine Vielzahl von Brautjungfern wohnen. Neben ein paar Schals, Mänteln und Strickjacken fand sich lediglich eine lange Reihe von Kristals unverwechselbaren roten Dr.-Martens-Stiefeln. Im Zimmer war nichts, was Oak gehörte.

An den Raum grenzte ein Spa-ähnliches Badezimmer, in dem jede Menge achtlos zu Boden geworfene Dessous herumlagen. Die zahlreichen Spiegel reflektierten unzählige mit herabgetropftem Wachs überzogene Kerzenständer. Auf der Porzellanablage neben dem Doppelwaschbecken bemerkte Shanti eine halbe Linie weißen Puders und eine zusammengerollte Banknote. Hatte Kristal Drogen konsumiert? Oder benutzte ihr Sohn jede glatte Oberfläche im Haus für seinen eigenen Konsum? Sie stellte sich vor, wie der einsame, wütende junge Mann durch die leeren Räume streunte, sich mit Rauschgift betäubte und sich nach der Mutter sehnte, die er nie gehabt hatte.

Auf dem Weg zurück zur Treppe spähte Shanti in mehrere Räume, bevor sie ein düsteres, nach Norden gehendes Schlafzimmer betrat. Es überblickte den trostlosen Parkplatz, auf dem Oaks Volvo, der Saab und die beiden Streifenwagen standen. Sie legte eine latexbehandschuhte Hand auf das schmale Einzelbett, das noch warm war. Hier wohnte ein Mann, der es gewohnt war, allein zu schlafen.

Auf dem Nachttisch lag ein Stapel Bücher von Autoren, von denen sie gehört, die sie aber nie gelesen hatte. Romane und Gedichtsammlungen einheimischer Schriftsteller: Thomas Hardy, John Fowles, Samuel Tayler Coleridge, Daphne du Maurier. Sie nahm jedes Buch einzeln zur Hand und blätterte durch die Seiten – es war verblüffend, wie oft eine verräterische Notiz oder Quittung als Lesezeichen benutzt wurde. Hier fand sie allerdings nichts. In der Schublade stieß sie auf den üblichen Kram: ein Handy-Ladegerät, eine Taschenlampe mit leeren Batterien, ein paar alte Supermarktquittungen, Aspirin, Manschettenknöpfe, Kleingeld, einen Nagelknipser. Es gab sogar ein silbernes Kreuz und eine kleine schwarze Bibel.

Auf Händen und Knien tastete sie sich unters Bett vor und stieß auf zwei große Pappkartons. Als sie sie hervorzog und Staub und Spinnweben abstreifte, entdeckte sie, dass sie mit dem Wort *Falmouth* beschriftet waren.

Drinnen lagerte Material aus Oaks Zeiten als Student, und etwa fünfzehn Minuten lang unternahm Shanti einen Streifzug durch das außergewöhnliche Leben eines bodenständigen Studenten, dessen Weg zufällig den einer unwiderstehlichen, wenngleich absolut geltungs- und kontrollsüchtigen Frau gekreuzt hatte. In einem der Kartons fand sie zunehmend besorgte Briefe von Oaks alarmierten Eltern und eindringliche Warnungen von der Fakultätsleiterin Marlene Moss, die fürchtete, er könne sein Talent verschwenden. Ganz unten lag ein platt gedrücktes DIN-A4-Dokument, unterschrieben von Callum Oak und Kristal Havfruen, beglaubigt von dem zwanzigjährigen Oliver Sweetman. Als sie es las, wusste Shanti nicht, ob sie lachen oder weinen sollte.

> Ich, der unterzeichnende *Callum Oak*, habe wiederholt mein Interesse an einer körperlichen Beziehung mit *Kristal Havfruen* bekundet, im Folgenden als »die Künstlerin« bezeichnet. Daher willige ich im Vollbesitz meiner geistigen und körperlichen Kräfte ein, dass ein einmaliger Akt der sexuellen Vereinigung unter nachgenannten Vertragsbedingungen stattfinden wird:
>
> 1. Die Vereinigung soll an einem öffentlichen Ort erfolgen – nämlich im Theatersaal der Falmouth School of Art –, Datum und Uhrzeit werden von der Künstlerin festgelegt.
> 2. Die Vereinigung ist als Happening zu verstehen, als Kunstwerk, geschaffen von der Künstlerin, und wird den Titel *Preconception* tragen.
> 3. Das Happening findet vor einem geladenen Publikum statt, das die Künstlerin auswählt, darunter – aber nicht ausschließlich – Vertreter von Presse und Öffentlichkeit.
> 4. Alle Aufzeichnungen der Veranstaltung inklusive Videomaterial, Fotos und Tonaufnahmen verbleiben für immer im Besitz der Künstlerin und können nach deren eigenem Gutdünken verbreitet werden.
> 5. Sämtliche Konsequenzen, gleich welcher Form, die *Preconception* nach sich zieht, werden als integrales Element des Werks der Künstlerin verstanden.
> 6. Die Künstlerin und ausschließlich der von ihr bestimmte Agent werden sämtliche Medienkontakte, das Werk betreffend, handhaben.

7. Jeglicher finanzielle Erlös aus dem Werk gehört ausschließlich der Künstlerin.
8. Mit meiner Unterschrift binde ich mich unwiderruflich an diesen Vertrag, der auch für potenzielle Vermögensverwalter, Konkursverwalter, Nachlassverwalter, Erben oder Abtretungsempfänger gelten soll.
9. Ich, Callum Oak, gehe diesen Vertrag freiwillig ein. Ich übernehme die volle Verantwortung für meine Handlungen und verpflichte mich, auf unbegrenzte Dauer von gerichtlichen Schritten gegen die Künstlerin abzusehen.
10. Ich habe sämtliche Punkte dieses Vertrags gelesen und verstanden.

Gezeichnet: *Callum Oak*
Gegengezeichnet: die Künstlerin, *Kristal Havfruen*
Beglaubigt von: *Oliver Sweetman,* Assistent

Shanti war stolz auf ihre professionelle Vorgehensweise, doch dieses ungewöhnliche Dokument löste gleich mehrere Empfindungen in ihr aus: Mitleid mit dem bedauernswerten Studenten Callum Oak; Amüsiertheit über den pseudojuristischen Wortlaut und etwas, das Abscheu über die Rücksichtslosigkeit der Strippenzieherin Kristal Havfruen nahekam. Hier, in diesem kindischen Dokument, lag der Ursprung von Callum Oaks Entmannung und der anschließenden schwelenden Feindseligkeit gegenüber seiner Frau.

Shanti fotografierte das DIN-A4-Blatt und wollte es gerade unter einen Stoß verblichener Magazine schieben, der ebenfalls in dem Karton gelegen hatte, als die Schlafzimmertür aufgeschoben wurde und der Labrador schwanzwedelnd in den Raum kam, gefolgt von seinem Herrchen, das vor Empörung schäumte.

»Haben Sie denn nicht einen Funken Anstand im Leib, Ms. Joyce? Mir wurde gerade meine Frau genommen, und jetzt durchwühlen Sie mein Haus. Was hoffen Sie zu finden?«

»Ist das Ihre Zeitschrift? *Asiatische Nonnen?*«, fragte Shanti und stand auf.

»DI Joyce«, zischte er und riss ihr das Magazin aus der Hand. »Vielleicht interessiert es Sie zu erfahren, dass Sie etwas mit meiner Frau gemein haben: Sie sind eine Tyrannin. Und jetzt lassen Sie mich bitte allein, ich möchte mich anziehen. Und damit eins klar ist: Jedes weitere Gespräch zwischen Ihnen und mir erfolgt ausschließlich in Gegenwart meines Anwalts.«

Unten arbeitete sich Benno mit zwei der uniformierten Kollegen gewissenhaft durch Portfolios und kistenweise Entwürfe. In dem großen Atelier roch es schwach nach Formaldehyd.

»Hast du etwas herausgefunden, Chefin?«, fragte Benno.

»Kristal und Callum haben getrennt geschlafen. Ich habe beide Schlafzimmer durchsucht, aber ich konnte nichts Belastendes entdecken, obwohl in den Räumlichkeiten offenbar ziemlich viel weißes Puder konsumiert wird. Ich bin total frustriert, Benno. Ich war mir sicher, dass wir heute einen Durchbruch erzielen würden, aber ich fürchte, mit Oaks Kooperationsbereitschaft ist es vorbei, seit ich auf seine Pornosammlung gestoßen bin.«

»Hör mal, Chefin, als Kollege und Freund weiß ich, dass du rund um die Uhr an diesem Fall arbeitest. Du siehst fürchterlich aus, vielleicht solltest du mal …«

»Danke, Benno. Das baut mich echt auf.«

»Ich dachte, Vince würde dich unterstützen. Er ist wirklich gut in solchen Sachen. Er würde Oak dazu bringen, sich zu öffnen.«

»Mag sein. Allerdings bin ich jetzt schon fix und fertig, da kann ich nicht noch nach Lyme fahren und mir eine Dschungeltour mit allen Schikanen geben, nur um ihn anzuflehen, wieder mit an Bord zu kommen.«

»Das wird nicht nötig sein, Shanti.«

Er stand wie ein vertikaler Schatten neben den offenen Glastüren, die zu der grasüberwucherten Zufahrt führten.

»Caine! Wie zum Teufel …? Ach, egal. Wenn Sie schon hier sind, können Sie genauso gut versuchen, etwas aus Oak herauszuquetschen. Er war auf der Suche nach jemandem, der mit ihm die Hunde ausführt, und wird jeden Moment aufkreuzen.«

Die beiden hochgewachsenen Männer schlenderten an der wilden, Salz versprühenden See entlang, wo der Wind so stark blies, dass man nicht umfiel, wenn man sich hineinlehnte. Hoch oben über ihren Köpfen kreisten Möwen wie Bumerangs. Zu ihren Füßen wälzten sich die Hunde im Sand wie fröhliche Seelöwen.

»Ich werde nicht … nein, ich kann nicht mehr mit dieser Frau sprechen«, rief Oak über das Tosen der Brandung hinweg. »Ihre Freundin, DI Joyce. Lernt man auf der Polizeischule heutzutage nicht mal ansatzweise, wie man auf anständige Weise miteinander kommuniziert?«

»Sie möchte Sie nicht brüskieren. Sie hat einen harten Job, und manchmal besteht die einzige Möglichkeit zu überleben darin, selbst hart zu sein.«

»Sie dagegen haben sich einen gewissen Anstand bewahrt.«

»Ich fungiere hier mehr als Aushilfspolizist. Den Großteil meiner Zeit verbringe ich auf der Undercliff.«

»Das ist einer unserer Lieblingsspaziergänge.«

»Sie meinen, von Kristal und Ihnen?«

»Nein, von den Hunden und mir. Kristal ist nie gern spazieren gegangen.«

»Darf ich Sie etwas fragen, Sir?«

»Nennen Sie mich ruhig Callum.«

»Callum. Haben Sie und Kristal einander geliebt?«

Oak blieb stehen und inhalierte eine Brust voll Ozon. »Körperlich, meinen Sie? Ich möchte Ihnen etwas erzählen, was ich noch nie zuvor jemandem erzählt habe. Gott allein weiß, warum, aber Sie haben etwas an sich, was mich dazu bringt, Ihnen zu vertrauen.«

»Danke.«

»Es mag bizarr klingen, aber ich bin sechsundvierzig Jahre alt, und abgesehen von jenem einen schauderhaften Mal im Theatersaal hatte ich nie wieder etwas mit einer Frau. Abgesehen von *Preconception* bin ich unberührt geblieben.«

»Enthaltsamkeit kann eine Stärke sein.«

»Nicht, wenn man keine Wahl hat. Kristal war so kalt wie die Modelle in ihrem Atelier. Kennen Sie sich in der Bibel aus? ›Am Anfang der Schöpfung aber hat Gott sie männlich und weiblich erschaffen. Darum wird der Mann Vater und Mutter verlassen, und die zwei werden ein Fleisch sein. Sie sind also nicht mehr zwei, sondern ein Fleisch. Was aber Gott verbunden hat, das darf der Mensch nicht trennen.‹ Markus zehn, Vers sieben bis neun. Der Punkt ist: Wir waren nicht ein Fleisch, und ich war mein ganzes Leben lang einsam.«

»Aber sie fühlte sich definitiv zu Ihnen hingezogen, als sie einander kennenlernten?«

»Als wir uns begegneten, war ich völlig von meiner Arbeit in Anspruch genommen. Ich war der letzte Mensch an der Kunsthochschule, der sich für Kristal interessierte. Manchmal frage ich mich, ob es das war, was sie zu mir hingezogen hat – sie wollte immer das haben, was sie nicht kriegen konnte. Es machte sie verrückt, wenn die Leute ihr nicht genug Aufmerksamkeit schenkten.«

»Sie diskreditieren sich selbst, Callum. Ich habe Fotos gesehen – Sie waren ein gut aussehender Mann.«

»Aha, Sie verwenden die Vergangenheitsform. Trotzdem danke.«

»Ich wüsste gern ein bisschen mehr über das *Preconception*-Happening. Warum haben Sie sich darauf eingelassen?«

»Weil Kristal mich gnadenlos mit ihrer Sexualität verhöhnt hat. Sie hat mich in den Wahnsinn getrieben vor Begierde, und dann hat sie mich immer wieder weggestoßen. Am Ende hätte ich alles getan, um sie zu haben.«

»Und danach? Wie haben Sie sich gefühlt?«

»Gedemütigt. Beschämt. Entwürdigt. Ich habe mich selbst für meine Schwäche verachtet. Habe mich kasteit, indem ich auf einem Steinfußboden geschlafen und Gott um Vergebung angefleht habe.«

»Sie waren noch immer an der Kunsthochschule eingeschrieben, als Art zur Welt kam.«

»Das ist richtig. Ich war noch immer Student und alles andere als bereit, die Vaterrolle zu übernehmen. Wäre da nicht die selbstlose Unterstützung meiner Fakultätsleiterin Marlene Moss gewesen – ich weiß nicht, was ich getan hätte. Sie war die Freundlichkeit in Person.«

»Verzeihen Sie, aber ich würde Ihnen gern eine sehr direkte Frage stellen.«

»Schießen Sie los.«

»Wer hat Kristal ermordet, Callum? Wer kommt Ihrer Meinung nach als Täter infrage?«

»Glauben Sie nicht, dass ich mir darüber unablässig den Kopf zerbreche? Um ehrlich zu sein, habe ich keinen blassen Schimmer.«

»Oliver Sweetman?«

»Ollie? Ollie könnte keiner Fliege etwas zuleide tun. Er hat Kristal angebetet.«

»Vielleicht jemand aus Ms. Havfruens Familie? Das sind vermögende, einflussreiche Leute. Soweit ich weiß, hat sie ihren Stiefvater gehasst.«

»Das ist richtig. Sie hat Rasmussen verabscheut. Hat ihn nie als ihren Stiefvater akzeptiert. Unter uns gesagt: Sie hat ihn beschuldigt, sie in ihrer Kindheit missbraucht zu haben. Er hat ihr zahllose Briefe geschickt, um sie für sich zu gewinnen, hat sogar das protzige Gebäude auf dem Campus in Falmouth errichten und nach ihr benennen lassen. Als er vor fünf Jahren starb, hat er ihr ein großzügiges Erbe hinterlassen. Wie ich Ihrer ungehobelten Kollegin verständlich zu machen versucht habe, habe ich davon erst jetzt erfahren, als es nach Kristals Tod an mich weiterging. Das Geld ist mir ehrlich gesagt völlig egal. Ich werde alles zurückgeben, damit die Dinge wieder so sind, wie sie waren. Liebe hin oder her, zumindest hatte ich meinen Frieden.«

»Auch wenn Sie sich das im Augenblick vielleicht nur schwer vorstellen können, Callum – der Frieden wird zurückkehren. Und das Erbe wird es Ihnen zumindest ermöglichen, zu malen. Ich weiß, dass es mir nicht zusteht, das zu beurteilen, aber ich habe ein paar von Ihren frühen Werken in Falmouth gesehen, und sie waren verblüffend. Vielleicht ist das hier ein Neuanfang.«

Sie hatten die sandfarbene Klippe mit der steilen Treppe erreicht, die zu dem höher gelegenen Grundstück von Mangrove House führte. Caine folgte dem tief unglücklichen Künstler und den schwerfälligen Hunden die knochenweißen Holzstufen hinauf. Er empfand tiefes Mitgefühl mit Oak.

In der Nähe des nicht länger benutzten Tennisplatzes blieb Oak stehen und sagte: »Ich hätte Sie gern in einem anderen Leben kennengelernt, Caine. Vielleicht hätten wir Freunde werden können.«

Caine schloss zu ihm auf und umarmte ihn. Er erlaubte dem Witwer, an seiner Schulter zu schluchzen. »Unter der Oberfläche sind wir alle gleich, Callum. Wir sehnen uns nach Liebe, und wir trauern, wenn jemand stirbt.«

»Kommen Sie zur Beerdigung, Caine.«

»Das mache ich gern. Danke.«

Oak zog ein Taschentuch aus der Hosentasche und putzte sich die Nase.

»Sie sollten sich allerdings besser bedeckt halten – man weiß nie, wie Art reagiert. Ich fürchte, er hat etwas vor.«

»Zum Beispiel?«

»Wie ich schon sagte: Ich wünsche mir eine schlichte, würdevolle christliche Zeremonie – ein paar Gebete und Grabreden –, doch es scheint so, als wolle mein Sohn seiner Mutter einen stilvollen Abgang bereiten. Ich fürchte, es könnte ein weiteres Happening stattfinden.«

Kapitel dreizehn

DER KRISTALLSARG

Das kleine Dörfchen Branscombe schmiegte sich wie ein verborgener Smaragd an die Küste von Devon, doch zwei Faktoren hielten Shanti davon ab, seinen zeitlosen Charme zu würdigen: Erstens war das gesamte Tal erfüllt von dichtem Seenebel, als hätte Kristal höchstselbst einen Abgang geplant, der genauso melodramatisch war wie ihr Leben. Zweitens fühlte sich Shanti genauso vernebelt wie das Tal, nur dass es sich bei ihr um einen Nebel des Trübsinns und der Verwirrung handelte.

Eine Cola light in der Hand, saß sie unter einem Strohsonnenschirm vor dem Mason's Arms und wartete auf Caine. Sie hatte sich so gekleidet, wie sie es dem Anlass entsprechend für angemessen hielt, weshalb sie nun einen dunklen Mantel und ein seidig glänzendes schwarzes Kleid trug. Als sie es gekauft hatte, hatte sie es wunderschön gefunden. Nun musste es im Rücken von einer Sicherheitsnadel zusammengehalten werden, weil der Reißverschluss nicht mehr schloss.

Auf dem Weg zur Bar hatte sie feststellen müssen, dass sich die dicht gedrängte Menge der Trauergäste für einen anderen Kleidungsstil entschieden hatte. Das Mason's Arms erinnerte an eine prächtige Couture-Show, das vorherrschende Thema war Rot-Weiß. Der Lärm war unerträglich, deshalb hatte Shanti ihr Getränk und zwei Tüten Chips mit Käse-Zwiebel-Geschmack mit nach draußen an die frische Luft genommen.

Vor ihr waberte der Nebel durch die Dorfstraße, als wäre das Mason's Arms ein Geisterschiff, das durch die Wellen glitt.

Shanti stieß mit ihrem Trinkhalm eine Zitronenscheibe an und überlegte, wie naiv sie zu Beginn der Ermittlungen gewesen war. Sie hatte gedacht, der Fall würde sich leicht lösen lassen. Jetzt hielt das Rätsel der in Fötushaltung durch den Formaldehydtank treibenden Performancekünstlerin sie nachts vom Schlafen ab und ließ sie auch tagsüber nicht los. Ihre finsterste Sorge war die, dass ihr der Mörder durch die Lappen gehen könnte und sie für einen weiteren vermasselten Fall verantwortlich sein würde. Selbst jetzt spürte sie noch die Scham und war sich der Schande bewusst, die fast fünfzehn Jahre herausragender Leistungen zunichtegemacht hatte. In Wirklichkeit hatte nicht mehr dahintergesteckt als eine Reihe kleiner Fehler, die ihr unterlaufen waren, weil sie von der Scheidung erschöpft war und verzweifelt versuchte, als alleinerziehende Mutter zurechtzukommen. Nichtsdestotrotz hatte mangelnde Detailgenauigkeit der Verteidigung die Gelegenheit gegeben, Lücken in ihrer Beweisführung aufzuzeigen, weshalb ein großer Fisch der Nordlondoner Drogenszene freigesprochen wurde. Shanti würde nie das unverfrorene Grinsen vergessen, das der Bastard ihr beim Verlassen des Gerichtssaals zugeworfen hatte. Sie durfte schlicht und einfach nicht zulassen, dass so etwas noch einmal vorkam. Das Ganze war zu deprimierend, um es in Worte zu fassen.

Caine ließ sich immer noch nicht blicken, doch vor dem Mason's Arms hielten immer mehr Fahrzeuge, aus denen rotweiß gekleidete Trauergäste ausstiegen, manche auf klackernden hohen Absätzen, andere in den unvermeidbaren roten Dr.-Martens-Stiefeln. Neben den allgegenwärtigen Journalisten und Fotografen hatte Shanti einige bekannte Personen im Pub entdeckt, Saul Spencer zum Beispiel, spitz und schmal wie ein Bleistift, oder den riesigen Oliver Sweetman, der unter den schwarzen Deckenbalken munter sein Bier trank. Jetzt hielt ein Taxi am Bordstein, aus dem eine beeindruckende Gruppe unerhört gesund aussehender Indoeuropäer stieg – Kristals Familie aus Kopenhagen, nahm sie an.

Doch ihre gedrückte Stimmung war mehr als Schlafmangel oder dem schwierigen Fall geschuldet. Shanti machte sich zunehmend Sorgen um Paul. Was Shanti anbetraf, so war ihr Sohn noch immer ein Kind, das dieselben Bilderbücher liebte wie damals, als er klein gewesen war, doch Ms. Kahn, die Direktorin seiner neuen Schule, hatte sie beiseitegenommen und sich erkundigt, ob es zu Hause noch immer Probleme gebe. Anscheinend hatte sich Paul seiner Lehrerin gegenüber mehr als einmal grob unhöflich verhalten; außerdem fanden einige Ausdrucksweisen, die er aus London mitgebracht hatte, bei seinen neuen Klassenkameraden keinen großen Anklang.

Gestern Abend hatte Shanti das Thema zur Sprache gebracht, was bei Paul zu Trotzanfällen und Geschluchze geführt hatte. Und zu wilden Versprechungen ihrerseits, mehr Zeit mit ihm zu verbringen, bis er, noch immer weinend, an ihrer Brust eingedämmert war, nicht ohne zuvor eine herzzerreißende Liste mit ihren Verfehlungen aufzuzählen: »Du bist ständig am Arbeiten; du bist nie zu Hause, wenn ich aus der Schule komme; du bist immer gestresst; du hast versprochen, etwas mit mir zu unternehmen …«

Shantis Mutter gab ihr Bestes, aber sie wussten beide, worin das eigentliche Problem bestand: Der Junge vermisste seinen Vater, und er machte seine Mutter für den Umzug verantwortlich, wegen dem er all seine alten Freunde in London hatte zurücklassen müssen.

Detective und alleinerziehende Mutter zu sein – das war, als versuche man sich an der Quadratur des Kreises. Aber sie durfte diese Beerdigung einfach nicht verpassen.

»Sie sehen ein wenig niedergeschlagen aus«, stellte Caine fest und zog einen Stuhl unter den Strohschirm neben ihr. »Darf ich Ihnen noch etwas zu trinken holen?«

»Ich bin nur müde, Caine.«

»Ich hoffe, es macht Ihnen nichts aus, wenn ich das sage: Ich habe Sie noch nie zuvor in einem Kleid gesehen. Sie sehen absolut umwerfend aus.«

Sie sah ihn prüfend an. Wollte er sie anmachen oder auf den Arm nehmen? Caine aber wirkte vollkommen arglos.

»Tja, eine Beerdigung ist anscheinend die einzige Gelegenheit, mich aufzustylen.«

Zumindest hatte Caine sich Mühe gegeben, sich angemessen zu kleiden. Nichts Übertriebenes – enge, schwarze Jeans, ein schmaler Gürtel und ein fleckenloses weißes Hemd, das in starkem Kontrast zu seinen dunklen Locken stand. Als er sein Glas auf dem Tisch abstellte, bemerkte Shanti, wie sich ein Dutzend weibliche Augenpaare in seine Richtung drehten.

»Was trinken Sie, Caine? Ich dachte, Buddhisten dürften keine Rauschmittel zu sich nehmen.«

»Cider aus der Region. Probieren Sie ein Glas. Er schmeckt köstlich. Übrigens – ich denke, Buddhisten dürfen alles tun, was sie glücklich macht. Es gibt da etwas, was man den ›Mittleren Weg‹ nennt. Im Buddhismus, so müssen Sie wissen …«

»Schon gut, Caine. Haben Sie Art und Callum gesehen?«

»Ich nehme an, die nahen Angehörigen treffen separat ein?«

»Vermutlich. Was ist mit Marlene Moss?«

»Zu weit für das alte Mädchen, denke ich. Außerdem stand sie Kristal nicht sonderlich nahe. Callum und Oliver waren ihre Studenten, nicht Ms. Havfruen.«

»Ja, das hat sie gesagt, ich erinnere mich … Wie dem auch sei, der Gottesdienst findet um vierzehn Uhr in St. Winifred statt, ein kleines Stück die Straße hinauf, gefolgt von einer Totenwache in

Mangrove House. Ich werde draußen bleiben, um eine mögliche Konfrontation zu vermeiden, daher müssen Sie an meiner Stelle Augen und Ohren aufsperren. Ist das okay?«

»Das tue ich doch gern.«

»Mir ist aufgefallen, dass die Menschen bei Ereignissen wie Hochzeiten oder Beerdigungen oft unachtsam werden und weit mehr von sich preisgeben, als ihnen im Nachhinein lieb ist. Daher besteht durchaus die Chance, dass irgendwer eine Bemerkung fallen lässt, die für unsere Ermittlungen von Bedeutung sein könnte.«

»Ich werde darauf achten, Shanti.«

Ihr Gespräch wurde von einem unzeitgemäßen Geräusch unterbrochen – dem hohlen Klipp-Klapp von Hufen auf Asphalt und dem Wiehern von Pferden. Shanti kniff die Augen leicht zusammen und sah zu ihrer Verblüffung vier weiße Pferde aus dem Nebel auftauchen. Aus ihren Nüstern stieg dampfender Atem auf, die gesenkten Köpfe waren mit roten und weißen Federn geschmückt. Sie kamen direkt vor ihnen zum Stehen, sodass Shanti und Caine die weiße, glänzende Kutsche sehen konnten, die die Pferde zogen.

Shanti hatte ab und an ein Begräbnis mit Pferdekutsche im East End gesehen – vor allem Gangster der alten Schule standen darauf –, aber das hier war anders.

Es handelte sich um eine Bestattungskutsche, wie man sie bei royalen Beerdigungen sah, versehen mit Girlanden aus weißen und roten Rosen. Zwei Bestatter saßen steif und mit unbewegten Gesichtern auf dem Kutschbock, lange Peitschen in den behandschuhten Händen, schwarze Zylinder auf den Köpfen.

Die Gäste an den anderen Tischen waren aufgestanden, und sofort öffneten sich die Pub-Türen, und eine Meute von Medienfuzzis strömte heraus, filmend und mit Hochgeschwindigkeit in ihre Handys plappernd.

Jetzt bemerkte Shanti auch den Sarg, der auf der flachen Kutsche lag, und noch ehe sie begriff, was sie da eigentlich sah, setzte ihr Magen zu einer Reihe von Übelkeit erregenden Turnübungen an.

Neben Shanti stand ein Mädchen im Teenageralter, das mit weit aufgerissenen Augen nach Luft schnappte und aufgeregt hervorstieß: »Das ist das Schönste, was ich je gesehen habe!«

»Das ist abscheulich!«, schimpfte ein älterer Herr hinter ihr.

»O Kristal!«, sagte Caine leise. »Du gibst wohl nie Ruhe.«

Shanti starrte ungläubig auf das, was sie da vor sich sah. Der Sarg bestand komplett aus Glas. Darin lag, für alle Welt sichtbar, der perfekt konservierte, in weiße Spitze gekleidete Leichnam von Kristal Havfruen. Ihre tadellos manikürten Hände drückten eine einzelne rote Rose gegen ihren schlanken Körper. Ihr Gesicht war stark mit einer cremigen Foundation geschminkt, der Mund verschmiert mit blutrotem Lippenstift. Auf dem Sargdeckel thronte dreist ein Paar kirschroter Dr.-Martens-Stiefel.

»Wie Schneewittchen …«, seufzte die Teenagerin.

Als die Kameraleute, Reporter und Trauergäste nach vorn drängten, spürte Shanti, wie eine Welle der Übelkeit in ihr aufstieg – nicht genug Schlaf, schlechte Ernährung, zu viel Stress und ein Übermaß an Verrücktheit. Sie war erleichtert, als Caine sie am Arm fasste und sanft aus dem Gedränge führte, gerade als sich der Trauerzug, angeführt von Callum Oak und Art Havfruen, in Bewegung setzte und der langsam rollenden Kutsche mit ihrer unheimlichen Fracht folgte.

Die Räder ächzten und stöhnten, die Hufe der Pferde klapperten wie Trommelwirbel, als die Prozession durch die enge Straße zog, vorbei an staunenden Dorfbewohnern und Urlaubern, denen der Mund offen stand vor Verwunderung.

Sie kamen am Rathaus vorbei, an Cottages aus Stein, die mit Blumenampeln geschmückt waren, an einem Teeladen sowie an einer Schmiede, die aussah wie aus einem anderen Jahrhundert. Der Schmied in seiner Lederschürze hielt bei der Arbeit inne und nahm die Kappe ab, um dem makaberen Zug nachzuschauen.

Vorne, gleich am Anfang der Prozession, fand offenbar eine Auseinandersetzung zwischen Callum Oak und der Vikarin von Branscombe statt, die gerade eingetroffen war.

Shanti beeilte sich, zu ihnen aufzuschließen, damit ihr ja kein Wort entging.

»Das verstößt gegen sämtliche Regeln«, protestierte die Vikarin. »Es tut mir leid, Callum, aber Sie haben mir nichts davon gesagt. Ich werde mich an die Kirchenbehörde wenden müssen. Was die Särge betrifft, gibt es strikte Vorschriften. Einen Sarg wie diesen habe ich noch nie gesehen.«

»Sie glauben doch nicht, ich hätte etwas davon gewusst!«, jammerte Oak. »Sie sollten sich lieber an meinen Sohn wenden … Wo ist er eigentlich? Art!«

»Ja? Gibt es ein Problem?« Art tänzelte in seinen spitzen Stiefeletten auf sie zu wie ein Boxer. »Lassen Sie uns doch einfach in Ruhe, verdammt noch mal! In einer halben Stunde ist sie unter der Erde, und dann kümmert es kein Schwein, woraus der Sarg gemacht ist!«

Seine wilden Gesten und die stark geweiteten Pupillen legten die Vermutung nahe, dass seine Stimmung eher chemischen Substanzen denn dem Cider geschuldet war.

Die Vikarin war so überrascht von seinem aggressiven Ausbruch, dass sie wie angewurzelt stehen blieb, was augenblicklich zu einem Stau führte. Schließlich drängte einer der ernst dreinblickenden Dänen nach vorn und versuchte, die Lage mit seinem akkuraten, diplomatischen Englisch zu beruhigen.

»Bitte verzeihen Sie Art – er befindet sich wie wir alle in einem Schockzustand. Im Namen von Kristals Familie möchte ich mich für das Versehen mit dem Sarg entschuldigen, aber könnten wir die Zeremonie bitte fortsetzen und die Details der Beerdigung zu einem späteren Zeitpunkt diskutieren?«

Am Stadtrand kam die Prozession zum Stehen, und Shanti sah den alten Turm der St.-Winifred-Kirche, Oaks Gemeinde, aus dem Nebel herausragen.

»Gilt so etwas in Ihrem Teil der Welt als normal?«, erkundigte sie sich bei Caine. Sie nickte in Richtung der Bestattungskutsche, wo ein Bestatter gerade die Pferde beruhigte.

Der Glassarg wurde vorsichtig auf die Schultern der Sargträger gehoben – Callum Oak, der Witwer mit dem versteinerten Gesicht; Oliver Sweetman, der sanfte, sommersprossige Riese, und die kräftigen Skandinavier. Als sie bereit waren, setzte sich Art Havfruen in Bewegung und ging ihnen mit bleichem Gesicht voran, die roten Stiefel in der Hand.

Blitzlichter explodierten, als der Sarg den steilen Weg entlang zur Kirche getragen wurde. Oak hielt sich an Sweetmans Schulter fest und bemühte sich, seine überbordenden Emotionen in Schach zu halten. Shanti und Caine ließen sich ein Stück zurückfallen, als sie dem Zug unter urzeitlichen Ulmen hindurch über den Friedhof folgten, wo alte Grabsteine aus dem Erdboden ragten wie abgebrochene Zähne aus dem Weltenschlund.

Als die Trauergäste in das kühle Innere der Kirche strömten, verharrten Shanti und Caine unter dem Säulendach vor dem weit geöffneten Portal. Zum zweiten Mal an diesem Nachmittag rebellierte Shantis Magen. Im Kirchenschiff wurden die Trauernden von einem flimmernden Hologramm von der Größe eines Kindes begrüßt. Es war das perfekte dreidimensionale Abbild der Künstlerin. Die Hologramm-Kristal hatte die Arme weit ausgebreitet, ihre Augen blitzten, und aus ihrem mit blutrotem Lippenstift verschmierten Mund drang eine helle, kindliche Stimme, die immer wieder sagte: »Ich werde euch niemals verlassen! Ich bin für immer bei euch!«

Ausnahmsweise war Shanti froh, als sie Caines warme Hand auf ihrer spürte. Er flüsterte ihr zu, dass er nach dem Gottesdienst nach ihr Ausschau halten werde, und betrat die überfüllte Kirche. Kurz darauf wurde die Tür hinter ihm geschlossen.

Plötzlich allein, schlenderte Shanti über den nebeligen Friedhof und beäugte die finster dreinblickenden Wasserspeier und die verwitterten Abbilder mittelalterlicher Totenschädel auf den Grabsteinen. Eine Krähenfamilie flatterte über die Gräber wie nächtliche Chimären. Sie schaute zu den kaleidoskopischen Kirchenfenstern auf. Gelegentlich drangen Orgelmusik oder gemurmelte Gebetsfragmente zu ihr heraus, und dann umgab sie wieder nichts als Stille, umfing sie wie der feine Niesel in der Luft.

Am anderen Ende des Friedhofs standen zwei Gestalten an einem offenen Grab – dem Anschein nach ein Vermesser mit Sextant und ein Totengräber. Shanti schlenderte unbemerkt in ihre Richtung und bekam das scherzhafte Gespräch der beiden mit – Galgenhumor, den der tägliche Umgang mit Toten wohl mit sich brachte.

»Die Vikarin sagte, sie werden sich verspäten, weil sie erst noch herausfinden muss, ob es erlaubt ist, einen Glassarg zu beerdigen.«

»Hast du das Ding in der Kirche gesehen? Das Hologramm? *Ich werde euch niemals verlassen! Ich bin für immer bei euch!* Da wird einem ganz anders.«

»Das kannst du laut sagen! Haha!«

»Was ist so komisch daran?«

»Sie hatte recht!«

»Wer hatte recht?«

»Kristal.«

»Wie meinst du das?«

»Sie wird tatsächlich für immer bei uns sein, formaldehydgetränkt, wie sie ist. Sauber eingemacht. Grab den Glassarg in zehn Jahren wieder aus, und ich wette zehn zu eins, dass sie keinen Tag gealtert sein wird.«

»Für immer jung, könnte man sagen, Daniel. Für immer jung.«

Sie zogen kichernd weiter.

All die Toten, im ewigen Schlaf. Die Totenschädel, Cherubim und Stundengläser, eingemeißelt in die efeuberankten Grabsteine. Die tröstlichen Plattitüden – *innig geliebt … aus dem Leben gerissen … in Frieden ruhend.* Die Mütter, die Väter, die Totgeburten.

Shanti wurde von einer Bewegung weiter unten auf dem Friedhof aus ihrem Tagtraum gerissen. Jemand saß auf einer Mauer und ließ die Beine baumeln. Shanti bummelte einen Ascheweg zwischen toten Blumen und rostenden Rasenmähern entlang. Als sie sich der sitzenden Gestalt näherte, spürte sie plötzlich, wie ihr Mund trocken wurde. Nein, das war eine Täuschung, mit Sicherheit! Shanti kniff fest die Augen zusammen, doch als sie sie wieder öffnete, war die Gestalt immer noch da, saß auf der Steinmauer und schwang die Beine in den kirschroten Stiefeln hin und her.

Es handelte sich um eine zierliche, blonde, aschfahle Frau in einem kurzen weißen Spitzenkleid. Der blutrote Lippenstift war verschmiert. O nein, ein weiteres Hologramm, natürlich … etwas anderes war gar nicht möglich! Oder eine von diesen verfluchten Puppen, die so lebensecht aussahen … oder vielmehr *todesecht* – ja, das war das richtige Wort.

Shanti schüttelte den Kopf. Was für ein Tag! Seit der katastrophalen Woche, in der ihre Scheidung über die Bühne gegangen war und sie ihren Fall vermasselt hatte, waren ihre Nerven nicht mehr derart ramponiert gewesen.

Die Frau auf der Mauer hob eine blasse Hand und fuhr sich mit den Fingern durch ihr blondes Haar.

Ich werde verrückt, stellte Shanti mit plötzlicher Gewissheit fest. Ich drehe tatsächlich durch. Ich bin an einem Punkt angekommen, an dem ich den Unterschied zwischen Illusion und Realität nicht mehr erkenne. Und wenn dieser Punkt einmal erreicht ist, dann geht nichts mehr.

Aber sie war kein Feigling. Sie zwang ihre bleiernen Glieder, sie näher an die Frau heranzutragen, den Pfad entlang zwischen hohen Gräsern und zerbrochenen Blumentöpfen hindurch, vorbei an einem baufälligen Schuppen am Hang. Hinter ihr tönten die gedämpften Worte von Blakes *Jerusalem* aus der Kirche:

Und schritten jene Füße einst
auf Englands grünen Bergeshöhn?

Shantis Großmutter hatte an Geister geglaubt, die in ihren Kanus durch die Kanäle des Hinterlands von Kerala ruderten. Von jeher logisch, stets zynisch, hatte Shanti sie verspottet, und zwar schon als Kind. Doch jetzt, als sie sich dieser Erscheinung näherte, hämmerte ihr Herz wie ein Schmiedehammer.

Angestrengt versuchte sie, genügend Spucke für ein einziges Wort zusammenzubekommen: »Hallo.«

Die Frau kicherte leise und rutschte von der Mauer zu Boden.

»Keine Angst«, sagte Shanti mehr zu sich selbst als zu irgendwem sonst. Inzwischen raste nicht mehr nur ihr Herz – ihre gesamte Blutbahn schien zu einer gewaltigen Flutwelle anzuschwellen.

Die Gestalt drehte sich um sich selbst und verschwand tänzelnd im Nebel. Shanti trug die falschen Schuhe, trotzdem nahm sie die Verfolgung auf, einen schmalen Pfad entlang und über einen Zauntritt. Hier, weiter unten im Tal, war der Nebel so dicht, dass von der Frau nichts zu sehen war – abgesehen von den Schuhen. Die blutroten Stiefel hoben und senkten sich wie Kolben im nassen Gras, als sie hügelabwärts Richtung Fluss liefen, über dem eine dichte Wolke schwebte wie ein Flussgeist.

Am liebsten wäre Shanti in die entgegengesetzte Richtung gerannt, zurück zur Kirche, hätte sich die Lunge aus dem Leib geschrien und wäre durch die mit Eisennieten beschlagene Holztür gestürmt, dorthin, wo Caine saß – der warmblütige, warmherzige Buddhist, der voller Respekt einer christlichen Zeremonie beiwohnte.

Doch das Phantom trippelte leichtfüßig über eine Holzbrücke auf die andere Seite des Flusses, wo das Gelände steil anstieg. Shanti sah rote Blitze, die die steilen, in den Hang geschlagenen Stufen hinaufschossen.

Als sie auf die Brücke lief, verfing sich ihr Kleid an einem Nagel, und zu ihrem Entsetzen hörte sie, wie der Stoff riss. Sie zog ihre Schuhe aus, spürte, wie die Nässe des aufgeweichten Bodens durch ihre Strümpfe drang, und sprang, zwei Stufen auf einmal nehmend, den Hang hinauf. Doch sie verlor den Halt und stürzte auf den schlammigen Untergrund. Ein Feuerstein schnitt ihr in die Hand. Shanti schrie auf.

»Ich will doch bloß mit Ihnen reden!«, rief sie. »Bitte … warten Sie auf mich!«

Doch die blutroten Stiefel rannten weiter hangaufwärts, bis sie schließlich im Labyrinth des Waldes verschwanden.

Blutverschmiert gab Shanti sich geschlagen, zog ihre Schuhe an und humpelte zurück über die Brücke. Atemlos hievte sie sich über den Zauntritt und kehrte auf den Friedhof zurück. Im selben Moment ertönten die letzten Orgelklänge, die die Trauernden in die feuchte Abendluft entließen.

Shanti Joyce versteckte sich hinter einer traurig aussehenden schwarz-grünen Eibe. Weil sie einfach grauenhaft aussah. Weil ihr die Tränen übers Gesicht strömten. Weil ihr Kleid zerrissen war. Weil sie Matsch und Blut an den Händen hatte. Weil sie den

Ruf hatte, eine zuverlässige, geistig gesunde Polizistin zu sein, die sämtliche Ermittlungsmöglichkeiten ausschöpfte und jeden Fall knackte.

Doch anstatt irgendetwas auszuschöpfen, war sie erschöpft.

Und anstatt den Fall zu knacken, wurde sie langsam, aber sicher selbst beknackt.

Kapitel vierzehn

EINE GELÖSTE ZUNGE

Vincent Caine saß zwischen Dänen eingezwängt auf der Rückbank von Saul Spencers völlig überfülltem klassischem Mercedes.

Zu seiner Linken kauerten zwei muskelbepackte Brüder namens Carl und Aksel, zu seiner Rechten hockte ein weiteres sportlich-kräftiges Familienmitglied, Anja.

Eine ebenso beeindruckende junge Frau, die Freja genannt wurde, hatte auf dem Beifahrersitz Platz genommen; hinter dem ledergefassten Lenkrad vor dem Armaturenbrett aus Walnussholz saß die dürre Gestalt des Fahrers, Saul Spencer, dessen Nacken so schmal war, dass er kaum den Hemdkragen berührte.

Nach dem Begräbnis hatte Caine überall nach Shanti gesucht, sie allerdings nirgendwo entdecken können. Er hegte keinerlei Zweifel daran, dass sie auf sich selbst aufpassen konnte – vermutlich war sie nach Yeovil zurückgekehrt, um Zeit mit ihrem Sohn zu verbringen –, und trotzdem störte ihn etwas an ihrer plötzlichen Abwesenheit, machte ihn nervös.

Draußen vor der Kirche bemühten sich Callum und Art auf ihre unvergleichliche Art und Weise darum, Mitfahrgelegenheiten für die Trauergäste zu organisieren.

»Meine lieben Freunde! Kristal wäre gerührt, wenn sie wüsste, dass so viele von Ihnen gekommen sind, um sich gemeinsam mit uns von ihr zu verabschieden. Art und ich würden Sie nun gern nach Mangrove House einladen. Dort werden Ihnen Erfrischungen gereicht«, teilte Callum den Anwesenden mit.

»Yeah, Erfrischungen! Her damit!«, ließ sich Art vernehmen.

»Sehr gern, Art. Leider können wir nur Kristals Familie und Freunde bewirten.«

»Mein Dad meint, dass ihr Arschlöcher von der Regenbogenpresse euch gleich wieder nach London verpissen könnt. Ihr könnt uns mal am Arsch lecken, ihr Scheißkerle!«

Die Menge lachte verlegen. Das lebende Kunstwerk führte sich auf wie ein durchgeknallter Fußballstar.

Caine scannte unablässig das Friedhofsgelände, aber von Shanti war weit und breit nichts zu sehen. Als er jetzt auf den spröden Ledersitzen von Spencers Wagen saß, beschloss er, einfach seinen Job zu machen und sämtliche Informationen zu sammeln, die er kriegen konnte.

»Seltsame Zeremonie«, sagte Freja, die vorn saß, und wandte ihnen ihr glühendes Gesicht zu.

»Findest du?« Anja lachte. »Du hast doch nicht im Ernst etwas Normales erwartet. Kristal hätte es geliebt. Das Hologramm, den Glassarg … Grauenhaft!«

»Haben Sie sie gut gekannt? Ich bin übrigens Vincent, Vincent Caine, ein Freund von Callum.«

»Klar. Wir alle kannten Kristal«, antwortete Carl. »Aksel und ich sind Neffen von ihrem Stiefvater, Rasmussen. Anja und Freja sind die Nichten von Kristals Mutter … Sorry, die Familienverhältnisse sind eher kompliziert.«

»Dann hatte Kristal also keine Geschwister?«

»Nein, sie war schon immer einzigartig!«

»Sagen Sie mir, wenn ich zu neugierig bin, aber Callum hat ein Zerwürfnis zwischen Kristal und ihrem Stiefvater erwähnt.«

»Das ist doch Unsinn!«, widersprach Freja. »Wir alle haben Rasmussen gut gekannt – er war ein herzensguter Mann.«

»Ein echter Gentleman«, pflichtete Aksel ihr bei. »Ich weiß ja nicht, wie gut Sie Kristal kannten, aber sie hatte eine eher … kreative Art, die Welt zu betrachten.«

»Mein Bruder will sagen, dass sie eine Lügnerin war«, stellte Carl klar. »Lassen Sie uns ehrlich sein – als ihre Eltern sich trennten, fühlte sich Kristal im Stich gelassen. Ihre Mutter war Leiterin des Rasmussen-Werks in Aalborg, und sie verliebte sich in ihren Chef. Es war das Beste, was den beiden passieren konnte. Alle liebten unseren Onkel …«

»Alle, bis auf Kristal«, hielt Anja dagegen. »Sie war der Ansicht, dass niemand ihren Daddy ersetzen könne, und ganz gleich, wie gut Rasmussen zu ihr war – und glauben Sie mir, er hat sie schrecklich verwöhnt –, sie lehnte ihn ab. Tatsächlich schien ihre Aversion immer größer zu werden, je mehr er sich um sie bemühte.«

»Die Wahrheit ist, dass Kristal ihrer Mutter nie verziehen hat«, fügte Carl hinzu. »Sie wollte das Glück zerstören, das diese mit Rasmussen gefunden hatte. Kristal war ein ungemein schwieriges Kind, und als Teenager wurde sie noch schlimmer. Am Ende hat unser Onkel sie auf ein Internat in der Nähe von Kopenhagen geschickt.

Genau dort begannen die Missbrauchsvorwürfe – dass Rasmussen ihr auf unsittliche Weise nahegekommen sei und so weiter. Es war ein Albtraum für ihn. Unser Vater ist Psychologe – er hat sehr direkt mit Rasmussen gesprochen, und er war absolut überzeugt, dass die Anschuldigungen haltlos waren.«

»Das muss ausgesprochen erschütternd gewesen sein«, sagte Caine.

»Ja, das war es. Als Kristal achtzehn wurde, hat sie Rasmussen angezeigt, und der arme Kerl wurde verhaftet. Natürlich haben die Zeitungen die Story aufgegriffen, und er musste sich vor Gericht verteidigen. Es stellte sich heraus, dass er für jeden der von Kristal genannten Zeitpunkte ein wasserdichtes Alibi hatte, weshalb die Anklage fallen gelassen wurde.«

»Die Geschichte kam ihr natürlich sehr zupass«, fügte Freja hinzu. »Das unschuldige Kind, missbraucht von dem bösen Milliardär.«

»Und selbst das hat Onkel Rasmussen ihr verziehen«, sagte Aksel. »Er war fest entschlossen, sich mit ihr zu versöhnen, aber wenn Kristal etwas angefangen hatte, brachte sie es auch zu Ende. Der arme Mann fand für den Rest seines Lebens keine Ruhe mehr.«

»Klingt so, als hätte keiner von Ihnen sonderlich viel Sympathie für Kristal empfunden«, stellte Caine fest.

Ausgedehntes Schweigen. Und dann begannen die Passagiere alle auf einmal zu sprechen, darüber, was für eine talentierte Künstlerin die Verstorbene doch gewesen sei …

»Stets innovativ.«

»So mutig.«

»Entschlossen. Das ist das Wort, das ich verwenden würde.«

»Ich muss zugeben, dass wir nicht nur wegen der Beerdigung hier sind«, sagte Carl. »Aksel und ich sind dabei, ein Museum für Moderne Kunst in Kopenhagen einzurichten, und wir hoffen, mit Sauls Hilfe ein, zwei richtig gute Werke von Kristal aufzutreiben.«

»Wie ich schon sagte: Ich helfe gerne, wenn ich kann«, ließ sich Spencer vernehmen, der den Mercedes soeben durch die offenen Tore von Mangrove House lenkte. »Im Augenblick will natürlich jeder ein Original von Kristal Havfruen haben. Eins ist sicher: Kristal wird Kunstgeschichte schreiben.«

Beim Leichenschmaus im Wohnzimmer reichten Mitarbeiter eines Cateringservice den rot-weiß gekleideten Gästen, die sich gedämpft unterhielten, Kanapees. Während der vergangenen Tage hatte Caine mehrfach die Aufzeichnungen der Überwachungskameras studiert, die am fraglichen Abend die Vorgänge in der Meat

Hook Gallery aufgezeichnet hatten, und nun war er sich ziemlich sicher, dass er mehrere der Kunstliebhaber von der Ausstellungseröffnung wiedererkannte. Sogar das Team des Transportunternehmens MasterMoves war da. Caine mischte sich unter die Gäste, plauderte mit Freunden und der Familie der Verstorbenen und versuchte, so viel Klatsch und Tratsch wie möglich aufzuschnappen. Obwohl er sich vollkommen gelassen gab, waren all seine Sinne aufs Äußerste geschärft.

Callum Oak stand neben dem großen Holzofen und bemühte sich tapfer, höflich und freundlich zu erscheinen, doch Caine bemerkte die Qual in seinem jungenhaften Gesicht. Er ging zu ihm und drückte ihm herzlich die Hand.

»Eine schöne Beerdigung«, sagte Caine.

»Aufgemischt von Art«, seufzte Oak, »aber das war ja zu erwarten. Hören Sie, Caine, ich möchte wirklich, dass Sie diesen Fall lösen. Vielleicht finden wir dann ein bisschen Frieden.«

»Wir arbeiten daran, Callum, glauben Sie mir.« Doch noch während er diese Worte aussprach, fragte sich Caine, wie weit sie der Wahrheit entsprachen. Sie hatten das Wohnzimmer auf den Kopf gestellt – ohne Ergebnis. Befand sich Kristals Mörder hier unter ihnen, trank ein Glas Wein und tat so, als würde er trauern?

Caine warf einen Blick durch die Terrassentüren und stellte fest, dass der Himmel aufgeklart hatte. Auf dem Meer lag ein silberner Schein. Draußen auf der Terrasse entdeckte er zwei Personen, die in ein hitziges Gespräch vertieft waren: Art Havfruen und Saul Spencer. Caine schlenderte zu den beiden hinüber, doch noch bevor er an der Tür ankam, stürmte Art zurück ins Wohnzimmer und drängte sich aggressiv an ihm vorbei.

Nach einer Weile – die Gäste hatten inzwischen zahlreiche Flaschen Wein geleert – stieg der Geräuschpegel im Raum mehr und mehr an. Callum bat um Aufmerksamkeit, und mehrere Freunde und Familienangehörige traten einer nach dem anderen vor, um

Lobreden auf Kristal zu halten. Die Vikarin sprach enthusiastisch von dem einzigartigen Geist und der Energie, die in ihrem Werk weiterlebten, doch Caine spürte, dass viele der wohlmeinenden Worte eher Callums Trost dienen sollten.

»Möchte noch jemand etwas sagen?«, fragte Oak.

»Ich!«, rief Oliver Sweetman, ein Megawatt-Lächeln auf seinem runden, sommersprossigen Gesicht.

»Oh, Ollie … vielleicht später«, wehrte Callum besorgt ab, aber Sweetman stolperte bereits betrunken durch die Menge nach vorn, ein großes Glas Wein in der Hand.

»Seht euch nur an!«, wandte er sich an die versammelten Trauergäste. »All die langen Gesichter. Ihr seht aus wie Pferde! Ich habe keine Ahnung, warum ihr so traurig seid, wirklich nicht. Ich amüsiere mich prächtig!« Zum Beweis führte er einen kleinen Stepptanz vor dem Holzofen auf.

»Okay, Ollie«, sagte Oak und fasste fest den Ellbogen des Riesen. »Das genügt.«

Aber der große Mann genoss sichtlich die Aufmerksamkeit der anderen Gäste. »Ich habe eine Botschaft von Kristal für euch – sie sagt, dass ihr fröhlich sein sollt, vor allem du, Callum Oak. Ihr tut alle so, als sei sie für immer fort, aber sie wird schon bald wieder da sein, wartet es nur ab!«

»Ich sagte, das genügt!«, zischte Oak.

»Kein Grund, sich ins Hemd zu machen.« Der Riese grinste. »Du warst schon immer viel zu ernst – und ein bisschen zu wichtigtuerisch, wenn du mich fragst. Nun, vielen Dank für Ihre Aufmerksamkeit, meine Damen und Herren. Der große Ollie Sweetman sagt Tschüss und Gute Nacht!«

Saul Spencer hatte die Terrasse ebenfalls verlassen und stand nun mit vor Ärger gerötetem Gesicht im Wohnzimmer.

»Ah, da ist Saul«, sagte Oak. »Ich bin mir sicher, dass er sich an dieser Stelle kurz einbringen möchte. Wie Sie alle wissen, ist Saul

Spencer der Kurator von Kristals wundervoller und … und … ähm … tragischer Retrospektive. Saul, du hattest einen besseren Zugang zu ihrem Werk als jeder andere. Möchtest du ein paar Worte dazu sagen?«

Spencer trat vor und entfaltete ein Blatt Papier, während er sich darum bemühte, die Fassung wiederzuerlangen. Er trug einen eng geschnittenen, rot karierten Anzug mit einem weißen Hemd und roter Fliege und hatte das Haar mit Gel straff aus seinem schmalen Gesicht gestrichen. Sein Schnurrbart war so dünn, dass er mit einem Bleistift hätte gezeichnet sein können.

»Selbstverständlich, Callum … Es war mir eine ganz besondere Ehre, mit Kristal zusammenzuarbeiten, daher denke ich, dass die angemessensten Worte von ihr selbst stammen. Ich würde gern einen Auszug des berühmten Manifests vorlesen, das Teil ihrer berühmten Studentenarbeit mit dem Titel *A Boy Named Art* war.«

»Ach, Scheiße, Spencer!«, schrie Art von der rückwärtigen Seite des Wohnzimmers.

»Es tut mir leid, Art. Ich weiß, dass du das unzählige Male gehört hast, aber die Worte haben einen ungeheuren Nachhall. Ich glaube, deine Mutter würde es so wollen.«

»Klar, Mum hat immer bekommen, was sie wollte. Wenn mich irgendwer braucht – ich bin auf dem Klo!« Damit stürmte er aus dem Zimmer und fluchte lautstark, als er dabei über den schlafenden Labrador stolperte. Der Hund heulte auf, als er ihn mit der Spitze seiner Stiefelette traf.

Spencer hüstelte nervös, dann fing er an zu lesen.

Manifest
Ich, Kristal Havfruen, Künstlerin,
gebe zur Geburt meines Sohnes
folgende Erklärung ab:
Dieser Junge soll Art heißen.

Von diesem Moment an soll alles, was er tut,
ja, sogar sein Geschrei,
ein Kunstwerk sein.
Jedes Wort, das er spricht,
jede Handlung, die er begeht, in jedem wachen Moment,
soll ein Kunstwerk sein.
Selbst die Träume, die er träumt,
und die Gedanken tief in seinem Unterbewusstsein
sollen ein Kunstwerk sein.
Denn weil er selbst ein Kunstwerk ist,
kann er nichts tun,
was keine Kunst ist.
Ja, sogar die Atemzüge, die er tut,
und die Flüssigkeiten, die sein Körper ausscheidet,
sollen Kunstwerke sein.
Und wenn er seinerseits Kinder produziert,
sollen diese Kinder wiederum lebende Kunstwerke sein,
genau wie deren Kinder – bis in alle Ewigkeit.
Und wenn dieser Junge alt und senil wird,
dann soll das ebenfalls Kunst sein.
Und wenn er stirbt,
soll selbst sein Tod ein Kunstwerk sein.

Er verstummte. Während diese ergreifenden Worte im Raum nachhallten, wischten sich mehrere Gäste mit Taschentüchern die tränenverschleierten Augen, dann brandete begeisterter Applaus auf.

Was sie nicht sehen konnten, war das jämmerliche lebende Kunstwerk, das sich über eine Line betäubenden weißen Pulvers auf dem Waschbeckenrand im Bad seiner Mutter beugte, eine Hand fest um eins von Kristals weißen Spitzenkleidern geschlossen.

»Danke, Saul«, sagte Callum. »Das war sehr bewegend. Wenn niemand mehr etwas sagen möchte, bitte ich Sie, die Gläser auf meine Frau zu erheben, die einzigartige, wunderschöne Künstlerin Kristal Havfruen.«

»Auf Kristal!«

»Möge sie in Frieden ruhen, und möge die Person, die ihrem Leben auf eine so gefühllose Art und Weise ein Ende bereitet hat, schnellstmöglich vor Gericht gebracht werden.«

»Hoch die Tassen!«, brüllte Oliver.

Caine hob das Glas. Im selben Augenblick wurde die Wohnzimmertür aufgestoßen, und Art stürmte mit wildem Blick zurück in den Raum.

»Ich denke, du hast jemanden vergessen, Dad!«, schrie er. »Vielleicht hab ich ja ein paar Dinge zu sagen.«

Binnen einer Sekunde schlug die Stimmung um.

»Prost, ihr Arschlöcher! Ja, Mum, was soll ich sagen? Ich liebe dich, du Miststück. Tatsache ist, du bist tot, Mum, aber nichts hat sich verändert. Ich meine, als ich ein Kind war, warst du meine ganze beschissene Welt, aber du warst nie da. Weißt du, was ich meine? Jetzt ist es genauso – du stehst im Zentrum der Aufmerksamkeit, alle reden über dich, aber du bist schon wieder nicht da. Scheiß drauf … besaufen wir uns!«

Nervöses Gelächter aus der Menge der Trauergäste, begleitet von ein paar vereinzelten Buhrufen. Aber Art war noch nicht fertig.

»Übrigens, nur damit ihr's wisst … Seht ihr den Kerl dort drüben? Den Großen mit den langen Haaren?«

Er deutete direkt auf Caine.

»Der ist ein Cop. Ja, ihr hab richtig gehört. Er sieht zwar nicht so aus, aber er ist einer. Ihr passt also besser auf, was ihr sagt, sonst wird das Schwein euch einkassieren und einbuchten, genau wie er mich eingebuchtet hat. Er dachte, ich wär's gewesen – dachte, ich hätte meine eigene Mum umgebracht. Hab ich aber nicht. Dabei wissen wir doch alle, wer's war, nicht wahr, Saul? Irgendwie musstest du ja die Käufer anlocken und die Preise in die Höhe treiben. Und nun verrate mir eins, Supercop: Warum verhaftest du nicht Saul Spencer?«

Kapitel fünfzehn

WIE MAN EINEN MORD BEGEHT

Ich denke, Art hatte recht«, sagte Saul Spencer.

Es war der Montag nach der Beerdigung, und Shanti und Caine saßen im Büro des Kurators vor etwas, das als Schreibtisch durchgehen mochte, in Wirklichkeit aber eine große Platte aus gehärtetem Glas auf zwei Böcken war. Darauf stand ein MacBook, mehrere ordentliche Papierstapel waren auf der Oberfläche verteilt.

»Womit?«, fragte Caine.

»Er hat Sie bezichtigt, Polizist zu sein – etwas, was Sie nicht erwähnt haben, als ich Sie nach der Beerdigung in meinem Wagen mitgenommen habe. Wenn ich mich nicht täusche, haben Sie uns erzählt, Sie seien ein Freund von Callum Oak.«

»Beides ist richtig, doch soweit ich mich erinnere, war das nicht das Einzige, was er mir vorgeworfen hat …«

»Ich kenne Art schon lange, Detective Inspector Caine … das sind Sie doch, oder? Detective Inspector. Art und ich waren zusammen auf der Schule. Er ist ein liebenswerter, verwirrter, törichter Mann. Doch gleichzeitig ist er ungemein kreativ und ein ausgesprochen cleverer Werbefachmann, dessen Job es ist, die Aufmerksamkeit der Menschen zu gewinnen und sie mit x-beliebigen Aussagen dazu zu bringen, Dinge zu kaufen, die sie in Wirklichkeit gar nicht benötigen. Er liebt es zu schockieren, so einfach ist das.«

Shanti starrte den spinnenartigen Mann in dem roten Anzug an. Wenn sie sich nicht täuschte, wirkte der Kurator nervös.

Über seinem dünnen Schnurrbart bildeten sich kleine Schweißperlen.

»Nichtsdestotrotz«, sagte sie, »erscheint es mir sehr seltsam, einen Freund zu beschuldigen, in den Tod seiner Mutter verstrickt zu sein. Warum sollte er das tun?«

»Ich würde sagen, das ist ein Geheimnis zwischen Art und ein paar Lines. Hören Sie, es ist nicht meine Absicht, Ihren Fragen auszuweichen, aber ich lechze nach einem Kaffee. Warum gehen wir nicht ins Restaurant hinüber? Sobald ich einen Latte macchiato und ein Croissant vor mir stehen habe, können Sie mich alles fragen, was Sie wollen.«

Die beiden Detectives folgten ihm über den Hof, und Shanti stach sein spezieller Gang ins Auge – er lief wie eine Marionette, deren Fäden von einem betrunkenen Puppenspieler gezogen werden.

Als sie an der Galerie eingetroffen waren, war ihr aufgefallen, dass die Parkplätze schier überquollen vor Besucherfahrzeugen, und nun, auf dem Weg zum Hauptgebäude, bemerkte sie eine lange Schlange vor dem Kartenverkauf, so lang, dass sie bis weit auf den Hof reichte, wo Kinder rund um die riesige *Pissende Kristal* Fangen spielten.

Der Souvenirladen brummte. Ein Poster mit einer Hochglanzaufnahme von Kristal in Schwarz-Weiß und den Worten *Kristal Havfruen – Ein Leben* verkaufte sich wie warme Brötchen. Neben der Kasse war ein großer Stapel der Biografie *The Mother of Art* aufgebaut, die man in einem eindrucksvollen Format neu aufgelegt hatte. Es gab putzige kleine Fötus-Schlüsselringe aus Kunstharz, vor einem großen Schuhregal saßen Teenager auf niedrigen Hockern und probierten kirschrote Dr. Martens in verschiedenen Größen an.

Sie liefen an der Menge vorbei und folgten Saul Spencer den Gang entlang zum Restaurant. Shanti hätte schwören können, dass sie nicht nur den Duft frisch gerösteter Kaffeebohnen roch, sondern noch etwas anderes – einen schwachen, anhaltenden Geruch nach Formaldehyd.

»Oh, bevor wir einen Kaffee trinken, Mr. Spencer … Geht es hier nicht zur Hauptgalerie? Denken Sie, mein Kollege und ich könnten rasch einen Blick hineinwerfen? Nur damit er sich einen Eindruck verschaffen kann.«

Aus unerfindlichen Gründen errötete Spencer vor Verlegenheit. »Um ehrlich zu sein, würde ich mir lieber erst einen Kaffee bestellen. Wie gesagt: Ich lechze nach einer Tasse.«

»Ich bin mir sicher, der Kaffee kann noch zehn Minuten warten«, beharrte Shanti.

»Sie würden nur Ihre Zeit verschwenden. Der Raum ist mehr oder weniger leer.«

»Mir gefällt ein wenig Leere«, sagte Caine.

Spencer wand sich wie ein Schuljunge vor der verschlossenen Toilettentür.

»Hören Sie, ich mache Ihnen einen Vorschlag: Warum holen Sie sich nicht Besucherpässe und sehen sich um, wo immer Sie mögen? Ich bin momentan sehr beschäftigt.«

»Oh, wir schätzen Ihre Gesellschaft, Mr. Spencer. Ich habe nicht viel Ahnung von Kunst, daher ist es sehr schön für uns, einen Experten zur Hand zu haben.«

Spencer war sichtlich verärgert, aber er riss sich zusammen und tänzelte am Restaurant vorbei, weiter den Gang entlang, durch verschiedene Ausstellungsräume, vorbei an dem knallbunten Neonbaum mit dem Titel *Forbidden Fruit*, an dem Föten in verschiedenen Farben baumelten. Überall standen Kristal Havfruens – nackt und winzig oder groß und in weißer Spitze mit roten Stiefeln.

Ohne Sauls Hinterkopf mit der akkurat geschnittenen Frisur aus den Augen zu verlieren, drängten sie sich durch die Unmengen an Kunststudenten und urlaubenden Familien, Spencer völlig unbeeindruckt von den Exponaten, Caine fasziniert um sich blickend, Shanti nur ungläubig den Kopf schüttelnd.

Endlich gelangten sie zu den beeindruckenden, eisenbeschlagenen Türen der Hauptgalerie. Shanti hatte angenommen, der Ausstellungsraum sei abgesperrt, doch stattdessen stand die Doppeltür weit auf, von zwei Angestellten überwacht. Davor wartete eine dicht gedrängte Besuchermenge.

»Nur sechs auf einmal«, ordnete einer der beiden Angestellten, ein junger Sikh, an und zählte die Personen ab, die in die Galerie hineinströmten.

Shanti, Caine und Spencer warteten, bis sie an der Reihe waren. In dem hohen Raum mit der gewölbten Decke zuckten die Handy-Blitzlichter.

Shanti schnappte einige Gesprächsfetzen der Besucher um sie herum auf.

»Das ist der Raum, in dem sie sie gefunden haben. Sie trieb in dem Tank – mausetot.«

»Mum, hier drinnen ist es wie in einem Schrein!«

»Unsere Hannah macht ein Projekt am College. Sie hat jeden Schnipsel über Kristal Havfruen gesammelt, den sie in die Finger kriegen konnte, und sie spart für die roten Docs und das weiße Minikleid. Sie verschmiert sogar ihren Lippenstift!«

»Was glaubst du, wer sie umgebracht hat?«

»Der Sohn, nehme ich an.«

»Nein, nicht Art. Das wäre zu offensichtlich.«

»Und wer dann? Wer hat Kristal ermordet?«

Endlich konnten sie eintreten. Die sechs Besucher, die vor ihnen in der Hauptgalerie gewesen waren, kamen sichtlich bewegt heraus. Shanti wollte sich gerade in Bewegung setzen, doch der Angestellte ließ eine vierköpfige Familie vor, außerdem Spencer und Caine.

»Macht es Ihnen etwas aus zu warten?«, fragte er Shanti.

»Das geht schon in Ordnung, Akash. Sie gehört zu mir«, teilte der zunehmend nervöse Spencer dem Sikh mit.

»Alles klar, Saul. Treten Sie ein, Miss.«

Shanti ging in den dämmrigen Raum. Ein paar Schritte vor ihr hielt ein Polizeiband die Besucher davon ab, den mittleren Bereich der Galerie zu betreten. Auf dem Fußboden unter der Absperrung verströmte ein Berg roter und weißer Rosen in Zellophanpapier einen Übelkeit erregenden, süßlichen Geruch nach sterbender Vegetation – ein Duft, der so intensiv war, dass er den strengen Geruch des Formaldehyds überdeckte.

»Ich bin ein bisschen verwirrt, Mr. Spencer«, sagte Shanti, als sich ihre Augen an das Dämmerlicht gewöhnt hatten. »Ich hatte gestattet, das Polizeiband zu entfernen. Der Tatort ist freigegeben, die Besucher dürfen gern die ganze Galerie betreten.«

»Es handelt sich um eine Art Gedenkstätte«, zischte Spencer. »Das ist es, was die Leute wollen. Seit über einer Woche lesen sie in den Zeitungen über nichts anderes. Wie in einer Seifenoper.«

Der junge Angestellte trat vor. »Soll ich die Lichter anmachen, Saul?«

»Oh, damit sollten wir uns jetzt nicht aufhalten, Akash«, wehrte Spencer ab, der bereits den Rückzug antrat.

»O doch, lassen Sie uns die Lichter anmachen, Mr. Spencer. Wir mögen Licht, nicht wahr, Caine?«

Akash hob den Arm, um einen Bewegungssensor zu aktivieren, und plötzlich erwachte der stille, dunkle Raum vor ihnen zum Leben. Beethovens Neunte Sinfonie schallte ohrenbetäubend laut aus verborgenen Lautsprechern, zuckende Laserstrahler richteten sich auf die Mitte des großen Raums.

Die Besucher vor den offenen Türen schnappten kollektiv nach Luft.

»Oh, seht nur! Da sind ihre Stiefel!«

»Der Glastank ist zur Seite gekippt!«

»Mit … o mein Gott!«

»Was läuft da aus dem Tank raus, Dad?«

»Hier ist der Kurator«, sagte Shanti. »Fragen wir ihn. Was läuft da aus dem Tank, Sir?«

»Nichts Besonderes. Bloß eine neutrale Flüssigkeit. Vollkommen harmlos. Es soll so aussehen … Sie wissen schon …«

»Als würde Formaldehyd auslaufen? Das ist ziemlich makaber, finden Sie nicht?«

»Wie ich schon sagte: Es ist das, was die Öffentlichkeit möchte.«

»Ich nehme an, das kurbelt den Kartenverkauf gewaltig an.«

»Ein bisschen. Während der Ferienzeit ist immer einiges los. Könnten wir jetzt bitte den Platz frei machen für andere Besucher? Die Leute warten schon. Vielleicht haben Sie es vergessen, aber ich bemühe mich, eine Kunstgalerie zu leiten.«

Sie kamen Sauls Bitte nach und verließen die Hauptgalerie, doch draußen auf dem Gang setzte Shanti dem nervösen Kurator weiter zu.

»Ich meine mich zu erinnern, dass Sie anfangs Bedenken hatten, eine Kristal-Havfruen-Ausstellung auszurichten, Mr. Spencer, oder täusche ich mich? Sie wollten ihr Okay nur geben, wenn Kristal sich bereit erklärte, etwas ganz Neues für die Hauptgalerie zu inszenieren. Ein Happening – das nennt man doch so, oder?«

»Ich habe dieser Ausstellung zugestimmt, um Art und seiner Mutter zu helfen, verdammt noch mal. Es handelte sich mehr oder weniger um einen Akt der Nächstenliebe. Kristal war in Vergessenheit geraten – bis ich auf den Plan trat.«

»Aber dieses … dieses Ereignis hat sich zu etwas weit Größerem entwickelt – zu weit mehr, als Sie sich vermutlich erträumt haben.«

»Das ist wirklich pietätlos!«, protestierte Spencer, dessen Gesicht mittlerweile puterrot angelaufen war.

»In der Tat«, sagte Caine ruhig. »Es ist genau die Idee, die sich ein wirklich cleverer Marketingprofi einfallen lassen würde. Eine unfassbar dramatische Art und Weise, eine Ausstellung zu promoten. Stellen Sie sich nur mal vor, wie viel Sie für eine solche Publicity hätten bezahlen müssen!«

»Was zum Teufel werfen Sie mir vor? Sie vergessen wohl, wie traumatisch der Abend verlaufen ist. Ich war der Erste, der begriffen hat, dass Kristal tot ist. Ich habe die Polizei gerufen. Ich bin losgelaufen, um einen Werkzeugkasten zu holen, und ich habe Callum geholfen, den Deckel aufzustemmen. Ich habe gesehen, wie der glitschige Leichnam aus dem Tank geschossen kam wie auf einem dieser grauenhaften Bilder von Goya oder Bosch …«

»Das ist kein Vorwurf«, stellte Caine klar. »Bloß eine Hypothese. So oder so – der Wert von Kristals Werken geht durch die Decke, und ich denke, ich gehe richtig in der Annahme, dass die Familie Havfruen-Oak Sie exklusiv zu Kristals Kunsthändler bestimmt hat.«

»Ich … brauche … Kaffee«, stieß Spencer abgehackt hervor.

»Gibt es auch Brötchen?«, erkundigte sich Shanti.

Das Café-Restaurant – The Meat Hook Bar & Grill – war ein Kunstwerk für sich: Auf großen Holzkisten mit Alkoholika stand jede Menge Krimskrams aus Metall und Draht, außerdem gab es diverse vor Farbe tropfende Assemblagen aus Plastikspielzeug, alten Fernsehern und Küchenutensilien im Stil von Rauschenberg. Hinter einem glänzenden Tresen stand ein muskulöser junger Mann mit zahlreichen Tattoos und Piercings, der die Haare auf dem Oberkopf zu einem Knoten geschlungen hatte und Cappuccino in unglaublichen Geschmacksrichtungen zubereitete. Während er arbeitete, plauderte er mit vier Japanerinnen, die allesamt wie Kristal Havfruen zurechtgemacht waren – inklusive blonder Perücken und verschmierter roter Lippen.

Shanti, Caine und Spencer fanden einen leeren Tisch unter dem hochauflösenden Abzug eines Fotos, das einen grauhaarigen Obdachlosen beim Sonnenbaden auf einer Mülldeponie zeigte.

Shanti entging nicht, dass Spencers zarte Hände zitterten, als er Zuckerwürfel abzählte und in seinen lang ersehnten Latte macchiato warf.

»Sie sagen, Sie sind mit Art Havfruen zur Schule gegangen – auf ein Internat?«

»Bryanston, Inspector Joyce. Eine anständige Schule, eine anständige Ausbildung.«

»Sind Sie sich auch in den Ferien begegnet?«

»Ja, gelegentlich. Ich habe ihn ein paarmal in Mangrove House besucht.«

»Das ist interessant. Und wer war da, als Sie ihn besucht haben?«

»Kristal war eigentlich immer in ihrem Atelier, sie ist nicht oft herausgekommen. Um ehrlich zu sein, hat sie mir ein wenig Angst gemacht – sie konnte ziemlich streng mit Art sein. Callum hat die meiste Zeit in seinem Atelier über der Garage verbracht. Ein netter Kerl, aber sehr befangen – er hat uns größtenteils uns selbst überlassen.«

»Und worauf standet ihr Internatsburschen? Mädchen? Drogen?«

»Ich bin homosexuell, Detective Inspector. Allerdings erinnere ich mich daran, dass wir ab und an ein wenig Gras geraucht haben, doch das war mehr Arts Ding als meins.«

»Stärkeres haben Sie nicht konsumiert?«

»Wir waren Schuljungs.«

»Aber wer hat sich um Art gekümmert? Seine Mahlzeiten zubereitet und so weiter? Gab es Angestellte in Mangrove House?«

»Nein. Eine liebenswürdige Frau war häufig da – Arts Patentante, glaube ich … Sie hat ein bisschen ausgesehen wie Charlotte Rampling.«

»Marlene Moss?«

»Ja, das ist richtig.«

Shanti warf Caine einen Blick zu.

»Sie war um einiges älter als Callum«, fuhr Spencer fort, »aber ich habe mich oft gefragt, ob zwischen ihnen etwas lief. Sie war verrückt nach seinen Bildern, daran erinnere ich mich. Ich habe seine frühen Arbeiten gesehen – sehr gut, wenngleich ein bisschen retro. Ich denke, ich kann mit Fug und Recht behaupten, dass Marlene Art sein ganzes Leben lang kannte. Sie war ihm eine gute Tante, und es lag auf der Hand, dass die zwei einander vergötterten. Art verzehrte sich nach einer Mutter, daher war ihm Marlenes Anwesenheit ein Trost. Zumindest als er jung war. Als er älter wurde, war er wütend auf alle, weshalb Marlene als die ihm am nächsten stehende Person in die Schusslinie geriet.«

»Das ist sehr hilfreich, Mr. Spencer. Nur noch ein, zwei Fragen, dann gebe ich weiter an DI Caine. Es ist kein Geheimnis, dass Art auf sein Pulver steht und dass ihn das ein wenig … sprunghaft macht, um nicht zu sagen explosiv. Haben Sie eine Idee, wo er seine Vorräte aufhebt?«

»Ha, ha! Das ist köstlich!«

»Es tut mir leid … Ich verstehe nicht, was daran so lustig ist …«

»Art arbeitet in der Werbung.«

»Na und?«

»Mein Gott, was für eine naive Frage! Wenn man in London in der Kreativbranche arbeitet und in seiner Teepause Lust auf Pillen, Tropfen, Poppers, Aufputschmittel, Tranquilizer, Acid, Crack oder Ecstasy hat, muss man bloß eine SMS verschicken, und binnen Minuten bringt einem ein Rollerkurier das gewünschte Zeug – das muss Ihnen doch klar sein, oder etwa nicht?«

»Art hat ein Wochenendhaus in Charmouth in der Nähe von Bridport, ist das korrekt?«

»Ich glaube, ja.«

»Sie glauben? Waren Sie nie da?«

»Ein-, zweimal, aber ich wusste nicht, ob er es behalten hat.«

»Haben Sie ihn jemals mit einer Spritze in der Hand gesehen?«

»Nie! Hören Sie, es tut mir leid, aber Sie haben mich an einem ganz besonders geschäftigen Tag erwischt.«

»Wir sind gleich fertig, noch höchstens zehn Minuten. Ich möchte Sie etwas sehr Wichtiges fragen, etwas, das mich von Anfang an vor ein Rätsel gestellt hat. Vielleicht können Sie uns helfen, die Aufnahmen der Überwachungskameras am Abend der Ausstellungseröffnung zu deuten, die in diesem Fall von zentraler Bedeutung sind.«

»Nun, ich werde es versuchen.«

»Um achtzehn Uhr dreißig sehen wir Art, der sich in der Hauptgalerie einen aggressiven Streit mit Kristal liefert. Der Tank mit einer Kristal-Figur darin ist deutlich im Hintergrund zu erkennen. Abgesehen von Oliver Sweetman, der dieses ›Aquarium‹ um neunzehn Uhr ein letztes Mal poliert, kommt niemand auch nur in die Nähe des Tanks, bis Sie die Besuchergruppe hineinführen und um zwanzig Uhr achtunddreißig den Leichnam entdecken. Können Sie uns das erklären? Ich muss gestehen, dass mir das so einiges Kopfzerbrechen bereitet.«

»Noch vor ein paar Minuten schienen Sie mich des Mordes an Kristal zu bezichtigen, und jetzt bitten Sie mich, Sie bei der Aufklärung des Verbrechens zu unterstützen. Wir wissen alle über die Kürzungen bei der Polizei Bescheid, aber das ist nun wirklich nicht mein Job! Allerdings stimme Ihnen zu, dass das, was wir da sehen, zutiefst verwirrend ist. Aber mir will einfach keine Erklärung einfallen.«

»Darf ich Ihnen noch etwas bringen?«, fragte eine Kellnerin, die aussah, als käme sie direkt von einem Laufsteg in Paris.

»Noch einen Latte«, blaffte Spencer.

»Gern, Saul. Sonst noch jemand?«

»Ich nehme auch noch einen Latte«, ergänzte Shanti. »Und ein Stück Bananenkuchen.«

»Entschuldigen Sie, wenn ich es ein wenig kompliziert mache, meine Liebe«, sagte Caine, »aber haben Sie vielleicht etwas Honig? Nur einen Löffel voll für meinen Tee?«

Die Bedienung strahlte ihn an. »Mal sehen, was ich für Sie tun kann.«

Caine wartete, ein gelassenes Lächeln auf dem Gesicht, das Spencer nur noch mehr auf die Nerven zu gehen schien. Als die Getränke und ein Miniglas mit Honig kamen, rührte Caine seinen Tee um und legte den Löffel vorsichtig auf der Untertasse ab. Nach einer Weile sagte er: »So, Mr. Spencer … oder darf ich Sie Saul nennen?«

»Sie können mich nennen, wie Sie wollen.«

»Wie Sie schon erwähnten, Saul, waren Sie so freundlich, mich nach der Beerdigung in Ihrem Wagen nach Mangrove House mitzunehmen, zusammen mit vier von Kristals Angehörigen aus Dänemark.«

»Das ist richtig.«

»Wenn ich es richtig verstanden habe, sind die Brüder Aksel und Carl Kunstsammler. Nette Jungs.«

»Ja.«

»Mir ist aufgefallen, dass Sie sich beim Leichenschmaus lange mit ihnen unterhalten haben.«

»Ist das ein Verbrechen?«

»Ganz und gar nicht. Dennoch kam ich nicht umhin, ein paar Worte aufzuschnappen, und es klang so, als würden Sie über mehrere Originale der Künstlerin verhandeln – es wurden einige bedeutende Summen genannt.«

Spencer und seine Kaffeetasse fingen an zu klappern.

»Wie Sie selbst sagten: Die beiden sind Kunstsammler, und ich bin Kurator. Selbstverständlich haben wir über Geschäftliches gesprochen.«

»Ich finde, Sie sind ein bisschen zu bescheiden.«

»Ich verstehe nicht …«

»Sie bezeichnen sich selbst als Kurator, doch in Wirklichkeit sind Sie Teilhaber, nicht wahr? Sie sind Mitinhaber von Meat Hook International.«

»Solange dies nicht unmittelbar relevant für den Fall ist, Inspector Caine, möchte ich behaupten, dass meine Geschäfte nur mich selbst etwas angehen.«

»Die Sache ist die: Ich hatte den Eindruck, dass Ihr Gespräch mit Aksel und Carl weit über eine allgemeine Plauderei hinausging. Ich habe jede Menge Lächeln und Händeschütteln bemerkt, als hätten Sie eine Abmachung getroffen.«

»Ich habe keine Ahnung, worauf Sie hinauswollen, Inspector. Es ist kein Geheimnis, dass wir ein Geschäft abgeschlossen haben. Ich habe den beiden einige Arbeiten aus Kristals Atelier verkauft.«

»Es wäre schön, wenn Sie etwas konkreter werden könnten, Saul. Ich war ein paarmal in Mangrove House – in Kristals Atelier gibt es einige unvollständige Figuren, außerdem ein paar Stücke im Garten, aber fast alle bedeutenden Werke befinden sich bei der Retrospektive hier in der Meat Hook Gallery.«

»Sie sind ein sehr aufmerksamer Beobachter, DI Caine. Nun, ich nehme an, es schadet nicht, wenn ich Ihnen sage, dass Art und ich eine Idee hatten. Es ist uns gelungen, an die Gussformen für die Figuren heranzukommen. Manche sind tatsächlich lebensgroß – Gipsabdrücke von Kristals Körper. Für sich genommen großartige Objekte – Carl und Aksel wollen sie in einem speziellen Raum in dem neuen Museum ausstellen.«

»Und das war alles, was die beiden gekauft haben?«

»Mehr oder weniger.« Immer wieder schlug Saul Spencer seine schlaksigen Beine übereinander, nur um sie dann wieder voneinander zu lösen.

»Mehr oder weniger?«

»Es besteht eine kleine Chance auf den Verkauf eines weiteren Werks. Etwas, das einzigartig und im Grunde unschätzbar ist.

Ich versuche nicht, Ihrer Frage auszuweichen, Inspector, aber die Verhandlungen befinden sich noch in einem sehr frühen Stadium, und vielleicht kommt der Vertrag auch gar nicht zustande.« Saul sah auf seine Uhr und ließ den Blick durchs Restaurant schweifen, das sich langsam leerte. »Meine Herrschaften, es tut mir wirklich sehr leid, aber ich fürchte, mehr Zeit kann ich nicht erübrigen. Ich kann meine Leute nicht länger warten lassen. Ich wünschte, ich hätte Ihnen eine größere Hilfe sein können.«

»Oh, Sie haben uns sehr geholfen, Mr. Spencer«, sagte Shanti. »Ich habe heute sehr viel über Kunst gelernt. Das Problem in unserem Job ist, je mehr Fragen Sie beantworten, desto mehr stellen sich. Wir müssen uns womöglich noch einmal unterhalten, vorausgesetzt, Sie sind bereit, uns noch ein wenig von Ihrer kostbaren Zeit zu schenken. Vielleicht wären Sie im Präsidium weniger abgelenkt – bei einem Gespräch, das wir ungebildeten Polizisten eine ›formelle Vernehmung‹ nennen.«

Spencer sprang auf und schoss von dannen, als stünden seine Haare in Flammen.

»Die riesige rote Spinne ist so was von schuldig!«, sagte Shanti, als sie wieder im Auto saßen.

»Die riesige rote Spinne wirft mit riesigen roten Nebelkerzen«, pflichtete Caine ihr bei.

»Worauf genau beziehen Sie sich? Sie haben vorhin gesagt, dass er sich an Kristals Tod eine goldene Nase verdient. Das war übrigens brillant – woher wussten Sie eigentlich, dass er Teilhaber der Galerie ist?«

»Das war nicht schwer herauszufinden.«

»Er hat zugegeben, dass er eine ganze Wagenladung voller Gussformen von Kristals Körper verramscht hat. Wissen Sie was, Caine? Solange es da draußen reiche, gutgläubige Menschen gibt, werden selbstgefällige Schuljungs wie Spencer einen Mordsgewinn machen – entschuldigen Sie den Ausdruck.«

»Er profitiert mit Sicherheit von ihrem Tod, aber das heißt noch lange nicht, dass er auch ihr Mörder ist.«

»Kommen Sie, Caine, der Kerl hat geschwitzt wie ein Schneemann in der Sauna. Von welchem ›unvergleichlichen, unschätzbaren‹ Kunstwerk mag er wohl gesprochen haben? Warum gibt er sich so zugeknöpft?«

»Keine Sorge, Shanti. Ich bin dran.« Er wühlte in seinem Leinenbeutel und zog sein Notizbuch heraus. »Wo hab ich die bloß hingetan? Ah, da sind sie ja.«

Eingeklemmt zwischen den Seiten waren vier Visitenkarten, die er nun eine neben der anderen auf dem Armaturenbrett ausbreitete wie ein Kartenspiel. »Carl, Aksel, Freja und Anja.«

»Gute Arbeit, Caine. Sie haben sich heute ein goldenes Sternchen verdient. Möchten Sie, dass ich die Leute kontaktiere?«

»Es ist besser, wenn ich das tue – sie wissen, wer ich bin. Um ehrlich zu sein, bezweifle ich, dass uns das bei dem Fall weiterbringt, dennoch werde ich ein paar E-Mails verschicken und versuchen, etwas mehr über dieses einzigartige Kunstwerk herauszufinden. Das klingt ziemlich faszinierend.«

»Dürfen Buddhisten E-Mails verschicken?«

»Klar, aber nur ohne Anhänge-r.«

Shanti stöhnte. »Steht das auf einem Ihrer Becher?«

Er lächelte. »Sagen Sie, Shanti, wie geht es Ihnen? Ich konnte Sie nach der Beerdigung nirgendwo entdecken.«

»Ich musste einfach mal früher Feierabend machen. Aber wenn Sie schon fragen: Ich hatte einen grässlichen Tag. War mit meinem Latein am Ende. Aber keine Sorge: Inzwischen habe ich mich wieder eingekriegt.«

»Irgendetwas hat Sie aus der Fassung gebracht, hab ich recht? Erzählen Sie mir, was passiert ist?«

»Ach, ich muss mir das eingebildet haben … es kommt mir jetzt vollkommen absurd vor. Sie werden denken, ich sei verrückt geworden.«

»Möglich.«

»Nun, als Sie in der Kirche waren, habe ich … habe ich …«

»Was haben Sie, Shanti?«

»Ich habe Kristal gesehen.«

»Aha …«

»Ich meine, ich habe jemanden gesehen, der exakt so aussah wie Kristal. Es war neblig, von daher … Da saß eine blonde Frau in einem Kleid auf der Friedhofsmauer, Caine. Sie hatte diese verdammten roten Stiefel an.«

»Unheimlich.«

»Das können Sie laut sagen. Echt unheimlich. Ich muss zugeben, dass mich das ziemlich erschüttert hat. Ich bin ihr natürlich nachgelaufen, aber sie ist mir entwischt und im Wald verschwunden.«

»Vielleicht hat jemand versucht, Ihnen einen Schrecken einzujagen.«

»Nun, dann war er erfolgreich. Wissen Sie, ich habe noch nie daran geglaubt … Aber da habe ich mich zum ersten Mal im Leben gefragt, ob es womöglich doch Geister gibt. Wenn irgendjemand nach dem Tod einen bleibenden Eindruck hinterlassen wollte, dann wäre es Kristal, richtig? Sie sind Buddhist, sie glauben an Wiedergeburt, nicht wahr?«

»Nun, nicht im wörtlichen Sinne. Aber hier auf dem Land ist die Wiedergeburt doch allgegenwärtig.«

»Das müssen Sie mir wohl erklären.«

»Ich meine, in ein paar Monaten wird jedes einzelne dieser Milliarden Blätter sterben und zu Boden fallen. Die Blätter werden zu Kompost, und im Frühling wachsen Milliarden neuer Blätter. Es ist ein endloser Kreislauf von Leben und Tod, der weit über unser individuelles Leben und diesen winzigen Planeten hinausreicht. In Wirklichkeit gibt es kein Ende und keinen Anfang. Wir Menschen halten uns gern für unabhängig, dabei sind wir alle Teil jener ewigen Lebenskraft – jenes unendlichen Stroms der Moleküle.«

»Das ist sehr schön, Caine, auch wenn es mir im Augenblick nicht weiterhilft. Glauben Sie nun, dass ich Kristal gesehen habe, oder nicht?«

»Ich glaube, dass Sie etwas auf dem Friedhof gesehen haben, das Ihnen Angst gemacht hat. Erinnern Sie sich an die Sache mit dem Umarmen des Ungewissen? Dass das mehr Sinn macht, als die Lücken zu füllen? Nun, ich werde nicht mutmaßen, was genau Sie gesehen haben, solange ich es nicht mit Sicherheit weiß.«

»Darf ich Ihnen einen Rat geben, Caine? Einen Rat, den Ihnen jede gute Mutter auf der ganzen Welt geben würde? Werden Sie erwachsen!«

»Es tut mir leid – gehe ich Ihnen auf die Nerven, Shanti?«

»Alle Männer gehen mir auf die Nerven. Also los, DI Dalai Lama. Wohin fahren wir als Nächstes?«

»Erinnern Sie sich an unseren Tag in Falmouth? Der übrigens sehr schön war. Wie wär's, wenn wir unserer Freundin Marlene einen weiteren Besuch abstatten?«

»Ich bin mir sicher, sie freut sich, uns zu sehen. Sie liebt es, ein wenig Gesellschaft zu haben. Außerdem haben Sie recht – sie scheint den Oaks in der Tat näherzustehen, als uns das zunächst bewusst war. Vielleicht erzählt sie uns etwas mehr über die Kräfteverhältnisse innerhalb der Familie.«

Für eine Weile setzten sie die Fahrt schweigend fort. Caine malte Männchen in sein Notizbuch. Irgendwann brach Shanti das Schweigen. »Normalerweise rede ich nicht über mein Familienleben, aber ich denke, ich kann Ihnen ruhig sagen, dass Paul in letzter Zeit Probleme in der Schule hat. Mum gibt ihr Bestes, aber ich wünschte mir, ich könnte mehr bei ihm sein. Vermutlich vermisst er seinen Dad.«

»Jungs brauchen männliche Bezugspersonen.«

»Möchten Sie sich um den Job bewerben?«

Caine überlegte kurz, dann schlug er vor: »Warum nehmen wir ihn nicht mit nach Falmouth? Sie können ihn doch bestimmt für einen Tag aus der Schule nehmen. Gönnen Sie ihm eine kleine Pause.«

»Das ist eine nette Idee, Caine, aber Sie scheinen das Problem nicht wirklich zu verstehen. Ich darf Arbeit und Familie nicht vermischen. Wohin mit Paul, während wir Marlene befragen? Soll er auf meinem Schoß sitzen und Kekse essen?«

»Nein. Er soll mit seiner Großmutter am Strand spielen.«

»Herrgott, Caine! Sie planen ja einen ganzen Familienausflug!«

»Ich würde Paul gern kennenlernen. Ihre Mum ebenfalls. Wie heißt sie eigentlich?«

Kapitel sechzehn

MILLY, MOLLY UND MORD

Amma. Nennen Sie mich Amma«, sagte Shantis Mum. Sie und Caine saßen Seite an Seite auf der Rückbank des Saab, umgeben von bergeweise Picknickutensilien, einem Windschutz, einem Wellenbrett, einem Fußball und einem Drachen. Paul war an der Beifahrerseite eingestiegen und plauderte fröhlich mit Shanti, als sie aus Devon heraus Richtung Cornwall fuhren. Er fand es großartig, einen schulfreien Tag zu haben und noch dazu etwas mit seiner Mutter zu unternehmen.

»Amma ist Malayalam und bedeutet ›Mutter‹«, fuhr sie fort. »Übrigens: Die Wörter ›Amma‹ und ›Malayalam‹ sind beide Palindrome – sie ergeben dasselbe, ganz gleich, ob man sie vorwärts oder rückwärts liest.«

»Das sagst du jedes Mal, Amma!«, stöhnte Paul.

»Nun, ich hatte das bislang noch nicht gehört«, sagte Caine. »Ich finde das sehr clever. Es gefällt mir.«

»Waren Sie jemals in Kerala, Inspector Caine?«

»Bitte nennen Sie mich Vincent. Nein, ich war in Bodh Gaya im Norden, aber noch nie im Süden. Allerdings spielt einer meiner Lieblingsromane in Kerala. *Der Gott der kleinen Dinge.*«

»Ah, ich hätte mir denken können, dass Sie gern lesen. Ich bin so froh, dass Shanti einen netten Freund gefunden hat. Sie ist ein wundervolles Mädchen, aber das wissen Sie sicherlich … intelligent, schön …«

»Mum! Willst du wohl still sein!«

»Ich sage nur die Wahrheit«, hielt Amma dagegen. »Ich gehe davon aus, dass Sie Shanti gestern Abend in den Nachrichten gesehen haben, Vincent? Das ist so beeindruckend. Wirklich, ich denke, das ganze Land war beeindruckt.«

»Caine hat keinen Fernseher, Amma«, sagte Paul »Er lebt im Wald. Er ist ein Wilder.«

»Kein Fernseher. Das muss man sich mal vorstellen.«

»Hast du eine Presseinformation herausgegeben, Shanti?«, wollte Caine wissen.

»Ich möchte mich für meine Familie entschuldigen, Caine. Ja, es ging um eine kurze Pressekonferenz. Der Superintendant hat mich dazu verdonnert. Anscheinend ist das ganze Land besessen davon, zu erfahren, wer Kristal Havfruen ermordet hat, was nicht gerade hilfreich ist, wenn der Fall vor Gericht geht.«

»Mum?«

»Ja, Paul.«

»Mum, wer hat Kristal denn nun umgebracht?«

»Oje.« Shanti stöhnte. »Das wird ein langer Tag.«

Es war kurz nach zehn, als Shanti Paul und Amma am Swanpool Beach in Falmouth absetzte. Caine und sie halfen den beiden, die Strandausrüstung durch den Sand zu tragen, bis Amma endlich ein passendes Plätzchen gefunden hatte.

»Habt einen wundervollen Vormittag«, sagte Shanti und drückte Paul einen Kuss auf den Kopf. »Es dürfte nicht allzu lange dauern, höchstens ein, zwei Stunden.«

Caine hatte sich einen Stein geschnappt und hämmerte nun die Stangen des Windschutzes in den Sand. »Fertig«, verkündete er nach einer kurzen Weile.

»Werden Mum und du die bösen Jungs schnappen?«, fragte Paul.

»Darauf kannst du wetten«, erwiderte Caine augenzwinkernd. »Eine ganze Bande großer, knallharter, böser Jungs.«

»Ihr zwei nehmt euch so viel Zeit, wie ihr braucht«, schaltete sich Amma ein. Sie vergewisserte sich, dass Caine außer Hörweite war, und flüsterte: »Er ist perfekt, Shanti. Ihr beide gebt so ein hübsches Paar ab.«

»Mum, sieh mich an. Und jetzt schau mir genau auf die Lippen: Wir sind *kein* Paar. Ich bin *nicht* in einer Beziehung. Ich möchte *keine* Beziehung. Caine ist mein Kollege. *Mehr nicht!*«

»Das sagst du, aber eine Mutter kennt sich in solchen Dingen aus. So wie er dich ansieht …«

Zurück am Auto, rutschte Caine auf den Beifahrersitz – »Ich gehe davon aus, dass ich vorne sitzen darf, wenn ich mich gut benehme« –, und sie fuhren zu ihrer Verabredung am Vernon Place.

Caine drückte lang und fest auf die Klingel, trotzdem erntete er nur ein asthmatisches Rasseln. Also beugte er sich nach vorn und klopfte ans Fenster. Nach einer ganzen Weile hörten sie schlurfende Schritte, und Marlene Moss öffnete, auf ihren Rollator gestützt. Sie wirkte noch zerbrechlicher als bei ihrem letzten Besuch.

»Ah, mein Lieblingsduo in Sachen Verbrechensbekämpfung! Sie bringen Aufregung in mein Leben.«

»Schön, Sie zu sehen, Marlene. Schauen Sie, ich habe an Ihr Buch gedacht.« Caine zog Kristals Biografie *The Mother of Art* aus seinem Leinenbeutel.

»Oh, das hatte ich ganz vergessen …«

Sie folgten der fragilen, zusammengesunkenen Gestalt durch den Flur in das stickige Wohnzimmer, wo sie den Rollator abstellte und nach ihren Zigaretten griff.

»Machen Sie es sich bequem, Ms. Joyce. Ich denke, heute ist DI Caine an der Reihe, uns Tee zu machen, nicht wahr? Wir Frauen haben gut tausend Jahre darauf gewartet, bedient zu werden, weshalb wir diese Tasse umso mehr genießen werden.«

»Da haben Sie recht«, pflichtete Shanti ihr bei. »Wie geht es Ihnen, Marlene?«

»Nun, ich werde bald sterben, meine Liebe. Aber abgesehen davon geht es mir ausgesprochen gut. Alles halb so wild. Doch verraten Sie mir: Haben Sie herausgefunden, wer Kristal umgebracht hat? Das würden wir alle nur allzu gern wissen.«

»Ich denke, wir tasten uns voran – mehr darf ich dazu leider nicht sagen. Aber ich würde Ihnen gern eine Frage stellen: Erinnern Sie sich an dieses Foto in *The Mother of Art?*« Shanti griff nach der Biografie, die Caine auf den Couchtisch gelegt hatte, und schlug eine bestimmte Seite auf. »Sind das nicht Sie, Callum und der kleine Art?«

»O ja, Ollie hat das Foto gemacht. Ich fand immer, dass ich darauf erstaunlich gut getroffen bin.«

»Sie sehen umwerfend aus, Marlene. Wie ein Filmstar.«

»Leider ohne Hollywood-Gehalt. Allerdings blickt Callum auf dem Bild ein wenig besorgt drein. Art war erst ein paar Tage alt, und das arme Kind hatte von früh bis spät einen regelrechten Medienschwarm um sich. Ich weiß nicht, ob das der Wahrheit entspricht, aber es geht das Gerücht, seine erste Windel sei bei Christie's versteigert worden.«

»Das kann gut sein. Langsam fange ich an zu begreifen, dass eine Menge Leute gutes Geld für Sch… bezahlen.«

Caine streckte den Kopf zur Tür herein. »Tut mir leid, dass ich Sie unterbreche. Würde es Ihnen etwas ausmachen, wenn ich schnell ein paar Worte mit DI Shanti wechsle?«

»Selbstverständlich nicht, mein Lieber«, sagte Marlene. »Brauchen Sie Hilfe mit dem Kessel? Männer haben oft mit solchen Dingen zu kämpfen.«

Shanti folgte ihm in die Küche.

»Was ist los, Caine? Es fing gerade an, interessant zu werden.«

»Tut mir leid. Könnten Sie für eine Minute die Tür schließen?«

Er führte sie durch die Küche und öffnete die Tür zu einem kleinen Gewächshaus an der Rückseite des Hauses.

»Herrgott, Caine! Das stinkt hier drinnen!«

»In der Tat. Und hier sind die Übeltäter …«

Zwischen Geranien, Paprika, Weintrauben und Tomaten standen froh und munter drei dunkelgrüne, hüfthohe Stauden mit den unverwechselbaren handförmigen Blättern.

»Wow! Cannabis!«

»Wer hätte das gedacht?«

»Nun, das ist zwar nicht gerade wie in *Breaking Bad*, aber einfach ignorieren geht vermutlich auch nicht.«

»Okay, nehmen Sie die Teekanne, und dann sollten wir uns wohl mal zu dritt unterhalten.«

Sie brachten die Teeutensilien ins Wohnzimmer, wo Marlene eine Silk Cut mit gefährlich langer Aschesäule in der Hand hielt.

»Marlene …«

»Ja, mein Lieber? Oh, das ist nett von Ihnen, Sie haben auch Toast gemacht. Toast und Butter gehören zu den kleinen Freuden im Leben, finden Sie nicht?«

»Durchaus. Aber da wir gerade von den kleinen Freuden des Lebens reden – wir haben einen Blick in Ihr Gewächshaus geworfen.«

Die Aschesäule fing an zu zittern und fiel ab.

»Ach du lieber Himmel, werde ich jetzt verhaftet?«

»Wir sind ein bisschen überrascht, das ist alles. Was haben Sie sich dabei gedacht, Marlene?«

»Ich nenne sie Milly, Molly und Mandy. Um ehrlich zu sein, mache ich mir ein bisschen Sorgen um Milly … Ich fürchte, sie ist in Wirklichkeit ein Billy, und eine männliche Cannabispflanze ist wertlos, wie Sie vielleicht wissen. Sie hat jede Menge Blätter, aber keine einzige Knospe. Was denken Sie, Inspector?«

»Marlene, wussten Sie, dass es in Großbritannien eine strafbare Handlung darstellt, Marihuana anzupflanzen?«, fragte Caine vorsichtig.

»Haben Sie Handschellen dabei, mein Lieber?« Sie streckte ihm ihre mageren Handgelenke entgegen. »Ich habe schon immer heimlich davon geträumt, von einem jungen, feschen Polizisten in Handschellen gelegt zu werden. Wäre es möglich, dass Sie in einem Fall wie diesem Blaulicht und Sirene einschalten? Was glauben Sie, wie beeindruckt die Nachbarn wären!«

»Wir haben nicht vor, Sie zu verhaften, Marlene«, sagte Caine. »Dennoch ist es unsere Pflicht, den Vorfall zu melden oder die Pflanzen zumindest zu zerstören.«

»Das wäre entsetzlich, Mr. Caine! Das ist das beste Gras, das ich jemals geraucht habe. Für ein paar Stunden nimmt es mir komplett den Schmerz.«

»Ah! Jetzt verstehe ich. Es handelt sich um medizinisches Cannabis?«

»Nun, ja, aber man kann trotzdem ziemlich high davon werden. Kommen Sie, Detectives, lassen Sie uns eine rauchen. Ich verspreche auch, es keiner Menschenseele zu verraten.«

»Das werden wir auf keinen Fall tun – es ist streng verboten. Wenn Sie Cannabisöl zu medizinischen Zwecken benötigen, können Sie doch sicherlich mit Ihrem Arzt reden?«

»Aber das macht keinen Spaß.«

»Hören Sie, Marlene«, schaltete sich Shanti mit freundlicher Stimme ein. »Woher haben Sie das Zeug?«

»Das habe ich selbst angepflanzt. Ich bin sozusagen ein Einfraubetrieb.«

»Aber irgendwer muss Ihnen die Samen geliefert haben.«

»Hm. Hören Sie, ich möchte niemanden in Schwierigkeiten bringen, aber Art hat mich nach meiner Diagnose mit medizinischem Marihuana bekannt gemacht. Ich hasse das superstarke

Skunk, das die Kids heutzutage rauchen – das vernebelt einem komplett das Hirn. Aber Art war so fürsorglich. Er hat sich unglaubliche Mühe gegeben, die richtige Züchtung für mich aufzutreiben – viel CBD, wenig THC, das ist wichtig. So etwas hinzukriegen, ist eine echte Kunst, aber Art war unglaublich ausdauernd und geduldig. Er hat mir Pflanzgefäße gebracht und riesige Säcke mit Blumenerde angeschleppt, die seinen Anzug ruiniert haben. Er wird enttäuscht sein, von Billy zu erfahren, aber wenigstens hat Billy zwei gesunde Schwestern.«

»Das bringt uns beruflich in eine schwierige Situation, Marlene. Ich bin mir sicher, dass Sie das verstehen?«, ließ sich Shanti vernehmen.

»Oh, das wollte ich nicht. Es tut mir so leid. Ich bin schon ein kleiner Satansbraten, Ms. Joyce. Ich habe die Dinge stets auf meine eigene Weise gehandhabt, und wie Art zu sagen pflegt: Wenn es dem Rest der Welt nicht gefällt, dann scheiß drauf!«

»Na schön, machen wir einen Deal. Sie geben uns ein paar weitere Hintergrundinformationen über die Familie Havfruen-Oak, und wir tun so, als hätten wir nichts bemerkt. Sie kennen Art seit seiner Geburt, nicht wahr? Soweit wir wissen, sind Sie seine Patentante.«

»Das mit der Patentante war Callums Idee – Sie wissen ja, was für ein fleißiger Kirchgänger er ist. Aber Sie haben recht. Ich war selbst bei der Empfängnis dabei, was mehr ist, als die meisten Patentanten von sich behaupten können.«

»Das ist wohl wahr. Erzählen Sie uns von Art. Was für ein Mann ist er? Ich muss sagen, dass er sehr gern mit seinen spitzen Stiefeletten auskeilt.«

»Das ist alles nur Gehabe. Ich stimme Ihnen zu, dass er in den letzten Jahren dünnhäutiger geworden ist, sprunghafter, doch unter der Oberfläche ist er der netteste Junge, den man sich nur vorstellen kann. Ich habe selbst keine Familie, aber Art besucht mich, so oft er kann, und er vergisst nie meinen Geburtstag. Er war am Boden zerstört, als er von meiner Diagnose erfahren hat.«

»Sie sagen, er hat jede Menge Mühe auf sich genommen, um die richtige Medikation für Sie zu finden«, hakte Shanti weiter nach. »Hatten Sie je den Eindruck, dass er sich außerdem auch um die pharmazeutischen Bedürfnisse anderer Personen kümmert?«

Marlene schien verwirrt. »Ich weiß nicht, was Sie meinen.«

»Ist Art ein Dealer?«

»Ach, du lieber Himmel! Das kann ich Ihnen beim besten Willen nicht sagen. Ich weiß nur, dass er mir geholfen hat. Sie haben doch nicht vor, ihn zu verhaften? Ich flehe Sie an, nehmen Sie mich an seiner Stelle! Geben Sie mir fünf Minuten, und ich packe schnell meine Tasche …«

»Keine Handschellen, Marlene. Keine Sirene. Kein Polizeiwagen. Kehren wir zu den frühen Tagen mit Arts Familie zurück. Waren Sie oft in Mangrove House, als er jung war?«

»Ja. Sehr oft.«

»Gestern waren wir bei einem gewissen Saul Spencer. Klingelt bei dem Namen etwas bei Ihnen?«

»Selbstverständlich, er ist Kristals Kurator. Und Arts Freund aus Kindertagen. Ich kenne ihn schon, seit er ein kleiner Junge war.«

»Saul hat uns mitgeteilt, dass Sie und Callum einander sehr nahestanden.«

»Ms. Joyce«, frotzelte Marlene, »wollen Sie tatsächlich eine Antwort haben auf das, was Sie da andeuten?«

»Es tut mir leid, aber ich muss Sie diese Dinge fragen. Ich möchte lediglich wissen, ob Sie und Callum ein Verhältnis miteinander hatten.«

»Wie Sie wissen, war Callum Oak der talentierteste Student, den ich je hatte. Ich meinte damals, eine direkte Linie von Cézanne über Bomberg und Auerbach zu Oak erkennen zu können. Und ja, ich hätte ihn liebend gern um den Verstand gevögelt.«

Shanti zuckte zusammen.

»Jetzt spielen Sie sich mal nicht als Miss Jean Brodie auf, DI Joyce. Wir reden hier über eine Kunsthochschule in den Neunzigern. Was denken Sie, was wir da gemacht haben? Makramee?«

»Dann hatten Sie also tatsächlich eine sexuelle Beziehung mit Callum?«

Marlene schwieg für einen kurzen Augenblick, dann sah sie Shanti an und erwiderte: »Leider nicht. Callum ist ein Mann, der eher altmodische Werte vertritt. Ganz gleich, wie schlecht seine Partnerin ihn behandelte – er glaubte an die Unantastbarkeit der Ehe und ähnlichen repressiven Nonsens. Als er von ihrer Schwangerschaft erfuhr, war es Ehrensache für ihn, sie zu heiraten und dem Kind ein zuverlässiger Vater zu sein. Er wünschte sich, dass sie seinen Namen annimmt, aber davon wollte Kristal nichts wissen.«

»Wie hat es sich angefühlt? Dass er sich für Kristal entschieden hat, meine ich?«, wollte Shanti wissen.

»Dass er sie mir vorgezogen hat? Ist es das, was Sie zu sagen versuchen? Ich wünschte, Sie würden endlich Klartext reden, Ms. Joyce.«

»Waren Sie in Callum verliebt?«

»Das ist zwar schon eine Ewigkeit her, aber ich wage zu behaupten. Ja, das war ich. Er sah so ungemein gut aus, und mehr als das: Ich liebte ihn als Künstler. Andererseits war ich nicht töricht. Mir war durchaus bewusst, dass ich um einiges älter war als er, und darüber hinaus entdeckte ich im Lauf der Jahre eine Seite an ihm, die mir weniger gefiel.«

»Und das heißt …?«

»Das heißt, dass er schwach war, Inspector Joyce. Wie die meisten Männer war er insgeheim ein Feigling, und das ist auch der

Grund, warum Kristal ihn derart mühelos schikanieren konnte. Vielleicht war ich deshalb die meiste Zeit meines Lebens Single – weil ich keinen Mann gefunden habe, der mir stark genug erschien. Glück gehabt, könnte man sagen, zumal es mir gleichzeitig gelang, meine Freundschaft mit Callum zu erhalten, die mir sehr wichtig war – wichtig *ist*. Ich wünschte bloß, ich könnte ihn in eine Zeitmaschine verfrachten und ihn in jene Zeit zurückbeamen.« Sie deutete mit dem Zeigefinger, der dürr war wie ein Zweiglein, auf das leuchtende Seestück.

Shanti sah zu der Uhr auf dem Kaminsims hinüber. Sie waren schon seit über einer Stunde bei Marlene, die so grau und ausgebrannt aussah wie Zigarettenasche. Shanti stupste Caine an, und beide standen auf.

»Nun, vielen Dank noch mal, Marlene. Wir finden selbst hinaus.«

»Bitte versprechen Sie mir, Art wegen der Pflanzen nicht allzu hart anzugehen.«

»Pflanzen?«, fragte Caine. »Mir sind keine Pflanzen aufgefallen. Ihnen etwa, Shanti?«

»Das muss mir entgangen sein, Caine.« Und zu ihrem eigenen Erstaunen drückte sie der alten Dame einen sanften Kuss auf die gepuderte Wange.

Sie kehrten zum Wagen zurück, und Shanti lenkte den Saab durch die schmalen Straßen nach Swanpool Beach.

»Also, Caine, was haben wir in Erfahrung bringen können?«

»Marlene hat sich um Art gekümmert, als der noch ein Kind war, und sie war mächtig verliebt in Callum, obwohl sie nie miteinander ins Bett gegangen sind …«

»Und Art hat auch eine liebenswürdige Seite. Ist Ihnen aufgefallen, wie nervös Marlene wurde, als ich sie fragte, ob ihr Patensohn sich auch um die pharmazeutischen Bedürfnisse weiterer Personen gekümmert habe?«

»Ja, und ich weiß, was Sie denken, Shanti. Sie haben vor, ihm einen Überraschungsbesuch abzustatten, richtig?«

»Vielleicht verfügen Sie tatsächlich über telepathische Kräfte. Ja, das ist genau das, was ich vorhabe. Ich würde sagen, wir haben mehr als genug für einen richterlichen Beschluss in der Hand. Hören Sie, Caine, unter uns gesagt: Es interessiert mich einen feuchten Dreck, was Art sich durch die Nase zieht. Ich bin auf der Jagd nach einem Mörder. Und ich denke, allein die Aussicht auf eine hohe Strafe wegen Dealerei wird ihn dazu bringen, noch einmal in sich zu gehen.«

Nachdem sie geparkt hatten, zogen Shanti und Caine ihre Schuhe und Socken aus und schlenderten zwischen den glücklichen Familien am Strand entlang – ein Dad baute mit seiner kleinen Tochter kunstvolle Sandschlösser; eine lärmende Familie spielte Strand-Kricket; ein ganzer Pulk von Rentnern mit dicken rosa Bäuchen und Zeitschriften vor den Gesichtern hatte es sich auf Liegestühlen bequem gemacht –, bis sie Amma und Paul am Wasserrand entdeckten.

»Caine, Caine, lass uns schwimmen gehen!«, rief Paul, ein tropfendes Eis in der Hand.

»Bin gleich so weit!« Caine schlang sich ein Handtuch um die Taille und schlängelte sich in seine Badehose.

Mehr als nur ein bisschen verlegen zog Shanti den weißen Badeanzug an, den sie nicht mehr getragen hatte, seit sie mit Paul beim Babyschwimmen im Parliament Hill Lido in London gewesen war. Während Amma sich um das Picknick kümmerte, rief sie Benno an und bat ihn, einen Durchsuchungsbeschluss für Arts Wochenendhaus in Charmouth zu besorgen.

»Kein Problem, Chefin. Wie groß soll das Team sein? Brauchst du Hunde?«

»Halten wir's erst mal ganz einfach, Benno. Nur du und ich und Caine. Ich denke nicht, dass Art Stress macht. Morgen ist Mittwoch … Richtest du es so ein, dass wir in der Früh gleich bei Tagesanbruch anfangen können? Ich freue mich jetzt schon darauf, ihn aus dem Bett zu reißen.«

Nachdem sie gegessen hatten, legte sich Shanti in den heißen Sand und schloss die Augen. Über das träge Plätschern der Wellen hinweg hörte sie die gedämpften Rufe von Paul und Caine, die Fußball spielten, und ihre Gedanken kehrten zu der Toten im Tank zurück, die nach wie vor ein Rätsel für sie darstellte.

Ihr Hauptverdächtiger war immer noch Art Havfruen, in dem jede Menge Wut auf seine Mutter schwärte, außerdem hatte er unbestreitbar Zugang zu Ketamin. Wenn sich herausstellen sollte, dass er ein Dealer war, machte ihn das zwar nicht zwangsläufig zum Mörder, aber es konnte ihn zwingen, die Fragen zu beantworten, denen er bislang so geschickt ausgewichen war. Und dann waren da noch Arts alter Schulfreund, Spinnenmann Spencer, dessen Ansehen in der Kunstwelt seit Kristals Tod wie ein Spinnennetz größer und größer geworden war – ganz zu schweigen von seinem Privatvermögen. Sie dachte auch an Oliver Sweetman, den riesigen Rotschopf, der sein Leben der Aufgabe gewidmet hatte, seinem Idol zu dienen. Er verfügte sowohl über die praktischen Fähigkeiten als auch über die körperliche Kraft, die es erforderte, Kristal in den Tank zu verfrachten, aber er schien zu schlicht und zu sanftmütig, um einen derart komplexen, heimtückischen Plan auszuhecken. Außerdem war da natürlich noch Callum Oak, der tragische Witwer, der sein Leben lang von Kristal schikaniert, um nicht zu sagen Schritt für Schritt entmannt worden war. Als Letzte stand Marlene Moss auf ihrer Liste, zerbrechlich wie ein Vogelküken, betrogen um ihre Liebe durch Kristal, die ihren Protegé von seinem künstlerischen Weg abgebracht hatte.

Diese Verdächtigen bildeten die vorderste Reihe, doch gleich dahinter wartete eine ganze Armee potenzieller Täter: die fast zweihundert Gäste, die bei dem schicksalhaften Privat-Happening zugegen gewesen waren; unzählige Angestellte der Meat Hook Gallery; die Kuriere von MasterMoves und nicht zu vergessen die weit verstreuten Familienmitglieder der Havfruens und der Rasmussens aus Dänemark. Zum Glück konnte Shanti sich sicher sein, dass Benno und sein Team jeder dieser Möglichkeiten aufs Penibelste nachgingen.

Im Zentrum von alldem stand jedoch das Rätsel um die Aufnahmen der Überwachungskamera, die Kristal und Art eindeutig in ebenjenem Raum zusammen zeigten, in dem sie später tot aufgefunden worden war. Und das, obwohl der Tank vom Moment seiner Ankunft bis zur Entdeckung des Leichnams fest verschlossen gewesen war.

Bevor ihr vor lauter Grübelei der Kopf platzte, rappelte Shanti sich auf und spazierte zum Meer hinunter, wo Caine gerade geduldig versuchte, Paul das Schwimmen beizubringen.

»Sieh nur, Mum!«

»Wow! Du kraulst ja toll! Schwimm aber nicht zu weit raus.«

Anfangs fühlte sich das Wasser, das ihre Knöchel umspülte, schrecklich kalt an. Shanti ging bis zur Taille hinein, und das Wasser wurde überraschend kühl und erfrischend, und als sie sich schließlich in die Wellen warf, empfand sie es als angenehm warm.

Sie drehte sich auf den Rücken, trat mit den Beinen und dachte daran, wie sehr sie das Wasser als Kind geliebt hatte. Durch die spiegelnde Oberfläche in eine geheime Welt einzutauchen – in ein amniotisches Reich lichtgesprenkelter Schönheit, in dem sie abgeschieden und schwerelos trieb wie ein ungeborenes Kind.

Als sie zwanzig Minuten später im pudrigen Sand lag und sich von der Sonne trocknen ließ, stellte sie fest, dass ihre Blutbahn voller Endorphine war – als habe ihr Körper auf Reset geklickt.

Sie merkte, dass die Sonne, das Meer und die Bewegung auf Paul denselben therapeutischen Effekt hatten. So glücklich und gestärkt hatte sie ihn nicht mehr erlebt, seit … ja, seit wann eigentlich? Seit Ewigkeiten.

Auch Amma beobachtete ihren Enkel.

»Sieh dir die beiden an, Shanti, als wären sie …«

»Jetzt sag bloß nicht, ›als wären sie Vater und Sohn‹!«

»Nein, aber ich mag deinen Vincent Caine. Er kann wunderbar mit Paul umgehen, und – ach du meine Güte! – was für ein Körper! Er erinnert mich an deinen Vater, als wir uns kennenlernten, Gott hab ihn selig.«

»Mum, ich bitte dich, hör auf damit. Du weißt besser als jeder andere, wie meine Ehe geendet hat. Für eine Weile habe ich die Nase voll von Männern, womöglich sogar für immer. Außerdem weiß ich doch gar nichts über Caine. Er ist sehr verschlossen. Vielleicht hat er eine Lebensgefährtin. Vielleicht ist er schwul. Und weißt du, was? Es interessiert mich nicht. Das Leben ist leichter ohne Männer.«

»Ich mache mir doch bloß Gedanken, weil ich dich liebe, Shanti. Ich möchte, dass du glücklich bist.«

»Ich liebe dich auch, Mum. Und jetzt hilf mir bitte, die Sachen zusammenzupacken. Es ist eine ganz schöne Strecke bis nach Hause, und sieh mal zum Himmel – es scheint sich ein Unwetter zusammenzubrauen.«

Kapitel siebzehn

DER NACKTE FLÜCHTLING

Vincent Caine schwebte in seinem schwarzen Regenmantel auf dem Kopf stehend hoch oben über dem Mond. Irgendwo in der Dunkelheit unter seinem Kopf zeigte die Uhr an der beleuchteten Fassade des Uhrenturms fünf vor fünf an.

Das war der Anblick, der Benno empfing, als er in seinem ramponierten Ford Focus durch die von Natriumdampflampen erhellten Straßen Richtung Meer rollte. Bei dem höchst seltsamen Bild handelte es sich um eine Reflexion in einer riesigen Pfütze auf dem Parkplatz am Cobb Gate – Resultat eines Regengusses nahezu biblischen Ausmaßes, der in der Nacht heruntergekommen war.

Benno lenkte den Wagen durch die Fluten rund um den Uhrenturm und bemühte sich, den wartenden Polizisten, dem das lange Haar in nassen Rattenschwänzen auf die Schultern fiel, nicht bis auf die Knochen zu durchweichen.

»Heftige Nacht«, sagte Benno und stieß die Beifahrertür auf. »Du bist jetzt aber nicht von der Undercliff bis hierher gelaufen, oder?«

Caine stieg in das dampfige Wageninnere, wo sich die beiden Männer kurz umarmten.

»Nein. Ich bin in der Stadt bei Zeb geblieben. Er hat immer ein freies Bett für mich.«

Benno gab Gas und fuhr aus der schlafenden Stadt hinaus, vorbei am Marine Theatre und die Church Street entlang. Der Motor ächzte und stöhnte bei dem steilen Anstieg.

»Du siehst müde aus, Vince.«

»Ich habe nicht gut geschlafen, was so gar nicht zu mir passt.«

»Um ehrlich zu sein, bin ich erstaunt, dass du dich bereit erklärt hast, bei dem Fall mitzumachen.«

»Shanti kann sehr überzeugend sein. Wie macht sie sich eigentlich auf dem Revier?«

»Nun, sie verschafft sich das, was du ›widerwilligen Respekt‹ nennen würdest. Sie ist ein bisschen wie du, Kumpel. Du weißt, wie schwer es ist, den Haufen zu beeindrucken. Ich gehe davon aus, dass es mehr als einen freuen würde, wenn sie den Havfruen-Fall in den Sand setzt. Allerdings ist allen klar, dass sie schwierige Ermittlungen leitet und dass sie sich nahezu besessen an die Vorschriften hält.«

In der Nähe von Timber Hill hatten sie den Hügelkamm erreicht. Mittlerweile machte sich eine trübe Morgendämmerung bemerkbar.

»Ich habe die Türramme mitgebracht«, sagte Benno und deutete mit dem Daumen auf die Rückbank. »Macht es mich zu einem schlechten Menschen, wenn es mich in den Fingern juckt, sie zu benutzen? Es ist diese Arroganz, die ich nicht ertrage. Um ehrlich zu sein, kann ich es kaum erwarten, den jungen Art so früh aus dem Bett zu holen, noch dazu auf derart unsanfte Art und Weise.«

Caine warf einen Blick über die Schulter. Die Türramme, auch bekannt als Sturmbock oder Widder, lag wie ein braver Haushund auf dem Rücksitz.

Er nickte ohne große Begeisterung, war in Gedanken ganz woanders. Als er gestern nach dem Ausflug nach Falmouth in seine Hütte zurückgekehrt war, war etwas passiert, das ihn aus seinem inneren Gleichgewicht gerissen hatte und die Früchte seiner Klausur wie eine ferne Erinnerung erscheinen ließ. Dabei war es gar nichts Dramatisches gewesen. Ein Brief von seinem Vater, der ihm nur selten schrieb. Zeb hatte ihn zu seiner Hütte gebracht.

Schon der Anblick der vertrauten Schrift auf dem Umschlag hatte genügt, um Caines Magen in Aufruhr zu versetzen.

Er hatte den ungeöffneten Brief auf den Tisch geworfen, doch allein dessen Anwesenheit in der Hütte störte seine Routine derart, dass er nach einer Weile von seinem Meditationskissen aufstand, den Umschlag aufriss und ein eng beschriebenes Blatt herauszog. Er überflog kurz den Inhalt, dann zerknüllte er die Seite und warf sie in den Ofen.

Es war wirklich nichts. Nur ein paar Neuigkeiten über seine jüngere Stiefschwester, die wie immer auf Reisen war, und etwas über ein neues Bürogebäude, das gegenüber dem Reihenhaus gebaut wurde, in dem Caine und sein Bruder ihre Kindheit verbracht hatten und in dem der alte Herr jetzt alleine lebte. In dem Brief stand absolut nichts Befremdliches, und trotzdem war Caine unruhig, seit er das Papier mit der Handschrift seines Vaters in den Händen gehalten hatte. Es wollte ihm einfach nicht gelingen, den Kopf freizubekommen. Jedes Mal, wenn er die Augen schloss, überfluteten ihn faulige Erinnerungen wie Abwässer bei einem Rohrbruch.

Er dachte an seine Zeit in Thailand zurück – das ganze Unterfangen war ein einziger Versuch gewesen, sich von seinem Dad zu distanzieren. Eine jüngere Version von Caine hatte Rat bei seinem ersten buddhistischen Lehrer gesucht, einem alten Mann, der ihn an einen weisen Ausspruch Buddhas erinnerte: »Wut festzuhalten ist so, als würde man nach einem Stück glühender Kohle greifen, um es nach jemandem zu werfen – man verbrennt sich nur selbst.«

Wie wahr. In jener kostbaren Zeit in dem Kloster im Wald hatte man Caine die wertvollste Fähigkeit von allen gelehrt – die Kunst, einfach loszulassen. *Lass los. Lass los. Lass los.*

Und hier war er nun, so viele Jahre später, und es brauchte nur die Handschrift seines Vaters, um ihn an die glühende Kohle in seinen Fingern zu erinnern.

Es war einfach, seinem Vater die Schuld zuzuschieben, doch es waren andere, komplizierte Gefühle, die ihn destabilisiert und von seinen spirituellen Übungen abgelenkt hatten. Das Bild einer Frau in einem weißen Badeanzug, die wie ein Delfin durchs Wasser schwamm. Als sie sich umgedreht hatte, um ihm und dem Jungen zuzuwinken, hatte ihr Gesicht gestrahlt. Als hätte das Meer all ihre Probleme und Sorgen davongetragen.

Lass los. Lass los. Lass los.

Am Kreisel auf der A 35 bog Benno in Richtung Charmouth ab, und kurz darauf rollten sie über die Hauptstraße des Dorfes. Zu beiden Seiten der Fahrbahn lagen große, komfortable Häuser, die Jalousien herabgelassen wie scheu zugeklappte Augenlider. Ein grauer Streifen im Scheinwerferlicht ließ Benno abrupt auf die Bremse treten. Eine Katze huschte über die Straße und verschwand blitzschnell über eine Mauer.

Am Fuß des Hügels bog er nach rechts ab und folgte einer Zufahrt mit tiefen Spurrillen, die an einem gespenstisch leeren Schulhof vorbeiführte. Die Zufahrt endete auf einem gekiesten Parkplatz am Strand. Hier wartete Shanti in ihrem Saab. Durch die Windschutzscheibe erkannte Caine, dass sie im Licht ihrer Handy-Taschenlampe irgendwelche Papiere studierte, während die Scheibenwischer hartnäckig gegen den Regen ankämpften.

Caine stieg aus. Ein Schwall für diese Jahreszeit untypisch kalter Luft schlug ihm entgegen. Die Morgendämmerung war so feucht, dass man meinte, sie auswringen zu können wie ein Geschirrtuch.

Benno nahm die Türramme vom Rücksitz, dann stiegen sie in den Saab, um den Einsatz zu besprechen.

»Morgen, Benno. Was ist los, Caine? Sie wirken ein wenig zerstreut. Sind Sie bereit?«

»Selbstverständlich. Alles in Ordnung. Ich bin dabei.«

»Gut. Das da oben ist Arts Grundstück.« Sie deutete auf einen Bungalow am Rand des Dorfes ganz in der Nähe der Küste. Eine

Straßenlaterne beleuchtete das Gebäude, das im Gegensatz zu den Nachbarhäusern eine stylische Rundumerneuerung erhalten hatte. Anstelle des langweiligen Kieselrauputzes hatte ein Architekt die Fassade mit coolem grauem Holz verkleidet, die kleinen Kassettenfenster waren durch große, durchgehende Scheiben aus getöntem Glas ersetzt worden.

»Ich nehme an, unser Junge schläft tief und fest, es könnte also eine Weile dauern, bis wir ihn aus dem Bett gescheucht haben. Allerdings möchte ich ihm keine Zeit lassen, sein Zeugs zu verstecken. Daher gebe ich ihm nach dem ersten Klopfen genau zwei Minuten, dann gehen wir rein.«

Benno strich über die Türramme.

»Caine, Sie kommen mit mir. Benno, du wartest vor der Haustür, bis wir Art festgesetzt haben. Anschließend folgt eine gründliche Hausdurchsuchung.«

Die beiden Männer nickten.

»Okay, es ist fünf Uhr einundzwanzig. Auf geht's.«

Der Parkplatz war übersät mit Treibholz, Plastikflaschen und verhedderten Fischernetzen. In der heraufziehenden Dämmerung rückte mehr und mehr das Dorf ins Blickfeld: glänzende Dächer in einer sanften Hügellandschaft, auf der ein einzelner Esel graste. Zu ihrer Linken flossen die riesigen graublauen Steinplatten der Blue-Lias-Formation wie schmelzende Schokolade ins Meer.

Vor Arts Bungalow parkte ein protziger, knallroter Alfa Romeo. Es gab kein Tor, doch am oberen Ende der Auffahrt führten ein paar Stufen aus Eisenbahnschwellen zu einem pflegeleichten Garten mit weißen Kieseln, Pampasgras und Stechpalmen. Dicht gefolgt von Caine schlich Shanti ums Haus herum, bis sie stehen blieb und auf eine Terrasse mit einer großen Glastür deutete, die sich am hinteren Ende des Hauses befand. Der Vorhang war zugezogen. »Vermutlich das Schlafzimmer«, wisperte sie.

Benno, der vorne bei der Haustür, einer glatten, grauen Steinplatte, wartete, kreiste die Schultern, als bereite er sich auf ein gewaltsames Eindringen vor, doch Caine hob den Finger, um ihm zu bedeuten, dass er noch abwarten solle. Anschließend bückte er sich und fing an, sämtliche Pflanzkübel und Steine rund um die Haustür hochzuheben.

»Was zum Teufel machen Sie da?«, zischte Shanti, die zu ihm trat.

»Geben Sie mir einen Augenblick Zeit«, flüsterte er.

Nach einem kurzen Moment richtete er sich auf, ein Lächeln auf den Lippen, einen Sicherheitsschlüssel zwischen den Fingern.

»Woher zum Teufel …«

»Sie haben mich wegen meiner Insiderkenntnisse mit an Bord geholt«, flüsterte er. »Nun, die meisten Bewohner von Dorset deponieren einen Ersatzschlüssel in einem Gummistiefel oder unter irgendwelchem Gartenzierrat. Tut mir leid, Benno. Ich weiß, dass du dich schon darauf gefreut hast, die Tür aufzubrechen.«

Benno warf ihm ein gutmütiges Lächeln zu.

»Bereit?«, fragte Shanti.

Alle nickten. Shanti trat zur Haustür und hob den kapuzetragenden Totenschädel-Türklopfer, dann hämmerte sie mehrere Male laut gegen die Tür.

Sie warteten im kalten Regen, während Benno auf die Uhr schaute.

»Das waren zwei Minuten, Chefin«, verkündete er. »Drinnen ist kein Mucks zu hören.«

»Wahrscheinlich schläft er tief und fest, doch nicht mehr lange«, sagte Shanti. »Möchten Sie den Schlüssel ausprobieren, Caine?«

Das Schloss war neu, die Tür ließ sich geräuschlos öffnen. Benno bezog draußen Position, während Shanti und Caine in das stille Gebäude schlüpften.

Sie fanden sich in einer Eingangshalle wieder, in der es nach Schweiß, Cannabis und abgestandenen Take-away-Mahlzeiten roch.

»Art Havfruen! Hier spricht DI Shanti Joyce!«, rief Shanti. Ihre Stimme klang erschreckend laut. »Ich habe einen Durchsuchungsbeschluss für Ihr Haus; es wäre schön, wenn Sie mit uns kooperieren.«

Keine Antwort. Sie betraten einen Raum zu ihrer Rechten, ein großes Wohnzimmer mit Mies-van-der-Rohe-Möbeln: schlanke Stühle aus Stahlrohr mit rechteckigen Sitzflächen aus schwarzem Leder, ein Couchtisch aus Glas, auf dem Zeitschriften, Bierflaschen, eine Fernbedienung, ein unordentlicher Stapel aus Banknoten und Münzen, eine viel benutzte Glasbong und weiteres Zubehör aus dem Headshop lagen. An einer der Wände lehnte ein großes, gerahmtes Poster – der unverwechselbare Bowler aus *Uhrwerk Orange* mit dem spöttischen Augenzwinkern darunter.

Sie kehrten in die Eingangshalle zurück und gingen einen Flur entlang, der an einem eleganten, aber unaufgeräumten Badezimmer vorbeiführte. Am Ende des Flurs gelangten sie an eine geschlossene Tür. Shanti blieb stehen und drückte ihr Ohr dagegen, dann drehte sie den Knauf und öffnete die Tür behutsam.

Im dämmrigen Licht konnten sie ein großes Bett erkennen, in dem zwei Gestalten unter einer schwarzen Bettdecke lagen. Eine davon war offenbar ein Mädchen, dem goldblonden Haarwust nach zu urteilen, der sich über das schwarze Satinkissen breitete. Die andere entpuppte sich als Art Havfruen, der sich abrupt aufsetzte, wobei er seine erschreckend weiße Brust mit einem dichten Wirrwarr blonder Haare präsentierte.

»Was zur Hölle …?«

»Art Havfruen, wir haben einen richterlichen Beschluss …«

Aber Art war bereits aus dem Bett gesprungen, ein blasser nackter Strich, der mit einem Satz durch die Vorhänge tauchte, den Knauf drehte und durch die Terrassentür verschwand.

Das Mädchen richtete sich ebenfalls auf. Shanti setzte sich eilig in Bewegung, um sie daran zu hindern, ihrem Geliebten zu folgen. Sie wollte gerade nach Benno rufen, um ihn auf den splitterfasernackten Flüchtling aufmerksam zu machen, aber Caine war bereits verschwunden.

Er stürmte Art hinterher und sah gerade noch rechtzeitig, wie der nackte junge Mann unbeholfen über den Kies rannte und die Stufen aus Eisenbahnschwellen hinuntersprang.

Mit einer eleganten Bewegung setzte er ihm nach, die Mantelschöße weit geöffnet wie die Schwingen eines Raben. Er stieß sich ab und landete federnd unterhalb der Stufen, aber Art war ihm ein ganzes Stück voraus und stürmte mit rasender Geschwindigkeit auf die Zufahrt zum Strand zu.

Aus dem Augenwinkel sah Caine, wie Benno ebenfalls die Verfolgung aufnahm.

»Ich bin an ihm dran, Benno! Bleib du bei Shanti!«, rief er und setzte dem verzweifelten elfenbeinfarbenen Mann nach.

»Art!«, brüllte er. »Es bringt nichts, davonzulaufen!«

Für jemanden, der erst vor wenigen Augenblicken aufgewacht war und sich überwiegend von Chemikalien ernährte, bewegte sich Art schnell wie eine Pistolenkugel – ein gespenstischer Sprinter, der durch den stürmischen Morgen flitzte. Erwachte da etwa der Leichtathlet, der seit der Schulzeit in Art geschlummert hatte, zu neuem Leben, oder war es die nackte Angst, die den jungen Mann antrieb?

Auf der Höhe eines geschlossenen Fossilienladens an der Promenade, gleich neben einem Café, meinte Caine, er würde ihn erwischen. Er machte einen Satz nach vorn, um ihn an seinem dünnen Arm zu fassen, doch in dem Moment brach Art zur Seite aus, und Caine griff in die Luft. Sein Herz hämmerte in der Brust. Er hatte das grässliche Gefühl, dass Art sich womöglich selbst

Schaden zufügen wollte – indem er zum Beispiel ins Meer lief und so die Verzweiflung zum Verstummen brachte, die er eigentlich unter der weichen Decke von Kokain und Ketamin zu begraben versucht hatte.

Als Caine um die Ecke bog, wobei seine Stiefel auf dem nassen Asphalt ausrutschten, war Art bereits über die Ufermauer gesprungen und eilte halb humpelnd, halb sprintend über den steinigen Strand. Eine Welle krachte gegen den Beton und jagte eine Gischtwolke über Caines Kopf. Unter ihm hüpfte Art wie eine Albinoratte von Fels zu Fels, seine schneeweiße Haut glänzte vor Nässe.

Durch den feinen Sprühnebel hindurch konnte Caine erkennen, dass die Flut rasch anschwoll, was Arts Fluchtroute zu einer Sackgasse werden ließ. Der Strand verjüngte sich zu einer Spitze, sodass ihm nur zwei Möglichkeiten blieben, Caine zu entkommen: die tödliche Blue-Lias-Formation zu seiner Rechten, schroffe Klippen aus übereinandergelagerten graublauen Gesteinsschichten, oder die gefährlichen Wasserwirbel der aufgewühlten See zu seiner Linken.

Doch Art hüpfte weiterhin wie besessen mit rudernden Armen und schlackernden Beinen von einem Felsbrocken zum nächsten, stürzte, rappelte sich wieder auf und setzte zu einem weiteren Sprung an, während Caine mit großen Schritten hinter ihm hereilte. Als er näher kam, stellte er mit Entsetzen fest, dass Arts nackte Füße aufgeschnitten waren von den scharfkantigen Felsen.

Warum war er so fest entschlossen zu fliehen? Caine überlegte, ob es nicht das Beste wäre, einfach stehen zu bleiben und abzuwarten, zumal er keine praktikable Fluchtmöglichkeit erkennen konnte. Er sah, wie Arts Kopf nach rechts und links schoss, als treffe er eine Wahl zwischen den mörderischen Felsen und der ebenso mörderischen See. Schließlich lief er auf die tosenden Wellen zu, dann änderte er seine Meinung, wirbelte herum und fing an, am Fuß der Klippen über Berge von Treib- und Strandgut zu kraxeln.

Caine wusste nur zu gut, dass diese Klippen keine gewöhnlichen waren und nur von einem erfahrenen Kletterer bezwungen werden konnten. Diese Klippen bestanden aus natürlichen Sedimentablagerungen. Ein gewaltiges, blaugraues Bauwerk der Natur aus Lehm und Kalk, voller Feuersteine und Fossilien, entstanden vor rund zweihundert Millionen Jahren.

Art warf einen Blick über die Schulter, um festzustellen, wie weit Caine hinter ihm zurücklag, dann entschied er sich für eine Stelle, an der die Klippe weniger steil war – und begann, wie eine bleiche Krabbe auf allen vieren den schlüpfrigen Abhang, der durch einen Erdrutsch entstanden war, hinaufzukrabbeln.

»Stopp! Halt, Art, bleiben Sie stehen!«, rief Caine. »Das ist zu gefährlich! Sie könnten einen weiteren Erdrutsch auslösen oder verschüttet werden!« Doch seine Worte verhallten ungehört im Wind, bevor sie vom Meer verschluckt wurden.

Blind gegenüber der Gefahr, krabbelte Art weiter den schlammigen Abhang hinauf, der nach den sintflutartigen Regengüssen der letzten Nacht völlig aufgeweicht und noch instabiler war als sonst. Caine musste hilflos zusehen, wie Arts Hände und Füße im Matsch versanken, während Wind und Regen seinen unbeholfenen Aufstieg erschwerten. Jetzt sackten Arts blutige Beine bis zu den Knien ein. Der bleiche Mann streckte hilflos die Hände aus, aber es gab nichts, woran er sich festhalten konnte. Als Caine am Fuß des Abhangs ankam, schien Art von der Erde verschluckt zu werden. Caine sah, wie er langsam, aber unaufhaltsam in einem Hohlraum zwischen zwei gewaltigen Kalklagen verschwand, während Tonne um Tonne nassen, blaugrauen Gesteinsschlamms nachrutschte und ihn mehr und mehr unter sich begrub.

Über das Tosen der Wellen hinweg hörte Caine ein dumpfes Grollen – nein, er spürte es vielmehr in den Füßen. Es war fast so, als wäre eine riesige Kreatur der Jurazeit zum Leben erwacht. Hoch über seinem Kopf lösten sich kleinere Brocken Feuerstein und stürzten in die Tiefe, und Caine stellte voller Entsetzen fest, dass der Erdrutsch, den Art ausgelöst hatte, nur das Vorspiel zu etwas weitaus Größerem war: Der gesamte Klippenabschnitt stand kurz davor, nachzugeben und in sich zusammenzubrechen.

Als Caine sich in Bewegung setzte und sich zu dem immer tiefer einsinkenden Jungen vorkämpfte, regnete es von oben Schlamm und Gesteinsbrocken. Er konnte Arts weißen Körper ausmachen. Aus der grauen Schlammsuppe starrten ihn zwei vor Verzweiflung und Entsetzen lodernde Augen an – die panischen Augen des Jungen namens Art.

Furcht stieg in Caine auf, doch da war ein noch mächtigeres Gefühl, stärker noch als der Instinkt, sich selbst zu schützen – ein überwältigendes Gefühl von Mitleid mit diesem Menschen. Er lehnte sich so weit vor, wie er konnte, streckte die Hände in den dunklen Spalt und versuchte, Arts rudernde Arme zu fassen zu bekommen. Arts Haut war glitschig vom Schlamm, und er kämpfte so panisch, dass es schier unmöglich schien, ihn zu packen.

»Beruhigen Sie sich, Art!«, rief er machtlos. »Hören Sie auf zu kämpfen. Geben Sie mir einfach Ihre Hände und schieben Sie langsam den Schlamm beiseite!«

Ein gewaltiges Geschoss aus Erde stürzte vom Himmel und traf schmerzhaft auf Caines Schulter. Er fürchtete, dass dies erst der Anfang war – wenn sie nicht dem unmittelbar bevorstehenden Felssturz zum Opfer fallen würden, dann mit Sicherheit der schnell hereinbrechenden Flut.

Er zog den Kopf ein, und endlich gelang es ihm, Arts blutige Handgelenke zu umschließen. Anfangs fühlte es sich an, als würde er einen störrischen Korken aus einer Flasche ziehen, doch langsam begann Art, sich aus der zähen Brühe zu lösen. Zuerst kam seine blasse Brust zum Vorschein, danach der Bauch, und dann folgten seine schlammverschmierten Genitalien. Caine zog die Knie an, richtete sich halb auf und lehnte sich nach hinten, während er mit aller Kraft zog. Arts Beine lösten sich, dann endlich gab ihn der Schlamm frei wie ein Baby, das man aus seiner Mutter gezogen hatte.

Die Klippe gab ein weiteres dumpfes Stöhnen von sich, und gerade als Caine und sein lädierter Gefangener auf den Strand taumelten, ergoss sich eine Lawine aus Fels und Erde in den Ozean, die sie nur um eine halbe Körperlänge verpasste.

Caine schleppte den jungen Mann noch ein paar Meter weiter und legte ihn auf den Rücken. Anschließend versuchte er wieder zu Atem zu kommen, drehte sich um und verfolgte das spektakuläre Schauspiel, bei dem ein voll ausgewachsener Weißdorn zusammen mit einem großen Stück Stacheldrahtzaun aufrecht die Klippe hinab ins Meer rutschte.

Als das Rumpeln verstummt war, untersuchte Caine Art auf ernsthafte Verletzungen. Der Junge erinnerte ihn an einen urzeitlichen Moormenschen, aber er war am Leben, und obwohl seine Füße übel zugerichtet waren, schien er sich nichts gebrochen zu haben.

Caine wusste, dass ihnen keine Zeit blieb, um sich auszuruhen. Die Flut würde ihnen schon bald den Rückweg abschneiden. Er zog seinen Mantel aus und schlang ihn um Arts bebende Schultern, dann lud er sich den erschöpften Jungen mit beträchtlicher Mühe auf den Rücken und watete durch die immer höher werdende Brandung auf die Betontreppe zu, die nach oben zum Parkplatz führte.

Der junge Mann war ein totes Gewicht – sämtlicher Kampfgeist schien aus ihm gewichen –, und es war eine Erleichterung, als Caine ihn endlich abladen konnte. Als er wieder Luft bekam, zog Caine Art auf die Füße, stützte seinen kraftlosen Körper und half ihm, über den Parkplatz zu humpeln, wo die ersten Gassigänger des Tages ihre Gummistiefel anzogen und ihren Hunden die Leinen anlegten. Sie starrten den halb ertrunkenen, barfüßigen Mann in dem schmutzigen Mantel, der sich gegen den tropfnassen, schwarzhaarigen Mann lehnte, mit großen Augen an.

»Guten Morgen«, sagte Caine. »Ich denke, das Unwetter lässt langsam nach.«

Kapitel achtzehn

DAS GESPENSTISCHE MÄDCHEN

Haben wir uns schon einmal gesehen?«, fragte Shanti.

Das Mädchen setzte sich auf, wickelte die schwarze Satindecke um sich und warf das volle, goldene Haar über die mageren Schultern.

»Ich glaube nicht.«

»Nun, ich denke schon. Nennst du mir bitte deinen Namen?«

»Muss ich das?«

»Ich fürchte, ja.«

»Tess.«

»Tess. Und weiter?«

»Tess Strawbridge.«

»Du möchtest dir sicher etwas anziehen, Tess. Und anschließend trinken wir eine schöne Tasse Tee und unterhalten uns ein bisschen.«

Shanti sah sich im Zimmer um. Arts Klamotten lagen als zusammengeknüllter Haufen auf dem Fußboden – ein zerknitterter Anzug zwischen spitzen Stiefeletten. Die Sachen des Mädchens lagen ordentlich zusammengefaltet auf einem Stuhl.

»Wie alt bist du, Tess?«, fragte Shanti und warf ihr ein Unterhöschen zu.

»Achtzehn.«

»Das stimmt nicht.«

»Doch. Woher wollen Sie das überhaupt wissen?«

»Weil das hier eine Schuluniform ist, meine Liebe.«

»Ja, ich bin in der Abschlussklasse.«

»Soweit ich weiß, trägt man in der Abschlussklasse keine Schuluniform mehr.«

»Werden Sie mich jetzt verhaften?«

»Das habe ich nicht vor«, sagte Shanti mit einschmeichelnder Stimme. »Nicht, wenn du dich kooperativ zeigst.«

Tess stieg aus dem Bett, zog ihre Sachen über und folgte Shanti den Flur entlang. Vor der offenen Wohnzimmertür blieb das Mädchen stehen und fragte mit einem Blick auf Benno: »Was schnüffelt der denn hier rum? Art wird ausrasten.«

»Das ist Sergeant Bennett«, antwortete Shanti, die weiter in Richtung Küche strebte. »Er hat die Aufgabe, Beweismittel zusammenzutragen, und es sieht ganz danach aus, als sei heute sein Glückstag.«

»Ich nehme auch einen Tee, wenn du einen machst«, rief Benno ihr hinterher. »Mit zwei Stück Zucker, bitte.«

»Musst du dir selbst abholen!«, rief Shanti zurück.

In der halogenbeleuchteten Küche erhitzte sie drei Tassen Wasser in der Mikrowelle und hängte Teebeutel hinein. Als der Tee lang genug gezogen hatte, warf sie die Beutel in die Spüle und stellte zwei Tassen auf die Esstheke, ehe sie sich neben Tess auf einen der davorstehenden Barhocker setzte. In ihrem marineblauen Blazer mit dem dazupassenden Rock und der weißen Baumwollbluse sah Tess Strawbridge aus wie ein nervöses Schulmädchen – und genau das war sie auch. Shanti legte ihr Handy neben ihre Teetasse.

»Ich würde unser Gespräch gern aufzeichnen, wenn das für dich okay ist, Tess.«

»Nein, das ist nicht okay. Wie würden Sie es finden, wenn ich aufnehme, was Sie sagen?«

»Das kannst du gern machen, allerdings muss ich dich darauf hinweisen, dass ich dich mit aufs Polizeirevier nehmen muss, wenn du meine Fragen nicht beantwortest.«

Das Mädchen deutete ein Nicken an, und Shanti tippte auf den Aufnahmeknopf auf dem Display.

»So, du bist also Arts Freundin.«

Tess zuckte die Achseln.

»Wo wohnst du?«

»In Charmouth. Mehr oder weniger.«

»Ich frage dich noch einmal, wie alt du bist.«

Tränen strömten wie Perlen über Tess' hübsches Gesicht. Sie hob die Hand zum Mund und murmelte etwas.

»Ich kann dich nicht verstehen, Tess.«

Das Mädchen ließ die Hand sinken und nahm eine trotzige Haltung ein. »Na schön, ich bin fünfzehn. Es gibt Schlimmeres, oder?«

»Weiß deine Mum, dass du hier bist?«

»Das interessiert meine Mum einen Scheiß.«

»Was ist mit deinem Dad? Weiß er Bescheid?«

»Keine Ahnung. Hab ihn nie kennengelernt.«

»Okay, meine Liebe. Ich weiß, dass ich das nicht tun sollte, aber ich verrate dir etwas – ich mache dir keine Vorwürfe. Wir interessieren uns für Art. Erzählst du mir, wie ihr euch kennengelernt habt?«

Tess wischte sich mit dem Handrücken über die Augen. »Ich gehe in Lyme zur Schule und fahre mit dem Bus zurück nach Charmouth. Eines Tages war ich von der Bushaltestelle aus auf dem Heimweg, als er aus einem Laden kam – total cool. Wir sind uns buchstäblich in die Arme gelaufen. Er meinte, ich sei das Ebenbild von jemandem, den er kennt. Dann hat er mich gefragt, wo ich wohne. Als ich sagte, an der Stonebarrow Lane, ein gutes Stück den Hügel hinauf, hat er mir angeboten, mich mitzunehmen, weil es so weit zu laufen ist. Ich wollte zuerst ablehnen – man soll ja nicht zu Fremden in den Wagen steigen und so –, aber dann hab ich sein Auto gesehen! Ich hab mich gefühlt wie ein

Filmstar. Meine Freundinnen sind ausgeflippt vor Neid! Ich hab ihm meine Nummer gegeben, und na ja, Sie wissen ja, wie's weitergegangen ist.«

»Hat er dir Drogen gegeben?«

»Nein. Den Scheiß nehme ich nicht … nun ja, bis auf ein bisschen Gras ab und an.«

»Hat er dir Geld gegeben?«

»Art ist stinkreich. Geld interessiert ihn nicht. Das Bargeld liegt hier bündelweise herum. Er sagt, wenn ich was brauche, soll ich es mir einfach nehmen.«

»Tess, ich würde dir gern eine persönliche Frage stellen – ist das okay? Gefällt es Art, wenn du deine Schuluniform trägst? Für manche Männer ist das ein echter Kick.«

»Ne, darauf steht er nicht. Er mag es, wenn ich das Zeug aus dem Schrank anziehe.«

»So, Augenblick, ich unterbreche die Befragung für einen kurzen Moment …«

Shanti nahm die dritte Tasse Tee, legte zwei Stück Zucker dazu und ging ins Wohnzimmer, wo Benno mit seinen Latexhandschuhen immer noch damit beschäftigt war, jede Menge Dinge einzutüten und zu beschriften. Sie stellte die Tasse auf den Glastisch und nickte kurz in Richtung Küche, um ihm zu bedeuten, ein Auge auf das Mädchen zu haben. Noch einen Flüchtigen konnten sie wirklich nicht gebrauchen.

Anschließend kehrte sie ins Schlafzimmer zurück und knipste das Licht an. An einer der Wände stand ein Schrank. Obwohl sie im Grunde wusste, was sie vorfinden würde, war es trotzdem ein Schock, als sie die Tür öffnete. Mehrere lose Ermittlungsfäden begannen, sich miteinander zu verknoten.

Tess hatte sich nicht von ihrem Barhocker gerührt, als Shanti in die Küche zurückkehrte, doch sie sah noch blasser und verletzlicher aus als zuvor.

»So, ich drücke wieder auf Aufnahme, okay? Befragung Tess Strawbridge, Teil zwei. Tess, du hast gesagt, Art wollte, dass du die Sachen trägst, die ich gerade in dem Schrank in seinem Schlafzimmer gesehen habe – ein kurzes weißes Spitzenkleid und rote Dr.-Martens-Stiefel. Ist das richtig?«

»Das hat ihn angemacht, ja.«

»Er hat dich also gebeten, diese Sachen im Haus zu tragen?«

»Ja. Mit tonnenweise verschmiertem Lippenstift.«

»Wo solltest du sie sonst noch anziehen? Im Bett?«

»Die Stiefel natürlich nicht.«

»Und außerhalb des Hauses – hast du das Outfit jemals in der Öffentlichkeit getragen?«

»Zweimal, aber beide Male hat es ein riesiges Theater gegeben. Das erste Mal habe ich die Sachen bei der Ausstellungseröffnung von seiner Mum angezogen – sie war eine berühmte Künstlerin, müssen Sie wissen. Art hatte mich nicht eingeladen, er behauptete, es würde langweilig werden. Ich wollte aber unbedingt hingehen, vor allem, als ich hörte, dass auch Leute vom Fernsehen da sein würden. Er ist ohne mich hingefahren, aber ich hatte die Nase voll, allein hier herumzusitzen, also dachte ich, ich überrasche ihn. Ich hab Matt Scabs angerufen …«

»Augenblick. Wer ist Matt Scabs?«

»Oh, Entschuldigung. Er ist Taxifahrer. Zusammen mit seinem Bruder, Bob Scars.«

»*Matt's cabs* und *Bob's cars* – ›Matts Taxis‹ und ›Bobs Wagen‹? Das denkst du dir doch bloß aus!«

Tess schüttelte den Kopf. »Die kennt hier jeder.«

»Okay, du hast also Matt Scabs angerufen, und er hat dich zur Meat Hook Gallery gefahren. Das ist eine ziemlich lange Strecke – wie hast du das bezahlt? Du weißt, dass ich alles, was du mir erzählst, überprüfen werde.«

Das Mädchen zögerte.

»Sag mir die Wahrheit, Tess.«

»Mach ich doch. Art lässt überall Bargeld rumliegen. Ich darf mir nehmen, was ich brauche.«

»Dann bist du also zur Galerie gefahren. Hat der Taxifahrer auf dich gewartet, nachdem er dich dort abgesetzt hat?«

»Ja. Matt ist in Bruton zum Kaffeetrinken gegangen. Ich habe gesagt, ich würde ihn anrufen, wenn ich zurück nach Charmouth will. Auf dem Parkplatz vor der Galerie habe ich jede Menge Poser gesehen, die durch die Gärten auf dieses seltsame Gebäude zuhielten, das aussieht wie eine riesige Wampe auf Stelzen. Ich habe Art eine Nachricht geschickt, und er ist zu mir gestürmt. Ich dachte, er würde sich freuen, mich in seinem Lieblingsoutfit zu sehen, aber er ist völlig durchgedreht. Es war schrecklich. Er hat mich in diesen großen, dunklen Raum geschubst und behauptet, ich sei ihm scheißpeinlich. Er hat mich zum Weinen gebracht, also bin ich rausgerannt und habe Matt angerufen. Anschließend bin ich durch ein Loch in der Hecke auf die Zufahrt geschlüpft. Es kamen jede Menge Wagen mit todschicken Gästen vorbei, daher habe ich mich versteckt, bis Matt kam. Er hat mich nach Hause gefahren.«

Shanti spürte, wie ein Hochgefühl in ihr aufstieg, wie immer, wenn sie den Eindruck hatte, kurz vor einem Durchbruch zu stehen. Fest stand, dass sie nun einige Puzzleteile an die richtige Stelle setzen konnte – die Aufnahmen der Überwachungskameras, die sie alle hinters Licht geführt hatten. Wie konnte sich Kristal Havfruen mit ihrem Sohn in der Hauptgalerie mit dem verschlossenen Formaldehydtank streiten, den Raum verlassen und ein paar Stunden später in ebenjenem Tank tot wieder auftauchen, ohne dass sich jemand daran zu schaffen gemacht hatte? Nun lag endlich die Antwort auf der Hand: Die Frau, mit der Art gestritten hatte, war gar nicht Kristal gewesen, sondern Tess.

»Du sagst, du hast die Sachen zweimal in der Öffentlichkeit getragen. Erzählst du mir von dem anderen Mal?«

»Das war bei ihrer Beerdigung … von seiner Mum, meine ich. Sie ist auf völlig irre Weise ums Leben gekommen. Ich nehme an, Sie haben davon gehört.«

»Ja, das hab ich.« Shanti nickte.

»Nach ihrem Tod haben Art und ich immerzu gestritten. Es war echt nicht mehr lustig, mit ihm zusammen zu sein – was für ein Psycho! Er hat gesagt, ich dürfe auf keinen Fall zur Beerdigung kommen, weil das ›nicht anständig‹ sei. Ja, genau das waren seine Worte. ›Der Anstand hat dich aber nicht davon abgehalten, mich zu bumsen, oder?‹, hab ich ihn gefragt, und er ist davongestürmt und hat mich einfach stehen lassen. Da habe ich beschlossen, dass er mich mal kreuzweise kann, und bin in voller Montur vor der Kirche aufgetaucht.«

Gott sei Dank!, dachte Shanti. Ich bin nicht verrückt.

»Hat Matt Scabs dich zur Beerdigung gefahren, Tess? Bitte denk daran, dass ich deine Antworten überprüfen muss.«

»Diesmal war es Bob Scars.«

»Und was hat Art gemacht, als er dich gesehen hat?«

»Oh, er hat mich auf dem Friedhof entdeckt und ist total ausgeflippt. Hat mich an den Haaren gezogen und angeschrien, ich sei verrückt, weil ich hergekommen sei. Hat mir vorgeworfen, den traurigsten Tag seines Lebens zu ruinieren.«

»Was hast du gemacht?«

Tess schniefte. »Ich hab mich zurückgezogen, bin ja schließlich kein Miststück. Ich konnte sehen, wie aufgeregt er war. Meine Mum ist manchmal genauso außer sich, daher kenne ich das schon. Dass Art sich tonnenweise Schnee durch die Nase zieht, macht die Sache natürlich nicht besser.«

Sie warf Shanti einen verstohlenen Seitenblick zu, als würde ihr plötzlich bewusst, dass sie zu viel gesagt hatte.

»Schon gut, Tess. Wir wissen über Arts Gewohnheiten Bescheid.«

»Ja, er gibt sich nicht gerade Mühe, das Zeug heimlich zu nehmen.«

»Ich habe dich auf der Friedhofsmauer sitzen sehen.«

Tess riss die Augen auf. »Das waren Sie? O mein Gott! Sie haben umwerfend ausgesehen in dem schwarzen Kleid, aber Sie haben mich zu Tode erschreckt. Ich dachte, Sie wären ein Geist oder so was! Am Ende habe ich mich in diesem unheimlichen Wald versteckt und mir fast ins Höschen gemacht vor Angst.«

Shanti lachte erleichtert auf. »Dann haben wir uns gegenseitig einen ordentlichen Schrecken eingejagt. Also gut, Tess. Du ahnst gar nicht, wie sehr du mir weitergeholfen hast. Ich möchte, dass du dich noch einmal an den Tag der Vernissage erinnerst. Denk bitte genau nach, bevor du antwortest. Warst du den ganzen Nachmittag mit Art zusammen, bevor er zur Ausstellungseröffnung gefahren ist?«

Tess nickte. »Ja. Es war ein Samstag, nicht wahr? Ich bin von Freitag auf Samstag bei ihm geblieben. Wir sind spät schlafen gegangen und waren den ganzen Tag über hier. Art hat Fußball geguckt und ist gegen halb fünf zur Galerie gefahren.«

»Und da hast du ihn später überrascht.«

»Ehrlich, ich dachte, er würde das toll finden, aber das ist total in die Hose gegangen.«

Da ist es, dachte Shanti. Das Alibi, das Art so widerstrebend geliefert hatte. Jetzt wusste sie, warum. Art Havfruen hatte eine Beziehung mit einer Minderjährigen. Und als sei das nicht schlimm genug, hatte er das Mädchen auch noch überredet, sich so anzuziehen wie seine Mutter. Vielleicht war diese Enthüllung sogar noch schlimmer, als des Mordes beschuldigt zu werden.

Als Shanti mit der Befragung fertig war, hörte sie draußen Caines Stimme. Die Haustür öffnete sich, und zwei absonderliche

Gestalten, die aussahen, als seien sie einem apokalyptischen Horrorstreifen entsprungen, schleppten sich in den Bungalow.

»Herrgott, Caine!«, rief Shanti erschrocken. »Was ist denn mit Ihnen passiert?«

»Sagen wir, die Klippen hier in der Gegend sind ein Mahnmal der Unbeständigkeit«, erwiderte Caine trocken, ohne Art loszulassen, der ziemlich wackelig auf den Beinen zu sein schien.

Beide Männer waren von Kopf bis Fuß mit brüchigem, grauem Schlamm bedeckt; Arts Gesicht und die spindeldürren Beine, die unter dem schmutzverkrusteten Mantel hervorragten, waren blutverschmiert.

»Oh, Art! Geht es euch gut, Jungs?«, stieß Tess hervor und eilte an Arts Seite.

Während Benno übernahm und Art Richtung Badezimmer schob, damit er duschen und sich anschließend etwas anziehen konnte, fasste Shanti Tess am Arm und zog sie sanft zurück in die Küche, wo sie eine Schüssel Zerealien vor sie hinstellte, die sie auf der Anrichte entdeckt hatte. Caine folgte ihnen und trat an die Spüle, um den blaugrauen Dreck von seinen Händen zu waschen.

»Was soll ich denn jetzt tun?«, jammerte Tess. »Ich weiß, dass Art ein bisschen verrückt ist, aber ich liebe ihn. Er kann auch total lieb und lustig sein. Ich wünschte, ich hätte Ihnen nichts erzählt. Art behauptet immer, dass man den Cops nicht trauen kann.«

»Hör mal, Tess«, sagte Shanti ruhig und warf Caine ein Trockentuch zu. »Eine gute Freundin von mir arbeitet für die Kinderfürsorge. Sie ist total nett. Ich rufe sie an, und wenn du einverstanden bist, wird sie sich mit dir unterhalten und vielleicht auch mit deiner Mum. Sie kann dir helfen, deine Probleme in den Griff zu bekommen. Ich möchte sichergehen, dass du die Unterstützung erhältst, die dir zusteht.«

Als Art erschreckend blass in seinem zerknitterten Anzug aus dem Schlafzimmer kam, legte Benno ihm die Handschellen an und führte ihn zu Shanti in die Küche. »Art Havfruen, ich verhafte Sie wegen des Besitzes von Substanzen der hochgefährlichen Klasse A, außerdem wegen des Verdachts sexueller Handlungen mit einer Minderjährigen nach Paragraf neun des Sexual Offences Act von 2003. Es steht Ihnen frei, sich dazu zu äußern, es sieht jedoch nicht gut aus, wenn Sie nicht mit uns kooperieren …«

Zum ersten Mal, seit Shanti ihm begegnet war, schwieg der Junge namens Art. Als Benno ihn aus dem Bungalow führte, drehte er sich noch einmal um und warf Tess Strawbridge, dem vernachlässigten Kind in Schuluniform, das an der Esstheke hockte und Coco Pops in sich hineinschaufelte, einen traurigen Blick zu.

Kurze Zeit später traf die Mitarbeiterin der Kinderfürsorge ein und ging mit Shanti und Tess ins Wohnzimmer hinüber, um sich in aller Ruhe mit den beiden zu unterhalten. Caine blieb allein in der Küche zurück und nutzte die Zeit, um die Befragung von Tess abzuspielen, die Shanti mit ihrem Handy aufgezeichnet hatte. Während er zuhörte, schrubbte er weiter seine Hände mit einer Nagelbürste, die Benno ihm aus dem Badezimmer gebracht hatte – die blaugraue, feuchte Schicht haftete an seiner Haut, als wäre sie mit Kleber vermischt.

Als er meinte, nichts weiter dagegen ausrichten zu können, trocknete er sich die Hände am Geschirrtuch ab. Anschließend füllte er Wasser in den Kessel, der hinter der italienischen Kaffeemaschine stand, um sich einen Tee zu machen. Er nahm sich sogar einen Löffel voll von Arts Honig, als Gegenleistung für seine Strapazen.

Irgendwann hörte er, wie sich die Wohnzimmertür öffnete, kurz darauf fuhr ein Wagen weg. Shanti betrat die Küche, ein schiefes Lächeln auf dem Gesicht.

»Herrgott, Caine. Haben Sie mal in den Spiegel geschaut? Sie sehen zum Fürchten aus!«

Caine warf einen Blick in das getönte Glas der Schranktür. Ein Mann starrte ihm entgegen – ein uralter, abgezehrter Mann mit grauer Mähne und pergamentener Haut. Eine grauenvolle Erscheinung seines zukünftigen Selbst.

Er rutschte auf einen Barhocker und rührte seinen Tee um.

»Sie sehen völlig fertig aus, Caine. Sie haben Ihre Sache gut gemacht – ich hätte Art niemals allein stellen können, und ich glaube, auch Bennos Sprintertage sind vorbei.«

»Aber die Folgen sind so groß, Shanti! Nicht nur für Art, sondern auch für das bedauernswerte Mädchen.«

»Vielleicht bekommt Tess jetzt die Fürsorge, die sie braucht. Benno hat einen Zungenabstrich für einen Schnelltest genommen, und Gott sei Dank sieht es so aus, als habe sie bis auf etwas Cannabis keine Drogen konsumiert. Was bedeutet, dass Art sie nicht mit etwas Stärkerem gefügig gemacht hat. Das ist die gute Nachricht, die schlechte ist, dass sie sich weigert, Anzeige gegen ihn zu erstatten. Sie behauptet, ihn aufrichtig zu lieben und dass alles zwischen ihnen in beiderseitigem Einvernehmen erfolgt sei.«

»Aber sie ist doch noch minderjährig …«

»Leider. Wenn sie die Aussage verweigert, wird Art aller Wahrscheinlichkeit nach mit einer Geldstrafe wegen Drogenbesitzes oder sogar bloß mit einer Verwarnung davonkommen. Manchmal hasse ich das Rechtssystem.«

Sie öffnete die Schranktüren, blickte sich suchend um und nahm schließlich ein Glas Instantkaffee heraus. »Ich muss zugeben, Caine, dass Sie recht hatten und ich nicht. Art hat ein wasserdichtes Alibi für den Tag des Mordes. Er ist unschuldig.«

»Unschuldig?« Caine schüttelte sein graues Haupt. »Ich frage mich, ob Menschen überhaupt unschuldig sein können.«

»Hm. Der Kerl braucht dringend eine Therapie … und jede Menge Multivitamine.«

Caine atmete tief aus. »Es ist doch jedes Mal dieselbe Geschichte – alles geht auf die frühe Kindheit zurück. Kinder sind wie Pflanzen, Shanti … nein, eher wie Setzlinge. Ich habe in letzter Zeit viel darüber nachgedacht. Wenn man sie mit Liebe und Ermutigung gießt, erblühen sie. Wenn man sie dagegen vernachlässigt oder herabwürdigt oder leugnet, dass Liebe … Nun, das ist wie Unkrautvernichter.«

»Sie haben sich so tapfer geschlagen … ein ganzer Morgen ohne Philosophie. Sie müssen wissen, dass mich Caine, der Actionheld, so viel mehr beeindruckt als Caine, der Philosoph. Ich habe es geliebt, wie Sie durch die Terrassentür gestürmt sind.«

Caine nippte in bedrücktem Schweigen an seinem Tee und dachte daran, dass sämtliche Handlungen Konsequenzen nach sich zogen – so wie die Unkrautvernichter-Erziehung Art hatte verwelken lassen. Und Tess. Und Paul … Und vielleicht auch ihn selbst.

Und dann passierte etwas Wunderbares in dem leeren Bungalow. Es war, als würde Shanti auf die Traurigkeit in seinem Herzen reagieren. Sie sah ihn voller Wärme an und sagte: »Wissen Sie was, Caine? Wir sollten jetzt erst mal dafür sorgen, dass Sie sich sauber machen können und wieder auf die Beine kommen. Ich brauche Sie bei diesem Fall.«

Sie zog ihn von seinem Barhocker ins Bad, holte einen Stuhl für ihn und wusch ihm geduldig mit einem Schwamm und warmem Wasser Gesicht und Haare ab.

Es dauerte eine ganze Weile, und Caine gab sich vollkommen dieser Erfahrung hin. Es war, als würde Shanti all seine Sorgen abwaschen, als sei der Lehm, der in spiralförmigen Schlieren im Ausguss verschwand, der Schmerz, der aus seinem Herzen gespült wurde …

Lass los, lass los, lass los.

Und obwohl Shanti unablässig über den Fall redete, minderte das nicht die Zärtlichkeit, die er in ihren Fingerspitzen spürte.

»Wissen Sie, was unheimlich ist, Caine? Die Art und Weise, wie Tess der jungen Kristal ähnelt – ist Ihnen das aufgefallen? Beugen Sie sich doch noch ein kleines Stück vor, wir wollen ja nicht Arts teures Badezimmer versauen … Ich nehme an, genau das hat ihn zu ihr hingezogen – Freud lässt grüßen. Jetzt machen Sie bitte mal die Augen zu, der verfluchte Lehm sitzt aber auch wirklich in jeder Pore … Wie dem auch sei – nun verstehen Sie sicher, warum ich mich von den Aufnahmen der Überwachungskameras habe täuschen lassen, genau wie von der ›Erscheinung‹ auf dem Friedhof … Warten Sie einen Moment …«

Sie sah sich suchend im Bad um und griff schließlich nach einer kleinen Glasflasche. »Es verstößt zwar strikt gegen die Regeln, sich Shampoo von einem Verdächtigen zu borgen, aber immerhin hat der Verdächtige Sie in diesen Zustand versetzt. Hmmm, fein – Teebaumöl für Männer.«

Caine bekam kaum ein Wort mit. Als Shanti das Shampoo in seine Haare massierte, driftete er in Gedanken in eine achtsame Welt der Glückseligkeit, in der jeder einzelne Nerv seiner Kopfhaut liebkost wurde.

»Überhaupt – das ändert alles. Ich werde Art offiziell als potenziellen Täter streichen und schwenke um auf die Theorie, dass Kristal in Mangrove House ermordet wurde, wohin der Tank mitsamt Formaldehyd am Vormittag der Ausstellungseröffnung geliefert wurde. Wir können ziemlich sicher davon ausgehen, dass sie in dem Tank – bereits tot – zur Meat Hook Gallery transportiert wurde. Art hat nicht bemerkt, dass die Figur darin in Wirklichkeit ein Mensch war, weil er wie immer völlig zugedröhnt war, außerdem war er von Tess abgelenkt, die überraschend auftauchte. Da die Lichter im Hauptausstellungsraum gedimmt waren, haben auch die Jungs von MasterMoves nichts bemerkt … Ich nehme an, dasselbe gilt für Ollie Sweetman, der den Tank poliert und die Stiefel auf den Deckel gestellt hat.« Shanti griff seufzend nach einem Handtuch. »Mist. Ich habe den Eindruck, ich hätte einen Schritt vor und fünf zurück gemacht, denn da ist immer noch die ewig gleiche Frage: Wer hat Kristal ermordet? Ich weiß nicht, wie es Ihnen geht, aber für mich schließt sich der Kreis bei Callum Oak. Ich habe dem Kerl nie über den Weg getraut. Er hat ein klares Motiv, und er besitzt sowohl die nötige Muskelkraft als auch den Verstand, um eine solche Tat auszuführen. Was denken Sie, Caine? Und jetzt raten Sie mir nicht, ich solle das Ungewisse umarmen, denn dann erdrossele ich Sie mit diesem Handtuch.«

Als sie ihm die Haare trocken rubbelte, fühlte sich Caine wie eine Katze, die warm und träge auf dem Schoß ihres Frauchens döste. Beinahe hätte er angefangen zu schnurren.

»Ich habe Sie etwas gefragt, Caine.«

Shanti stand auf und fing an, das Waschbecken zu säubern, was Caine aus seinem wohligen Stupor riss.

»Ich weiß, dass Sie so nicht ticken, Shanti, aber es gibt bei jedem Fall Momente, in denen es das Beste ist, eine Pause einzulegen und über die Situation nachzudenken. Ich finde, wir sollten Zeit im Wald verbringen.«

»Oh, das ist ein genialer Plan, Caine. Warum bin ich nicht selbst darauf gekommen? Wir sollten losziehen und ein Pläuschchen mit einem Baum halten. Oder noch besser – lassen Sie uns gleich all Ihre Lieblingsbäume fragen, wer ihrer Meinung nach Kristal auf dem Gewissen hat.«

»Ich meine es ernst, Shanti. Mein Gefühl sagt mir, dass wir über alle nötigen Hinweise und Informationen verfügen. Es ist verblüffend, wie oft mir die Antworten auf offene Fragen in der Natur kommen. Tatsächlich ist mir gerade etwas eingefallen …«

»Herrgott, Caine. Hoffentlich hilft uns das weiter.«

»Es ist eine Zeile aus einem Gedicht … Wordsworth, glaube ich … ›Mag sein, was an Impulsen wir empfangen in einem immergrünen Wald, uns aufschließt auch den ethischen Belangen, wo Theorie das Herz lässt kalt.‹«

Kapitel neunzehn

EINE UNHEILVOLLE SYMBIOSE

Alles lief gut, bis der Anruf von Pauls Schule kam.

Shanti und Caine hatten den Bungalow abgeschlossen und den Schlüssel unter den Pflanztopf gelegt, unter dem Caine ihn gefunden hatte. Als sie anschließend zum Parkplatz zurückkehrten, kam die Sonne heraus und zauberte ein helles Glitzern aufs Meer, das sich vor ihnen ausbreitete wie eine verheißungsvolle Zukunft.

Dann vibrierte Shantis Handy, und es schien fast, als läge in dem Brummen eine gewisse Dringlichkeit.

»Hallo? Spreche ich mit Shantala Joyce?«

»Wer ist dran?«

»Yvonne Khan, die Schulleiterin. Passt es Ihnen gerade?«

»Oh, Yvonne … Ja, selbstverständlich. Paul steckt doch nicht schon wieder in Schwierigkeiten? Ich dachte, er hätte sich in letzter Zeit recht gut eingefügt …«

»Ich möchte keine allzu große Sache daraus machen, Shantala, aber ich habe beschlossen, Paul für eine kurze Zeit vom Unterricht zu suspendieren. Es tut mir wirklich leid.«

»Er darf nicht mehr zur Schule kommen? Aber er ist erst acht Jahre alt! Außerdem war er doch gestern gar nicht da, was kann er denn heute …«

»Das weiß ich«, fiel ihr die Schulleiterin ins Wort, »aber ich muss das Wohl meiner Mitarbeiter an erste Stelle setzen. Pauls aggressives Benehmen ist einfach nicht zu dulden. Ich hoffe, Sie verstehen das. Könnte ihn jemand von der Schule abholen, am besten jetzt gleich?«

Shanti bejahte, beendete das Gespräch und rief mit zitternden Händen Amma an. Sie bat ihre Mutter, Paul so schnell wie möglich abzuholen, und versprach, in einer knappen Stunde zu Hause zu sein.

Caine hörte schweigend zu, als Shanti erklärte, was passiert war. Anschließend versicherte er ihr, ohne zu zögern, dass er für sie und Paul da sein werde und dass er sich freue, wenn er sie nach Yeovil begleiten dürfe.

Während der Fahrt schilderte Shanti ihm mit sorgenverzerrtem Gesicht, wie sehr sich Pauls Verhalten seit der Scheidung verändert hatte, und ließ auch die gelegentlichen Wutausbrüche nicht aus, die sich gegen sie und Amma richteten. In letzter Zeit war ihr in den Augen ihres Sohnes etwas aufgefallen, das ihr Angst machte – ein Aufglimmen von Freude darüber, welche Auswirkungen sein Benehmen auf das Verhalten anderer Personen hatte. Paul schien zum ersten Mal zu bemerken, dass er Macht ausüben konnte. Shanti erschrak deswegen darüber, weil sie exakt denselben Ausdruck – bei Paul noch in unausgereifter Form – auf dem Gesicht ihres Ex-Mannes bemerkt hatte, der ein unverbesserlicher Tyrann gewesen war.

Und jetzt hatte ihr Sohn ebenjene Aggressionen im Klassenzimmer herausgelassen, und als die Lehrer eingeschritten waren, hatten sie einen Schwall von Beschimpfungen und Pöbeleien über sich ergehen lassen müssen.

»Hören Sie, Shantala, wir alle mögen Paul sehr gern«, hatte Ms. Khan ihr versichert. »Diese Suspendierung ist ja nur für ein paar Tage. Ich möchte ihm die Chance zum Nachdenken geben. Der gesamten Belegschaft ist bewusst, unter welchem Druck Sie in Ihrem Job stehen – vor allem bei diesem Havfruen-Fall. Trotzdem bin ich der Ansicht, dass Sie und ich so bald wie möglich ein ausführliches Gespräch führen sollten. Ich möchte wissen, ob alles okay ist. Vielleicht kann ich Sie auf die eine oder andere Art unterstützen …«

Also fuhr Shanti – ein bisschen zu schnell – durch das Marshwood Vale, ein tief gelegenes Tal nördlich der A 35, durch Crewkerne und West Coker nach Yeovil. Als sie in ihrer ruhigen Sackgasse ankamen, tendierte sie dazu, Caines Einladung, Paul in seine Hütte mitzunehmen, zu akzeptieren. Der Kollege schien eine nahezu unwiderstehliche Anziehungskraft auf den Jungen auszuüben. Zu Shantis Erstaunen kam Paul in aller Seelenruhe aus dem Haus spaziert und nahm die Hand des hochgewachsenen Mannes. Es war, als würden seine Verwirrung und all sein Zorn auf einen Schlag verpuffen, sobald er Caine sah.

Auf der Fahrt nach Lyme und auf der langen, langsamen Wanderung durch den Wald wurde Shanti klar, dass es das Beste war, wenn sie sich ausnahmsweise mal hinten anstellte und Caine und Paul die Dinge auf ihre eigene, mysteriöse Männerart klären ließ.

Caine ging die Sache an, indem er dem Jungen die Natur nahebrachte. Er zeigte ihm Nester, die im Gebüsch versteckt waren, einen Grünspecht, der auf der Suche nach Nahrung gegen einen Baumstamm hämmerte, und schnitzte mit ihm mit einem scharfen Taschenmesser einen Speer aus einem Haselzweig.

An einer Stelle hörte sie Paul sagen: »Sieh mal, die Bienen, Caine!«

»Ja, sie sind in diesem Jahr sehr geschäftig. Das ist ein gutes Zeichen, denn es bedeutet, dass die Wiesen gesund sind. Weißt du, wie das funktioniert, Paul? Bienen und Blumen sind Freunde. Sie arbeiten zusammen. Man nennt das eine symbiotische Beziehung.«

»Ist das wie bei dir und Mum? Habt ihr eine sündbiotische Beziehung?«

»Symbiotisch? Ha, die Frage solltest du besser ihr stellen! Fest steht, dass alles besser läuft, wenn man zusammenarbeitet. Lehrer und Schüler können ebenfalls eine Symbiose eingehen.«

Endlich kamen sie bei dem Verlorenen Schornstein an und stiegen den steilen Pfad zur Hütte hinauf. Oben angekommen, beobachtete Shanti, wie Paul seine Schuhe auszog und sie ordentlich neben Caines stellte. Anschließend lehnte er den Speer neben Caines Surfbretter gegen die Wand und machte sich daran, wie ein Traumwandler die unbekannte Umgebung zu erkunden.

Eins musste Shanti Caine lassen – ihr Kollege war ein Naturtalent, was den Umgang mit dem Jungen anging. Er bedrängte ihn nicht zu sehr oder drangsalierte ihn mit irgendwelchen Fragen; stattdessen beschäftigte er sich mit Dingen, die jeden Achtjährigen faszinieren würden, und bald schon zogen die zwei los, um Feuerholz zu sammeln.

Caine hatte Shanti gebeten, es sich in der Hütte gemütlich zu machen – es gab Bücher, und sie durfte sich auch gern auf seinem Bett oder in dem Liegestuhl auf der Veranda ausruhen. Sie durchstreifte die Hütte, die sich nach wie vor fremd anfühlte: die Domäne eines Mannes, der noch dazu sehr außergewöhnlich war. Da war dieser Schrein mit Räucherstäbchen, einer Kerze, einer kleinen Vase voll Wildblumen und einem winzigen Tierschädel. Neben dem Bronze-Buddha entdeckte sie einen kleinen, umgekippten Bilderrahmen. Mit einem Blick über die Schulter vergewisserte sich Shanti, dass Caine und Paul außer Sichtweite waren, dann nahm sie den Rahmen zur Hand und betrachtete das verblasste Foto eines älteren Mannes. Sein Haar war fast weiß, doch die außergewöhnlich hohen Wangenknochen kamen ihr bekannt vor. Als sie seine Augen sah, die sie an Bohrlöcher erinnerten, wusste sie, dass sie zweifelsfrei ein Foto von Caines Vater in der Hand hielt. Aber warum befand es sich in diesem Schrein? Und warum lag es mit der Bildseite nach unten?

Sie legte das Foto genauso hin, wie sie es vorgefunden hatte, ging zum Bücherregal und nahm den dünnsten Roman heraus, den sie finden konnte. Anschließend trat sie vor die Hütte, wo Caine Paul beibrachte, wie man Feuerholz mit einer kleinen Axt spaltete.

Dieser Ort hatte etwas Unzeitgemäßes – nein, er schien jenseits der Zeit zu liegen. Jenseits von allem. Caine und der Junge entfachten in einem Ring aus Steinen ein Feuer, um etwas zu essen zuzubereiten – simple, ursprüngliche Aktivitäten. Ihr Ex-Mann, dachte Shanti, hätte so etwas nie mit seinem Sohn gemacht, außerdem hasste er die Natur.

Als das Essen fertig war, verkniff sie sich sogar eine Bemerkung über Pauls schmutzige Hände. Und obwohl es sich um ein vegetarisches Gericht handelte, schaufelte Paul Gabel um Gabel in sich hinein, als hätte er seit Monaten nichts mehr gegessen, dann schnappte er sich einen Maiskolben, von dem Butter tropfte, und aß ihn direkt vom Spieß. Als sie fertig waren, befestigte Caine eine Hängematte auf der Veranda und zeigte Paul, wie er hineinklettern konnte. Binnen fünf Minuten war der Junge eingeschlafen.

»Das hat er schon seit Jahren nicht mehr gemacht«, sagte Shanti verblüfft, die es sich auf dem Liegestuhl bequem gemacht hatte. »Mitten am Tag einschlafen, meine ich. Danke, Caine. Sie scheinen tatsächlich an ihn heranzukommen; auf mich ist er in letzter Zeit nur noch wütend.«

»Oh, ich weiß, wie ich ihn drankriege«, erwiderte Caine, schenkte Tee in zwei Becher ein und ließ sich zu ihren Füßen auf der Veranda nieder.

Der Spruch auf Shantis Becher lautete: *Keep Calm and Meditate* – Bleibe gelassen und meditiere.

Auf Caines Becher stand: *Buddhisten-Sandwich: eins mit allem.*

»Ich nehme an, ich hatte Glück«, sagte Shanti. »Sie haben meine Mutter kennengelernt – sie treibt mich in den Wahnsinn, aber sie steht immer hinter mir. Mein Dad war genauso. Ich war gerade erst ein Teenager, als er starb, und ich dachte, ich würde niemals über seinen Tod hinwegkommen. Die Trauer verging tatsächlich nicht, aber sie veränderte sich, und jetzt hat sich der Kummer in Liebe verwandelt.«

»Das ist schön, Shanti. Auch wenn Paul das mitunter vergessen mag: Sie sind ihm eine wunderbare Mutter. Übrigens – ist das nicht schön? Hier zu sitzen und den Sonnenuntergang über dem Meer zu betrachten?«

Den Sonnenuntergang? Erschrocken stellte Shanti fest, dass sie seit Stunden nicht mehr an die Ermittlungen gedacht hatte. Was war mit dem Tag passiert? Hier draußen gab es keinen Handyempfang. Mal angenommen, jemand versuchte dringend, sie zu kontaktieren?

Nun, dann war das eben so. Sollte Benno für eine Weile die Zügel übernehmen.

»Erzählen Sie mir von diesem Buddhismus-Kram, Caine. Ich meine, worum geht es dabei? Aber kommen Sie mir jetzt bitte nicht mit einem sechsstündigen Vortrag – drei Worte genügen.«

»Mitgefühl. Gelassenheit. Liebe.«

»Nun, vielleicht doch ein bisschen mehr … aber auch nicht zu viel.«

»Im Buddhismus geht es um Achtsamkeit und Leichtigkeit. Darum, ein erfülltes Leben zu führen, ohne andere zu verletzen. Die helleren und dunkleren Abschnitte des Lebens zu akzeptieren. Herr über den eigenen Verstand zu sein. Loszulassen. Frei zu sein.«

»Okay, das gefällt mir im Großen und Ganzen recht gut. Ich meine jedoch, ich hätte gehört, dass es zahlreiche verschiedene Ausrichtungen gibt. Was für eine Art Buddhist sind Sie?«

»Ich weiß es nicht. Ich nehme an, ich bin ein Querbeet-Buddhist.«

»Ist das so was wie ein Querbeet-Cop?«

»Vielleicht. Ich nehme die Dinge so, wie sie für mich passen. Buddha sagt, wir sollen nichts glauben, was wir lesen oder hören – auch nicht das, was er sagt –, wenn wir es nicht mit unserem gesunden Menschenverstand nachvollziehen können und es nicht dem Wohl der Allgemeinheit dient.«

»Das ist dann so, als würde man sich die Süßigkeitentüte selbst zusammenstellen, oder?«

»Falls es Sie wirklich interessiert: Ich glaube, es gibt so etwas wie einen goldenen Faden, der sich durch sämtliche großen Religionen zieht, genau wie durch die große Kunst, die große Literatur und auch durch die Natur – vor allem durch die Natur. Es ist im Grunde völlig gleich, an welcher Stelle Sie ihn zu fassen bekommen.«

»Hm ... das ist entweder unglaublich tiefgründig oder aber der größte Schwachsinn, den ich je gehört habe. Ich werde darüber nachdenken und Sie wissen lassen, wie ich dazu stehe.«

Eine lange Zeit saßen sie schweigend zusammen und betrachteten die Bäume, die sich langsam in der Brise wiegten.

»Shanti, würden Sie mich für einen Augenblick entschuldigen? Für gewöhnlich gehe ich um diese Zeit zum Meer hinunter. Einfach, um mich dort ein wenig hinzusetzen.«

»Klar«, erwiderte Shanti und setzte sich in ihrem Liegestuhl zurecht. »Ich hab mir ein Buch geholt.«

»*Siddhartha* von Hermann Hesse. Das ist eine großartige Wahl. Eine magische Geschichte. Sie werden sie lieben.«

Als er den Pfad zu der kleinen Bucht entlangwanderte, spürte Caine, wie in seinem Inneren eine komplexe Mischung von Gefühlen aufwallte. Eine Art Zärtlichkeit dieser kleinen Familie gegenüber, den unverhofften Gästen im Gasthaus seines Lebens, überlappt von einer Furcht, die er schon vor Jahren begraben zu haben glaubte und die nun an die Oberfläche zurückdrängte.

Würde er jemals frei sein von dem, was passiert war? Die turbulente Polizeiarbeit war nicht gerade hilfreich. So viel Aufregung.

Auf einer der Klippen war ein kleiner Grasfleck, auf dem er gern saß und über das Meer blickte. Der anmutige Zweig einer Eiche beschattete seinen Kopf. Als er sich im Schneidersitz zwischen die moosbewachsenen Wurzeln setzte, erinnerte er sich daran, wie sich sein alter Lehrer Tu an die jungen Mönche gewandt hatte. Dabei hielt er ein Glas Wasser in seiner schmalen braunen Hand. »Das Wasser ist unsere Seele«, hatte er augenzwinkernd gesagt. »Seht, was passiert, wenn ich das Glas schüttele …« Das Wasser fing an zu zittern. »Das ist die aufgewühlte Seele. Das Wasser wird dunkel und trüb. Was kann ich tun, damit es wieder klar wird?«

»Hören Sie auf zu schütteln!«, hatten sie gerufen.

Tu hielt das Glas also wieder still, und wie durch Zauberei beruhigte sich das Wasser. »Wenn Sorgen und Begierden nachlassen, wird die Seele klar und rein. Ausgeglichenheit ist der natürliche Zustand. Nur wenn Klarheit herrscht, sind wir in der Lage, in die Tiefe zu blicken. Das nennt man Einsicht oder Erkenntnis.«

Und nun hatte Caine das heftige Gefühl, dass ihm die Lösung des Havfruen-Falls so selbstverständlich einfallen würde, wie der Herbst ins Land einfiel – vorausgesetzt, seine Seele käme zur Ruhe.

Als er etwa eine Stunde später die Augen öffnete, stand Paul barfuß an seiner Seite, den Speer in der Hand, und beobachtete ihn beim Meditieren. Caine lächelte und stand langsam auf, dann nahm er den Jungen bei der Hand und kehrte mit ihm zur Hütte zurück.

»Was ist das, Caine?«, fragte Paul und deutete mit seinem Speer auf den Stamm des alten Baums.

»Oh, das ist ein Pilz, Pfifferling genannt. Wenn man ihn kocht, kann man ihn essen.«

»Er sieht aus wie ekelige Eiercreme.«

»Weißt du was, Paul? Das hier ist ein weiteres Beispiel für eine Symbiose … wie die Bienen und die Blumen arbeiten auch der Pfifferling und die Eiche zusammen wie Freunde.«

»Wie können ein Baum und ein Pfifferling Freunde sein?«

»Nun, wenn ich mich recht entsinne, hat der Pilz kleine Fäden, die sich um die Wurzeln schlingen. Die Fäden helfen dem Baum, gute Dinge wie Nährstoffe und Wasser aus der Erde zu ziehen, außerdem schützen sie ihn vor unangenehmen Krankheiten. Im Gegenzug dazu liefert der Baum dem Pfifferling Zucker, der ihm seinen guten Geschmack gibt.«

»Das ist cool. Ekelig, aber cool.«

Als sie den Pfad zur Hütte hinaufstiegen, verspürte Caine ein ungewöhnliches Kribbeln im unteren Wirbelsäulenbereich. Das Kribbeln wanderte langsam aufwärts, Wirbel um Wirbel, bis in den Nacken. Dann explodierte es in seinem Kopf.

Natürlich! Das war die Erkenntnis, auf die er gewartet hatte! Wordsworth' Impuls aus dem immergrünen Wald.

»Paul, du bist ein Genie!«

»Tatsächlich?«

»Du weißt es nicht, aber du bist eins. Ich denke, du hast gerade eben den symbiotischen Nagel auf den symbiotischen Kopf getroffen.«

»Das verstehe ich nicht.«

»Macht nichts. Deine Mum wird wissen, was ich meine. Lauf einfach vor zur Hütte und sag ›symbiotisch‹! Erzähl ihr, dass du den Fall gelöst hast.«

Shanti entspannte sich in dem alten Liegestuhl auf der Veranda und versuchte, den Sinn von Caines Roman zu verstehen.

»Hallo«, begrüßte sie ihren Sohn, der aufgeregt zu ihr gelaufen kam. »Hast du Caine gefunden?«

»Symbiotisch!«, rief Paul.

»Wie bitte?«

»Symbiotisch, Mum. Caine sagt, ich habe den Fall gelöst.«

»Ach, da sind Sie ja, Caine. Haben Sie eine Ahnung, wovon mein Sohn redet?«

»Ich denke, er hat recht. Paul und ich haben über Symbiose gesprochen – Sie wissen schon, die Art und Weise, auf die sich zwei Dinge in der Natur gegenseitig helfen?«

»Wie die Vögel, die Krokodilszähne reinigen?«

»Exakt. Nun, aufgepasst: Wer immer Kristal umgebracht hat, benötigte zweierlei …«

»Ich hätte nie gedacht, dass ich das einmal sagen würde, aber könnten Sie vielleicht etwas langsamer machen?«

»Ich denke, wir haben uns den Ermittlungen von der falschen Seite genähert.«

»Hätten wir Krokodile befragen sollen?«

»Nein, aber vielleicht hätten wir nach potenziellen Partnerschaften suchen sollen.«

»Aha …«

»Vor allem nach Partnerschaften, bei denen zwei Personen über Fähigkeiten verfügen, die sich bei dem Verbrechen ergänzt haben.«

Shanti klappte das Buch zu und setzte sich auf. »Dann behaupten Sie also gerade, dass der Mord von zwei Leuten begangen wurde?«

»Exakt. Muskelkraft und Gehirn.«

»Eine Person, die über den nötigen Intellekt verfügt, um das Ganze zu planen. Und eine weitere mit der körperlichen Kraft, die es erfordert, Kristal in den Tank zu verfrachten.« Shanti sprang auf und stopfte verschiedene Sachen in ihre Schultertasche. »Paul, ich möchte, dass du hier bei Caine bleibst. Ich muss noch etwas erledigen.«

»Juchhu! Was sollen wir unternehmen, Caine?«

»Shanti, das sollten Sie nicht allein machen«, warnte Caine.

»Passen Sie auf Paul auf. Bitte. Ich komme schon klar.«

Und damit setzte sie sich in Bewegung, sprintete den schmalen Pfad von der Hütte hinunter Richtung Küstenweg. Während sie rannte, stellte sie mit einiger Zufriedenheit fest, dass sie definitiv fitter war als beim ersten Mal, als sie sich diesen Weg entlanggekämpft hatte.

»Hab ich den Fall wirklich geknackt?«, wollte Paul wissen, als sie weg war.

»Ich denke, das hast du«, sagte Caine und legte dem Jungen beunruhigt eine Hand auf die Schulter. »Oder vielmehr: Das haben wir zusammen getan.«

»Symbiotisch?«, fragte Paul.

»Symbiotisch«, sagte Caine.

Kapitel zwanzig

TEE FÜR DEN MÖRDER

Das Tageslicht verblasste bereits, als sie am Paradise Park ankam. Colin Leggit saß in dem Blockhaus, das als Rezeption diente, und sortierte die Auslage mit den Flugblättern, die die örtlichen Attraktionen anpriesen.

»Ich bin in einer Minute für Sie da«, versprach er ihr mit einem Blick über die Schulter. »Ich bringe hier nur schnell etwas Ordnung rein, damit man nicht nach dem Affenrettungszentrum sucht und in den Wookey Hole Caves landet – Sie kennen doch die berühmten Kalksteinhöhlen?«

»Ich muss Sie dringend sprechen, Mr. Leggit.«

Der Mann mit dem sorgfältig getrimmten Bart drehte sich um. »Oh, Sie sind es. Haben Sie den Mörder noch nicht gefasst?«

»Ist Oliver da?«

»Ja, aber er möchte um diese Tageszeit nicht gestört werden. Wie ich Ihnen schon sagte – er ist etwas heikel, was seinen Zeitplan angeht.«

»Um ehrlich zu sein, Mr. Leggit, interessiert mich sein Zeitplan momentan ganz und gar nicht.«

»Kein Grund, unhöflich zu werden, junge Dame. Geben Sie mir eine Minute, dann zeige ich Ihnen, wie Sie zu seinem Wohnwagen …«

»Shangri-La, ich weiß. Neben dem Taubenschlag.«

»Sie müssen wissen, dass er in Gesellschaft ist. Alle tuscheln schon darüber. Er hat eine Freundin. Ich habe sie selbst durch die

Gardinen hindurch gesehen. Noch ein Grund mehr, warum er nicht gestört werden möchte. Bei Ollie ist gerade Teestunde …«

Shanti ließ Leggit, der jetzt einen Stapel Flugblätter über die Cheddar Gorge in den Händen hielt, stehen und ging den makellos gepflegten Weg zwischen den pastellfarbenen Ferienhäuschen entlang. Hinter den Fenstern flackerten Fernseher, Kochdünste wehten zu ihr herüber. Die Anwesenheit eines Gastes in Sweetmans Unterkunft verkomplizierte die Sache. Sie würde die Frau fortschicken müssen.

Shanti wusste sehr wohl, dass sie Benno anrufen sollte, aber sie brannte darauf, diese Sache allein zu erledigen.

Olivers Wohnwagen, Shangri-La, befand sich an einem abgeschiedenen Fleckchen auf der westlichen Seite des Parks in der Nähe eines kleinen Flusses. Daneben stand ein kunstvoll gefertigter Taubenschlag auf einem dicken Pfosten. Die wunderschönen Geschöpfe saßen in den zahlreichen Öffnungen, gurrten und umturtelten einander. Als Shanti eintraf, stellte sie fest, dass Leggit recht hatte: Sweetman war nicht allein.

Sie sprang ein paarmal auf und ab, um eine bessere Sicht zu bekommen. Hinter den Spitzengardinen war definitiv eine Bewegung auszumachen: Oliver Sweetman – unschwer an seiner massigen Gestalt zu erkennen –, der Teller und Besteck auflegte. Neben ihm war eine zweite Person zu erkennen: dem Umriss nach eine Frau, die am Tisch saß. Servierte Sweetman seinem Gast Tee?

Shanti schlich näher und duckte sich unter das einen Spaltbreit geöffnete Fenster. Sie konnte hören, wie Oliver mit seinem weichen kornischen Akzent sprach, als wäre er ein kleines Kind, das seinen Puppen Tee servierte.

»Wir essen den Kuchen auf keinen Fall vor der Suppe, einverstanden? Ich habe Tomatensuppe gemacht, weil du die am liebsten magst, und sieh mal, geriebenen Käse habe ich auch, den kannst du drüberstreuen …«

Shanti ging um den Wohnwagen herum zum Eingang, wo zwei Plastikstufen zur Tür führten. Sie holte tief Luft, dann klopfte sie energisch an.

»Nanu, wer kann das sein?«, fragte Sweetman von innen. »Normalerweise bekommen wir keinen Besuch, schon gar nicht um diese Zeit. Es ist ja schon fast dunkel. Vielleicht schaut Mr. Leggit vorbei. Hoffentlich ist nichts mit den Tauben.«

Der Wohnwagen schwankte und ächzte, als er zur Tür stapfte.

Shanti hörte, wie das Schloss von innen aufgesperrt wurde, dann schwang die Tür nach außen auf und hätte sie beinahe von der Stufe gefegt. Über ihr, umrahmt vom Schein der Innenbeleuchtung, türmte sich die kolossartige Gestalt von Oliver Sweetman auf.

»Ach, Sie sind's, Shanti Joyce«, sagte der Riese. »Aber jetzt ist doch gar nicht Minigolfzeit …« Er machte Anstalten, die Tür zu schließen.

»Es dauert nur einen kurzen Moment, Oliver«, entgegnete sie, griff nach dem dünnen Türblatt und hielt es fest. »Ich bin nicht hier, um Minigolf zu spielen. Ich möchte mich bloß ein wenig mit Ihnen unterhalten, wenn das in Ordnung für Sie ist.«

Er streckte den Kopf vor und spähte um die Tür herum. »Nun, ich habe Gesellschaft, wir sind gerade beim Tee. Wenn es Ihnen nichts ausmacht, würde ich lieber …«

Shanti warf sich gegen ihn, doch der Mann war stark wie ein Bison.

»Oliver, Sie haben vielleicht vergessen, dass ich ein Detective bei der Polizei von Yeovil bin. Ich würde Ihnen gern ein paar Fragen stellen.«

»Kommen Sie morgen wieder, Shanti Joyce. Wenn Sie nicht gehen, rufe ich Mr. Leggit an.«

»Mr. Leggit weiß, dass ich hier bin. Er sagte, es würde Ihnen nichts ausmachen, wenn ich Ihnen einen Besuch abstatte, weil es wichtig ist.«

Sie spürte, wie er zögerte und über ihre Worte nachdachte.

»Tja, ich kann zwar nicht gerade behaupten, dass mir das gefällt, aber ich denke, Sie sollten reinkommen, wenn es das ist, was Mr. Leggit sagt. Aber eins kann ich Ihnen jetzt schon versichern, Shanti Joyce: Die Suppe reicht nicht für drei.«

Der Geruch war das Erste, was Shanti bemerkte. Tomatensuppe, ja, aber da war noch etwas anderes, wie Zwiebeln in Essig. Als sie dem breitschultrigen Sweetman folgte, dämmerte ihr, dass sie den Geruch schon einmal bemerkt hatte. Bei dieser Erkenntnis wallte Panik in ihrer Brust auf. Sie griff in ihre Schultertasche und tastete nach ihrem Pfefferspray.

Hinter einem schmalen Durchgang befand sich der Wohn-Ess-Bereich. Um sich hindurchzuquetschen, musste Sweetman die Arme anwinkeln und die Schultern hochziehen. Shanti folgte ihm in den langen, engen Raum, in dem ein Tisch vor einer L-förmigen, gepolsterten Eckbank platziert war. Auf dem Tisch lag eine rot-weiß karierte Tischdecke, darauf stand eine aufwendig zubereitete Mahlzeit.

Und auf der Eckbank saß Kristal Havfruen, den Rücken zum Fenster gewandt.

Als Sweetman auf seinen Platz neben ihr zurückkehrte, wummerte Shantis Herz wie ein Dampftraktor.

»Wir müssen ein wenig zusammenrücken, Kristal«, sagte er. »Sieht so aus, als hätten wir Besuch.«

Kristals teilnahmsloses Gesicht war verschmiert mit rotem Lippenstift, ihre grünen Augen blickten unbewegt in die dampfende Suppenschüssel.

Shanti blinzelte, unfähig zu begreifen, was sie da sah. Plötzlich passte alles zusammen – der Geruch nach Formaldehyd, die starre Haltung. Vor ihr saß die unfassbar lebensechte Figur, die Kristal für ihr Happening geschaffen hatte.

»Ich hoffe, Sie legen keinen Wert auf Etikette, Shanti Joyce«, sagte Sweetman. »Es ist nicht genug Suppe da, aber wenn Sie sich gut benehmen, dürfen Sie ein bisschen Tee und Kuchen abhaben.«

Seine Stimme verriet, wie verärgert er war. In Olivers Augen hatte Shanti einen gemütlichen Abend mit seiner Geliebten gestört.

»Hallo, Kristal«, stammelte sie. Ganz gleich, in welcher Realität Sweetman lebte – es war das Beste, einfach mitzuspielen.

»Dieser Geruch, Oliver – ist das nicht Formaldehyd?«

»Das ist richtig! Wir haben so oft geduscht, aber er lässt sich einfach nicht abwaschen, stimmt's, Kristal?«

Shanti nickte, als würde das Ganze einen Sinn ergeben.

»Zumindest bei dir«, fuhr Sweetman fort und liebkoste den Nacken der Kristal-Figur, »kehrt der Geruch nach einer Weile immer zurück, nicht wahr, Liebling?«

Kristal erwiderte nichts.

Oliver steckte sich eine Serviette in den Kragen und legte auch Kristal eine über.

»Sie isst kaum etwas. Deshalb ist sie auch so dünn.«

Mit einem Hauch von Verzweiflung fing er an, die rote Suppe in den Mund der Puppe zu löffeln. Sie spritzte auf ihr weißes Spitzenkleid und auf die Tischdecke.

»Nun setzen Sie sich doch endlich, Shanti Joyce. Sie fühlt sich nicht wohl, wenn Sie stehen.«

Fast wie in Trance nahm Shanti auf der orange-lila gepolsterten Bank neben Kristal Platz.

»O bitte, Kristal«, drängte Sweetman. »Nur noch ein paar Löffel. Für mich. Hier … einen für Ollie …«

Er fing an, sich selbst laut schlürfend Löffel um Löffel Tomatensuppe zwischen die Lippen zu schieben.

Shanti fühlte sich genauso paralysiert wie ihre blonde Tischnachbarin.

Irgendwann gelang es ihr, ein paar krächzende Worte hervorzustoßen. »Ollie? Darf ich Ihnen eine Frage stellen?«

»Klar.«

»Das ist doch nicht wirklich Kristal, oder?«

Er starrte sie an, entsetzt und ungläubig.

»Ich weiß nicht, wovon Sie reden.«

»Entschuldigung. Ich hätte das nicht sagen sollen. Ich meine, das ist die stille Kristal, nicht wahr? Die Kristal, die nett zu Ihnen ist. Nicht die, die Sie ausschimpft und Ihnen auf die Hand schlägt.«

Sweetman kniff fest die Augen zusammen, als versuche er, die Welt um sich herum auszublenden. »Ich weiß es nicht. Ich weiß gar nichts.«

»Sie waren auf der Beerdigung, erinnern Sie sich? Sie haben die andere Kristal in dem Glassarg gesehen. Ich frage mich, ob Sie geholfen haben, die beiden Kristals zu vertauschen. Haben Sie Kristal in ihrem Atelier eine Spritze gegeben, damit sie einschläft?«

Die zuckenden Augenlider blieben geschlossen. Der Löffel schwebte zitternd in der Luft.

»Haben Sie diese liebe, stille Kristal aus dem Tank gehoben und die schlafende Kristal hineingelegt?«

»Das ist ein Geheimnis«, flüsterte er.

»Und wer hat Sie darum gebeten, das Geheimnis für sich zu behalten?«

»Wenn ich das verraten würde, wäre es doch kein Geheimnis mehr. Sie sind ja ein Dummerchen, Shanti Joyce.«

»War es Callum, Ollie? War es Callum Oak?«

»Ich höre nicht zu. Ich kann nichts hören …«

»Hat Callum Sie gebeten, das Geheimnis für sich zu behalten?«

»Tralala … Ich stecke mir die Finger in die Ohren.«

»Oliver, bitte«, sagte Shanti mit lauter, fester Stimme. »Ich muss die Wahrheit wissen.«

Er nahm die Finger aus den Ohren, riss die Augen auf und rückte die erschreckend lebensechte Figur zurecht, um ihr zärtlich die verschmierten Lippen mit der Serviette abzutupfen.

»Es ist spät, normalerweise sind wir schon im Bett. Schlafanzug anziehen, Kristal. Schlafanzug anziehen, Shanti Joyce. Es ist Zeit, die Tür abzuschließen.«

Er stand auf und stapfte durch den kleinen Raum und den engen Durchgang.

Shanti blieb allein mit Kristal zurück. Sie hörte, wie das Schloss einschnappte. Einen Augenblick später kehrte Oliver zurück und steckte einen Schlüssel in seine Hemdtasche.

»Es ist zu spät, um jetzt noch aufzubrechen, Shanti Joyce. Sie werden bei Kristal und mir übernachten müssen. Obwohl wir nicht die ganze Zeit über schlafen werden, nicht wahr, Liebling?«

Shantis Finger schlossen sich um das Pfefferspray.

»Oliver Sweetman. Haben Sie Kristal Havfruen am Nachmittag des zweiundzwanzigsten Juli in Mangrove House ermordet?«

Sein flammend orangefarbener Schopf zuckte, sein Gesicht lief dunkelrot an.

»Jetzt haben Sie's geschafft, Shanti Joyce. Jetzt muss ich Sie umbringen.«

»Ollie, wenn Sie das tun, wandern Sie ins Gefängnis, und wer wird sich dann um Kristal kümmern?«

Er blinzelte verwirrt, dann kam er mit ausgestreckten Armen auf sie zu und griff nach ihr.

Shanti wich hinter den Tisch zurück und fasste die Kristal-Figur am Arm. Sie war schwerer, als sie gedacht hatte – offenbar war sie innen nicht hohl wie eine Schaufensterpuppe, sondern bestand aus einer dichten Masse aus Kunstharz und Silikon. Es gelang ihr, die künstliche Kristal von der Bank zu zerren, wobei sie die Tischdecke mitriss. Kristals Teller landete auf dem Teppich, die rote Suppe spritzte nach allen Seiten. Es sah aus wie nach einem Massaker.

Oliver bebte. »Fassen Sie sie nicht an, Shanti Joyce! Sie hat Ihnen nichts getan!«

»Sie ist nicht echt, Oliver! Sie ist eine Puppe, eine Figur aus Kunststoff oder weiß Gott was für Zeug! Sehen Sie!« Sie zwickte in Kristals kalte Wangen. Stieß ihr einen Zeigefinger in die Rippen. »Sie gibt keinen einzigen Laut von sich, und warum nicht? *Weil sie nicht echt ist!*«

Sweetman baute sich drohend vor ihr auf. »Sie machen ihr Angst. Das mag sie nicht. Ollie mag das auch nicht. Lassen Sie sie los. Wenn nicht, wissen Sie ja, was passiert ...«

Shanti zog die Dose mit Pfefferspray aus der Tasche und richtete sie auf ihn. »Schluss jetzt, Oliver, oder ich sprühe das Zeug in Ihre Augen. Das wird ganz schön wehtun.«

»Ist mir egal. Ich will Kristal.«

Er machte einen Schritt auf sie zu. Shanti richtete die Dose direkt auf sein kugelrundes Gesicht und drückte mit dem Zeigefinger fest auf den Druckknopf. Nichts, bis auf ein klägliches Zischen. Das verdammte Ding war leer!

Sweetman kam um den verwüsteten Tisch herum auf sie zu. Voller Panik glitten Shantis Augen über die Tischplatte auf der Suche nach einer Waffe, doch bis auf ein kleines Messer neben dem Biskuitkuchen konnte sie nichts Passendes entdecken.

Oliver hatte ihren Blick bemerkt. »Das kleine Messer kann mir nichts anhaben«, sagte er kichernd. »Ich bin doch kein Kuchen!«

»Das ist auch nicht für Sie bestimmt, Ollie.« Mit einer einzigen flüssigen Bewegung hielt sie der Puppe das Messer an den Hals Mit der anderen Hand zog sie fest an Kristals Haar. Der Kunststoffhals wölbte sich nach vorn. »Bleiben Sie, wo Sie sind, Oliver Sweetman, oder ich schneide ihr die Kehle durch.«

Sweetman erstarrte.

»Ich werde jetzt gehen, und Sie werden mir nicht folgen. Wenn ich Sie hinter mir höre, dann bringe ich sie um, das schwöre ich.«

Sweetman ließ sich schwer auf die Polsterbank fallen und vergrub das Gesicht in den Händen. »Tun Sie's nicht! Tun Sie's nicht! Sie hat Ihnen nichts getan!«

»Geben Sie mir den Schlüssel aus Ihrer Hemdtasche, Oliver.«

Er schleuderte ihn beleidigt auf den Tisch – wie ein Schuljunge, der seine eingeschmuggelten Zigaretten abgeben muss. Das Kuchenmesser fest an den Hals der Puppe gedrückt, zog sich Shanti rückwärts aus dem Wohn-Ess-Bereich zurück und durch den schmalen Durchgang zur Tür. Sweetman blieb reglos am Tisch sitzen, seine Unterlippe zitterte. Ohne die Kunststoff-Kristal loszulassen, fummelte Shanti am Schloss herum. Als es endlich aufsprang, trat sie mit dem Absatz dagegen und sprang die Stufen hinunter, dann ließ sie das Messer fallen und setzte sich in Bewegung, die Puppe an einer Hand mit sich schleifend. Bei jedem Schritt schlenkerten Kristals Gliedmaßen hin und her. Mit der freien Hand zog Shanti ihr Handy aus der Tasche. Sie rief gerade Verstärkung, als sie hinter sich ein unmenschliches Heulen hörte. Erschrocken wirbelte sie herum und sah Sweetman, der ihr mit puterrotem Gesicht, die Arme weit ausgestreckt, nachsetzte wie ein hysterisches Kind. In wenigen Schritten würde er bei ihr sein. Shanti fing an zu rennen. »Geben Sie sie mir zurück!«, brüllte er und bekam eins von Kristals Beinen zu fassen.

Shanti schlug einen Haken, doch zu ihrem Entsetzen löste sich Kristals rechter Arm. Die verstümmelte Puppe in der Hand, blieb Sweetman abrupt stehen und legte die einarmige Kristal vorsichtig auf dem Boden ab, bevor er sich auf Shanti stürzte.

Shanti ließ den Silikon-Kunstharz-Arm über ihrem Kopf kreisen und schlug ihn anschließend mit aller Kraft auf Sweetmans Schädel. Ein dumpfes Geräusch ertönte, dann gab der riesige Kerl ein tiefes Stöhnen von sich und taumelte nach hinten, wobei er sich den Kopf am Taubenschlag stieß und zu Boden ging. Ein wild gurrender Taubenschwarm flatterte panisch in den dunklen Abend hinaus.

Binnen Sekunden war sie über ihm und fesselte ihm die Hände mit Handschellen hinter dem Rücken. Als sie sich wieder aufrichtete, stellte sie fest, dass in den umstehenden Ferienhäusern und Wohnwagen die Gardinen zurückgezogen wurden.

Sweetman stöhnte erneut und versuchte, sich auf die Seite zu rollen. In dem Moment hörte Shanti das Geräusch eines sich rasch nähernden Fahrzeugs, kurz darauf raste ein roter Vauxhall Astra auf sie zu, schlitterte um den Taubenschlag herum und kam mit quietschenden Reifen und Bremsen neben ihnen zum Stehen.

Kapitel einundzwanzig

DER ARM DES GESETZES

Caine stieß die Fahrertür auf und sprang aus dem Wagen. Im Licht der Scheinwerfer sah er, wie Shanti einen benommenen, in Handschellen gelegten Oliver Sweetman in eine sitzende Position brachte und gegen den Pfosten des Taubenschlags lehnte. Neben ihr lag ein abgetrennter Arm.

Ein Stück weit entfernt, in der Nähe eines Wohnwagens mit geöffneter Tür, entdeckte er einen einarmigen Leichnam, das weiße Minikleid über und über mit Blut bespritzt.

»Shanti! Shanti! Sind Sie okay?«

Shanti stand auf und musterte ihn durchdringend.

»Vincent Caine, ich werde Ihnen jetzt eine Frage stellen, und ich will, dass Sie unverzüglich darauf antworten.«

»Gut«, erwiderte Caine. »Ich werd's versuchen.«

»Wo ist Paul? Wenn Sie mir jetzt erzählen, dass Sie meinen Sohn mitten in der Wildnis allein gelassen haben, werde ich Sie wegen Verletzung der Aufsichtspflicht anzeigen.«

»Nun mal langsam, Shanti. Natürlich habe ich ihn nicht allein gelassen.«

»Und wo …«

»Paul ist bei Zeb.«

»Zeb? Wer zur Hölle ist Zeb? Er ist eine Stimme am Telefon, mehr nicht. Ich habe ihn nie persönlich kennengelernt, und Paul auch nicht. Woher soll ich wissen, ob er überhaupt existiert?«

»Entspannen Sie sich, Shanti. Paul ist hundertprozentig in Sicherheit, das garantiere ich Ihnen. Zeb ist der hiesige Jugendbetreuer und hat selbst vier Kinder. Als ich gefahren bin, hat Paul mit ihm Billard gespielt.«

»Hoffentlich haben Sie recht.«

»Vertrauen Sie mir, Shanti. Ich würde mein Leben in Zebs Hände legen. Ich konnte einfach nicht zulassen, dass Sie diese Sache selbst regeln.«

»Habe ich aber, Caine.« Sie deutete mit dem Fuß auf Sweetman, der leise vor sich hin stöhnte.

»Das sehe ich. Aber warum haben Sie keine Verstärkung gerufen?«

»Das habe ich. Vorhin. Benno ist schon unterwegs.«

»War er gewaltätig, Shanti? Hat er Sie angegriffen?«

»Moment, Caine. Ich war noch nicht fertig. Eins muss ich unbedingt wissen: Wie haben Sie das gemacht? Das mit den quietschenden Reifen, meine ich? Sie besitzen doch gar keinen Wagen. Können nicht mal Auto fahren.«

»Das habe ich nie behauptet. Ich habe gesagt, dass ich Auto fahren nicht *mag*. Das ist Zebs Wagen.«

»Ich muss mit Paul sprechen.«

»Selbstverständlich. Zebs Nummer haben Sie ja.«

»Behalten Sie ihn im Auge«, sagte sie und nickte in Sweetmans Richtung. »Er ist ein gottverdammter Irrer.«

Als Shanti davonschlenderte, um ihren Anruf zu tätigen, kehrte langsam wieder Ruhe im Taubenschlag ein.

In der Ferne hörte Caine das Heulen von Sirenen. Von überallher traten verwirrte Gäste des Paradise Park in Nachthemden und Schlafanzügen aus ihren Unterkünften ins Licht der viktorianischen Straßenlaternen und verrenkten sich nervös die Hälse, um zu sehen, was in der idyllischen Ferienanlage vor sich ging.

»Bitte treten Sie zurück!«, rief er der gaffenden Menge zu. »Wir ermitteln in einem Mordfall.«

Die Umstehenden zogen hörbar die Luft ein.

»Nicht unser Ollie.«

»Er ist wie eine riesige Taube.«

»Sanft wie eine Feder.«

Ein kahlköpfiger Herr, der nichts außer einem Badetuch und einer runden Brille am Leib trug, trat vor und zupfte Caine am Ärmel. »Ich möchte Ihnen nicht vorschreiben, wie Sie Ihren Job zu machen haben, junger Mann, aber sehen Sie die Frau, die dort drüben liegt? Die Einarmige? Ich glaube nicht, dass die echt ist. Das auf dem Kleid ist Tomatensuppe, kein Blut. Ollie hätte nie einen richtigen Menschen umgebracht.«

»Danke«, sagte Caine. »Das ist ein bisschen kompliziert …«

Sirenen heulten durch die Nacht, blinkende Lichter zerrissen die Dunkelheit, als Bennos Ford Focus mit hoher Geschwindigkeit einer Funkstreife und einem Rettungswagen den Weg wies.

Shanti kehrte zurück, weitaus glücklicher als vor ihrem Telefonat.

»Alles in Ordnung, Shanti?«, fragte ein blau blinkender Caine.

»Er hat die schwarze Kugel eingelocht, und jetzt passt ein nettes Mädchen auf ihn auf.«

»Eine von Zebs Töchtern. Sie ist ein Engel.«

»Tut mir leid, Caine.«

»Kein Problem. Sie hatten einen guten Grund, außer sich zu sein. Immerhin wollen Sie Ihren Sohn beschützen.«

»Ich hatte es einfach total eilig. Dachte, alles würde davon abhängen – mein Leben, meine Karriere, mein Ruf.«

»He, ist schon gut. Sie haben Ihre Sache gut gemacht.« Er rieb sanft ihre Schulter.

Sie lächelte ihn an. »Ich finde es gut, dass Sie Ihren heiligen Ich-mag-nicht-Auto-fahren-Schwur gebrochen haben, um mich zu retten.«

»Shanti, ich habe noch nie jemanden kennengelernt, der weniger rettungsbedürftig ist als Sie.«

»Sweetman hat Kristal umgebracht, das hat er mehr oder weniger zugegeben. Auf jeden Fall bringt ihn die Kristal-Figur mit dem Tatort in Verbindung. Sie stinkt immer noch nach Formaldehyd. Er hat hier mit ihr gelebt, Caine – als Mann und Frau.«

»Armer Ollie.«

»Arme Shanti. Er schien ganz versessen auf eine *ménage à trois.*«

Als die Sanitäter, die Sweetman untersuchten, zufrieden waren, zog Benno den großen Mann auf die Füße.

»Möchtest du übernehmen, Chefin?«, fragte er.

Shanti nickte. »Oliver Sweetman«, sagte sie, »ich verhafte Sie wegen Mordes an Kristal Havfruen am zweiundzwanzigsten Juli in Mangrove House in Devon. Sie haben das Recht zu schweigen, allerdings kann es gegen Sie ausgelegt werden, wenn Sie sich erst während des Gerichtsverfahrens auf etwas berufen, zu dem Sie im Rahmen der Ermittlungen geschwiegen haben. Alles, was Sie sagen, kann als Beweis verwendet werden.«

»Nein, Sie haben sie umgebracht … Sie haben meine Kristal getötet!«, schluchzte Sweetman.

»Sollen wir ihn zur Polizeistation bringen, Chefin?«, fragte Benno.

»Nein, ich will nicht auf die Station, will nicht ins Krankenhaus«, jammerte Sweetman.

»Er ist ziemlich durch den Wind«, sagte Shanti. »Ich glaube nicht, dass wir viel mehr aus ihm rauskriegen. Armer Kerl. Ich würde mich dagegen sehr gern mit jemand anderem unterhalten.«

Sie deutete auf die hagere Gestalt des Ferienparkbesitzers in der Menge. Er war auch um diese Uhrzeit untadelig gekleidet und trug einen gestreiften Pyjama, einen Morgenmantel und Pantoffeln.

»Mr. Leggit, wir müssen uns unterhalten.«

Nachdem der Neon-Konvoi abgerückt war, saßen Shanti, Caine und Leggit auf einer Bank vor einem kunstvoll verzierten Laternenpfahl mit Blick auf Shangri-La. Der Wohnwagen war versiegelt worden, damit niemand hineinging, bevor das angeforderte Team der Spurensicherung seine Arbeit aufgenommen hatte. Die Bank schien eine weitere Sweetman-Kreation zu sein, kunstvoll gefertigt aus verflochtenem Treibholz. Auf einer der Armlehnen saß eine geschnitzte Katze.

»Ich kann mir nicht vorstellen, dass Ollie etwas damit zu tun hat«, sagte Leggit und schüttelte ungläubig den Kopf. »Paradise Park wird nicht mehr derselbe sein.«

»Mr. Leggit«, sagte Shanti. »Bitte konzentrieren Sie sich auf Samstag, den zweiundzwanzigsten Juli.«

»Es tut mir leid, das liegt zu lange zurück.«

»An dem Tag wurde Kristal Havfruen ermordet … Bitte, Mr. Leggit, konzentrieren Sie sich.«

»Ich habe erst am folgenden Morgen von dem Mord erfahren, als meine Frau die Nachrichten gesehen hat. Samstag ist Wechseltag, müssen Sie wissen, da ist hier am meisten los.«

»Wie wär's, wenn wir uns der Sache von einer anderen Seite aus nähern, Mr. Leggit?«, schlug Caine vor. »Sind Ihnen jemals irgendwelche außergewöhnlichen Gäste oder Besucher an den Samstagen aufgefallen? Leute, die ohne Gepäck eingetroffen sind oder die sich nicht bei Ihnen an der Rezeption angemeldet haben?«

»Jetzt bringen Sie mich in die Bredouille. Meine Frau und ich müssen samstags die kurzzeitig vermieteten Ferienhäuser und Wohnwagen sauber machen. Die meisten Leute haben keine Ahnung, wie viel Arbeit es ist, einen Ferienpark wie diesen zu führen – den lieben langen Tag über kommen und gehen Leute! Ob mir etwas Ungewöhnliches aufgefallen ist … Nun, ich erinnere mich an eine FKK-Familie, die an einem Samstag hier aufgetaucht ist – damit muss man äußerst sensibel umgehen. Manchmal bestellen wir einen Clown aus Chard zu unserer Kinderteeparty hierher. Der war diesmal ebenfalls ungewöhnlich, hatte blau-gelbe Haare. Die Kinder haben angefangen zu weinen, also haben wir ihn weggeschickt. Die Kids mögen offenbar keine Clowns mehr, keine Ahnung, warum.«

»Fällt Ihnen sonst noch jemand ein? Wir denken eher an Leute, die Oliver einen Besuch abgestattet haben.«

»Ach so! Ich dachte, Sie wollten wissen, ob mir irgendwelche ›ungewöhnlichen‹ Personen aufgefallen sind. Nun, Mr. Oak kommt samstags oft hierher, um Ollie abzuholen. Er fährt einen silbernen Kombi … einen Volvo, glaube ich.«

»Ja!«, murmelte Shanti. »Erwischt.«

»Aber daran ist nichts Ungewöhnliches. Ollie arbeitet an den Wochenenden manchmal für Mr. Oak, daher habe ich ihn im Juli mit Sicherheit zu Gesicht bekommen, vermutlich sogar an dem Tag, den Sie eben erwähnten.«

»Treffer!«, flüsterte Shanti. »Direkt ins Schwarze.«

»Das ist ausgesprochen hilfreich«, versicherte Caine dem Ferienparkbesitzer. »Und sonst? Hatte Oliver noch andere Besucher?«

»Ollie hat hier schon seit Jahren gewohnt. Ich kenne ihn extrem gut, und er ist der liebenswerteste Mann, den man sich nur vorstellen kann. Ich kann einfach nicht glauben, dass er jemandem Schaden zufügen würde. Sie sollten ihn mal mit seinen Tauben sehen. Sie sind mehr wie Brieftauben, folgen ihm überallhin und fressen ihm buchstäblich aus der Hand. Ich finde, der Umgang mit Tieren sagt ziemlich viel über einen Menschen aus.«

»Das ist absolut richtig«, pflichtete ihm Caine bei. »Daher denken wir auch, dass jemand Oliver dazu angestiftet haben könnte, eine so schreckliche Tat zu begehen, ohne dass er sich dessen bewusst war. Aus diesem Grund ist es so wichtig, dass Sie unsere Fragen beantworten, Mr. Leggit. Was hatte er sonst noch für Freunde?«

»Alle! Jeder war Olivers Freund.«

»Hat ihn, abgesehen von Callum Oak, noch jemand von außerhalb besucht?«

»Eine zerbrechliche alte Dame in einem Kleinwagen – könnte ein Golf gewesen sein. Ich erinnere mich an sie, weil sie eine starke Raucherin war, und das Rauchen ist in Paradise Park nicht gestattet.«

»Ach! Können Sie uns mehr dazu sagen?«

»Ich ermutige die Leute stets, ihre Fahrzeuge auf dem oberen Parkplatz abzustellen und zu Fuß zu gehen. Das ist sicherer für die Kinder und Tiere. Diese Dame war allerdings gehbehindert, daher fuhr sie bis Shangri-La, wo Ollie ihr in einen Rollstuhl half und sie über den Platz schob, um ihr seine Werke zu zeigen. Ich erinnere mich genau daran, denn es ist merkwürdig, eine alte Dame im Rollstuhl mit einer Zigarette in der Hand zu sehen. Ich habe auf das Rauchen-verboten-Schild gedeutet, aber sie hat mich so lieb angelächelt, dass ich ein Auge zugedrückt habe.«

»Und warum hat sie Oliver besucht?«, fragte Shanti.

»Ich glaube, sie waren alte Freunde. Sie hat ihn in ihrem Wagen mitgenommen, und dann haben sie sich zusammen einen schönen Tag gemacht.«

»Erinnern Sie sich, ob sie an jenem fraglichen Samstag im Juli hier war?«

»Ach, du lieber Himmel … möglich. Ich überwache Ollie doch nicht!«

»Augenblick mal«, sagte Shanti. »Habe ich nicht eine Überwachungskamera in der Rezeption gesehen?«

»Ja, wir haben mehrere Kameras auf dem Gelände.«

»Das ist ja großartig! Können Sie uns die Aufnahmen zur Verfügung stellen?«

»Ich verlasse mich darauf, dass Sie das für sich behalten, aber bei den Kameras handelt es sich um Attrappen. Wie ich schon sagte: Bis Sie kamen, gab es in Paradise Park keine Kriminalität.«

»Danke, Mr. Leggit«, sagte Caine. »Sie waren uns eine große Hilfe. Versprechen Sie, dass Sie mich anrufen, sollten Ihnen weitere Details einfallen, ganz gleich, wie trivial sie Ihnen erscheinen mögen?«

»Das mache ich. Und versprechen Sie mir, dass man sich gut um Ollie kümmert? In vielerlei Hinsicht ist er ein wahres Genie, doch ansonsten ist er ein Kind. Er wird schrecklich verwirrt sein und sich um seine Vögel sorgen.«

»Sie haben mein Wort«, sagte Caine. »Ich werde persönlich ein Auge auf ihn haben.«

Shanti setzte sich in ihren Saab und fuhr, gefolgt von Caine in Zebs Astra, zurück nach Lyme. Dort musste sie Paul von den älteren Mädchen, die einen Riesenwirbel um ihn veranstalteten, regelrecht loseisen.

»Es ist schon spät, Liebling«, sagte sie. »Amma wird sich Sorgen machen. Bedank dich bei Zeb und verabschiede dich von Caine.«

Paul umarmte Caine und kletterte friedlich auf den Beifahrersitz von Shantis Wagen, wo er prompt einschlief.

»Er ist erschöpft, armes Kerlchen.«

»Er hat auch eine ganz schöne Strecke zurückgelegt.«

»O ja, das hatte ich ganz vergessen. Er musste ja auch noch den ganzen Weg zurück nach Lyme mit Ihnen laufen.«

»Nun, die meiste Zeit über hat er auf meinen Schultern gesessen.«

»Sie können sehr gut mit ihm umgehen, Caine.«

Sie standen neben dem Saab, hoch oben über den funkelnden Lichtern von Lyme.

»Und?«, fragte Caine. »Was denken Sie?«

»Auch wenn es mir wehtut, das auszusprechen: Sie hatten absolut recht. Es ist genauso, wie Sie es gesagt haben: ein symbiotisches Verbrechen. Heute Abend ist es zu spät, aber morgen früh werde ich die Person verhaften, die den Mord an Kristal geplant und Oliver dazu genötigt hat, sie umzubringen.«

»Und diese Person ist …?«

»Herrgott, Caine, Sie wissen selbst, wer sie ist.«

»Marlene.«

»Oak.«

»Haben Sie gerade ›Marlene‹ gesagt, Caine?«

»Haben Sie gerade ›Oak‹ gesagt, Shanti?«

»Herrgott, Caine, und ich hatte Sie für professionell gehalten! Noch einmal für Sie zum Mitschreiben: Oliver steht auf der Gehaltsliste, klar? Er ist wie Wachs in Oaks Händen und tut exakt, was er ihm sagt. Dazu kommt, dass Oak ein Motiv hat, ein dickes, fettes Motiv – Kristal hat ihn jahrzehntelang gedemütigt: hat sich geweigert, mit ihm ins Bett zu gehen, hat sich über seine Malerei lustig gemacht und so weiter und so fort. Außerdem war er pleite. Durch den Mord an Kristal wurde er die Frau los, die er hasste, und war zudem finanziell aus dem Schneider, weil er einen großen Haufen dänischer Kronen erbte … Moment, Caine, ich bin noch nicht fertig. Oak hatte die perfekte Gelegenheit. Er hatte die Schlüssel von Kristals Atelier, und keine Menschenseele bekam mit, was er so trieb. Sein Alibi hält nicht, Caine. Am Nachmittag des zweiundzwanzigsten Juli war er angeblich mit den Hunden am Strand spazieren, dabei hätte er sonst wo sein können! Ich bin überzeugt, die stinkigen Köter haben in den Garten gekackt, während ihr Herrchen den armen Ollie dazu gedrängt hat, Frauchen in den Glastank zu hieven.«

»Wow!«, sagte Caine. »Das ist eine beeindruckende Reihe von Schlussfolgerungen. Und noch dazu absolut überzeugend, bis auf eine Sache …«

»Und die wäre?«

»Dass Sie falschliegen. Ich denke, Sie haben vergessen, wie eine Symbiose funktioniert. Oak und Sweetman ergänzen sich nicht gegenseitig. Oak ist ebenfalls ein kräftiger Mann. Er hätte Kristal selbst in den Tank legen können, warum also sollte er Sweetman dazu bringen wollen, ihm zu helfen?«

»Keine Ahnung … Vielleicht fehlte ihm der Mumm, selbst Hand anzulegen? Oder vielleicht wollte er die Sache auf diese Weise Sweetman anhängen. Symbiose hin oder her – morgen früh fahren wir nach Mangrove House, wo ich den scheinheiligen Scheißkerl mit größtem Vergnügen verhaften und vor Gericht zerren werde. Ich wette mit Ihnen um ein Glas Honig, dass ich recht habe, Caine.«

»Bio?«

»Bio.«

Kapitel zweiundzwanzig

DOUGHNUTS AUF DEM TOTENBETT

Am folgenden Morgen auf dem Weg nach Mangrove House nahmen sie die Diskussion wieder auf, als hätte es keinerlei Unterbrechung gegeben.

»Ich habe mit Paul über Ihre Symbiose-Theorie gesprochen«, sagte Shanti, die hinter dem Lenkrad saß.

»Sie schließen sich meiner Meinung an?«, fragte Caine, der wieder einmal kryptische Symbole in sein Notizbuch kritzelte.

»Herrgott, Caine, Sie haben das wirklich nicht richtig durchdacht.«

»Wieso nicht?«

»Na schön, denken Sie mal darüber nach: Paul sagte, Sie seien ihm mit all diesem abergläubischen Humbug gekommen, als Sie irgendeinen Pilz entdeckten, der an einem Baum wuchs.«

»Das ist richtig.«

»Und was für ein Baum war das?«

»Eine Eiche.

»Genau. Eine Eiche. Verstehen Sie? Oak – Eiche! Das Universum spricht zu Ihnen, und Sie hören nicht zu. Falls Sie sich erinnern: Ich habe Ihnen eine lange Liste mit glaubhaften Motiven geliefert, die eindeutig darauf hinweist, dass Oak der Killer ist. Können Sie mir einen einzigen vernünftigen Grund nennen, warum Sie ihn für unschuldig halten?«

»Ich habe ihm in die Augen gesehen.«

»Sie haben ihm in die Augen gesehen! Und verraten Sie mir auch, was Sie dort gesehen haben?«

»Shanti, Callum ist ein grundanständiger Mann und ein sensibler Künstler. Deshalb konnte Kristal auch derart mit ihm umspringen.«

»Und was ist mit Sweetman? Alle, mit denen wir sprechen, beschreiben ihn als ausgesprochen sanftmütig. Er hält Tauben, spielt Minigolf und isst gern Kuchen zum Tee. Und trotzdem ist er ein perverser Killer, was ich beinahe am eigenen Leibe erfahren hätte. Außerdem hat er Sex mit Puppen.«

»Das eine hat nicht unbedingt etwas mit dem anderen zu tun.«

»Bei unserer Arbeit geht es darum, ein plausibles Motiv aufzudecken. Was sollte Marlenes Motiv sein?«

»Sie war in Callum verliebt.«

»Aber das ist Jahre her! Sie hat sich auch wieder ›entliebt‹, erinnern Sie sich? Vertrauen Sie mir, Oak ist unser Mann.«

»Ich vertraue Ihnen, Shanti, aber meine Intuition sagt mir, dass Sie einen Fehler machen.«

»Und worauf gründet sich diese Intuition? Auf Ihr drittes Auge? Das hier ist eine Mordermittlung, DI Caine, kein Kegelausflug unter guten Kumpeln.«

»Vielleicht haben Sie recht. Vermutlich ist das der Grund dafür, warum ich niemals einen guten Cop abgeben werde. Um ehrlich zu sein, finde ich die ganze Sache sehr verstörend.«

»Was verstört Sie daran denn so sehr? Taschentücher sind übrigens im Handschuhfach.«

»Alles. Alles daran verstört mich – Ollie, Art, Tess … Die Polizeiarbeit destabilisiert mich. Sie bringt mich aus meinem inneren Gleichgewicht.«

»Hören Sie, Caine, ich mache nicht schnell Komplimente, aber Sie *sind* ein guter Cop. Allerdings sollten Sie Ihre Gefühle außen vor lassen. Gefühle machen sich wunderbar in Familien und … Sie wissen schon … Beziehungen. Kriminalfälle zu lösen erfordert dagegen kühle, knallharte Logik. Cops sind Wissenschaftler, Caine. Fragen Sie mich mal nach meinen Gefühlen.«

»Okay, wie sieht's mit Ihren Gefühlen aus?«

»Im Augenblick bin ich total aufgekratzt, bereit, zuzuschlagen wie eine Amazonenkriegerin. Ich denke, heute wird ein heftiger Tag. So, da sind wir, also lassen Sie besser Ihr Notizbuch und Ihre Gefühle im Wagen.«

Sie stiegen aus dem Saab und gingen auf das hohe, sonnenbeschienene Flügeltor von Mangrove House zu. Es war verschlossen, rund um die steinernen Torpfosten wucherte Unkraut. Selbst von hier aus konnten sie sehen, dass keine Fahrzeuge in der Nähe des Hauses parkten.

»Sieht nicht so aus, als sei Mr. Oak zu Hause«, murmelte Shanti. »Das trifft sich gut.«

»Vielleicht ist er beim Einkaufen. Oder in der Kirche.«

»In der Kirche – dass ich nicht lache! Er hat sich aus dem Staub gemacht. Er wird von Sweetman erfahren haben und scheißt sich jetzt in seine Cord-Kniebundhose.«

Caine zog den Mantel aus und stopfte ihn durchs offene Wagenfenster. »Ich sehe mich mal um«, sagte er dann.

Shanti sah zu, wie er geschmeidig wie ein Jaguar über das Tor kletterte und auf der anderen Seite zu Boden sprang, bevor er zügig die Auffahrt entlangjoggte. Er umrundete das Haus, warf einen Blick in ein, zwei Schuppen und sprang dann die Wendeltreppe an der Garage hinauf, von wo aus er den Blick über den Garten schweifen ließ und in Oaks Atelier spähte.

Nach fünf Minuten war er wieder an ihrer Seite. »Sie hatten recht, ist keiner zu Hause. Die Hunde sind drinnen, aber ich konnte sehen, dass Callum Zeitungspapier auf dem Fußboden ausgebreitet und ihre Näpfe mit Trockenfutter und Wasser gefüllt hat. Sieht so aus, als würde er über Nacht wegbleiben.«

Shanti beugte sich durch die offene Scheibe in den Saab und griff nach dem Funkgerät. »Benno, lass Oaks Wagen zur Fahndung ausschreiben. Hast du die Details? Silberner Volvo Kombi: Gustav – eins – fünf – Samuel – Anton – Julius – Ypsilon. Bitte superschnell. *Over.*«

Anschließend umrundete sie rastlos den Wagen und wartete darauf, dass sich Benno via Funk meldete. Nach ein paar Runden blieb sie stehen und fragte: »Sind Sie bereit, Caine? Ich bin heute Shanti Schwarzenegger auf Oak-Jagd.«

»Wie geht's Paul?«, erkundigte er sich, anstatt ihre Frage zu beantworten. Er wirkte um einiges entspannter als vorhin.

»Es geht ihm besser. Er ist bei meiner Mum. Er macht einen ruhigeren Eindruck, und er möchte lernen, wie man meditiert.«

Das Funkgerät knisterte.

»Benno! Das ging aber schnell … Er macht was? … Jetzt? … Okay, gute Arbeit … Nein, wir brauchen keine Verstärkung. Das kriegen wir schon hin. Du weißt doch, wie Caine ist, wenn er die Fährte erst einmal aufgenommen hat – ein Bluthund ist nichts dagegen.«

Sie sprang ins Auto, ließ den Motor an und drückte aufs Gas, noch bevor Caine richtig eingestiegen war. Als er seinen Sicherheitsgurt anlegte, schoss Shanti die Zufahrt hinunter; unter den Rädern des Saab spritzte Kies auf.

»Die Verkehrsüberwachungskameras haben ihn auf der A 30 gefilmt; er war in westlicher Richtung nach Bodmin unterwegs. Benno gibt uns Bescheid, sobald er die weitere Strecke kennt.«

»Was denken Sie, was er vorhat?«

»Ich denke, dass Callum der Killer abgebrüht, aber verzweifelt ist, weshalb ich darauf tippe, dass er auf direktem Wege nach Falmouth fährt. Dort kennt er sich am besten aus … und dort hat der ganze Ärger begonnen.«

»Darf ich Ihnen einen Vorschlag machen, Shanti? Warum rufen Sie Callum nicht einfach an und fragen ihn, wohin er fährt?«

»Ach, Caine, Sie sind wirklich der süßeste Polizist der ganzen Truppe. Ich wette, den Bösewichten wird ganz warm ums Herz, wenn DI Caine sie hopsnimmt.«

Sie rasten an der Peripherie von Exeter vorbei, an der langen Flanke von Dartmoor zeigte der Tachometer bis zu hundertzehn Meilen pro Stunde an. Shanti fummelte am Suchlauf, bis sie Radio Devon gefunden hatte.

»Oh, den Song habe ich geliebt!«, rief sie und drehte die Lautstärke auf. »*You gotta search for the hero inside yourself* … Auf welche Musik stehen Sie, Caine? Pink Floyd? Björk? Manfred Mann?«

»Alles Mögliche. Ich bin ein großer Philip-Glass-Fan, und ich mag Brian Eno, vor allem die frühen Sachen wie *Music for Airports.*«

»Die kenne ich nicht. Ich bin ein echter Soul-Fan – ich finde alles toll, worauf man tanzen kann …«

»Ihnen macht das wirklich Spaß, nicht wahr?«, fragte Caine mit einem schiefen Lächeln.

»Erzählen Sie mir nicht, Sie hätten keinen Kick von der nächtlichen Fahrt gestern bekommen. Ich denke nur an den Stunt mit den quietschenden Reifen.«

»Um ehrlich zu sein, ziehe ich spirituelle Reisen vor.«

»Ratet mal, wo er jetzt ist?«, quäkte Bennos Stimme aus dem Funkgerät am Armaturenbrett. Shanti stellte die Musik leiser.

»Ähm … er fährt Richtung Falmouth?«, vermutete sie.

»Woher weißt du das, Chefin? Das ist korrekt, er hat ungefähr eine Stunde Vorsprung. Ich würde ihn gern abfangen, nicht, dass jemand verletzt wird. Wir haben drei Streifenwagen in einem Zwanzigmeilenradius. *Over.*«

»Hast du jemals Kricket gesehen, Benno? Weißt du, was passiert, wenn zu viele Spieler demselben Ball nachjagen? Das hier ist mein Fang. *Over and out.*«

An Caine gewandt sagte sie: »Sie können etwas von mir lernen, Caine: Sie müssen sich in den Kopf des Killers hineinversetzen.

So wie ein Schauspieler. Positivstes Szenario: Oak wandert unter Tränen durch die Kunsthochschule auf der Suche nach seiner verlorenen Unschuld. Negativstes Szenario: Marlene weiß, dass Oak seine Frau ermordet hat, und nun fürchtet er, dass sie ihn bei der Polizei verpfeift. Er hat schon einmal getötet – auf eine alte Frau mehr oder weniger kommt es da nicht an. Zwei Minuten mit einem Kissen – mehr braucht's nicht, um sein Problem zu lösen.«

»Shanti, ich halte Oak wirklich nicht für einen Serienmörder. Aber wenn er eine Dummheit begeht – sich selbst oder eine andere Person betreffend – und Sie es versäumt haben, Verstärkung anzufordern, könnte das das Ende Ihrer Karriere bedeuten. Sie wissen das. Warum gehen Sie das Risiko ein?«

Shanti erwiderte nichts. Stattdessen drückte sie mit zusammengebissenen Zähnen das Gaspedal durch und konzentrierte sich auf den Asphaltstreifen Richtung Land's End.

Die goldenen Zeiger der alten Uhr auf dem Marktplatz standen auf fünf vor halb elf, als sie in Falmouth ankamen. Zwei Minuten später parkte Shanti in einer winzigen Lücke am Vernon Place, direkt hinter Oaks silbernem Volvo, gute fünfundzwanzig Meter von Marlenes Haustür entfernt.

»Volltreffer!«, stieß sie aufgeregt hervor und setzte die Absätze auf dem Asphalt auf.

Die Handfläche über die Augen gewölbt, spähte sie ins Innere von Oaks Kombi, dann stiefelte sie an den kleinen, friedlich im Sonnenschein daliegenden Reihenhäusern vorbei zu Marlenes Cottage.

Sie drückte den Daumen auf die Klingel, doch alles, was sie hörte, waren der Wind und das Schreien der Möwen in der Ferne.

Marlenes Klingel war endgültig hinüber.

Shanti pochte und hämmerte gegen die Tür. Sie wartete zwei Minuten, dann lief sie um das Cottage herum zu einer schmalen, kopfsteingepflasterten Gasse an der Rückseite der Häuser. Caine folgte ihr eilig. An einer Leine flatterte Wäsche im Wind.

»Hier ist es«, sagte Caine und öffnete ein kniehohes Gartentörchen. Sie betraten einen kleinen, ungepflegten Garten, in dem ein brauner BH steif an der Leine hing. Aus einem Aschenbecher auf einem kleinen weißen Plastiktisch quollen zusammengerollte Pappspitzen von selbst gedrehten Tüten und Zigarettenkippen wie Lava aus einem Vulkan. Die Tür zu dem kleinen Gewächshaus stand offen. Shanti und Caine betraten das tropisch warme Innere, durch das der berauschende Duft eines Hanf-Regenwalds waberte.

Shanti drehte den Knauf der Hintertür und nickte. Die Tür sprang auf, und sie betraten die Küche.

»Marlene!«, rief sie. »Marlene!«

Keine Antwort.

Caine folgte Shanti in das mit Kunstwerken gefüllte Wohnzimmer. Es war kalt im Haus. Als sei schon eine Weile niemand mehr hier gewesen. Irgendetwas an diesem Ort kam ihnen verkehrt vor.

Wie ein Revolverheld aus einem Western pirouettierte Caine um den Treppenpfosten und huschte die mit Teppich ausgekleideten Stufen neben dem Treppenlift hinauf. Shanti blieb ihm dicht auf den Fersen, doch auch, wenn sie sich alle Mühe gab, sich so geräuschlos wie möglich zu bewegen, knarzten die Stufen unter ihren Stiefeln. Die Luft war dick von Nikotin und Staub, wie in einer Pyramide, die von kettenrauchenden Mumien bewohnt wurde.

Caine schlich durch den Korridor und warf einen Blick in ein olivfarbenes Badezimmer, das mit Handläufen, Dusch- und Badewanneneinstiegshilfen und Hebevorrichtungen ausgestattet war wie ein Fitnessraum im Geriatriezentrum. Eine andere Tür öffnete sich zu einem Gästezimmer, in dem ein Gästebett und jede Menge Dinge standen, die sich im Lauf eines Lebens so ansammelten. Am anderen Ende des Korridors befand sich eine niedrige rosa Tür mit einem Namensschild aus Emaille und einem Motiv von Monet, auf dem *Marlene* stand.

Mit der Geschwindigkeit eines Faultiers drehte Shanti den Türknauf, dann traten Caine und sie vorsichtig über die Schwelle. In Marlenes Zimmer brannten etwa ein Dutzend Kerzen.

Marlene lag auf dem Bett. Die geschlossenen Augenlider waren tief in ihre Höhlen gesunken. Ihre Wangenknochen standen genauso hervor wie ihre Hüftknochen. Ihre pergamentenen Hände umklammerten eine Keramikschüssel voller heruntergebrannter Kippen, als handelte es sich um eine Heiligenikone. Der Raum stank nach Tabak und warmem Urin.

Callum Oak kniete mit dem Rücken zu ihnen vor dem Bett, die Hände flehend zum Himmel erhoben. Er trug eine kaffeefarbene Cordhose und ein weißes, kragenloses Hemd mit zinnoberroten Hosenträgern. Seine Locken wurden am Hinterkopf langsam lichter.

In den erhobenen Händen hielt er eine kleine Bibel und ein silbernes Kreuz, das im flackernden Schein der Kerzen glänzte.

»Treten Sie langsam von dem Leichnam zurück, Mr. Oak«, befahl Shanti. »Und bitte so, dass ich Ihre Hände sehen kann.«

Callum Oak wandte ihr das Gesicht zu, die Hände weiterhin in der Luft, während er ein endloses Gebet murmelte.

»Callum Oak, ich verhafte Sie wegen des Mordes an Ihrer Ehefrau Kristal Havfruen und an der Dame vor Ihnen, Ihrer Freundin Marlene Moss.«

Oak hörte auf zu beten, ließ die Hände sinken und starrte sie ungläubig an.

»Wird das jetzt zur Gewohnheit? Mich des Mordes zu bezichtigen, meine ich.«

»Was hat Marlene Ihnen getan, Callum?«

»Aber ich habe Marlene doch gar nicht angerührt!«

Marlenes Augenlider öffneten sich, ein Lächeln trat auf ihre Lippen. »Jemand missbraucht meinen Namen«, sagte sie.

»Herrgott! Marlene! Sie sind am Leben!«, rief Shanti.

»Eine weitere exzellente Beobachtung der Polizei von Südwestengland.«

»Aber … aber was macht er dann hier?«, fragte Shanti und deutete auf Oak.

»Ich habe uns vorgebetet«, sagte der.

»Sagen wir, er hat mich in den Schlaf gebetet«, korrigierte Marlene. »Bei der Bibellektüre schlafe ich immer ein. Wir sollten das Ganze aufnehmen und es den Leuten verkaufen, die an Schlaflosigkeit leiden. Damit würden wir ein Vermögen machen! Was halten Sie davon, Ms. Joyce?«

»Es tut mir leid. Ich bin im Moment ziemlich verwirrt.«

Callum richtete sich zu voller Größe auf, sein Lockenschopf streifte die Decke. »Hören Sie, ich glaube nicht, dass Sie das etwas angeht, aber Marlene hat mich angerufen und mir mitgeteilt, dass die Krankheit ein kritisches Stadium erreicht hat. Also bin ich hergefahren, um an ihrem Bett zu wachen.«

»Das ist die Wahrheit!«, verkündete Marlene theatralisch. »Gevatter Tod hält mich in seinen kalten Fängen.«

»Das tut mir leid, Marlene. Wie lange geben Ihnen die Ärzte noch, wenn ich das fragen darf?«

»Eine Woche, einen Monat vielleicht. Das Schlimmste ist, dass ich gerade erst meine Autoversicherung bezahlt habe. Kann mir bitte jemand etwas zu trinken geben? Ich bin total ausgetrocknet«, krächzte sie angestrengt.

Callum nahm ein Glas Wasser vom Nachttisch, richtete vorsichtig Marlenes Kopf auf und hielt es ihr an die Lippen. Sie nippte daran wie eine Taube an einer Pfütze, dann schob sie ihn gereizt zur Seite.

»Jetzt noch mal zum spaßigen Teil, meine Liebe«, sagte sie an Shanti gewandt. »Sie haben Callum verhaftet …«

»Ja, ähm … Callum Oak, ich habe Grund zu der Annahme, dass Sie Oliver Sweetman dazu genötigt haben, Ihre Ehefrau zu ermorden. Was haben Sie dazu zu sagen?«

»Steh da nicht einfach so rum«, blaffte Marlene. »Du wirst doch wohl ein einziges Mal im Leben für dich selbst eintreten!«

»Hören Sie, Inspector Joyce«, sagte Callum tatsächlich. »Ich habe genug von Ihren Unterstellungen. Gestern Abend haben Sie den armen Ollie verhaftet, doch wenn Sie keine wirklichen Beweise gegen mich in der Hand haben, möchte ich Sie bitten, das Haus umgehend zu verlassen.«

»Hurra!«, stieß Marlene hervor, deren Stimme dank des Wassers nun weniger heiser klang. »Der hast du's aber gegeben!«

Caine trat einen Schritt vor und nahm sanft die Hand der alten Dame in seine. »Marlene, es wäre vielleicht das Beste, wenn Sie uns die ganze Geschichte erzählen, und zwar von Anfang bis Ende. Ich möchte genau wissen, was am Tag der Ausstellungseröffnung passiert ist. Darf ich Sie ein wenig aufsetzen?«

Er richtete den federleichten Körper auf und steckte ein paar Kissen zwischen Marlenes Rücken und das Bettkopfende.

»Oh, was für starke Hände!« Die alte Dame seufzte. »Endlich ein richtiger Mann! Noch dazu mit messerscharfen Kombinationsfähigkeiten. Ich habe das sofort gewusst, als ich ihn sah – ein Intellektueller. Holen Sie die Handschellen heraus, DI Caine, und nehmen Sie mich mit.«

»Das hatten wir doch schon, Marlene«, sagte Shanti. »Ich möchte einen Mörder verhaften, nicht jemanden, der in seinem Gewächshaus Cannabis anpflanzt.«

Marlene fixierte Shanti mit ihren runden, glänzenden Augen. Ein schalkhaftes Lächeln huschte über ihr ausgemergeltes Gesicht. »Sie unterschätzen mich, Inspector Joyce. Erlauben Sie mir, Königin Elizabeth I. zu zitieren, wenngleich in leicht abgeänderter Form: ›Ich mag vielleicht den Leib eines schwachen, kraftlosen

Weibes haben, dafür aber das Herz und Mark einer kaltblütigen Serienmörderin.‹«

Sämtliche Augenpaare im Raum waren auf die winzige Frau in dem Berg von Kissen gerichtet.

»Ach, sehen Sie sich doch nur einmal an! Sie wissen nicht, ob Sie mir glauben sollen oder nicht. Nun, würde ich die Medaillen beim Polizeiball verteilen, würde ich eine große, glänzende dem gut aussehenden Mr. Caine überreichen. Und ich würde dafür sorgen, dass er eine Uniform trägt.«

»Das gibt's doch gar nicht.« Shanti schnappte nach Luft.

»Ich weiß nicht, warum Sie alle so schockiert sind. Das Miststück hatte es schon seit Jahren verdient.«

Oak schlug die Hand vor den Mund, dann trat er so schnell vom Bett zurück, als hätte die alte Dame die Pest.

»Verraten Sie mir eins, Marlene«, sagte Shanti skeptisch. »Wie war es Ihnen möglich, ein solches Verbrechen durchzuführen?«

»Soll ich es ihr sagen, oder soll ich das Geheimnis mit ins Grab nehmen, das ist hier die Frage … Ah, ich hab's: Lassen Sie uns einen Deal machen. Wenn Callum nach unten geht und uns rasch eine schöne Tasse Tee kocht, dann wird euch die gute Marlene alles erzählen. Ist das ein faires Angebot?«

»Nein, das werde ich nicht machen!«, stieß Callum Oak atemlos hervor. »Marlene … Ich habe dich immer für meine beste Freundin gehalten, und jetzt sagst du mir, dass du meine Frau umgebracht hast. Soll ich dir das wirklich glauben?« Er sah sich Hilfe suchend um. »Kann mir mal jemand sagen, was ich tun soll?«

Marlene seufzte und zündete sich eine Zigarette an. »Callum, es ist mir ehrlich gesagt schnurzpiepegal, was du tust. Ich bitte dich lediglich, nach unten zu gehen und Tee zu machen. Ich kann es nicht beschwören, aber ich meine, es wäre noch eine Packung

Doughnuts mit Marmeladenfüllung in der Speisekammer. Ich bin mir sicher, dass Mr. Caine gern einen Doughnut essen würde.«

Mit einem Ausdruck absoluter Verwirrung auf seinem jungenhaften Gesicht ging Oak zur Tür.

»Du solltest dich lieber beeilen, Callum«, rief Marlene ihm hinterher. »Sonst bin ich womöglich schon tot, wenn du zurückkommst.«

Kapitel dreiundzwanzig

ALL DIE TÖDLICHEN DETAILS

Sie hörten, wie Callum Oak mit donnernden Schritten vier Stufen auf einmal nehmend ins Erdgeschoss hinuntersprang, laut schnaufend vor Entsetzen.

Die alte Dame sank noch tiefer in die Kissen und zog kräftig an ihrer Zigarette, ein verschmitztes Grinsen auf dem elfenhaften Gesicht.

»So ein schwacher Mann«, sagte sie seufzend. »Attraktiv, aber ohne Rückgrat. Sehen Sie mich an! Ich fühle mich rundherum verwöhnt – es ist ein wahres Vergnügen, so viele wunderbare Besucher in meinem Schlafzimmer zu haben. Es ist eine ziemlich lange Geschichte, daher ist es besser, wenn wir es uns gemütlich machen. Im Gästezimmer stehen Klappstühle, Mr. Caine. Ach, Ms. Joyce, wären Sie so liebenswürdig, den Topf auszuleeren? Es riecht ein wenig streng, nicht wahr?«

Oak kehrte mit dem Tablett zurück, noch immer überwältigt von seinen Gefühlen. Auf sämtlichen freien Oberflächen im Zimmer standen Kerzen, daher stellte er es auf dem Fußboden ab. Das Tablett war beladen mit Tellern, Doughnuts, einer Teekanne, vier Tassen, Teelöffeln, Milch und Zucker. Caine dachte, dass er lieber Honig haben würde.

»Und jetzt setzt euch hin, Kinder«, begann die betagte Erzählerin ihre Geschichte und ließ den Rauch aus den Nasenlöchern strömen. »Es ist Zeit für die Märchenstunde.«

»Um ehrlich zu sein, hätte ich Kristal am liebsten schon ermordet, als ich sie zum ersten Mal sah. Es tut mir leid, Callum, aber das Mädchen mit seinen kleinen, herausgestreckten Tittchen und dem kleinen, herausgestreckten Hintern war derart überzeugt von sich selbst, dass einem schlecht werden konnte. Trotzdem reifte erst Jahre später, als man bei mir die tödliche Krankheit diagnostizierte, dieser großartige Plan zu seiner vollen Größe in mir heran. Was hatte ich zu verlieren, Inspector Joyce? Nichts, absolut nichts, lautet die Antwort. Ach, all die Stunden, die ich mit meinen Agatha-Christie-Krimis wartend in den Krankenhausfluren saß, bis ich irgendwann dachte: Wann, wenn nicht jetzt? Es war reines Glück, dass ich bei meinen Besuchen in Mangrove House schon lange jedes Mal ein bisschen Ketamin eingesteckt hatte, heimlich, versteht sich. Art ging ziemlich sorglos mit seinen Pülverchen um, und eigentlich hatte ich vorgehabt, mir einen glücklichen Abgang ins Jenseits zu bescheren, sollte das Leben hier unerträglich werden. Doch mithilfe von Milly und Molly und Mandy war ich in der Lage, den Schmerz in Schach zu halten … Übrigens, Inspector Caine, ich habe mich getäuscht – die Pflanzen sind allesamt Mädchen! Ist das nicht großartig? Milly war lediglich eine Spätentwicklerin, doch jetzt trägt sie üppige Knospen …«

Oak, der unbehaglich am Fußende von Marlenes Bett gesessen hatte, sprang auf. »Entschuldigung, hat jemand etwas dagegen, wenn ich das Fenster öffne? Mir ist ein bisschen schwummerig.«

Er ruckelte am Rahmen, bis er sich hochschieben ließ. Eine dunstige Unwetterfront wich aus dem Zimmer und wurde ersetzt durch einen Schwall salzige, ozonhaltige Luft.

»An dem Tag, an dem Art mir die Pflanztöpfe gebracht hat, hat er mir von dieser grauenhaften Ausstellung erzählt, die seine Mutter zusammen mit diesem albernen Mann von der Meat Hook Gallery plante. All dieser prätentiöse Unsinn und das völlig infantile

›Happening‹ in der Hauptgalerie mit melodramatischer Musik, Scheinwerfern und der albernen Kristal-Figur in dem Glastank … Als hätte Damien Hirst so etwas nicht schon vor dreißig Jahren gemacht. Pah! Ich kenne Hirst, und sogar er hätte darüber gelacht. Und was die Meister angeht … Turner hätte ihr ins Gesicht gespuckt, und Frida hätte ihr einen Tritt in den Hintern gegeben. Als Art weg war, habe ich im Wohnzimmer gesessen, meine kleinen Tütchen geraucht und über dein Gemälde nachgegrübelt, Callum Oak. Plötzlich war mir, als sei die Muse höchstpersönlich in mein Wohnzimmer getänzelt. Ein Augenblick reinen künstlerischen Genies! Auf einmal wurde mir klar, dass es eine weitaus kreativere Verwendung für meinen Ketaminvorrat gab.«

Oak stöhnte und schüttelte ungläubig den Kopf.

»Für einen kräftigen jungen Menschen wie unseren Mr. Caine hier oder unsere Ms. Joyce dürfte es kein Problem sein, meinen kleinen Plan umzusetzen, aber sehen Sie …« Sie zog den Ärmel ihres Nachthemds hoch und spannte den Bizeps an, der aussah, als gehörte er einem Spatz. »Da ging nichts mehr. Hier oben allerdings«, sie tippte sich an die Stirn, »hier oben ist alles in bester Ordnung. Ich brauchte einen Komplizen, so viel stand fest – jemanden mit ordentlichen Muskeln.«

»Ollie!«, murmelte Oak wie ein erschrockenes Kind.

»Hör auf zu jammern, Callum. Iss deinen Doughnut oder gib ihn DI Caine. Hättest du den Mumm gehabt, ihr schon vor Jahren die Meinung zu sagen, hätte ich das nie tun müssen.«

Sie schnippte Asche von der Bettdecke und nippte an ihrem Tee.

»Ja, der liebe, arme Ollie. Es war so leicht, ihn zu manipulieren.« Sie seufzte tief. »Natürlich habe ich ihn bis zuletzt nicht in die Details eingeweiht, das hätte ihn doch nur durcheinandergebracht. Nun, wie ich schon sagte, Art hatte mir alles über dieses monströse ›Kunstwerk‹ erzählt, das Kristal plante, und auch, dass er sie am Tag der Ausstellungseröffnung von ihrem Atelier in Mangrove House abholen wollte. Mir war klar, dass das die Gelegenheit war.

Du weißt, wie sehr ich deiner Familie verbunden war, Callum, und in all den Jahren habe ich nie erlebt, dass du auch nur einen einzigen kirchlichen Feiertag nicht angemessen begangen hast. Wie es der Zufall wollte, fiel der zweiundzwanzigste Juli auf den Gedenktag der heiligen Maria Magdalena – was ausgesprochen passend war, da sie eine gefallene Frau war, genau wie ich; ich wette, sie hat auch ganz gern einen Joint durchgezogen. Also habe ich mit der äußerst hilfsbereiten Vikarin von Branscombe telefoniert und mich erkundigt, wann der Gottesdienst beginnen und wie lange er voraussichtlich dauern würde. Wir Menschen sind Gewohnheitstiere, Ms. Joyce, daher ging ich davon aus, dass Callum auf dem Rückweg im Fountain Head haltmachen und auf ein Pint Branoc und ein Krabben-Sandwich einkehren würde … Stimmt das, Callum? Zudem ging ich davon aus, dass Ollie nicht in Mangrove House sein würde, da Callum ja in der Kirche war. Also bin ich frühmorgens von Falmouth nach Paradise Park gefahren.

Wissen Sie, wie ich mich gefühlt habe? Total beschwingt! Ganz aus dem Häuschen vor Begeisterung! Es war das erste Mal seit Jahren, dass ich mein kleines Auto benutzte – und das letzte Mal, wie sich leider herausgestellt hat. Es war ein goldener Tag. Die Sonne schien, und ich hatte eine *Aufgabe*, Ms. Joyce! Ich bin mir sicher, Sie wissen, wie sich das anfühlt. In meiner Handtasche hatte ich eine Spritze, die ich der netten Pflegerin stibitzt hatte, die regelmäßig nach mir sieht. Darin war genug Ketamin, um ein Mammut aus den Socken zu hauen. Bei Trago Mills – Sie kennen das große Kaufhaus, Ms. Joyce? – habe ich angehalten, um eine große Plane zu kaufen. Wie erwartet traf ich den lieben Ollie beim Taubenfüttern an. Zuerst war er ganz und gar nicht gewillt, seine tägliche Routine zu unterbrechen, doch nachdem ich ein wenig an ihn hingeredet hatte, erwärmte er sich für die Idee, einen Ausflug mit Tante Marlene zu machen.«

Oak, der aussah, als müsse er sich jeden Augenblick übergeben, hielt seine Bibel umklammert und wirkte von Minute zu Minute entsetzter.

»Unterwegs erzählte er mir, dass Kristal in letzter Zeit ganz besonders unausstehlich gewesen sei – ständig gereizt und nervös. Sie hatte ihm bei verschiedenen Gelegenheiten klipp und klar zu verstehen gegeben, für wie dumm und nutzlos sie ihn hielt. Also habe ich ihm eine Idee in den Kopf gesetzt: ›Sollen wir ihr helfen, sich ein wenig zu entspannen, Ollie?‹ Oliver hielt das für eine fantastische Sache.

Ich war froh, dass niemand außer Kristal zu Hause war, als wir in Mangrove House eintrafen. Kristal preschte durch ihr Atelier wie ein durchgedrehter Pudel, bellte ins Telefon und gab wie üblich die aufgeblasene Primadonna, die wir alle so sehr verabscheuten. ›Was macht ihr denn hier?‹, schnauzte sie mich an. Sie trug wie immer ihre albernen Kleinmädchen-Klamotten. ›Ihr wisst doch, dass ich nicht gestört werden will, wenn ich eine Ausstellung vorbereite.‹ Ollie lächelte sein unschuldiges Lächeln, trat – genau wie ich ihn angewiesen hatte – hinter Kristal und umschlang ihren Körper mitsamt ihren Armen. Sie fing an zu schreien. Ich öffnete meine Handtasche, und dann …«

Callums Gesichtsfarbe erinnerte an grüne Galle. Er stürzte aus dem Zimmer und übergab sich hörbar in die avocadofarbene Toilettenschüssel.

»Ein schwaches Nervenkostüm«, seufzte Marlene und zündete sich eine weitere Zigarette an der aufgerauchten Kippe an. »Das kommt, weil er so religiös ist. Wo war ich stehen geblieben … ach ja. Ollie hatte sie fest im Griff, aber sie machte ein solches Geschrei und zappelte wie verrückt, dass er ganz verzweifelt wurde.

In dem Moment setzte ich mich in Bewegung, so schnell es meine alten Beine erlaubten, rammte ihr die Spritze tief in die Halsader – jetzt machten sich die jahrzehntelangen Anatomieseminare bezahlt –, und drückte ihr das ganze Zeug rein. Ich muss zugeben, dass meine Hände in letzter Zeit ziemlich zittern, deshalb habe ich sicher nicht ganz sauber gearbeitet, aber es hat funktioniert. Binnen Sekunden verstummte das abscheuliche Gekreische, und Kristal erschlaffte in Ollies Armen. ›Siehst du‹, sagte ich zu ihm. ›Jetzt ist sie entspannt und glücklich, Ollie. Sie wird wunderbar schlafen. Gute Nacht, Kristal!‹«

Oak taumelte zurück ins Schlafzimmer und wischte sich den Mund mit einem Taschentuch ab. Er richtete seine blutunterlaufenen Augen auf Marlene und klappte den Mund auf, als wolle er etwas sagen, aber er brachte kein Wort heraus.

Mit einem triumphierenden Lächeln fuhr Marlene fort: »Meine größte Sorge war es, den Leichnam zu beseitigen, vorzugsweise mit einem gewissen Maß an Eleganz und Drama. Mit meinem Verbrechen davonzukommen … nun, das war lediglich ein Bonus. Aber ich hatte ja noch nie Angst davor, ins Kittchen zu wandern … sagt man das so, Ms. Joyce?«

»Seit den Siebzigern nicht mehr«, erwiderte Shanti.

»Ich würde liebend gern behaupten, ich hätte im Vorhinein alles bis ins Detail geplant, aber um ehrlich zu sein, lief die Muse erst zur Höchstleistung auf, als ich in Kristals Atelier stand. Als Ollie sie aufs Sofa legte, bemerkte ich eine Holzkiste, die auf einer Palette neben der Glasschiebetür stand, bereit, abgeholt zu werden. Auf der Kiste waren jede Menge ›Vorsicht, zerbrechlich‹-Aufkleber, weshalb ich davon ausging, dass es sich um die Hauptattraktion von Kristals pompösem Spektakel handelte. Das Ganze war derart geschmacklos, Ms. Joyce, dass ich am liebsten Einspruch erhoben hätte. Frei von jeglicher Ästhetik. Wenn es nach mir ginge, müsste so etwas verboten werden.

Ich habe Ollie gebeten, die Sperrholzverschalung zu entfernen, und was kam dahinter zum Vorschein? Ein Glastank mit einer erstaunlich lebensechten Nachbildung von Madame Havfruen darin. Bingo! Bingo, Mr. Caine! Bingo, Ms. Joyce! Ollie ist handwerklich so geschickt, dass er nur wenige Augenblicke brauchte, um den Deckel abzuschrauben. Puh, der Gestank nach Formaldehyd war überwältigend und machte uns das Atmen schwer. Nichtsdestotrotz – was sein muss, muss sein. Ich wies ihn an, Gummihandschuhe, eine Schürze und einen Atemschutz anzulegen, die es im Atelier zuhauf gab. Anschließend bat ich ihn, vorsichtig die Figur aus dem Tank zu fischen. Er zögerte, wirkte verunsichert, also versprach ich ihm, dass er die synthetische Kristal als Lohn für seine Mühen behalten könne. Das munterte ihn ein wenig auf, und er legte die grässliche Puppe wie angewiesen auf die mitgebrachte Plane. Dann ließ er die echte Kristal in den Tank gleiten, so sanft wie ein Vater sein neugeborenes Baby. Es dauerte einen Moment, bis er sie in diese nette Fötalhaltung gebracht hatte, aber am Ende schaffte er es.

Es war perfekt. Ich wusste, dass Kristal friedlich ertrinken und sich so all das unangenehme Drumherum ersparen würde; sie würde wunderschön aussehen an ihrem großen Abend – genau wie sie es gewollt hätte … Oh, Callum, du wirst dich doch nicht schon wieder übergeben?«

Callum stürmte aus dem Raum, mit einem lauten Knall schlug die Badezimmertür hinter ihm zu.

Marlene zwinkerte vertraulich. »Offen gesagt, war es ein gnädiges Ende für eine Frau, die das gar nicht verdient hatte. Von da an lief alles wie geschmiert. Ollie verschloss den Tank und verstaute ihn wieder in der Transportkiste, anschließend fuhren wir in meinem kleinen Wagen davon, kichernd wie Kinder, die synthetische Kristal im Kofferraum. Das war seine Belohnung: eine liebe, sanfte Kristal, die er für immer behalten durfte – eine neue, bessere

Version der Frau, die er immer schon angebetet hatte. Eine Kristal, die nie ein unfreundliches Wort zu ihm sagen würde. Er war absolut begeistert. Und er versprach mir hoch und heilig, unser kleines Geheimnis für sich zu behalten.

Zurück in Shangri-La, tranken wir Tee und gingen nacheinander unter die Dusche, um uns für die Ausstellungseröffnung fertig zu machen. Obwohl ich mein Bestes tat, konnte ich ihn nicht davon abhalten, Kristal mit unter die Dusche zu nehmen. So geschmacklos das war – zumindest ließ so der grauenhafte Formaldehydgestank ein wenig nach.

Wir kamen rechtzeitig bei der Galerie an und erlebten den krönenden Moment eines perfekten Tages, als mein Meisterwerk enthüllt wurde. Was für ein Spaß! Und natürlich tat ich so, als sei ich ebenso geschockt wie all die anderen. Ollie verhielt sich nahezu mustergültig, doch ich mag mir gar nicht ausmalen, was er mit der armen Puppe anstellte, nachdem ich ihn an jenem Abend zu seinem Wohnwagen zurückgebracht hatte … All die aufgestauten Gefühle.«

Es herrschte verblüfftes Schweigen. Sogar Caine, der von Marlenes Schuld überzeugt gewesen war, schien nicht recht zu wissen, was er sagen sollte. Schließlich brachte er eine Frage über die Lippen, die ihn offenbar die ganze Zeit über gequält hatte. »Die Handschuhe, die Plane und die Spritze – was haben Sie damit gemacht?«

Marlene wischte die Frage mit einer Handbewegung fort. »Ich bin keine Meisterverbrecherin, Mr. Caine, aber ich habe nie verstanden, warum Mörder derart belastendes Material in der Nähe des Tatorts zurücklassen, damit die Jungs von der Spurensicherung es binnen weniger Minuten finden. Ich habe die Spritze von einer Brücke kurz vor Axminster in den Fluss geworfen. Die Plane haben wir auf einem Bauernhof nahe Paradise Park entsorgt, wo es jede Menge Gülle und ausrangiertes Zubehör gibt und wo es von Haus aus so stinkt, dass ein übler Geruch mehr oder weniger gar nicht mehr auffällt. Was die Handschuhe angeht – die hat Ollie in einen Mülleimer vor dem Sainsbury in Chard gesteckt.«

»Dann haben Sie Kristal also umgebracht, weil sie eine Primadonna und eine Tyrannin war?«, fragte Shanti mit einem Hauch von Feindseligkeit in der Stimme. »Oder weil sie Ihnen vor so vielen Jahren einen Strich durch die Rechnung gemacht hat, als Sie in Callum verliebt waren?«

»Ach, du liebe Güte, nein. Ich meine, das sind natürlich triftige Gründe, aber mein Motiv war um ein Vielfaches größer: Ich habe Kristal getötet, um die Kunst zu retten.«

»Die Kunst? Wir reden jetzt aber nicht von Art, Ihrem Patensohn?«

»Nein, Sie albernes Mädchen, nicht von dem Jungen namens Art – ich rede über *Kunst*, das Lebenselixier der Menschheit! Als Kristal als Studentin mit dieser grauenvollen, zügellosen Sexshow nach Falmouth kam, hat sie meine geliebte Kunsthochschule auf den Kopf gestellt. Viele behaupteten, sie tue der Fakultät gut – man möge sich nur das Havfruen-Gebäude ansehen und das ganze Geld, das sie der Schule brachte. Ich hatte über Jahre hinweg mit all meiner Liebe und in mühevoller Kleinarbeit ein Treibhaus der Kreativität geschaffen, in dem die Erben von Velázquez, Rembrandt, Ingres, Delacroix und Cézanne gediehen. Und wohin hat all diese ›Performance-Kunst‹, der ›Konzeptualismus‹ meine Schule geführt? Das kann ich Ihnen sagen! Dieser ganze Nonsens hat dazu geführt, dass die wahre Kunst unbeliebt wurde, keine Fördermittel mehr erhielt und langsam, aber sicher verendete … so wie ich jetzt. Kristal besaß die Unverfrorenheit, mit der Geburt von Art die Geburt der Kunst für sich zu beanspruchen, doch was mich betrifft, so hat sie die Kunst ermordet. Und deshalb habe ich sie … getötet.«

Der Wind war aus Marlenes Segeln gewichen. Sie sank in die Kissen wie ein Ballon, dem die Luft ausging.

»Darf ich jetzt?«, fragte Shanti an Caine gewandt.

»Meinetwegen.« Caine nickte.

»Marlene Moss, ich verhafte Sie wegen des Mordes an Kristal Havfruen. Sie haben das Recht zu schweigen, allerdings kann es gegen Sie ausgelegt werden, wenn Sie sich erst während des Gerichtsverfahrens auf etwas berufen, zu dem Sie im Rahmen der Ermittlungen geschwiegen haben. Alles, was Sie sagen, kann als Beweis verwendet werden.«

Marlene sammelte sich ein wenig, ihre trüben Augen hellten sich auf und fingen an zu blitzen. »Oh, wie wunderbar! Sie haben ja keine Ahnung, wie lange ich darauf gewartet habe, diese Worte zu hören. Werden Sie das Blaulicht einschalten? Was ist mit den strammen Constables? Und den Sirenen? Bitte, Sie dürfen auf keinen Fall die Sirenen vergessen!«

»Zunächst einmal müssen wir alles überprüfen, was Sie uns mitgeteilt haben«, begann Shanti. »Sollte sich herausstellen, dass Sie tatsächlich die Wahrheit gesagt haben, fürchte ich, dass Sie nicht in der Position sind, irgendwelche Wünsche zu äußern.«

»Aber ich komme doch ins Gefängnis? Ach, mit Sicherheit. Ich bestehe auf lebenslänglich.«

»Ich enttäusche Sie nur ungern, Marlene«, sagte Caine, »aber in Anbetracht Ihres Gesundheitszustands ist es sehr viel wahrscheinlicher, dass man Sie in einer geschlossenen Klinik unterbringt.«

»Also wirklich! Das ist nicht fair! Ich habe einen vorsätzlichen Mord begangen, Mr. Caine.«

»Marlene, ich denke nicht, dass das Gefängnis der richtige Ort für Sie ist.«

»Nun, sollen wir ein paar weitere Verstöße hinzunehmen?«

»Was für Verstöße, Marlene?«

»Och, alle möglichen. Erinnern Sie sich zum Beispiel an Ratty, den Tutor, der sich von einer Klippe gestürzt hat? Er hatte mich eingeladen, mit ihm die Hügel und den Himmel zu malen, doch es stellte sich heraus, dass die einzigen Hügel, die Ratty im Sinn hatte, diese hier waren.« Sie hob ihre Brüste an wie leere Papiertüten.

Shanti und Caine starrten sie fassungslos an.

»Wir haben Seite an Seite oben auf der Klippe gearbeitet, und er ist immer wieder rübergekommen, um mich zu begrapschen, also hab ich ihm mit meiner Staffelei einen kleinen Schubs gegeben. Ich wollte ihn nicht in den Abgrund stürzen, aber es war ein ziemlich befriedigendes Gefühl. Es war mir ein Leichtes, das Gerücht zu streuen, er sei völlig durchgedreht wegen Kristals Happening – Sie wissen schon, *Preconception.* Ich konnte nicht glauben, wie leicht ich damit durchkam. Dann ist mir das Morden zur Gewohnheit geworden, Mr. Caine, und mit Gewohnheiten hatte ich immer schon meine Probleme.«

In dem kleinen Schlafzimmer wurde es totenstill. Alle Augen waren auf die alte Dame gerichtet, die an ihrer Zigarette zog, um das letzte bisschen Nikotin zu inhalieren.

»Morden ist wie rauchen«, erklärte Marlene Moss. »Wenn man einmal damit angefangen hat, will man immer mehr!«

Kapitel vierundzwanzig

DAS MOTEL IM MOOR

Ihr Abgang aus Vernon Place war nicht so, wie Marlene es sich erhofft hatte – horizontal in einem Krankenwagen anstatt in Handschellen gelegt in einem Streifenwagen mit Blaulicht und heulender Sirene.

Als Shanti Callum Oak entlassen, die Kriminaltechniker gebrieft und die komplette Durchsuchung von Marlenes Haus beaufsichtigt hatte, war es schon nach neun Uhr abends. Sie rief zu Hause an und sprach mit Paul.

»Entschuldige, mein Liebling. Ich dachte, ich würde Stunden vorher zurück sein … Aber rate mal, was passiert ist?«

»Was?«

»Du hattest recht mit der Symbiose. Wir haben den Fall geknackt. Ich erzähle dir alles, wenn ich bei dir bin.«

»Heute Abend?«

»Nein, nicht heute Abend. Ich bin noch in Cornwall und werde nicht vor heute Nacht zurück sein, wenn nicht gar erst morgen früh. Amma wird auf dich aufpassen, und Paul   Ich werde mir ein paar Tage Urlaub nehmen, da können wir jede Menge Zeit miteinander verbringen. Was würdest du gern unternehmen?«

»Zu Caines Hütte wandern und in der Hängematte schlafen.«

Dicke Regentropfen klatschten auf die Windschutzscheibe. Da sie eine Stunde wegen Straßenarbeiten vor Truro festgesteckt hatten, war es schon nach dreiundzwanzig Uhr, als sie die einsame Wildnis von Bodmin Moor erreichten.

Die Zufriedenheit darüber, den Fall abgeschlossen zu haben, hatte sich in pure Erschöpfung verwandelt. Shanti war klar, dass sie Lyme Regis erst weit nach Mitternacht erreichen würden, und dann hätte Caine noch einen anderthalbstündigen Fußmarsch über die Undercliff vor sich und sie eine weitere Stunde Fahrt bis Yeovil.

Der Mann verfügte wahrhaftig über telepathische Fähigkeiten. »Es gibt ein Motel im Moor, hier ganz in der Nähe. Es ist zwar eher eine Absteige, aber wir bekommen dort eine Mahlzeit, eine Dusche und ein Bett.«

»Zwei Betten.«

»Das meinte ich natürlich. Biegen Sie da drüben ab, dann können wir's uns ja mal anschauen.«

Das Blisland Motel war so ziemlich das Deprimierendste, was Shanti je gesehen hatte – ein trostloses, einstöckiges Gebäude in Hörweite der A 30 mit einem schlaglochübersäten Parkplatz voller Schwerlastwagen. Doch mittlerweile fror sie vor Erschöpfung und hatte Mühe, die Augen offen zu halten.

An der Motelrezeption lieferte sich eine Schale mit einem uralten Duft-Potpourri einen erbitterten Kampf mit dem Geruch nach verkochtem Gemüse. Über einem Aktenschrank hing das verblasste Bild eines wilden Bodmin-Ponys, verziert mit dem einsamen Strang Lametta eines lang zurückliegenden Weihnachtsfests. Das Pony sah genauso matt aus, wie Shanti sich fühlte. Sie schlug auf die kleine Glocke auf dem Empfangstresen. Es dauerte ganze zehn Minuten, bis eine große Frau in einem Nachthemd erschien.

»Wir haben geschlossen.«

»Ich hatte gehofft, Sie hätten zwei Zimmer für uns«, sagte Shanti.

»Haben Sie sich mit Ihrem Kerl verkracht?«

»Er ist nicht ›mein Kerl‹. Wir sind Arbeitskollegen.«

»Na klar. Geht mich ja auch nichts an. Allerdings hab ich nur noch ein Doppelzimmer frei, und da hab ich die Betten noch nicht gemacht.«

»Gibt es noch ein anderes Motel in der Nähe? Ein Hotel oder ein B&B?«

»Ha! Da gibt es meilenweit gar nichts. Es ist ein hübsches Zimmer mit Aussicht aufs Moor. Wir haben einen Stern, müssen Sie wissen.«

»Wie meinen Sie das – Sie ›haben einen Stern‹?«

»Manche Unterkünfte haben gar keinen Stern. Wir haben einen bekommen, und wir machen ein leckeres Frühstück.« Sie beugte sich über den Empfangstresen und flüsterte Shanti zu: »Mir würde es nichts ausmachen, ein bisschen zu kuscheln, wenn der Kerl *mein* Kollege wäre.«

»Um Himmels willen! Könnten Sie uns frische Bettwäsche bringen? Ach ja, und ich hätte gern einen Preisnachlass – sonst war's das mit Ihrem Stern.«

Das Zimmer war groß und hatte zwei einzeln stehende Betten. Shanti hatte nichts für die Nacht mitgebracht, nicht mal eine Zahnbürste. Aber das war nicht das Schlimmste. Zu ihrem Entsetzen stellte sie fest, dass das Badezimmer hinter einer Glaswand an einer Seite des Zimmers lag. Vorsichtig schob sie die Glastür zurück und ließ die Vielfalt grauenvoller Details auf sich einwirken: Algen in der Dusche, vereinzelte Schamhaare, abgeknipste Fußnägel in einem halb vollen Abfalleimer, ein fleckiger Spiegel, eine nette kleine Spinnengemeinde, die ihre Blicke zu erwidern schien.

»Caine, ich muss dringend duschen. Und ich muss ins Bett. Würden Sie sich also bitte verziehen und meditieren? Oder im Moor spazieren gehen oder sonst was tun? Hauptsache, Sie kommen erst zurück, wenn ich mich im Land der Träume befinde, okay?«

Er grinste. »Möchten Sie, dass ich im Wagen schlafe? Das wäre schon in Ordnung.«

»Ja. Nein. Mist. Geben Sie mir einfach eine halbe Stunde. Und hier … machen Sie endlich Ihr Bett!«, drängte sie ihn und warf ihm die Nylonbettwäsche zu.

Trotz des vorbeirumpelnden Verkehrs fiel Shanti in einen tiefen Schlaf. Sie träumte, dass sie immer noch im Auto saß und fuhr, während der Regen unablässig auf ihre Windschutzscheibe prasselte. Neben ihr auf dem Beifahrersitz saß die skelettartige Gestalt von Marlene Moss.

»Marlene?«, fragte Shanti. »Stecken Sie wirklich dahinter? Wie konnten Sie das tun? Wie konnten Sie Kristal umbringen?« Die alte Dame wandte sich ihr zu, um ihr etwas von größter Wichtigkeit mitzuteilen, doch als sie den Mund öffnete, war ihr Gesicht das Gesicht von Munchs *Schrei.*

Shanti kämpfte sich aus ihrem Traum hervor, und als sie endlich wach wurde, bemerkte sie, dass bereits eine trübe Morgendämmerung durch die fadenscheinigen Vorhänge fiel. Das unablässige Prasseln war nicht der Regen auf der Windschutzscheibe gewesen, sondern Wasser, das gegen die Glaswand des Badezimmers platschte, hinter der ihr Kollege Vincent Caine seinen durchtrainierten Körper einseifte.

Shanti lag unter der steifen Bettdecke und stellte fest, dass ihr nichts anderes übrig blieb, als reglos liegen zu bleiben und so zu tun, als würde sie schlafen. Nun, sie hätte auch einfach die Augen zukneifen oder das Gesicht abwenden können, aber das wäre … Verschwendung gewesen. Schlaftrunken, wie sie war, kam ihr Caines braun gebrannter Körper vor wie ein Traumbild; sein wohldefinierter Oberkörper bildete ein längliches Dreieck von den breiten Schultern bis zu der schlanken Taille. Verstohlen beobachtete sie ein paar Minuten lang, wie Caine das Gesicht voller

Wonne dem warmen Wasserstrahl entgegenreckte. Sie betrachtete die schäumenden Bächlein, die in Kaskaden über sein Rückgrat liefen, die ausgeprägten Grübchen über seinen Pobacken, und stellte fest, dass dies zweifelsohne das Verwirrendste war, was sie je gesehen hatte.

Wie viel einfacher wäre es gewesen, hätte Caine irgendeinen offensichtlichen Makel gezeigt – einen hängenden Bierbauch zum Beispiel, einen dichten Haarpullover wie ein Affe oder einen winzigen Mäusepenis. Natürlich wäre sie nie auf diese Unzulänglichkeit zu sprechen gekommen, aber sie hätte stets gewusst, dass ihr Kollege längst nicht so perfekt war, wie er zu sein vorgab. Als er jetzt das Shampoo in seine schulterlangen Haare massierte und dabei die Augen fest zusammenkniff, nutzte sie die Gelegenheit, seinen Körper eingehender unter die Lupe zu nehmen. Nein, keiner der befürchteten Makel traf zu – Caine war das vollkommenste Geschöpf, das je auf diesem Erdboden gewandelt war. Sein Bauch war fest wie ein Waschbrett, seine goldene Haut glatt und unbehaart bis auf einen seidigen, schwarzen Pfad vom Nabel zum Schamhaar. Sein Penis war erstaunlich lang und von verschlafener Schönheit.

Was, wenn sie sich bei einem weiteren Fall zusammentaten? Wie sollte sie jetzt je wieder mit ihm zusammenarbeiten? Wie könnte sie dieses Datenmaterial von ihrer Festplatte löschen? Ohne sich zu rühren, wartete sie, bis Caine sich sorgfältig abgetrocknet und angezogen hatte und lautlos aus dem Zimmer geschlüpft war. Später, als sie einander in der Blisland Breakfast Bar gegenübersaßen und verhalten in ihrem Ein-Stern-Frühstück stocherten – Dosenananas und ein weich gekochtes Ei für ihn, komplettes kornisches Frühstück für sie –, kehrten ihre Gedanken wieder und wieder zu dem spektakulären Anblick von Caines dampfendem, muskulösem Wasserfallkörper zurück, was nichts, aber auch gar nichts mit dem aktuellen Fall und dem vor ihnen liegenden rappelvollen Arbeitstag zu tun hatte.

Nach dem Frühstück fuhren sie schweigend und gedankenverloren durch den Morgen. Neben dem Uhrenturm in Lyme Regis stieg Caine aus dem Wagen. Er hängte sich seine Tasche über die Schulter, winkte einmal und machte sich auf den Rückweg zu seiner Hütte.

Shanti ließ das Fenster herunter und rief ihm hinterher: »Caine, kommen Sie doch noch mal kurz zurück! Ich ... ich wollte mich bedanken und so.«

»Gern geschehen.«

Mein Gott, was er für weiße Zähne hatte!

»Und ich habe mich gefragt ... vielleicht ist das ja ein bisschen zu viel verlangt, aber Paul findet es einfach großartig, in einer Hängematte zu schlafen. Ich werde mich erst mal im Präsidium um alles kümmern müssen, was ein, zwei Wochen dauern mag, aber wenn Sie Zeit haben und nicht mehr allzu viel los ist, sollten wir unbedingt eine Einsatznachbesprechung abhalten. Es gibt noch immer ein paar lose Fäden, die verknüpft werden müssten ...«

»Das machen wir, Shanti. Lassen Sie uns die losen Fäden verknüpfen.«

Caine sah dem Saab nach, der die Broad Street entlangfuhr. Als er außer Sichtweite war, klappte er seinen Mantelkragen hoch und machte sich auf den Weg Richtung Undercliff.

Das Schweigen des Waldes war wie Balsam für seine Seele. Wie sehr er sich nach der Abgeschiedenheit seiner Hütte sehnte! Das Leben war so viel einfacher, wenn man allein war.

Und trotzdem hatte sie von Fäden gesprochen. All seinen Instinkten zum Trotz schien sich ein feiner Faden von seinem Herzen zurück durch die Stadt, durch die Broad Street und die ganze Strecke über die kurvenreichen Straßen von Südwestengland bis hin zu der starken, braunäugigen Frau in dem sich entfernenden Saab zu ziehen.

Sie hatte es »Einsatznachbesprechung« genannt, aber Caine spürte, dass es sich dabei um mehr als ein Arbeitstreffen mit diesem unverhofften Besucher im Gasthaus seines Lebens handelte.

Als sie sich Yeovil näherte, erlebte die braunäugige Frau etwas, was sie schon sehr lange nicht mehr erlebt hatte – ein eher unbekanntes Gefühl, das sie nicht recht benennen konnte, stieg in ihr auf. Glück, das war es. Sie drehte die Musik im Radio auf und sang den ganzen Weg über lauthals mit.

Im Industriegebiet am Stadtrand geriet der Verkehr ins Stocken, und sie gab Gas, bremste und gab erneut Gas, während ihre Augen zu einer riesigen Werbetafel schweiften, auf der ausgerechnet fleischlose Sojawürstchen angepriesen wurden. Unter den Worten *Zart und trotzdem knackig* prangte das Foto einer gewaltigen, glänzenden Wurst auf einer Gabel.

Sie ertappte sich dabei, dass sie rot wurde, dann prustete sie laut los. Was zum Teufel stimmte nicht mit ihr? Zu viel Zeit für sich tat ihr anscheinend nicht gut.

Sie bog in die stille Sackgasse ein, die jetzt ihr neues Zuhause war, und als sie den apfelwangigen Jungen mit dem Fußball sah, fing sie vor Freude an zu strahlen.

Kapitel fünfundzwanzig

DIE FLÜGEL EINER TAUBE

Caine zeigte dem Wächter an der Schranke seinen Dienstausweis. Er war erfreut festzustellen, dass die vielen Fenster der psychiatrischen Klinik hinter den hohen Stahlzäunen Felder und bewaldetes Gelände überblickten.

Er wurde zu einem Empfangsschalter im Hauptgebäude geschickt, wo ihm ein Pfleger und eine Ärztin versicherten, dass sich der Patient C193 Oliver Sweetman gut eingelebt habe und bester Stimmung sei – mit seinem allgegenwärtigen Lächeln und seiner zuvorkommenden Art habe er auf der Station bereits Freunde gefunden.

»Solange er in den Garten darf, wirkt er absolut glücklich«, sagte die Ärztin. »Ich bringe Sie zu ihm, wenn Sie möchten.«

Caine folgte ihr durch einen Irrgarten von magnolienfarbenen Korridoren und einen Fernsehraum, in dem gepeinigte Seelen aller Gesellschaftsschichten ihre Tage verbrachten. Unterwegs sprach sie über die zahlreichen Herausforderungen, die der Balanceakt zwischen Fürsorge und Sicherheitsverwahrung mit sich brachte.

»Die Öffentlichkeit hat ein Recht darauf, sich in Sicherheit zu wissen, doch gleichzeitig haben unsere ›Dienstnehmer‹, wie wir sie nennen, ein Recht darauf, dass ihre psychischen Erkrankungen effizient und auf menschenwürdige Art und Weise behandelt werden.«

»Und das ist gewiss nicht leicht«, sagte Caine.

»Jeder hier stellt eine potenzielle Gefahr für sich selbst oder andere dar«, erklärte die Ärztin, die vor einer Sicherheitsschleuse stehen blieb und einen Code eintippte. »Ich weiß Bescheid über Olivers Verwicklung in den Havfruen-Fall, aber ein Mann wie er würde keine Woche in einem normalen Gefängnis überleben.«

»Da stimme ich Ihnen voll und ganz zu.« Caine nickte. »Zum Glück hat sein Anwalt einen guten Job gemacht. Er hat erfolgreich argumentiert, dass Ollie nicht unter Anklage gestellt werden kann, weil er zu verbrecherischem Vorsatz nicht fähig ist.«

Sie gingen hinaus in den Garten, in dem Männer verschiedenen Alters mit Besuchern oder Pflegern über die gekiesten Wege schlenderten.

Caine entdeckte Oliver auf einer Bank; sein orangefarbenes Haar bildete einen schockierenden Kontrast zu dem Grün der Rhododendronblätter.

»Hallo, Ollie. Erinnern Sie sich an mich?«

»Hallo, Vincent Caine. Wollen Sie mal sehen, was ich gemacht habe?«

»Aber sicher doch.«

Caine und die Ärztin folgten dem großen Mann über einen ordentlich eingefassten Weg zu einer gepflegten Rasenfläche, die von Bäumen und Backsteingebäuden voller Überwachungskameras umgeben war.

Mitten auf dem Rasen stand ein außergewöhnlich kunstvolles Gebilde auf einem dicken Holzpfosten. Es handelte sich um einen Taubenschlag, doch ungleich aufwendiger gefertigt als der in Paradise Park. Dieser hier war ein wahrer Taubenpalast mit Dutzenden von Bogengängen, Treppchen, fein geschnitzten Zinnen, Kanzeln und Türmen.

»Das ist ja unglaublich, Ollie!«, rief Caine. »Ich wüsste gern, woher das alles kommt.«

»Aus der Werkstatt dort drüben«, sagte Oliver.

»Wir haben gehört, dass Ollie gern Dinge fertigt«, erklärte die Ärztin. »Daher haben wir ihm erlaubt, die Werkstätten zu benutzen. Er hat dieses unglaubliche Kunstwerk geschaffen, und einer der Gärtner hat ihm dabei geholfen, es auf dem Rasen aufzubauen.«

Ein abwesendes Lächeln trat auf Olivers Lippen, als drifte er davon in einen Traum. Er starrte durch den Stahlzaun auf die Landschaft und den blassen Himmel dahinter.

»Ich halte ihn für eine Art Genie«, sagte Caine. »Es ist zu schade, dass er seine Vögel nicht mehr hat.«

»Das wollte ich Ihnen erzählen«, sagte die Ärztin. »Es war wie Zauberei. Eines Tages sahen wir ihn hier stehen und in den Himmel blicken, so wie jetzt. Wir hatten keine Ahnung, was er da machte, und dann … Nun, sehen Sie selbst.«

Oliver streckte die Hände aus wie einst Franz von Assisi, und auf einmal kam eine weiße Taube zu ihm geflogen, dann eine zweite und schließlich eine dritte.

Caine und die Ärztin sahen fasziniert zu, wie nach und nach ein ganzer Taubenschwarm vom Himmel flatterte wie eine Schar von Engeln. Sie landeten auf dem Taubenpalast, auf Olivers Armen und Schultern und auf seinem flammenden Schopf.

»Sie müssen ihm von Paradise Park gefolgt sein«, vermutete Caine. »Wie Brieftauben.«

»Da sind meine Mädchen ja«, sagte Ollie glücklich. »Meine wunderschönen Mädchen. Fliegt, meine Liebsten, fliegt …«

Kapitel sechsundzwanzig

ICH KANN SIE NICHT AM ANDEREN UFER LASSEN

Ich weiß, was Sie denken, Caine.«

»Ich habe gar nichts gedacht.«

»Herrgott, Caine, es ist doch gar nicht möglich, gar nichts zu denken.«

»Das denken Sie, Shanti.«

Es entstand eine lange Pause, doch hier draußen bei Caines Hütte fühlte sich das Schweigen so selbstverständlich an wie die Ruhe zwischen zwei Wellenschlägen.

Hinter ihnen, am Waldrand, schlief Paul tief und fest in einer Hängematte, die Caine an zwei Bäumen befestigt hatte.

Caine betrachtete den Rauch des Lagerfeuers. Irgendwann sagte er: »Und was denken Sie, was ich denke?«

»Ich denke, dass Sie recht hatten und dass ich mich geirrt habe.«

»Sehen Sie, Shanti, das war schon immer mein Problem als Polizist. Ich glaube nicht an richtig oder falsch, gut oder böse. Buddha tut das auch nicht. Er glaubt an die Geschicklichkeit und die Ungeschicklichkeit in der Wahl der geeigneten Methode. Geschicklichkeit ist das, was dir selbst und anderen Wesen Gutes bringt. Ungeschicklichkeit dagegen behindert dich auf dem Pfad der Erkenntnis.«

»Nun, ich weiß wirklich nicht, wie so etwas am Gerichtshof funktionieren sollte. Übrigens, ich habe was für Sie …«

Sie wühlte in ihrer Handtasche und drückte ihm ein in eine Papiertüte gewickeltes Glas in die Hand.

»Biohonig, wie versprochen. Jetzt sind wir quitt. Sie haben Ihre Sache gut gemacht. Ich habe meine Sache gut gemacht. Und nun möchte ich kein Wort mehr davon hören.«

Caine bedankte sich lächelnd. Er legte ein weiteres Stück Treibholz in die Flammen, sodass eine Funkenexplosion in den Sternenhimmel aufstieg. Der Sommer ging zu Ende, goldene Sprenkel überzogen nun die Undercliff.

»Ich nehme an, das war's, Caine. Der Havfruen-Fall ist abgeschlossen. In ein paar Monaten beginnt Marlenes Prozess – vorausgesetzt, sie hält so lange durch. Die Presse dreht ein paar Tage lang durch, bevor endgültig Gras über die Sache wächst.«

Der Kessel begann zu pfeifen, und Caine schlang sich ein Geschirrtuch um die Hand und nahm ihn vorsichtig vom Feuer, um dann langsam und methodisch den Tee zuzubereiten.

Die Aufschrift auf Caines Becher lautete diesmal: *Wiedergeborener Buddhist (und wieder und wieder und wieder …).* Auf Shantis Becher stand: *Zen-Meister zum Schüler: »Dich gibt es nicht.« Schüler zum Zen-Meister: »Wem sagst du das?«*

»Sie haben eine kleine Auszeit verdient, Shanti. Erholen Sie sich. Unternehmen Sie etwas mit Paul. Sie wissen, dass Sie hier immer willkommen sind.«

»Danke, Caine, genau das werde ich tun. Ich habe das Gefühl, ich habe dem Yeovil-Team etwas bewiesen, und auch mir selbst. Doch Sie wissen auch, was dieser Fall sonst noch bewiesen hat, oder?«

»Was denn?«

»Er hat bewiesen, dass Sie nicht länger krank sind. Der Superintendant ist schwer beeindruckt von Ihren Bemühungen. Er sagt, er kann es gar nicht erwarten, Sie wieder im Team willkommen zu heißen.«

»Ich kann nicht in den Polizeidienst zurückkehren, Shanti.«

»Nicht einmal, um mit mir zu arbeiten?«

Vielleicht bildete er sich das ein, aber er meinte, Shanti wäre ein kleines bisschen näher an ihn herangerückt. Er faltete eine Decke auseinander und legte sie ihr um die Schultern.

»Die Sache ist die, DI Caine: Obwohl Sie ein ziemlicher Freak sind, sind wir fast so etwas wie Partner geworden, nicht wahr?«

»Fast. Sagten Sie nicht, es gebe noch ein paar lose Fäden?«

»Oh, da gibt es so einige. Ich habe mich zum Beispiel gefragt, ob Sie je wieder etwas von den Dänen gehört haben.«

»Selbstverständlich. Das wollte ich Ihnen erzählen, das ist unglaublich bizarr! Sie werden es nicht glauben …«

»Wissen Sie was, Caine? Seit ich Ihnen begegnet bin, ist meine Gutgläubigkeit ganz schön auf die Zerreißprobe gestellt worden … Es ist wie bei einer Geburt – man glaubt, man kann sich nicht weiter dehnen, und dann klappt es doch.«

»Ich habe eine Nachricht von Aksel bekommen. Sie erinnern sich an ihn?«

»Rasmussens Neffe.«

»Richtig. Er und sein Bruder Carl sind dabei, ein Museum für Moderne Kunst in Kopenhagen einzurichten. Seit Kristals Tod scheint ein riesiges Interesse an ihren Werken zu bestehen, deshalb hat die Familie Rasmussen ein kleines Vermögen in eine Havfruen-Dauerausstellung investiert, die ein gesamtes Stockwerk einnimmt.«

»Ich werde die Ausstellung bestimmt nicht besuchen.«

»Sie haben bereits die Gussformen und die Gipsabdrücke von Kristals Körper. Außerdem hat Spencer Callum überredet, ihnen *Preconception 2* zu verkaufen, die Stahlskulptur aus seinem Garten. Ich nehme an, er war froh, sie loszuwerden. Doch jetzt kommt's: Es sieht so aus, als habe Spencer endlich einen Deal für das einzigartige, unbezahlbare Havfruen-Kunstwerk aushandeln können, von dem er gesprochen hat.«

»Will ich das wirklich wissen?«

»Die Kirchenbehörde hat die Genehmigung, Kristals Glassarg auf dem Friedhof in Branscombe zu bestatten, verweigert, daher …«

»O nein!«

»Doch. Kristals Sarg war mit Formaldehyd gefüllt und versiegelt. Man wird sie bis in alle Ewigkeiten betrachten können.«

»Das ist obszön! Ist das überhaupt legal?«

»Es ist das, was sie sich gewünscht hätte.«

Hoch oben über Shantis Kopf erinnerte der indigoblaue Himmel an eine unendliche Lochblende, eine Erinnerung daran, wie klein und unbedeutend ihre Probleme waren.

»Ist das alles, Shanti? Sind das alle losen Fäden?«

»Sie wissen, dass es nicht alle sind.«

»Es tut mir leid, ich verstehe nicht …«

»Hören Sie, Caine, ich war ehrlich zu Ihnen. Sie wissen alles über mich. Sie haben sogar meine Mum kennengelernt. Ich habe mit Ihnen über meinen Dad gesprochen. Paul hält Sie für seinen besten Kumpel. Und ich habe Ihnen von meiner Scheidung erzählt.«

»Das ist richtig. Sie sind unglaublich offen.«

»Genau das ist der Punkt. Ich weiß nichts über Sie. Absolut gar nichts. Sie sind mir ein einziges Rätsel. Durch und durch geheimnisvoll.«

»Es gibt nichts zu erzählen.«

»Sie sind ein solcher Lügner, Caine, dabei nennen Sie sich selbst einen Buddhisten …«

»Ein Buddhist ist lediglich ein Mensch, der einen Pfad beschreitet. Ich habe nie behauptet, erleuchtet zu sein.«

Sie funkelte ihn erbost aus ihren großen braunen Augen an.

»Lassen Sie's mich wissen, wenn das passiert, Vincent Caine!

Bis dahin ist es vielleicht keine gute Idee – Sie wissen schon, Sie und ich und Paul im Wald.«

»Mum! Sei still!«, rief eine Stimme aus der Hängematte.

»Oh, tut mir leid, Paul. Es ist bloß so, dass Caine …«

»Warum bist du nicht einfach still und hörst Caine zu?«

»Mein Gott. Okay. Schlaf weiter, Liebling. Ich werde leiser sprechen.«

Sie senkte die Stimme. »Ich will ehrlich zu Ihnen sein, Caine. Vielleicht hätte ich das nicht tun sollen, aber das letzte Mal, als ich in Ihrer Hütte war, ist mir ein Foto aufgefallen, das mit der Bildfläche nach unten lag, und zwar in Ihrem … Wie sagen Sie noch gleich dazu?«

»Schrein.«

»Richtig. In Ihrem Schrein. Der Mann darauf ist Papa Caine, stimmt's?«

Eine weitere Pause, doch diesmal eine unbehagliche. Beklommen. Angespannt.

»Die Sache ist die, Caine: In einem normalen Haus – zum Beispiel in meinem – stehen überall Fotos. Bei uns in der Küche gibt es eine ganze Wand, die über und über mit Familienfotos bedeckt ist – es sind sogar ein paar von meinem Ex darunter, um Pauls willen. Doch soweit ich weiß, ist das seltsame umgedrehte Foto in dem …«

»… Schrein …«

»Genau. Jedenfalls ist das das einzige Bild, das Sie von Ihrer Familie haben. Daher frage ich mich …«

Caine sagte nichts. Er trank seinen Tee und starrte in die glühende Asche.

Eine lange Zeit verstrich, dann sagte Shanti: »Wissen Sie was? Vergessen Sie's. Ich hatte bloß angefangen zu glauben, Sie seien anders als andere Männer. Ich dachte, es ginge Ihnen um Ehrlichkeit und Offenheit und darum, mit Ihren Gefühlen in Verbindung zu stehen.«

»Es tut mir leid, Shanti. Das ist schwer für mich. Genügt es nicht, wenn ich sage, dass gewisse Dinge passiert sind? Vor langer Zeit. Dinge, die einen Schatten auf mein Leben werfen. Ich versuche, damit klarzukommen, aber es ist etwas, was ich allein schaffen muss.«

»Was sagen Sie da? Wollen Sie mir etwa erzählen, Sie seien ein schwuler Cop oder so was?«

»Nein, natürlich nicht! Nichts dergleichen. All das geschah, als ich praktisch noch ein Kind war. Ich war ein Opfer – genau wie Ollie und Tess und sogar Art. Das ist der Grund, warum ich mein Zuhause verlassen habe und auf Reisen gegangen bin. Irgendwann bin ich in einem Waldkloster in Thailand gelandet, und das war das Beste, was mir je passiert ist. Man hat uns beigebracht, dass Handlungen Konsequenzen nach sich ziehen, und die Konsequenzen dessen, was in meiner Familie geschehen ist, waren gewaltig. Das ist alles, was ich im Augenblick dazu sagen kann. Ich weiß, dass Sie all die losen Fäden verknüpfen möchten, aber das Leben ist nicht immer so einfach. Eines Tages werde ich Ihnen alles erzählen, das verspreche ich.«

»Sehen Sie diese Becher, Caine?«

»Was für Becher?«

»Ihre Teebechersammlung.«

»Was soll damit sein?«

»Haben Sie die mit ins Präsidium genommen?«

»Keine Ahnung. Kann sein.«

»Das ist der Grund, warum sich die Leute über Sie lustig machen. Es wird Zeit, dass Ihnen jemand die Wahrheit sagt – diese Becher sind einfach grauenhaft. Tatsächlich ist Ihre Bechersammlung die beschissenste von ganz Südwestengland. Vielleicht sogar die beschissenste der ganzen Welt.«

»Das kommt mir doch ein wenig harsch vor. Sie haben doch noch gar nicht alle gesehen.«

»Ich habe *noch gar nicht alle gesehen?* Wollen Sie mir etwa weismachen, dass Sie einen Becher besitzen, der meine Meinung ändern wird?«

»Es tut mir leid, Shanti. Es tut mir leid wegen der Becher, und es tut mir leid, dass ich nicht offener mit Ihnen reden kann. Ich hoffe, Sie werden mir eines Tages verzeihen. Aber ich will Ihnen etwas erzählen …«

»Schießen Sie los.«

Eine Flamme tanzte in seinen Augen.

»Erinnern Sie sich an jenen Morgen, als Sie das erste Mal in die Hütte gekommen sind?«

»Wie könnte ich das vergessen?«

»Es war, als würde ein Sonnenstrahl in mein Leben fallen.«

Sie fühlte, wie sie dahinschmolz. Es war schwer, sauer zu sein, wenn man mit einem weichen Mann auf weichem Erdboden saß.

»Okay. Vielleicht war das mit den beschissenen Bechern ein bisschen unfair. Schließlich sind es *Ihre* beschissenen Becher. Wissen Sie was? Vergessen wir das Ganze. Vergessen wir Kristal Havfruen. Vergessen wir Ihre dunkle, elende Vergangenheit. Es ist wunderschön hier draußen. Paul tut das ebenfalls gut. Erzählen Sie mir eine von Ihren Geschichten, Vincent Caine. Eine nette Geschichte.«

Sie rückte noch ein wenig näher an ihn heran, und ihre Körper strahlten mehr Wärme ab als das Feuer.

»Eine Geschichte. Hm. Nun, nachdem ich mein Zuhause verlassen hatte, ging ich auf eine Art Wanderschaft, die mich an viele Orte und schließlich in das Waldkloster in Thailand führte. Kennen Sie das Sprichwort: *Wenn der Schüler bereit ist, erscheint der Meister?*«

»Habe ich das nicht auf einem der dämlichen Becher gelesen?«

»Das ist durchaus möglich. Wie dem auch sei: Ich blieb fast drei Jahre in dem Wald. Wir meditierten jeden Tag stundenlang und studierten das Dharma, welches das Fundament des Buddhismus bildet …«

»Warten Sie – haben Sie etwa Ihren Kopf rasiert und Mönchsgewänder getragen?«

»Das volle Programm. Nachts habe ich mit zehn anderen Schülern aus der ganzen Welt in einem Schlafsaal geschlafen. Wir sind enge Freunde geworden, und jeden Abend hat uns Tu, unser Lehrer, Geschichten erzählt – buddhistische Märchen, Tausende von Jahren alt. Manche davon waren richtig komisch, andere sehr weise.«

»Na los, erzählen Sie mir eins.« Sie legte sich neben ihm auf den Rücken.

»Lassen Sie mich nachdenken … Also gut: Ein alter Zen-Meister und ein junger Mönch sind in den Bergen unterwegs. Nach vielen Meilen kommen sie an einen Fluss, wo sie einer jungen Frau begegnen, die versucht, auf die andere Seite zu gelangen. Sie ist zu einer Hochzeit eingeladen und möchte sich nicht ihre schöne Kleidung ruinieren. Ohne lang zu überlegen, verbeugt sich der Meister, hebt sie auf seine Arme, trägt sie über den Fluss und stellt sie vorsichtig am anderen Ufer ab. Als sie fort ist, setzen Meister und Schüler schweigend ihren Weg fort.

Nach ein paar Stunden bemerkt der alte Mann, dass der junge Mönch innerlich brodelt. ›Was ist los, mein Sohn?‹, fragt er. ›Du wirkst aufgewühlt.‹

›Meister, ich kann nicht glauben, was Sie da eben getan haben!‹, erwidert der Schüler.

Der alte Mann ist sich nicht bewusst, dass er in letzter Zeit irgendetwas getan hat außer zu *sein*.

›Was habe ich denn getan?‹, fragt er.

›Wie bitte? Sie wissen ganz genau, was Sie getan haben! Denken Sie an die junge Frau – diese unerhört schöne, junge Frau am Fluss mit dem goldenen Ring in der Nase und den langen Fingernägeln … Nun, Sie haben sie tatsächlich hochgehoben und zum anderen Ufer getragen, dabei ist es uns strikt verboten, Frauen zu berühren!‹

Der alte Mönch lächelt, dann sagt er: ›Hör zu, mein Sohn: Ich habe sie abgesetzt und am anderen Ufer gelassen, doch du, so scheint es, trägst sie immer noch mit dir herum.‹«

»Ist das ein weiteres Ihrer sexistischen Volksmärchen, Caine? Über die zerstörerischen Kräfte der Frauen?«

»Es ist Tausende von Jahren alt, und es ist eine nette Geschichte.«

»Aber was hat sie mit Ihnen zu tun? Oder mit mir?«

»Das ist das Problem, Shanti. Ich bin der junge Mönch. Und ich kann Sie einfach nicht am anderen Ufer lassen.«

»Herrgott, Caine!«

»Würden Sie mir einen Gefallen tun?«

»Vielleicht.«

»Wir kennen uns nun schon eine kleine Weile, und ich frage mich, ob die klitzekleine Chance besteht, dass Sie mich Vincent nennen? Das wäre mir lieber als ›Herrgott, Caine‹.«

Shanti lachte und versprach, darüber nachzudenken.

Sie sahen zu, wie der Rauch zu den Sternen emporstieg, und zum ersten Mal in ihrem Leben hörte Shanti die Stille wirklich. So intensiv, dass sie fast klang wie Lärm. Sie stellte fest, dass sie, ohne es zu merken, den Kopf in seinen Schoß gelegt hatte, und spürte, wie sich in jeder Zelle ihres Körpers Frieden breitmachte.

»Manchmal … nicht besonders oft … würde ich Sie gern küssen, Vincent Caine.«

»Das ist okay. Damit kann ich leben.«

»Aber dann fällt mir ein, dass ich ein professioneller Cop bin und Sie mein Arbeitskollege sind.«

»Ein Kuss schadet nicht.«

»Das Problem ist nur, dass das Küssen als Einstiegsdroge gilt.«

»Was soll das denn heißen?«

»Man fängt an, sich zu küssen, und ehe man sichs versieht, kommt es knallhart.«

»Und was ist mit dem Weichen, Shanti? Vergessen Sie nicht das Weiche …«

Kapitel siebenundzwanzig

SECHS MONATE SPÄTER

Der Journalistenschwarm vor dem Haupteingang der Polizeistation von Yeovil summte wie ein aufgescheuchtes Wespennest.

Von ihrer erhöhten Position auf der obersten Stufe aus blickte Shanti auf ein brodelndes Meer aus TV-Teams, laufenden Kameras, wackelnden Mikrofonen mit Fell-Windschutz und unzähligen Vans, die vor Antennen und Satellitenschüsseln nur so strotzten.

»DI Joyce? DI Joyce! Können Sie uns eine Stellungnahme geben?«

»Einer nach dem anderen, bitte«, sagte Benno neben ihr.

Shanti wartete, bis Ruhe einkehrte, dann fing sie an zu sprechen.

»Jetzt, nach Abschluss der Gerichtsverhandlung, ist es mir möglich, ein letztes Statement zu diesem ungewöhnlichen, erschütternden Fall abzugeben. Im August vergangenen Jahres haben wir zwei entscheidende Verhaftungen vornehmen können. Einer der Angeklagten, Oliver Sweetman, wurde für verhandlungsunfähig erklärt und befindet sich in einer psychiatrischen Sicherheitsverwahrung. Wir haben Grund zu der Annahme, dass Mr. Sweetman, ein ansonsten sanftmütiger, talentierter Mann, von einer arglistigen, manipulativen Frau, die schon bei vorherigen Gelegenheiten getötet hat, zu dieser brutalen Tat genötigt wurde.«

»Meinen Sie Marlene Moss, Inspector?«

»Ja, ich beziehe mich auf eine vierundachtzigjährige, pensionierte Kunstdozentin von der Kunsthochschule in Falmouth namens Marlene Moss. Wie dem auch sei …«

Sie hielt einen kleinen Moment inne, bis das Gesumme wieder nachließ.

»Wie dem auch sei, ich muss Ihnen leider mitteilen, dass Ms. Moss zu Beginn dieser Woche an einer langen, schweren Krankheit verschieden ist, bevor der Richter dazu kam, das Urteil zu verkünden, womit sie sich ihrer gerechten Strafe entzogen hat. In einem Fall wie diesem gibt es keine Gewinner, nur eine Reihe von Opfern, die sehr viel verloren haben. Ich möchte den betroffenen Familien mein aufrichtiges Beileid aussprechen, und ich möchte die Gelegenheit ergreifen, mich bei dem Ehemann der ermordeten Kristal Havfruen, Callum Oak, zu entschuldigen, der doppeltes Leid ertragen musste. Nicht nur, dass er mit dem plötzlichen Verlust seiner Ehefrau zurechtzukommen hatte, nein, er musste sich noch dazu mit der Presse auseinandersetzen … und mit mir und meinem Team, die wir uns bemühten, den Fall so schnell wie möglich zu lösen. Danke, dass Sie Nachsicht mit uns hatten, Sir, und meine besten Wünsche an Sie und Ihre Familie.«

Es war, als hätte sie einen Stock in das geschäftige Wespennest gesteckt, so laut wurde das Brummen jetzt: »Inspector … Inspector Joyce, hatten Sie bei diesem Fall einen Partner?«

»Vielen Dank. Ich möchte mich bei meinem Team, geleitet von Sergeant Bennett zu meiner Linken, für seine engagierte Arbeit bedanken. Doch zu Ihrer Frage: Ja, bei den Ermittlungen im Mordfall Havfruen gab es zwei leitende Ermittler. Ich habe Hand in Hand mit DI Vincent Caine gearbeitet.«

»Ist das der Mann, der ›Veggie-Cop‹ genannt wird?«

»Hat sich Caine nicht aus dem Polizeidienst zurückgezogen?«

»Wie müssen wir uns Ihre Zusammenarbeit vorstellen?«

»Inspector Caine hat sich vor Kurzem eine gesundheitsbedingte Auszeit genommen, doch er war voll in diesen Fall einbezogen, den wir ohne seine Mitwirkung sicher nicht so reibungslos und effizient hätten aufklären können. Es war eine Freude, mit einem Detective von seinem Format zusammenzuarbeiten. Tatsächlich hat sich herausgestellt, dass DI Caine und ich uns in unseren Fähigkeiten hervorragend ergänzen – man könnte beinahe von einer symbiotischen Beziehung sprechen.«

»DI Joyce, es heißt, Sie und Vincent Caine seien *das* neue Duo im Kampf gegen die Kriminalität in Südwestengland. Können Sie sich konkreter dazu äußern?«

»Werden Sie auch in Zukunft zusammenarbeiten?«

»Nun, die Frage kann ich Ihnen nicht beantworten. Da müssen Sie DI Caine selber fragen. DI Caine? Ist er denn nicht hier? Er war doch gerade noch da …«

Als die schlichte Bestattungszeremonie auf dem Swanvale-Friedhof in Falmouth zu Ende ging, begann es leicht zu regnen.

Abgesehen von dem teilnahmslosen Bestattungsunternehmer und seiner Entourage waren nur zwei Trauergäste bei der Beerdigung von Marlene Moss anwesend. In dem feuchten Schattenbereich auf der Rückseite des Friedhofs wischte sich ein hochgewachsener, langhaariger Mann in einem schwarzen Mantel eine Träne aus dem Augenwinkel. Etwas weiter entfernt stand reglos ein jüngerer Mann in einem zerknitterten Anzug und spitzen Stiefeletten in dem feinen Niesel, der vom Meer herüberwehte.

Als die Bestattungsroutine abgeschlossen und der Sarg im Erdreich versenkt war, ging Caine zu Art hinüber und schüttelte seine Hand.

»Es ist gut, dass Sie gekommen sind.«

»Sie war meine Patentante. Ich habe sie mein Leben lang gekannt. Zumindest dachte ich, ich würde sie kennen.«

»Vielleicht kennen wir einen Menschen niemals ganz. Am wenigsten uns selbst. Ich dachte, Ihr Vater würde vielleicht kommen …«

»Fangen Sie ja nicht davon an! Dad stand kurz vor einem Nervenzusammenbruch, weil er sich nicht entscheiden konnte, ob er seiner Christenpflicht nachkommen und zur Beerdigung erscheinen soll oder nicht. Immerhin hat sich Marlene als der Leibhaftige höchstpersönlich entpuppt. Am Ende hat Dad beschlossen, den Kampf auf der Leinwand auszutragen.«

»Eine gute Entscheidung.«

»Ja. Ich versuche noch, ihn dazu zu bewegen, Mums Atelier zu übernehmen und im großen Schlafzimmer zu schlafen, aber er beharrt darauf, dass er glücklicher ist, wenn alles so bleibt, wie es war.«

»Solche Dinge brauchen Zeit, Art. Es freut mich zu hören, dass er malt. Wie Sie wissen, hat Callum großes Talent.«

»Ja, seine Arbeit verändert sich, als würde er beginnen, sich selbst wiederzufinden. Saul ist nach Mangrove House gekommen, um einen Blick auf Dads Werke zu werfen, und er war schwer beeindruckt. Ich will nicht voreilig sein, aber ich denke, es besteht die Chance, dass Callum Oak nächstes Jahr in der Meat Hook Gallery ausstellt.«

»Und was ist mit Ihnen, Art?«

»Mir geht es gut. Ich kriege meinen Kram schon auf die Reihe. Vielleicht gehe ich auf Reisen oder sonst was. Ich hab seit Wochen keinen Joint mehr angefasst.«

»Nicht mal eine kleine Line heute früh?«

»Herrgott, ja, das schon. Ich hab vor der Beerdigung ein bisschen was gesnieft, aber ab morgen …«

»Das ist Ihre Entscheidung, Art. Am Ende ist alles Ihre eigene Entscheidung. Ein weiser Mann sagte einst, Drogen seien geistige Babynahrung.«

»Das ist mir zu hoch, darüber muss ich erst nachdenken.«

»Sie sind gerade noch mal unbeschadet aus der Sache herausgekommen. Aber jetzt sind Sie frei. Wenn Sie kluge Entscheidungen treffen, werden Sie ein wunderbares Leben führen können.«

»Ja, danke, Caine. Alle Cops sind Scheißkerle, aber Sie sind besser als die meisten. Sie haben mir das Leben gerettet, ist Ihnen das eigentlich klar?«

»Es ist schön, dass Sie das so sehen. Ich nehme an, Sie wären nicht nackt eine Abbruchklippe hinaufgekraxelt, hätten wir Ihnen nicht so früh am Morgen einen Besuch abgestattet. Hören Sie, Art, ich möchte nicht so tun, als würde ich diese Beziehung mit Tess gutheißen. Sie wissen, dass Sie nur vor dem Richter davongekommen sind, weil Sie sich geweigert hat, Anzeige zu erstatten.«

»Weil sie mich liebt.«

Sie waren einen schmalen Weg zwischen den Gräbern entlanggeschlendert und hielten nun an einer Gabelung inne. Caine sah den roten Alfa Romeo auf dem Parkplatz unter ihnen stehen.

»Da unten parkt mein Wagen«, meinte Art. »Soll ich Sie nach Lyme mitnehmen?«

»Vielen Dank, aber ich habe eine Rückfahrkarte nach Axminster und ein Buch bei mir. Sie können aber gern jederzeit zu mir kommen, wenn Sie Unterstützung brauchen.«

»Ja, darauf werde ich vielleicht zurückkommen. Das ist sehr anständig von Ihnen.«

»Ist Ihnen etwas aufgefallen? Wir stehen an einer Gabelung. Von hier an trennen sich unsere Wege. Treffen Sie eine Wahl, Art: Gehen Sie auf das Licht zu.«

»Für einen Cop sprechen Sie in seltsamen Rätseln.«

»Ich denke nicht, dass ich ein Cop bin.«

»Wenn Sie kein Cop sind, was zum Teufel sind Sie dann?«

»Ich bin ein Mensch, genau wie Sie. Und wenn ich schon einmal dabei bin, würde ich Ihnen gern einen weiteren Rat mit auf den Weg geben. Der Spaß ist nur das: Spaß. Nicht mehr und nicht weniger, und dann ist er vorbei. Tatsächlich sind es die schweren Zeiten, die uns etwas lehren. Zeiten wie diese – Zeiten des Unglücks, Zeiten der Not – bieten einem die Gelegenheit, aufzuwachen und zu wachsen. Setzen Sie sich mit dem Schmerz auseinander, versuchen Sie nicht, ihn zu betäuben. Hier, ich leihe es Ihnen aus. Ich habe es ohnehin schon gelesen … Fangen Sie!«

»Was ist das?«

»Gedichte von Rumi. Mein Lieblingsgedicht heißt ›Das Gasthaus‹.«

»Danke. Ich werde einen Blick reinwerfen. Wie ich schon sagte, Sie sind ein seltsamer Kerl, Vincent Caine – Cop hin oder her. Ich bin froh, dass ich Ihnen begegnet bin.«

Sie schüttelten einander die Hände, dann gingen sie getrennter Wege.

Der Mann in dem schwarzen Mantel. Und der Junge namens Art.

Das menschliche Leben ist ein Gasthaus.
Jeden Morgen ein neuer Gast.
Freude, Kummer und Niedertracht,
auch ein flüchtiger Moment der Achtsamkeit
kommen herbei wie ein unverhoffter Besucher.

Heiße sie alle willkommen!
Selbst wenn es ein Mob von Sorgen ist,
der dein Haus gewaltsam
seiner Möbel beraubt,
selbst dann behandle jeden Gast mit Respekt.
Vielleicht reinigt er dich gerade
für neue Freuden.

Dem finsteren Gedanken, der Scham, der Bosheit –
öffne ihnen lachend die Tür
und lade sie zu dir ein.

Sei dankbar für jeden, der kommt,
denn er wurde als ein Lotse
von der anderen Seite geschickt.

Dschalāl ad-Dīar-Rumi

DANK

Laurence Anholt möchte sich bedanken bei:

- der »British Book Award«-Agentin des Jahres Madeleine Milburn und ihrem hervorragenden Team, dafür, dass sie Shanti und Caine in die Stratosphäre befördert haben.
- der Verlagsleiterin Krystyna Green und ihrem kreativen Team, dafür, dass sie Shanti und Caine in der berühmten Krimi-Familie bei Constable aufgenommen haben.
- dem Police Officer im aktiven Dienst Mike Harper und der Bestsellerautorin und ehemaligen Polizistin Rebecca Bradley für ihre Zeit und die unbezahlbaren Einblicke in das Polizeileben und die Ermittlungsarbeit.
- Alayasri und Suddhacitta für die wertvolle Unterweisung in der buddhistischen Lehre.
- Coleman Barks, dem renommierten Interpreten von Rumis Werken, für die Erlaubnis, »Das Gasthaus« wiederzugeben.
- dem Team von World Productions für das bevorstehende Fernsehereignis.

Leichen in der Bibliothek
und anderswo

P.D. JAMES

Der Mistelzweig-Mord

WEIHNACHTLICHE KRIMINALGESCHICHTEN

Ein Weihnachtsfest im Landhaus, das unter keinem guten Stern steht. Eine unstatthafte Affäre, die böse endet. Ein Familienerbe, das bedenklich stimmt, und ein Toter, der einfach zu viel mäkelte …
P. D. James, Königin des klassischen Kriminalromans, lässt uns in ihren herrlich traditionellen Weihnachtsgeschichten hinter die Fassaden der englischen Gesellschaft blicken – und erschauern …

»Kurz, aber schön!« *The Guardian*

»Zu einer Zeit, da wir dachten, wir würden nie wieder etwas Neues von P. D. James lesen, ein wunderbares Geschenk!«
Val McDermid

Ein Krimi-Muss
für jeden Mittelmeer-Urlaub!

VITU FALCONI

Korsische Gezeiten

EIN KORSIKA-KRIMI

Vor der wildromantischen Küste Korsikas ist man auf Spuren jenes römischen Schiffes gestoßen, das den »Schatz von Lava« geladen haben soll. Die Insel wird von einem regelrechten Goldrausch erfasst, »ehrenwerte« korsische Familien wollen unbedingt vor der Pariser Regierung an den Schatz gelangen. Das Wrack kann nur mithilfe eines Apnoe-Tauchers geborgen werden, der in der Lage ist, sich ohne hinderliche Sauerstoffflaschen durch die Felsspalten in der Tiefe zu zwängen. Ein Job für Laurine, die Freundin des Krimi-Schriftstellers und Wahl-Korsen Eric Marchand, der wenig begeistert von diesem Abenteuer ist. Doch weder Laurine noch Eric ahnen, wie gefährlich der Tauchgang tatsächlich werden wird …

KNAUR

»Herrlich unprovinziell und vielschichtig.«
Stern

ANDREAS FÖHR

Tote Hand

KRIMINALROMAN

Kommissar Clemens Wallner von der Kripo Miesbach und Polizeiobermeister Leonhardt Kreuthner, liebevoll »Leichen-Leo« genannt, bekommen alle Hände voll zu tun, als ausgerechnet der Schafkopf-Held Johann Lintinger durch eine Schrottschere seiner rechten Hand beraubt wird. Ein würdiges Begräbnis muss her für diese legendäre Rechte, beschließt Polizeiobermeister Leonhardt Kreuthner, und so wird gleich neben einer alten Kapelle, die hinter dem Garten der Mangfall-Mühle steht, ein Grab ausgehoben. Dabei macht »Leichen-Leo« seinem Spitznamen mal wieder alle Ehre, denn der Ruheplatz ist bereits belegt: von einer männlichen Leiche. DNA-Untersuchungen ergeben, dass es sich um den seit einem Jahr vermissten Vermögensberater Daniel Ulrich, ansässig in Frankfurt, handelt. Er soll in Miesbach einen Wagen gestohlen haben. Doch warum? Und wo sind seine Frau und sein Sohn? Schnell haben Kommissar Wallner und die Kripo Miesbach mehr Fragen als Antworten und eine bemerkenswerte Spurensuche im vermeintlich idyllischen Oberbayern nimmt ihren Lauf.

KNAUR